Diogenes Taschenbuch 109

de
te
be

E. W. Hornung

Raffles –
Der Dieb in der Nacht

Mit einem Vorwort von
George Orwell

Diogenes

Die vorliegenden Geschichten erschienen zuerst in
›The Amateur Cracksman‹ (1899; später ›Raffles‹);
›The Black Mask‹ (1901) und ›A Thief in the Night‹ (1905)
Ausgewählt und auf Grund älterer Übersetzungen neu
übertragen von Claudia Schmölders

Der Essay ›Raffles und Miss Blandish‹ von George Orwell
wurde dem Band ›Rache ist sauer. Ausgewählte Essays II‹ (detebe 63/III),
erschienen im Diogenes Verlag 1975, entnommen und für den
vorliegenden Band gekürzt.
Umschlagzeichnung von Tomi Ungerer

100/76/E/1
ISBN 3 257 20237 7

Inhalt

Raffles und Miss Blandish

Fast ein halbes Jahrhundert nach seinem ersten Auftritt ist Raffles, der ›Amateur-Einbrecher‹, noch immer einer der bekanntesten Charaktere der englischen Romanliteratur. Man braucht wenigen Leuten zu erzählen, daß Raffles Kricket für England spielte, eine Junggesellenwohnung im Albany hatte und in Mayfair-Häuser einbrach, die er auch als Gast betrat. Eben deshalb sind er und seine Abenteuer der passende Hintergrund, um eine modernere Kriminalgeschichte wie etwa *No Orchids for Miss Blandish* zu beurteilen. Jede solche Auswahl ist natürlich willkürlich – ich hätte ebensogut Arsène Lupin zum Beispiel nehmen können –, aber jedenfalls gehören *No Orchids* und die Raffleserzählungen zu jener Gruppe von Kriminalgeschichten, die den Verbrecher und nicht den Detektiv ins Rampenlicht rücken. Sie sind aus soziologischen Gründen, im Motiv des verherrlichten Verbrechens, miteinander vergleichbar. *No Orchids* liefert die Version von 1939, Raffles jene von 1900, und mir geht es hier um die ungeheuer verschiedene moralische Atmosphäre der beiden Bücher und um den Wandel der allgemeinen Haltung, der sich möglicherweise darin verrät.

Für uns heute liegt der Charme von *Raffles* in der Atmosphäre der damaligen Epoche wie auch in der technischen Qualität der Geschichten. Hornung war ein sehr gewissenhafter und in seinem Fach sehr begabter Schriftsteller. Wem es auf pure Leistung ankommt, muß dieses Werk bewundern. Das eigentlich dramatische an Raffles aber, was ihn bis heute fast sprichwörtlich gemacht hat (noch vor einigen Wochen nannte ein Richter einen Einbrecher »einen leibhaftigen Raffles«) ist die Tatsache, daß er ein Gentleman ist. Mit Raffles wird uns – und das geht aus zahllosen Dialogfetzen und gelegentlichen Bemerkungen hervor – nicht der anständige Mensch, der auf die schiefe Bahn gekommen ist, vorgestellt, sondern der Lehrer einer höheren Schule, der auf die schiefe Bahn gekommen ist. Er bereut, wenn überhaupt, fast immer die sozialen Folgen; er hat die »alte Schule« entwürdigt, er hat kein Recht mehr auf die »gute Gesellschaft«, er hat seinen Amateurstatus verwirkt und ist ein ordinärer Lump geworden. Raffles und Bunny scheinen beide kein besonderes Gefühl dafür zu haben, daß Stehlen an sich schon sträflich ist, obgleich sich Raffles einmal mit der Bemerkung rechtfertigt, daß »die Verteilung des Eigentums ohnehin falsch sei«. Sie halten sich nicht für Sünder, sondern für Abtrünnige oder einfach für Außenseiter. Und das, was die meisten von uns für Moral halten, gilt so sehr auch noch für Raffles, daß wir seine Situation besonders ironisch finden. Ein West-End-Klubmitglied als richtiger Einbrecher! Das ist doch fast eine Geschichte für sich, oder nicht? Aber was, wenn ein Dachdecker oder ein Gemüsehändler ein richtiger Einbrecher wäre? Wäre das allein schon aufregend? Nein – obwohl es dasselbe Motiv wäre, ein Doppelleben, in dem das bürgerliche Ansehen den Verbrecher deckt. Selbst Charles Peace in seinem Predigertalar wirkt weniger heuchlerisch als Raffles in seinem I-Zingari-Blazer.

Natürlich glänzt Raffles in jedem Spiel, aber es paßt besonders gut, daß er am liebsten Kricket spielt. Das läßt nicht nur endlose Vergleiche zwischen seinem Geschick als Werfer und seinem Geschick als Einbrecher zu, sondern hilft auch, die Art seiner Verbrechen genau zu definieren. Kricket ist in Wirklichkeit kein sehr populäres Spiel in England – nicht annähernd so populär wie etwa Fußball – aber es drückt eine hervorstechende englische Charaktereigenschaft aus: die Neigung nämlich, ›Form‹ oder ›Stil‹ höher zu bewerten als den Erfolg. Jeder wahre Kricketfan kann eine Verteidigung mit zehn Läufen ›besser‹ (d. h. eleganter) finden, als eine Verteidigung mit hundert Läufen; und außerdem ist Kricket eines der wenigen Spiele, in dem der Amateur den Profi übertreffen kann. Es ist ein Spiel voll verlorener Hoffnungen und plötzlicher, dramatischer Wendungen, und seine Regeln sind so wenig definiert, daß ihre Interpretation zum Teil in die Moral gehört ...

Weil Kricket lange dauert und ein ziemlich teures Spiel ist, wird es vorwiegend von der Oberschicht gespielt, aber die ganze Nation assoziiert damit Begriffe wie ›formvollendet‹ und ›kein Spielverderber sein‹, Begriffe, die aus dem allgemeinen Bewußtsein verschwunden sind, so wie die alte Regel ›wer am Boden liegt, den tritt man nicht‹ aus dem allgemeinen Bewußtsein verschwunden ist. Es ist kein Spiel des 20. Jahrhunderts, und fast alle modernen Leute verabscheuen es. Die Nazis zum Beispiel gaben sich alle Mühe, das Spiel in Deutschland zu desavouieren, wo es vor und nach dem letzten Krieg (dem Ersten Weltkrieg) eine gewisse Beliebtheit gewonnen hatte. Indem Hornung seinen Raffles als Kricketspieler und Einbrecher auftreten ließ, band er ihm nicht nur eine gute Maske vor; er zeichnete auch den schärfsten für ihn denkbaren moralischen Kontrast.

Raffles ist die Geschichte eines Hochstaplers nicht weniger als die *Great Expectations* und *Le Rouge et le Noir;* und viel verdankt sie der Unbestimmtheit von Raffles sozialer Position. Ein schlechterer Autor hätte den Gentleman-Einbrecher als Lord oder mindestens als Baron auftreten lassen. Raffles aber stammt aus der oberen Mittelschicht und kommt in aristokratische Kreise nur wegen seines persönlichen Charmes. »Wir besuchen die Gesellschaft, aber wir gehören nicht dazu«, sagt er gegen Ende des Buches zu Bunny; und: »Sie haben mich wegen meinem Kricket eingeladen«. Bunny und er akzeptieren die Werte der ›Gesellschaft‹ widerspruchslos, und sie würden sich sofort in ihr ansiedeln, wenn sie nur endlich einträgliche Beute machten. Der Ruin, der sie ständig bedroht, ist eben deshalb so schlimm, weil sie nicht sicher »dazu« gehören. Ein Herzog, der im Gefängnis gesessen hat, ist und bleibt ein Herzog, während ein einfacher Bürger, einmal entehrt, für immer aufhört, ›Bürger‹ zu sein. Die Schlußkapitel des Buches, als Raffles nach seiner Entdeckung unter falschem Namen lebt, klingen nach ›Götterdämmerung‹, einer geistigen Atmosphäre, die Kiplings *Gentleman Rankers* ziemlich ähnelt:

Yes a trooper of the forces/Who has run his own six horses! etc.

Von jetzt an gehört Raffles unwiderruflich zum ›Geschlecht der Verdammten‹. Er kann zwar immer noch erfolgreich einbrechen, aber es führt kein Weg zurück ins Paradies, und das heißt zum Piccadilly und in den Marylebone Cricket Club. Der traditionelle Ehrenkodex kennt nur *einen* Weg zur Rehabilitierung, und das ist der Tod auf dem Schlachtfeld. Raffles stirbt im Kampf gegen die Buren (ein erfahrener Leser wird das von Anfang an kommen sehen), und in den Augen seines Schöpfers wie in Bunnys Augen hat er so seine Sünden gebüßt.

Natürlich sind Raffles und Bunny nicht im religiösen Sinne gläubig. Beide haben keine eigentlich sittlichen Maßstäbe, höchstens ein paar Verhaltensregeln, nach denen sie sich halb instinktiv richten. Aber gerade hier bricht der tiefe Graben zwischen der Moral von Raffles und *No Orchids* auf. Raffles und Bunny sind Gentlemen, trotz allem, und die wenigen Regeln, die sie haben, dürfen auch nicht verletzt werden. Gewisse Dinge ›tut man nicht‹, und auf die Idee, sie doch zu tun, kommt man kaum. Zum Beispiel wird Raffles keine Gastfreundschaft mißbrauchen. Zwar wird er in dem Haus, wo er eingeladen ist, etwas stehlen, aber bestohlen werden darf nur ein anderer Gast, nicht der Gastgeber. Er will auch nicht zum Mörder werden; er vermeidet Gewalt, wo immer möglich und verübt seine Einbrüche mit Vorliebe unbewaffnet. Freundschaft hält er heilig und zu Frauen ist er, wenn auch nicht anständig, so doch höflich. Er nimmt zusätzliche Gefahren in Kauf, wenn es der ›Sportsgeist‹ verlangt, ja manchmal sogar aus ästhetischen Gründen. Vor allem aber ist er ungeheuer patriotisch. Er feiert das Diamantenjubiläum (»Sechzig Jahre lang, Bunny, hat uns die absolut beste Königin regiert, die die Welt je gesehen hat«), indem er der Königin per Post einen antiken Goldbecher schickt, den er aus dem Britischen Museum gestohlen hat. Aus teils politischen Motiven stiehlt er die Perle, die der deutsche Kaiser einem britischen Feind schenken will, und als es im Burenkrieg schlecht steht, ist sein einziger Gedanke, an die Front zu kommen. Hier entlarvt er unter Preisgabe seiner Identität einen Spion, und schließlich stirbt er ruhmreich an einer

Burenkugel. In dieser Kombination von Verbrechen und Patriotismus ähnelt er fast dem zeitgenössischen Arsène Lupin, der auch mit dem deutschen Kaiser abrechnet und seine sehr schmutzige Vergangenheit in der Fremdenlegion abstreift.

Vor allem aber darf man nicht übersehen, daß Raffles' Verbrechen für moderne Maßstäbe unbedeutend sind. Juwelen im Wert von vierhundert Pfund zu erbeuten, hält er für einen großen Coup. Und obwohl die Geschichten überzeugend gegenständlich und detailliert sind, sind sie sehr wenig sensationell; wenig Leichen, kaum Blut, keine Sexualverbrechen, kein Sadismus, keine Perversionen irgendwelcher Art. Tatsächlich scheint es, als seien die Kriminalgeschichten, jedenfalls die anspruchsvolleren der letzten zwanzig Jahre, entschieden blutrünstiger geworden. Ein paar frühe Detektivgeschichten kommen sogar noch ohne Mord aus. Die Sherlock Holmes Erzählungen sind beispielsweise nicht nur Mordgeschichten; in manchen geht es noch nicht einmal um strafbare Handlungen. So auch bei John Thorndike, während bei Max Carrado Mordgeschichten in der Minderzahl sind. Seit 1918 aber sind Kriminalgeschichten ohne Mord ausgesprochen selten geworden, während die abstoßendsten Details von Zerstückelung und Leichenfledderei offen ausgemalt werden. Einige Geschichten von Peter Whimsey zum Beispiel verraten ein extrem krankhaftes Interesse an Leichen. Die Erzählungen um Raffles sind, wenn auch aus der Sicht des Verbrechers geschrieben, so doch viel weniger asozial als viele moderne Geschichten, in denen der Detektiv die Hauptrolle spielt. Sie wirken vor allem jungenhaft. Sie gehören zu einer Zeit, als es noch eine verbindliche Moral gab, wenn es auch eine verrückte Moral war. Ihr Schlüsselwort ist: »Das tut man nicht«. Die Linie, die sie zwischen gut und böse zieht, ist so sinnlos wie ein polynesisches Tabu, wird aber wenigstens wie dieses von allen akzeptiert, und das ist ihr Vorteil.

George Orwell

Die Iden des März

Es war eine halbe Stunde nach Mitternacht, als ich in den Albanyklub, meiner letzten Zuflucht, zurückkehrte. Der Schauplatz meines Verderbens war kaum anders, als ich ihn verlassen hatte. Bakkaratmarken lagen auf dem Tisch verstreut zwischen leeren Gläsern und überfüllten Aschenbechern. Ein Fenster war geöffnet worden, um Rauch abziehen zu lassen, aber dafür ließ es Nebel herein. Raffles selbst hatte nur den Frack mit einem seiner unzähligen Hausröcke vertauscht, und doch runzelte er die Stirn, als ob ich ihn aus dem Bett gerissen hätte.

»Etwas vergessen?« fragte er, als er mich erblickte.

»Nein«, antwortete ich, mich ohne Umstände an ihm vorbeidrängend. Und mit einer Ungeniertheit, die mich selbst erstaunte, ging ich in sein Zimmer voraus.

»Sie sind doch nicht etwa gekommen, um Revanche zu fordern? Denn die würde ich Ihnen beim besten Willen allein nicht geben können. Es tat mir selbst leid, daß die andern . . .«

Wir standen uns an seinem Kamin gegenüber, als ich ihm ins Wort fiel.

»Raffles«, sagte ich, »Ihre Überraschung, daß ich so und um diese Stunde zurückkehre, begreife ich. Ich kenne Sie ja kaum und habe Ihr Zimmer bis heute abend noch nie betreten. Aber ich war Ihr Leibfuchs in der Schule, und Sie sagten, Sie erinnerten sich meiner. Das ist natürlich keine Entschuldigung; aber wollen Sie mich anhören – nur zwei Minuten?«

»Gewiß, mein Lieber, solange Sie wollen. Rauchen Sie eine Sullivan und nehmen Sie Platz«, entgegnete er, indem er mir seine silberne Zigarettendose anbot.

»Nein«, erwiderte ich kopfschüttelnd und mit fester Stimme, »ich werde weder rauchen noch Platz nehmen, und wenn Sie gehört haben, was ich Ihnen zu sagen habe, werden Sie Ihre Einladung kaum wiederholen.«

»Wirklich?« antwortete er, während er sich eine Zigarette anzündete und seine klaren blauen Augen auf mich richtete. »Wie können Sie das wissen?«

»Weil Sie mir natürlich die Tür weisen werden«, rief ich bitter, »und Sie werden damit ganz recht haben. Aber wozu auf den Busch klopfen. Sie wissen, daß ich vorhin zweihundert Pfund verloren habe?«

Er nickte.

»Und daß ich nicht soviel Geld bei mir hatte.«

»Ja, ich entsinne mich.«

»Aber ich hatte mein Scheckbuch und schrieb für jeden von euch einen Scheck aus, dort am Pult.«

»Nun?«

»Keiner davon ist das Papier wert, worauf er geschrieben ist, Raffles. Ich habe mein Guthaben bei der Bank überzogen.«

»Doch gewiß nur für den Augenblick?«

»Nein, es ist alles fort.«

»Aber irgend jemand hat mir doch gesagt, Sie seien in ganz guten Verhältnissen und hätten geerbt.«

»Das habe ich auch – vor drei Jahren – das war eben mein Fluch, und nun ist alles hin – bis auf den letzten Penny! Ja, ich bin ein Narr gewesen, wie es keinen zweiten auf der Welt gibt oder geben wird . . . Genügt Ihnen das noch nicht? Warum werfen Sie mich denn nicht hinaus?«

Stattdessen ging er mit sehr langem Gesicht auf und ab.

»Können denn Ihre Verwandten nichts für Sie tun?« fragte er schließlich.

»Gott sei Dank«, rief ich, »habe ich keine Verwandten. Ich war das einzige Kind meiner Eltern und habe alles geerbt. Mein Trost ist, daß sie dies nicht mehr erlebt haben und niemals erfahren werden.«

Bei diesen Worten warf ich mich auf einen Stuhl und verbarg mein Gesicht. Raffles ging weiter auf und ab auf dem kostbaren Teppich, der mit der ganzen Ausstattung seines Zimmers in Einklang stand, ohne seinen gleichmäßigen, leisen Schritt zu ändern.

»Sie haben sich doch früher mit Literatur befaßt«, sagte er endlich. »Haben Sie nicht vor Ihrem Abgang das Schulmagazin herausgegeben? Jedenfalls erinnere ich mich, daß Sie mir als Fuchs meine Verse machen mußten, und diese Art von Literatur ist ja heutzutage modern. Jeder Dummkopf kann sich sein Brot damit verdienen.«

»Kein Dummkopf könnte mir meine Schulden vom Halse schreiben«, antwortete ich kopfschüttelnd.

»Sie haben aber doch irgendeine Wohnung?« fuhr er fort.

»Ja, in Mount Street.«

»Wie steht's denn mit den Möbeln?«

In meinem Elend mußte ich laut auflachen.

»Nicht ein Schemel, an dem nicht schon seit Monaten der Kuckuck klebt!«

Als er dies hörte, blieb Raffles mit hochgezogenen Augenbrauen stehen. Dann nahm er achselzuckend seine Wanderung wieder auf, und einige Augenblicke sprach keiner von uns ein Wort. Aber in seinem gutaussehenden, unbewegten Gesicht las ich mein Schicksal und mein Todesurteil. Mit jedem Atemzug verwünschte ich meine Torheit und daß ich so feige gewesen war, mich überhaupt an ihn zu wenden. Weil er in der Schule als Kapitän der Kricketspieler freundlich zu mir, und weil ich sein Leibfuchs gewesen war, hatte ich es gewagt, auch jetzt noch auf seine Güte zu zählen; weil ich zugrunde gerichtet war, und er reich genug, um den ganzen Sommer Kricket zu spielen und während des übrigen Jahres nichts zu tun, hatte ich dummerweise auf seine Nachsicht, seine Teilnahme und seine Hilfe gerechnet! Ja, ich hatte mich im Herzen trotz meiner äußerlichen Schüchternheit und Demut auf ihn verlassen, und nun geschah mir ganz recht. In diesen geschwungenen Nüstern, diesem energischen Kinn, diesen kalten blauen Augen, die niemals zu mir hinsahen, lag weder Nachsicht noch Sympathie. Ich griff nach meinem Hut, erhob mich schwankend und wäre ohne ein weiteres Wort gegangen, wenn nicht Raffles zwischen mir und der Tür gestanden hätte.

»Wo wollen Sie hin?« fragte er.

»Das ist meine Sache«, erwiderte ich. »Wollen Sie mich vorbeilassen?«

»Nicht ehe Sie mir gesagt haben, wohin Sie gehen und was Sie vorhaben.«

»Können Sie das nicht erraten?« rief ich, und sekundenlang starrten wir einander in die Augen.

»Haben Sie auch den Mut dazu?« fragte er endlich in einem so zynischen Ton, daß auch der letzte Tropfen meines Blutes zu kochen begann.

»Das will ich Ihnen zeigen«, antwortete ich, indem ich einen Schritt zurücktrat und den Revolver aus der Tasche riß. »Wollen Sie mich vorbeilassen, oder soll ich es hier tun?«

Die Mündung berührte meine Schläfe und der Zeigefinger den Abzug. Wahnsinnig vor Aufregung, wie ich war, zugrunde gerichtet, entehrt, und jetzt fest entschlossen, meinem verfehlten Dasein ein Ende zu machen, ist es mir noch heute unbegreiflich, daß ich es nicht auf der Stelle tat. Die jämmerliche Befriedigung, einen andern in meinen Untergang zu verwickeln, verschaffte meiner niedrigen Selbstsucht eine erbärmliche Genugtuung, und noch jetzt überläuft mich ein Schauder bei dem Gedanken, daß mir ein Blick der Furcht oder des Schreckens ein hämischer Trost gewesen und ich glücklich gestorben wäre, wenn sich im Gesicht des andern etwas derartiges gezeigt hätte. Stattdessen erschien ein Ausdruck in seinen Zügen, der meine Hand lähmte. Weder Furcht noch Schrecken lag darin, nur Überraschung, Bewunderung und ein solches Maß befriedigter Erwartung, daß ich meinen Revolver mit einem Fluch wieder in die Tasche steckte.

»Sie Teufel!« zischte ich. »Ich glaube, Sie wollten mich dazu bringen!«

»Da irren Sie sich«, antwortete er, leicht zusammenfahrend und mit einem Farbenwechsel, der etwas zu spät kam. »Um Ihnen die Wahrheit zu sagen, ich glaubte halb und halb, Sie würden wirklich Ernst machen, und nie im Leben hat mich etwas mehr fasziniert. Daß Sie aus solchem Stoff sind, Bunny, hätte ich mir nicht träumen lassen! Nein, ich will gehenkt werden, wenn ich Sie jetzt noch gehen lasse. Versuchen Sie aber den Scherz nicht noch einmal, denn ein zweites Mal würde ich nicht ruhig dabeistehen und zusehen. Wir müssen einen Ausweg aus der Klemme finden. Aber geben Sie mir erst einmal Ihren Revolver.«

Bei diesen Worten legte er mir freundlich eine Hand auf die Schulter, während die andre in meine Tasche glitt und sich ungehindert meiner Waffe bemächtigte. Ungehindert nicht nur, weil Raffles, wenn er wollte, unwiderstehlich war. Nie im Leben bin ich einem Menschen begegnet, der auch nur annähernd diese Wirkung gehabt hätte. Aber meine Fügsamkeit war mehr als bloße Unterwerfung der schwächeren Natur unter die stärkere. Die geringe Hoffnung, die mich zum Albanyklub geführt hatte, war wie durch einen Zauberschlag in ein beinahe betäubendes Gefühl von Sicherheit verwandelt worden. Raffles wollte mir doch helfen! A. J. Raffles wollte mein Freund sein! Es war, als ob sich plötzlich die ganze Welt auf meine Seite gestellt hätte, und weit entfernt, mich ihm zu widersetzen, ergriff ich seine Hand und drückte sie mit einer Inbrunst, die ich ebensowenig beherrschen konnte wie vorher meinen Wahnsinn.

»Gott segne Sie!« rief ich. »Verzeihen Sie mir alles, was ich gesagt habe. Ich will Ihnen die Wahrheit sagen. Ich glaubte wirklich, Sie würden mir in meiner Not helfen, obgleich ich wußte, daß ich keine Ansprüche an Sie hatte. Nur um der alten Schulzeiten willen dachte ich, Sie würden mir vielleicht noch eine Chance geben. Wenn nicht, dann wollte ich mir eine Kugel durch den Kopf jagen – und das werde ich auch jetzt noch tun, falls Sie andern Sinnes werden.«

Denn trotz seines freundlichen Tones und der noch freundlicheren Erinnerung an meinen alten Schulspitznamen* fürchtete ich eine solche Sinnesänderung, denn sein Ausdruck änderte sich

* Der Schulspitzname Bunny, oder Rabbit, wie Raffles seinen Freund zuweilen nennt, ist eine Anspielung auf den Kricketjargon; rabbits sind die weniger guten Spieler einer Elf. (Anm. d. Übers.)

während ich sprach. Seine nächsten Worte bewiesen mir jedoch, daß ich mich geirrt hatte.

»Voreilig mit Ihren Schlußfolgerungen wie ein Knabe! Ich habe meine Fehler, Bunny, aber in meinen Entschlüssen zu schwanken, gehört nicht dazu. Setzen Sie sich, mein Lieber, und zünden Sie sich eine Zigarette an; das beruhigt die Nerven. Ich bestehe darauf. – Whisky? Das Schlimmste, was Sie trinken können. Hier ist Kaffee, den ich gerade braute, als Sie kamen. Nun hören Sie mich an. Sie sprachen von ›noch einer Chance‹. Was meinen Sie damit? Noch eine Chance, Bakkarat zu spielen? Mit meiner Zustimmung gewiß nicht. Sie glauben, das Glück müsse sich wenden. Aber nehmen wir einmal an, es wendet sich nicht! Dann machen wir eine schlimme Lage nur noch schlimmer. Nein, lieber Freund, es ist schon schlimm genug. Wollen Sie sich ganz in meine Hand geben, oder nicht? – Gut, dann wird nicht mehr gespielt, und ich verpflichte mich, meinen Scheck nicht einzukassieren. Aber unglücklicherweise haben noch andre Leute solche Schecks, und das Schlimmste ist, Bunny, daß ich im Augenblick ebenso tief in der Tinte sitze wie Sie.«

Jetzt war es an mir, Raffles anzustarren. »Sie?« stieß ich hervor. »Sie stecken in der Klemme? Wie kann ich das glauben, wenn ich mich hier umsehe?«

»Habe ich es Ihnen etwa nicht geglaubt?« erwiderte er lächelnd. »Und nehmen Sie aus eigener Erfahrung an, daß ein Mensch notwendigerweise ein Guthaben bei der Bank haben muß, weil er eine Wohnung in diesem Haus hat, zu ein paar Klubs gehört und ein bißchen Kricket spielt? Ich versichere Ihnen, mein Lieber, daß ich in diesem Augenblick ebenso knapp dran bin wie Sie. Ich lebe nur von meiner Schlauheit – von weiter nichts. Für mich war es ebenso notwendig, heute abend ein paar Groschen zu gewinnen wie für Sie. Wir segeln in demselben Boot, Bunny; und es wäre ratsam, wenn wir zusammen ruderten.«

»Zusammen!« rief ich begeistert. »Ich will alles tun, Raffles, was Sie wollen wenn es Ihr Ernst ist, daß Sie mich nicht im Stich lassen. Schlagen Sie vor, was Sie wollen – ich werde es tun! Als ich hierher kam, war ich ein Verzweifelter, und das bin ich immer noch. Was ich tue, ist mir einerlei, wenn ich nur ohne Skandal aus dieser Sache herauskomme.«

Noch jetzt sehe ich ihn vor mir, wie er sich auf einem der prächtigen Stühle zurücklehnte, womit sein Zimmer ausgestattet war. Ich sehe seine lässige, athletische Gestalt, seine bleichen, scharfgeschnittenen, glattrasierten Züge, seine lockigen schwarzen Haare, seinen kräftigen, gewissenlosen Mund, und wieder fühle ich, wie der klare Strahl seiner wunderbaren Augen kalt und leuchtend wie ein Stern in mein Hirn dringt – und die geheimsten Geheimnisse meines Herzens ergründet.

»Ich möchte wissen, ob das alles Ernst ist«, sagte er endlich. »In Ihrer gegenwärtigen Stimmung gewiß, aber wer kann dauernd dieselbe Stimmung halten? Andererseits, wenn einer diesen Ton anschlägt, darf man das Beste hoffen. Da fällt mir ein, daß Sie in der Schule ein ganz schneidiges Kerlchen waren und mir einmal einen großen Dienst erwiesen haben. Wissen Sie noch, Bunny? Na, warten Sie mal, vielleicht kann ich Ihnen einen noch größeren erweisen. Lassen Sie mir nur Zeit, die Sache zu überlegen.«

Nach diesen Worten erhob er sich, zündete eine neue Zigarette an und begann wieder im Zimmer auf und ab zu gehen, aber mit langsameren und bedächtigeren Schritten und viel länger als vorher. Zweimal blieb er an meinem Stuhl stehen, als wollte er etwas sagen, allein jedesmal besann er sich anders und nahm seine Wanderung schweigend wieder auf. Einmal riß er das Fenster auf, das er vor einiger Zeit geschlossen hatte und lehnte sich ein paar Augenblicke in den Nebel hinaus. Inzwischen schlug eine Uhr auf dem Kaminsims eins, dann halb zwei, ohne daß ein Wort zwischen uns gewechselt worden wäre.

Trotzdem blieb ich geduldig auf meinem Stuhl sitzen, ja schließlich war mir ganz unverhältnismäßig gelassen zumute. Unmerklich hatte ich meine Bürde auf die breiten Schultern dieses herrlichen Freundes geladen, und meine Gedanken folgten meinen wandernden Augen, während die Zeit verging. Das geräumige Zimmer trug mit seinen Flügeltüren und dem marmornen Kaminsims den Stempel der dem Albanyklub eigentümlichen, etwas düsteren, altmodischen Vornehmheit. Es war vollendet ausgestattet und eingerichtet, mit dem richtigen Maß von künstlicher Nachlässigkeit und gutem Geschmack. Auffällig war, daß gerade die gewöhnlichen Insignien eines Kricketspielers fehlten. Statt des üblichen Gestells mit stark gebrauchten Schlaghölzern nahm ein wohlgefüllter Bücherschrank von geschnitztem Eichenholz den größeren Teil einer Wand ein, und wo ich Gruppenbilder von Kricketspielern erwartete, sah ich Darstellungen von ›Liebe und Tod‹ und dergleichen in staubigen Rahmen. Der Bewohner hätte eher ein Dichterling statt ein Sportler reinsten Wassers sein können. Aber in Raffles' komplizierter Natur hat der Sinn für Ästhetik stets eine hervorragende Rolle gespielt; einige von diesen Bildern hatte ich selbst in seinem Arbeitszimmer in der Schule abgestaubt, und sie erinnerten mich an eine andre Seite seines vielschichtigen Wesens – und an den kleinen Vorfall, den er eben angedeutet hatte.

Jeder weiß, wie sehr der Ton einer Schule von dem der Elf (der Kricketspieler) und ganz besonders vom Charakter des Kricketkapitäns bestimmt wird, und es war immer unbestritten, daß unser Ton zu A. J. Raffles' Zeit gut, und der Einfluß, den auszuüben er sich Mühe gab, ein günstiger gewesen sei. Trotzdem flüsterte man sich in der Schule zu, er durchstreife die Stadt bei Nacht in einem grellkarierten Anzug und mit einem falschen Bart. Man flüsterte sich das zu, aber man glaubte es nicht. Ich allein wußte, daß es stimmte, denn Nacht für Nacht hatte ich das Seil hinter ihm in die Höhe gezogen, wenn die andern im Schlafsaal in tiefem Schlummer lagen, und war stundenlang wach geblieben, um es ihm auf ein Zeichen wieder hinunterzulassen. Eines Abends war er zu tollkühn gewesen, so daß er um ein Haar in der Blütezeit seines Ruhmes schmählich aus der Schule gejagt worden wäre. Seine unglaubliche Kühnheit und außerordentliche Kaltblütigkeit, denen zweifellos meine Geistesgegenwart zu Hilfe kam, wandten indes diese unangenehmen Folgen ab, und der wenig ehrenvolle Zwischenfall konnte mit dem Mantel des Schweigens bedeckt werden. Aber ich kann nicht behaupten, daß ich ihn vergessen hätte, als ich mich in meiner Verzweiflung an das Mitleid dieses Mannes klammerte, und ich fragte mich gerade, inwieweit ich seine Nachsicht dem Umstand zu verdanken hätte, daß auch er sich daran erinnerte, als er stehenblieb und sich wieder über meinen Stuhl beugte.

»Ich dachte eben an die Nacht, wo wir beide mit knapper Not davongekommen sind«, begann er. »Warum zucken Sie zusammen?«

»Weil ich in diesem Augenblick auch daran dachte.«

»Sie waren damals ein kleiner Racker von der rechten Sorte, Bunny«, fuhr er lächelnd fort, als ob er meine Gedanken gelesen hätte. »Sie hielten den Mund und waren kein Feigling; Sie stellten keine Fragen und schwatzten nicht aus der Schule. Ich möchte gerne wissen, ob Sie immer noch so sind.«

»Das weiß ich nicht«, entgegnete ich, durch seinen Ton etwas verblüfft. »Ich habe meine eigenen Angelegenheiten so gründlich verpfuscht, daß ich mir selbst so wenig traue wie andere Leute mir. Aber trotzdem habe ich nie im Leben einen Freund im Stich gelassen, das kann ich wohl sagen, sonst wäre ich heute abend vielleicht nicht in einer so verfluchten Klemme.«

»Sehr richtig«, sagte Raffles, vor sich hinnickend, als ob er einen geheimen Gedankengang bestätigt fände, »sehr richtig. So habe ich Sie auch in Erinnerung, und ich wette meinen Kopf, daß das heute noch genauso wahr ist wie vor zehn Jahren. Wir ändern uns nicht, Bunny, wir entwickeln uns nur. Weder Sie noch ich sind wirklich anders geworden seit damals, als Sie mir das Seil herunterließen und ich hinaufkletterte. Für einen Freund würden Sie vor nichts zurückschrecken – nicht wahr?«

»Vor nichts in der Welt!« rief ich begeistert.

»Selbst nicht vor einem Verbrechen?« fragte Raffles lächelnd.

Nachdenklich zögerte ich. Sein Ton war anders geworden, aber ich war sicher, daß er mich nur necken wollte. Und doch schien in seinen Augen soviel Ernst zu liegen wie immer, und ich war nicht in der Stimmung, Vorbehalte zu machen.

»Nein, selbst davor nicht«, erklärte ich.

Einen Augenblick sah er mich erstaunt, dann zweifelnd an und schüttelte mit dem leisen zynischen Lachen, das ihm so eigentümlich war, den Kopf, als ob er die Sache von sich weisen wolle.

»Sie sind ein netter Kerl, Bunny! Ein richtiger verzweifelter Charakter – he! Im einen Augenblick Selbstmord, im nächsten jedes beliebige Verbrechen, das ich vorschlage. Was Ihnen fehlt, mein Junge, ist ein Hemmschuh, und Sie haben wohl daran getan, sich an einen anständigen, die Gesetze achtenden Bürger zu wenden, der einen guten Ruf zu verlieren hat. Aber trotzdem müssen wir das Geld noch heute nacht haben – auf Biegen oder Brechen.«

»Heute nacht, Raffles?«

»Je früher, desto besser. Jede Stunde nach zehn Uhr morgens ist gefährlich. Wenn einer von Ihren Schecks bis zu Ihrer Bank gelangt, verlieren Sie und die Bank die Reputation. Nein, wir müssen uns das Geld heute nacht verschaffen und morgen vormittag, so bald als möglich, ein neues Konto für Sie eröffnen lassen. Und ich glaube, ich weiß, wo wir das Zeug bekommen können.«

»Um zwei Uhr nachts?«

»Ja.«

»Aber wie – wo – zu dieser Stunde?«

»Bei einem meiner Freunde hier in Bond Street.«

»Das muß ein sehr intimer Freund sein.«

»Intim ist nicht das rechte Wort, aber ich kann bei ihm ein und ausgehen und habe einen eigenen Schlüssel zu seiner Wohnung.«

»Und Sie wollen ihn mitten in der Nacht heraustrommeln?«

»Wenn er im Bett liegt, ja.«

»Ist es nötig, daß ich Sie begleite?«

»Unbedingt.«

»Dann muß es wohl sein, aber ich gestehe, daß mir der Gedanke sehr wenig gefällt, Raffles.«

»Ziehen Sie dic andere Alternative vor?« fragte mein Genosse mit einem höhnischen Grinsen. »Nein, zum Henker, das war unfair«, rief er reuig in demselben Atemzug. »Ich begreife Sie sehr wohl, denn ich weiß, daß es eine furchtbare Probe ist; aber daß Sie draußen stehen bleiben, ist ganz unmöglich. – Ich will Ihnen etwas sagen, Sie sollen eine kleine Aufmunterung haben – aber nur eine. Hier ist der Whisky und da ein Syphon. Ich will einen Mantel holen, während Sie sich bedienen.«

Das tat ich denn auch, und zwar nicht allzu bescheiden, denn dieser Plan war mir nicht weniger widerwärtig, weil er offenbar unumgänglich war. Aber ich muß zugeben, daß er, noch ehe mein Glas leer war, viel von seinem Schrecken verloren hatte. Inzwischen trat Raffles wieder ein. Ein Mantel verhüllte seine bunte Flanelljacke, und ein weicher Filzhut war nachlässig auf seinen Lockenkopf gestülpt, den er lächelnd schüttelte, als ich ihm die Flasche reichte.

»Wenn wir wieder hier sind«, sagte er. »Erst die Arbeit und dann das Vergnügen. Sehen Sie, welches Datum wir haben?« fügte er hinzu, indem er ein Blatt von seinem Wandkalender abriß, während ich mein Glas leerte. »Den 15. März. ›Die Iden des März, die Iden des März‹! Vergessen Sie das nicht. He, Bunny, mein Junge, die werden Sie nicht vergessen, wie?«

Lachend warf er eine Schaufel Kohlen aufs Feuer, bevor er wie ein sorglicher Hausvater das Gas klein drehte, und so verließen wir das Zimmer, als die Uhr auf dem Kaminsims zwei schlug.

* * *

Piccadilly lag wie ein Graben vor uns, mit kaltem weißem Nebel gefüllt, vom verschwommenen Schein der Laternen eingefaßt und mit einer dünnen Schicht klebrigen Schmutzes bedeckt. Wir begegneten keiner Menschenseele auf dem verlassenen Gehsteig. Der Polizist, der den Dienst im Stadtviertel hatte, bedachte uns mit einem sehr scharfen Blick, grüßte aber durch eine Berührung des Helmes, als er meinen Begleiter erkannte.

»Die Polizei kennt mich, wie Sie sehen«, bemerkte Raffles lachend, als wir weitergingen. »Arme Teufel! In einer solchen

Nacht heißt's aufpassen! Für Sie und mich mag Nebel eine Unannehmlichkeit sein, Bunny, aber er ist eine wahre Gottesgabe für die Verbrecher, besonders so spät im Jahr. Aber hier sind wir an Ort und Stelle – und ich will mich hängen lassen, wenn der Mensch nicht doch im Bett liegt und schläft.«

Wir waren in die Bond Street eingebogen und standen jetzt auf der rechten Seite ein paar Schritte von der Ecke entfernt. Raffles schaute zu einigen Fenstern auf der anderen Seite der Straße empor, Fenster, die durch den Nebel kaum zu erkennen waren, denn nicht der geringste Lichtschimmer hob sie aus ihrer Umgebung hervor. Sie lagen über einem Juwelierladen, wie ich an dem Guckloch in der Tür und dem dahinter brennenden hellen Licht sah, aber der ganze obere Teil samt der neben dem Laden gelegenen Haustür war so schwarz wie der Himmel.

»Wollen wir's nicht für diese Nacht aufgeben?« drängte ich. »Morgen früh haben wir noch Zeit genug.«

»Keine Spur«, entgegnete Raffles. »Ich habe seinen Schlüssel, und wir wollen ihn überraschen. Vorwärts!«

Bei diesen Worten ergriff er mich am rechten Arm, zog mich eilig über die Straße und öffnete die Tür mit seinem Schlüssel, um sie im nächsten Augenblick rasch, aber geräuschlos hinter uns zu schließen. Nun standen wir zusammen im Dunkeln. Draußen näherten sich gemessene Schritte, die wir schon beim Überschreiten der Straße durch den Nebel gehört hatten. Jetzt, wo sie deutlicher wurden, umklammerten Raffles' Finger meinen Arm fester.

»Vielleicht ist er es selbst«, flüsterte er. »Er ist ein Satan von einem Nachtvogel. Keinen Laut, Bunny! Wir wollen ihn zu Tode erschrecken. – Ah!«

Die gemessenen Schritte waren vorbeigegangen, ohne anzuhalten. Raffles holte tief Atem, und seine Finger, die meinen Arm so seltsam umspannt hatten, lösten sich.

»Aber trotzdem keinen Laut!« fuhr er in demselben Flüsterton fort. »Irgendwo werden wir ihn schon in die Wolle bringen. Ziehen Sie die Schuhe aus und folgen Sie mir!«

Der Leser wird sich wundern, daß ich tat, wie mir geheißen wurde, aber er kennt eben A. J. Raffles nicht. Die Hälfte seiner Macht lag in der verbindlichen Art, in der er den Gebieter hinter dem Führer zurücktreten ließ, und es war geradezu unmöglich, einem solchen Führer nicht zu folgen. Als ich hörte, wie er seine Schuhe auszog, tat ich dasselbe und stieg hinter ihm die Treppe hoch, noch ehe ich mir klar gemacht hatte, was für eine ungewöhnliche Methode es war, einen Fremden mitten in der Nacht um Geld zu bitten. Augenscheinlich aber stand Raffles auf außerordentlich vertrautem Fuß mit ihm, und ich mußte annehmen, daß solche Scherze zwischen ihnen gang und gäbe seien.

So langsam tasteten wir uns die Treppe hinauf, daß ich Zeit zu einigen Beobachtungen hatte, bevor wir oben anlangten. Auf der Treppe lag kein Läufer, die ausgespreizten Finger meiner rechten Hand fühlten nichts auf der feuchten Wand, während die meiner linken mir verrieten, daß dicker Staub auf der Handleiste des Geländers lag. Eine unheimliche Empfindung hatte sich meiner bemächtigt, seit wir in dem Haus waren, und sie verstärkte sich mit jeder Stufe. Was für ein Einsiedler war das, den wir in seiner Zelle erschrecken wollten?

Jetzt kamen wir an einen Absatz. Das Geländer wand sich nach links und abermals nach links. Noch vier Stufen, dann standen wir wieder auf einem neuen, längeren Absatz, und plötzlich flammte ein Streichholz in der schwarzen Finsternis auf. Von einem Anreiben hatte ich nicht das Geringste gehört. Der Schein war blendend; als sich meine Augen daran gewöhnt hatten, sah ich Raffles, das Streichholz mit einer Hand hoch haltend und es mit der andern beschattend, zwischen kahlen Bretterwänden und den offenen Türen leerer Zimmer stehen.

»Wohin haben Sie mich geführt?« rief ich. »Das Haus ist ja nicht bewohnt!«

»Pst! Warten Sie!« flüsterte er, indem er mir in eins der leeren Zimmer vorausging. Sein Streichholz erlosch, als wir die Schwelle überschritten, und er strich ohne das geringste Geräusch ein anderes an. Nun kehrte er mir den Rücken und machte sich mit etwas zu schaffen, das ich nicht sehen konnte; allein als er das zweite Streichholz wegwarf, leuchtete statt dessen ein anderes Licht und ein schwacher Ölgeruch machte sich bemerkbar. Ich trat vor, um einen Blick über seine Schulter zu werfen; aber ehe ich das tun konnte, drehte er sich um und ließ den Schein einer winzigen Laterne auf mein Gesicht fallen.

»Was ist das?« stammelte ich mit stockendem Atem. »Was für einen faulen Streich wollen Sie spielen?«

»Er ist schon gespielt«, antwortete er mit einem ruhigen Lachen.

»Gegen mich?«

»Ich fürchte, ja, Bunny!«

»Es ist also niemand im Haus?«

»Niemand außer uns beiden.«

»Was Sie von einem Freund in Bond Street sagten, der uns das Geld geben würde, war also Schwindel?«

»Doch nicht ganz. Es ist vollkommen wahr, daß Danby mein Freund ist.«

»Danby?«

»Der Juwelier unten.«

»Was meinen Sie?« flüsterte ich zitternd wie Espenlaub, als mir dämmerte, was er meinen konnte. »Werden wir das Geld von dem Juwelier erhalten?«

»Nun, das nicht gerade.«

»Was denn?«

»Geldeswert – aus seinem Laden.«

Weitere Fragen waren überflüssig, denn mir war alles klar, bis auf meine eigene Blindheit. Ein Dutzend Anspielungen hatte er gemacht, und ich hatte keine durchschaut. Und nun stand ich in dem leeren Zimmer vor ihm und starrte ihn an, und er stand mit seiner Blendlaterne mir gegenüber und lachte mich aus.

»Ein Einbrecher!« keuchte ich. »Sie – Sie?«

»Ich sagte Ihnen ja, daß ich von meiner Schlauheit lebe.«

»Warum haben Sie mir nicht gesagt, was Sie vorhatten? Weshalb haben Sie mir nicht getraut? Warum war es nötig, mich zu belügen?« fragte ich trotz meines Abscheus empfindlich verletzt.

»Ich wollte es Ihnen eigentlich sagen«, antwortete er, »und war mehr als einmal drauf und dran. Sie entsinnen sich doch, wie ich à propos Verbrechen bei Ihnen auf den Busch klopfte, obgleich Sie wahrscheinlich vergessen haben, was Sie darauf antworteten. Ich glaubte auch nicht, daß es Ihr Ernst war, aber ich wollte Sie auf die Probe stellen. Jetzt sehe ich, daß ich recht hatte. Aber ich nehme Ihnen das nicht übel. Mich allein trifft die Schuld. Machen Sie sich aus dem Staub, mein lieber Junge, so rasch Sie können, und überlassen Sie die Sache mir. Verraten werden Sie mich doch wohl nicht, was Sie auch sonst tun mögen!«

Oh, seine Schlauheit, seine satanische Schlauheit! Wären es Drohungen, Zwang und Hohn gewesen, vielleicht wäre alles anders gekommen. Aber er stellte es mir frei, ihn im Stich zu lassen. Nicht einmal zur Verschwiegenheit wollte er mich verpflichten; er traute mir einfach. Meine schwachen wie meine starken Seiten kannte er, und er machte sie sich meisterhaft zunutze.

»Nicht so hitzig«, sagte ich. »Habe ich Sie auf diesen Gedanken gebracht, oder hätten Sie es auf jeden Fall getan?«

»Nicht auf jeden Fall«, antwortete Raffles. »Den Schlüssel habe ich allerdings schon seit Tagen, aber als ich heute abend gewann, wollte ich die Sache aufgeben, denn um die Wahrheit zu sagen, einer allein schafft es nicht.«

»Das entscheidet die Frage – ich bin der zweite.«

»Im Ernst?«

»Ja – für diese Nacht.«

»Guter alter Bunny!« murmelte er, mir die Laterne einen Augenblick vors Gesicht haltend. Darauf setzte er mir seinen Plan auseinander, und ich nickte, als ob wir ein Leben lang zusammen Einbrüche begangen hätten.

»Ich kenne den Laden, denn ich habe ein paar Sachen dort gekauft«, flüsterte er, »und ich kenne auch den oberen Teil des Hauses. Er ist seit einem Monat zu vermieten, und ich habe mir eine Anweisung zur Besichtigung der Wohnung verschafft und einen Abdruck des Schlüssels genommen, ehe ich davon Gebrauch machte. Das einzige, was ich noch nicht weiß, ist, wie man von oben in den Laden gelangt; gegenwärtig besteht keine Verbindung. Vielleicht könnten wir sie von hier aus herstellen, aber ich würde dem Keller den Vorzug geben. Wenn Sie einen Augenblick warten wollen, kann ich es Ihnen sagen.«

Bei diesen Worten stellte er die Laterne auf den Fußboden und schlich an ein Hinterfenster, das er fast geräuschlos öffnete, aber nur um kopfschüttelnd zurückzukehren, nachdem er es mit derselben Vorsicht geschlossen hatte.

»Das war unsere einzige Möglichkeit«, sagte er. »Hinterfenster über Hinterfenster, aber es ist so dunkel, daß man nichts sehen kann, und draußen Licht zu zeigen, dürfen wir nicht wagen. Folgen Sie mir in den Keller und vergessen Sie nicht, daß wir so wenig Geräusch wie möglich machen dürfen, obgleich keine Menschenseele im Haus ist. Da – da – hören Sie das?«

Es war derselbe gleichmäßige Schritt, den wir vorhin auf dem Gehsteig gehört hatten. Raffles verdunkelte seine Laterne, und wieder blieben wir regungslos stehen, bis der Schritt vorbei war.

»Entweder ein Polizist«, murmelte er, »oder ein Privatwächter, den sich diese Juweliere zusammen halten. Der Wächter ist der Mann, den *wir* bewachen müssen, denn er wird dafür bezahlt, solche Unternehmen zu verhindern.«

Leise schlichen wir die Treppe hinab, die trotz aller Vorsicht etwas knarrte. Nachdem wir im Flur unsere Schuhe aufgenommen hatten, stiegen wir einige schmale Stufen hinunter, an deren Fuß Raffles seine Laterne öffnete, seine Schuhe wieder anzog und mich aufforderte, dasselbe zu tun, wobei er lauter sprach, als er es sich oben gestattet hatte. Wir waren jetzt ziemlich tief unter dem Niveau der Straße in einem kleinen Raum, der ebenso viel Türen wie Wände hatte. Drei Türen standen offen, und wir sahen durch sie in leere Keller; die vierte war verschlossen und verriegelt. Durch diese gelangten wir sehr bald auf den Boden eines tiefen, viereckigen, vernebelten Schachtes.

Eine ähnliche Tür lag in der Schachtwand gegenüber. Raffles

hielt die Laterne, sie mit seinem Körper beschattend, dicht daran. Im nächsten Augenblick stand die Tür weit offen, und Raffles winkte mir mit einem Brecheisen.

»Tür Nummer Eins«, flüsterte er. »Der Teufel weiß, wieviele es noch sein mögen, aber mindestens zwei sind mir bekannt. Viel Lärm wird's dabei auch nicht geben, und hier unten ist das weniger riskant.«

Jetzt standen wir am Fuß einer schmalen Steintreppe, dem genauen Gegenstück derjenigen, welche wir eben herabgekommen waren. Der Schacht bildete das Bindeglied zwischen den Wohn- und den Geschäftsräumen; aber diese Treppe führte nicht in einen offenen Gang. Auf der obersten Stufe sahen wir uns einer sehr starken Mahagonitür gegenüber.

»Das dachte ich mir«, murmelte Raffles. Er reichte mir die Laterne und steckte mir einen Ring mit Dietrichen in die Tasche, nachdem er sie eine Weile an dem Schloß versucht hatte. »Hier durchzukommen wird uns eine Stunde Arbeit kosten.«

Es kostete uns aber nur siebenundvierzig Minuten nach meiner Uhr, oder vielmehr, es kostete Raffles soviel, und nie im Leben habe ich etwas mit mehr Überlegung tun sehen. Meine Teilnahme beschränkte sich darauf, mit der Blendlaterne in der einen und einem kleinen Fläschchen Petroleum in der anderen Hand dabeizustehen. Raffles hatte ein gesticktes Etui hervorgezogen, das scheinbar für seine Rasiermesser bestimmt, in Wahrheit aber mit den Werkzeugen seines geheimen Handwerks, wozu auch Petroleum gehörte, gefüllt war. Diesem Etui entnahm er einen Drillbohrer, der ein Loch von einem Zoll Durchmesser herstellte, und befestigte ihn in einer kleinen, aber sehr starken Bohrwinde. Dann zog er seinen Überrock und seine bunte Hausjacke aus, breitete sie sauber auf der obersten Stufe aus, kniete darauf, schlug seine Manschetten zurück und begann seine Arbeit mit dem Bohrer in der Nähe des Schlüssellochs. Um so wenig Geräusch wie möglich zu machen, ölte er den Bohrer jedesmal, wenn er ein neues Loch in Angriff nahm, ja häufig auch noch zwischendurch.

Als das erste kreisförmige Loch fertig war, steckte Raffles einen Zeigefinger durch, und als aus dem Kreis allmählich ein langgezogenes, schmales Oval geworden war, schob er die Hand bis zum Daumen hinein, und ich hörte, wie er leise fluchte.

»Das befürchtete ich!«

»Was gibt's denn?«

»Eine eiserne Tür dahinter.«

»Wie in aller Welt sollen wir da durchkommen?« fragte ich erschrocken.

»Wir müssen das Schloß mit dem Dietrich aufsperren. Vielleicht hat sie aber zwei Schlösser. In diesem Fall wird eins oben, das andere unten angebracht sein, und wir müssen zwei neue Löcher machen, da die Tür nach innen aufgeht. Sie läßt sich keine zwei Zoll öffnen.«

Ich muß gestehen, daß ich keine große Hoffnung auf den Dietrich setzte, nachdem uns schon das erste Schloß einen Strich durch die Rechnung gemacht hatte. Meine Enttäuschung und Ungeduld hätten mir einen seltsamen Seelenzustand offenbart, wenn ich mir die Zeit genommen hätte, nachzudenken, denn ich war jetzt mit einem unwillkürlichen Eifer bei unserem verbrecherischen Unternehmen, von dem mir im Augenblick nicht das Geringste zum Bewußtsein kam. Die Romantik und Gefahr des ganzen Vorgangs hielten mich mit ihrem Zauber gefangen und versetzten mich in eine Art von Rausch. Kein sittliches Bewußtsein und keine Furcht hielt mich mehr zurück. Da stand ich und hielt mit einem lebendigeren Interesse, als ich es jemals einer anständigen Beschäftigung entgegengebracht hatte, das Licht und das Fläschchen mit Petroleum, und vor mir kniete Raffles mit seinem wirren schwarzen Haar und demselben entschlossenen, wachsamen, ruhigen Lächeln, womit ich ihn bei so manchem Kricketmatch habe spielen sehen.

Endlich war die Reihe der Löcher fertig, das Schloß herausgebrochen, und ein prachtvoller nackter Arm fuhr bis zur Schulter durch die Öffnung und die Stangen der eisernen Gittertür dahinter.

»Falls sie nur ein einziges Schloß hat«, murmelte Raffles, »ist es in der Mitte. Hurra! Hier ist es! Wenn ich das erst aufgebrochen habe, sind wir durch.«

Bei diesen Worten zog er die Hand zurück, suchte einen Dietrich aus, und wieder fuhr sein Arm bis zur Schulter durch die Öffnung. Uns beiden stockte der Atem, ich hörte den Herzschlag in meiner Brust, das Ticken der Uhr in meiner Tasche und dann und wann das leise Knirschen des Dietrichs. Da – endlich – erfolgte ein unverkennbares Knacken: im nächsten Augenblick gähnten Mahagonitür und Gitter hinter uns. Raffles saß auf einem Schreibtisch und wischte sich das Gesicht ab, während die Laterne neben ihm einen ruhigen Lichtstreifen aussandte.

Wir waren in einem kahlen, geräumigen Zimmer hinter dem Laden, aber von diesem durch einen eisernen Rolladen getrennt, dessen Anblick genügte, mein Herz mit Verzweiflung zu erfüllen. Aber Raffles schien durchaus nicht entmutigt zu sein. Er hängte ganz gelassen Hut und Mantel an die Wand und begann, den Rolladen mit seiner Laterne zu untersuchen.

»Das ist gar nichts«, sagte er nach einer kurzen Besichtigung. »Der wird uns keinen Augenblick aufhalten, aber dahinter ist eine Tür, die uns vielleicht einigen Schweiß kosten wird.«

»Noch eine Tür!« stöhnte ich. »Wie wollen Sie dann aber mit diesem Ding da fertig werden?«

»Ich werde sie mit dem Gelenkbrecheisen in die Höhe heben. Die schwache Seite dieser eisernen Rolläden ist, daß sie der Hebelkraft unten einen guten Angriffspunkt bieten. Aber ohne Lärm geht es nicht, und nun kommt Ihre Aufgabe, Bunny, denn damit kann ich nicht ohne Sie fertig werden. Sie müssen oben Schmiere stehen und klopfen, wenn die Luft rein ist. Ich will Ihnen hinaufleuchten.«

Wie wenig mir die Aussicht auf meine einsame Wache gefiel, kann man sich vorstellen, und doch lag etwas ungemein Prickelndes in der lebenswichtigen Verantwortlichkeit, die damit verbunden war. Bis jetzt war ich nur ein einfacher Zuschauer gewesen; nun sollte ich mitspielen, und die neue Aufregung machte mich vollends immun gegen die Sprache meines Gewissens und die Rücksicht auf meine Sicherheit.

So bezog ich denn ohne Murren meinen Posten im Vorderzimmer über dem Laden. Teile der Einrichtung waren zur Verfügung des künftigen Mieters in der Wohnung geblieben, und dazu gehörten zu unserem Glück auch Rolläden, die schon herabgelassen waren. Zwischen deren Latten hindurch die Straße zu beobachten, zweimal mit dem Fuß anzuklopfen, wenn sich jemand näherte, und einmal, wenn wieder alles sicher war, das war die einfachste Aufgabe von der Welt. Mit Ausnahme eines metallischen Krachs ganz am Anfang waren die Geräusche, die bis zu mir drangen, ganz unglaublich schwach, aber auch sie verstummten bei jedem doppelten Aufklopfen meiner Fußspitze. Während der Stunde an dem Fenster ging ein Polizist gewiß ein halbes Dutzend Mal unter meinen Augen vorüber, und der Mann, den ich für den Privatwächter der Juweliere hielt, noch häufiger. Einmal stockte mir freilich der Herzschlag, aber nur einmal. Das war, als der Wächter stehenblieb und durch das Guckloch in den erleuchteten Laden sah. Ich wartete auf den Ton seiner Pfeife – ich war schon auf Galgen oder Gefängnis gefaßt! Allein meine Zeichen waren gewissenhaft befolgt worden, und der Mann ging in ungestörter Gemütsruhe weiter. Endlich erhielt auch ich ein Zeichen und ging im Schein angezündeter Streichhölzer erst die breite, dann die schmale Treppe hinab und durch den Schacht in das Zimmer hinter dem Laden, wo mich Raffles mit ausgestreckter Hand empfing.

»Brav gemacht, mein Junge!« sagte er. »Sie sind ein guter Freund in der Not und sollen Ihren Lohn haben. Mindestens tausend Pfund stecken in meinen Taschen, und hier in diesem Schrank gibt es sehr anständigen Portwein und ein paar Zigarren, die der arme Danby seinen Geschäftsfreunden anbietet. Trinken Sie einen herzhaften Schluck, das wird guttun. Auch einen Waschraum habe ich gefunden, denn wir müssen uns etwas waschen und in Ordnung bringen, ehe wir gehen; ich bin so schwarz wie Ihre Stiefel.«

Der eiserne Rolladen war herabgelassen, aber Raffles bestand darauf, ihn noch einmal soweit in die Höhe zu heben, daß ich durch die Glastür auf der anderen Seite sehen und das Werk seiner Hände im Laden bewundern konnte. Hier brannten die ganze Nacht über zwei elektrische Lampen, und bei ihrem kalten weißen Schein bemerkte ich zuerst nichts Verdächtiges. Ich übersah den sauberen Raum zwischen einigen mit Silberwaren gefüllten großen Glasschränken, die Raffles nicht angerührt hatte, und dem mit leeren Glaskästen bedeckten Ladentisch. Gerade vor mir war die Ladentür, worin sich das Guckloch als schwarzgrauer runder Fleck abzeichnete. Die Glaskästen auf dem Ladentisch hatte Raffles nicht geleert; ihr Inhalt steckte vielmehr in einem Panzerschrank, und die Unmöglichkeit, diesen zu erbrechen, war ihm beim ersten Blick klar geworden. Ebenso wenig hatte er das Silber seiner Beachtung gewürdigt, abgesehen von einer Zigarettendose für mich. Er hatte sich ausschließlich aufs Schaufenster beschränkt. Dieses war in drei Abteilungen geteilt, die bei Nacht durch abnehmbare eiserne Läden, jeder mit besonderem Schloß, gesichert wurden. Raffles hatte diese Läden ein paar Stunden früher abgenommen, als dies gewöhnlich zu geschehen pflegte, und jetzt schien das elektrische Licht auf die kahle Rückseite der Wellblechjalousie wie auf die Rippen eines Skeletts. Von der einzigen Stelle, die man von dem kleinen Guckloch in der Ladentür nicht übersehen konnte, waren sämtliche Wertgegenstände verschwunden, überall sonst befand sich alles in dem Zustand, worin es am Abend vorher gelassen worden war, und abgesehen von einer Reihe von beschädigten Türen hinter dem eisernen Rolladen, einer Flasche Wein und einem Kistchen Zigarren, die von unbefugten Händen berührt worden waren, einem sehr schwarzen Handtuch im Waschraum, hie und da einem halbverbrannten Streichholz und unseren Fingerabdrükken auf dem staubigen Treppengeländer, ließen wir kein Zeichen unseres Besuches zurück. –

»Ob ich den Plan schon lange hatte?« sagte Raffles, als wir beim ersten Morgengrauen wie zwei späte Ballbesucher durch die Straßen schlenderten. »Nein, Bunny; ich habe nie daran gedacht, bis ich vor etwa einem Monat sah, daß der obere Teil des Hauses leerstand, was mich veranlaßte, einige Kleinigkeiten im Laden zu kaufen und die Örtlichkeit auszukundschaften. Dabei fällt mir ein, daß ich die Sachen noch nicht bezahlt habe, aber bei Jupiter, das werde ich morgen tun, und wenn das keine poetische Gerechtigkeit ist, was sonst? Mein erster Besuch zeigte mir, daß etwas zu machen sei, aber bei meinem zweiten überzeugte ich mich, daß es ohne Hilfe nicht gehen würde. Deshalb hatte ich den Gedanken eigentlich schon wieder aufgegeben, als Sie mir gerade am rechten Abend und in der rechten Stimmung in den Weg liefen! Aber hier sind wir am Albany! Hoffentlich brennt das Feuer noch, denn – wie Ihnen zu Mute ist, Bunny, weiß ich nicht – mir ist so kalt wie Keats Eule.«

Er konnte an Keats denken – nach einem Einbruch! Er konnte sich nach einem Kaminfeuer sehnen – wie jeder normale Mensch! In mir tobte eine Flut von Empfindungen, und wenn ich unser Abenteuer beim rechten Namen nannte, hatte ich das Gefühl, als ob ich mit einem Strom eiskalten Wassers übergossen würde. Raffles war ein Einbrecher, und ich hatte ihm geholfen; folglich war auch ich ein Einbrecher. Und doch konnte ich es über mich bringen, an seinem Feuer zu stehen, mich zu wärmen und zuzusehen, wie er seine Taschen leerte, als ob wir nichts Außergewöhnliches und Sündhaftes begangen hätten.

Das Blut erstarrte in meinen Adern. Mir wurde übel. Alles ging mir wie ein Mühlrad im Kopf herum. Wie gern hatte ich diesen Schurken gehabt, wie hatte ich ihn bewundert! Jetzt mußten sich doch meine Neigung und Bewunderung in Abscheu und Verachtung verwandeln. Ich wartete auf diesen Umschwung meiner Empfindungen. Ich sehnte mich danach, von Herzen. Aber – ich wartete und sehnte mich vergebens.

So sah ich zu, wie er seine Taschen leerte und wie sich der Tisch mit ihrem funkelnden und glitzernden Inhalt bedeckte: Ringe zu Dutzenden, Diamanten mandelweise, Armbänder, Anhänger, Aigretten, Halsbänder, Perlen, Rubine, Amethyste, Saphire und

Diamanten, immer wieder Diamanten, blitzende Lichtstrahlen, die mich blendeten, verwirrten. Ganz zuletzt zog er keinen Edelstein, sondern meinen eigenen Revolver aus einer inneren Tasche, und sein Anblick berührte mich eigenartig. Ich glaube, ich sagte etwas, während meine Hand hastig danach griff, und noch jetzt sehe ich Raffles vor mir, wie er mich mit seinen klaren Augen anschaute, über denen seine Brauen in geschwungenen Bogen emporgezogen waren, und ich sehe noch, wie er mit seinem ruhigen, zynischen Lächeln die Patronen entfernte, ehe er mir die Waffe zurückgab.

»Vielleicht glauben Sie mir nicht, Bunny, aber ich habe bisher noch nie einen geladenen Revolver bei mir getragen«, sagte er, »ich will nicht bestreiten, daß es eine gewisse Zuversicht verleiht; aber es wäre doch sehr feige, wenn etwas schiefginge. Man könnte ihn gebrauchen, und das gehört nicht zum Spiel, obwohl ich schon oft gedacht habe, daß ein Mörder nach vollbrachter Tat Großartiges empfinden muß. Machen Sie nicht ein so unglückliches Gesicht, lieber Junge; ich habe diese Empfindungen noch nie gehabt und glaube auch nicht, daß ich sie jemals haben werde.«

»Aber das da haben Sie doch schon einmal getan?« fragte ich mit heiserer Stimme.

»Schon einmal? Mein lieber Bunny, Sie beleidigen mich! Sah das wie Anfängerarbeit aus? Natürlich habe ich das schon getan.«

»Oft?«

»Hm – nein! Jedenfalls nicht oft genug, um der Sache ihren Reiz zu nehmen, und tatsächlich nie, wenn ich nicht verdammt schlecht dran war. Haben Sie mal etwas von den Thimblebydiamanten gehört? Das war das letzte Mal – und ein armseliger Haufen falsche Steine kam dabei raus. Dann habe ich das kleine Geschäft auf Dormers Hausboot bei Henley im vorigen Jahr gemacht, wobei auch nicht viel herauskam. Einen wirklich großen Coup habe ich noch nicht gelandet, und sobald mir einer gelingt, stecke ich das Geschäft auf.«

Ja, dieser beiden Fälle entsann ich mich, aber zu denken, daß

Raffles der Täter war ... das war unglaublich, empörend und unfaßbar! Dann fielen meine Blicke wieder auf den an hundert Stellen glitzernden und funkelnden Tisch, und ich zweifelte nicht mehr.

»Wie sind Sie zuerst dazu gekommen?« fragte ich, als Neugier die Oberhand über mein Staunen gewann und sich das Fesselnde am Lebenslauf dieses Mannes allmählich mit der Anziehungskraft verwob, die er als Mensch auf mich ausübte.

»Ach, das ist eine lange Geschichte«, antwortete Raffles. »Das war in den Kolonien, als ich draußen war, um Kricket zu spielen. Die Geschichte ist zu lang, als daß ich sie Ihnen jetzt erzählen könnte, aber ich war so ziemlich in derselben Klemme wie Sie heute abend, und es war mein einziger Ausweg. Es sollte ja nur dies eine Mal passieren, aber dann hatte ich Blut geleckt, und es war vorbei mit mir. Warum sollte ich denn arbeiten, wenn ich stehlen konnte? Warum ein langweiliges, mir nicht zusagendes Geschäft anfangen, wenn mir Aufregung, Romantik, Gefahr und Wohlstand gleichzeitig geboten wurden? Natürlich ist es ja furchtbar unrecht, aber wir können nicht alle Moralisten sein, und der Reichtum ist auf alle Fälle ungerecht verteilt. Außerdem, man beschäftigt sich doch auch nicht unausgesetzt damit. Ich bin nur neugierig, ob Ihnen dieses Leben ebenso gefallen wird wie mir.«

»Gefallen?« rief ich. »Nein, nein, das ist kein Leben für mich. Einmal genügt!«

»Sie würden mir also nicht noch einmal helfen?«

»Verlangen Sie es nicht, Raffles, um Gotteswillen verlangen Sie es nicht!«

»Und doch sagten Sie vorhin, Sie würden alles für mich tun; Sie forderten mich auf, mein Verbrechen zu nennen! Aber ich wußte gleich, daß es nicht Ihr Ernst war. Diese Nacht haben Sie mich nicht im Stich gelassen, und ich sollte weiß Gott zufrieden sein! Ich bin vermutlich undankbar und unvernünftig, wenn ich mehr verlange, und es wäre am besten, heute einen Strich drunter zu machen, aber, sehen Sie, Bunny, Sie sind der richtige Mann für mich, der – richtige – Mann! Denken Sie nur wie glatt heut nacht alles gegangen ist! Nicht die geringste Schwierigkeit! So furchtbar ist es also nicht und wird es nie sein, wenn wir beide zusammenarbeiten.«

Er stand vor mir, die Hände auf meinen Schultern und lächelnd, wie nur er zu lächeln wußte. Ich drehte mich auf dem Absatz um, stemmte die Ellbogen auf den Kamin und verbarg meinen brennenden Kopf in den Händen. Im nächsten Augenblick legte sich seine Hand noch nachdrücklicher auf meinen Rücken.

»Schon gut, mein Junge; Sie haben ganz recht, und ich mehr als unrecht. Ich werde es nie wieder verlangen. Gehen Sie, wenn Sie wollen, und kommen Sie gegen Mittag wieder, um das Geld in Empfang zu nehmen. Abgemacht haben wir zwar nichts, aber ich werde Ihnen natürlich aus der Klemme helfen – besonders nachdem Sie mir heute Nacht so beigestanden haben.«

Jetzt fuhr ich herum, und das Blut kochte in meinen Adern.

»Ich mach wieder mit«, zischte ich mit zusammengebissenen Zähnen.

»Nicht Sie«, antwortete er mit einem gutgelaunten Lächeln über meine wahnwitzige Begeisterung.

»Doch, ich will!« schrie ich mit einem Fluch. »Ich will Ihnen helfen, so oft Sie wollen! Was kommt denn jetzt noch darauf an? Einmal habe ich geholfen und ich werde es wieder tun. Der Teufel hat mich sowieso; ich kann nicht mehr zurück, selbst wenn ich wollte. Wenn Sie mich wollen, ich bin Ihr Mann!«

So verbanden sich Raffles und ich in den Iden des März zu verbrecherischem Tun.

*Herren und Spieler**

Ob der alte Raffles ein hervorragender Verbrecher war oder nicht, mag dahingestellt bleiben; daß er aber als Kricketspieler einzig in seiner Art dastand, das kann ich beschwören. Merkwürdigerweise interessierte er sich unglaublich wenig für das Spiel als solches, obgleich er anerkannt der gefährlichste Schläger und der beste Läufer seiner Zeit war. Ein Wettkampf, an dem er nicht selbst teilnahm, war ihm vollkommen gleichgültig. Aber das war keineswegs verächtlicher Egoismus von ihm. Er behauptete, jede Begeisterung für das Spiel verloren zu haben und sich nur noch aus den niedrigsten Beweggründen daran zu beteiligen.

»Kricket«, pflegte Raffles zu sagen, »ist wie alles andere so lange gut genug, bis man etwas Besseres entdeckt hat. Als eine Quelle der Aufregung läßt es sich nicht mit anderen Dingen vergleichen, die du kennst, Bunny. Welche Befriedigung gewährt es denn, wenn man einen Spieler besiegt, dessen silberne Löffel man haben möchte? Andererseits, mit ein bißchen Ballspiel läßt sich eine gewisse Art niedriger Schlauheit trainieren; denn immer nach dem schwachen Punkt der Gegner zu suchen, ist genau die geistige Gymnastik, die man braucht. Ja, vielleicht gibt es wirklich eine gewisse Verwandtschaft zwischen beiden. Aber ich würde das Kricket morgen über Bord werfen, Bunny, wenn es nicht für einen Mann von meinen Neigungen ein so herrlicher Schutz wäre.«

»Inwiefern?« fragte ich. »Es lenkt die Aufmerksamkeit des Publikums auf dich, und ich sollte denken, in einem viel höheren Grade, als ratsam oder mit deiner Sicherheit verträglich ist.«

»Mein lieber Bunny, genau das ist falsch gedacht. Wenn man Verbrechen begehen und leidliche Aussicht haben will, unent-

* Der engl. Titel ›Gentlemen and Players‹ stammt aus dem Kricketjargon, wo unter Gentleman der Amateur und unter Player der professionelle Spieler verstanden wird. Die Redewendung wird hier in ihrem soziologischen Doppelsinn verwendet. (Anm. d. Übers.)

deckt zu bleiben, so muß man einfach nebenher eine andere Beschäftigung, eine offenkundige Beschäftigung treiben – je mehr sie einen vor die Öffentlichkeit bringt, um so besser. Der Grundgedanke liegt auf der Hand. Mr. Peace, frommen Angedenkens, blieb über jeden Verdacht erhaben, weil er sich eine gewisse Berühmtheit als Violinspieler und Tierbändiger erwarb, und es ist meine feste Überzeugung, daß Jack the Ripper in Wahrheit eine hervorragende öffentliche Persönlichkeit war, deren Reden vielleicht in denselben Zeitungen standen, die seine Untaten berichteten. Spiele irgendeine auffallende Rolle, und niemand wird vermuten, daß du daneben noch eine zweite ebenso bedeutende spielst. Deshalb dringe ich so darauf, daß du den Journalismus kultivierst und deinen Namen unter deine Artikel setzt, und das ist der einzige Grund, weshalb ich mit meinen Schlaghölzern noch nicht mein Zimmer geheizt habe.«

Trotzdem war keiner mehr bei der Sache oder eifriger darauf bedacht, seiner Partei zum Siege zu verhelfen, wenn er einmal spielte, so daß es ein wahres Vergnügen für mich war, ihn zu allen seinen Wettkämpfen zu begleiten, jeden Ball zu beobachten, den er machte, oder in einer Pause plaudernd neben ihm im Pavillon zu sitzen. Dort saßen wir auch am zweiten Montag des Juli, während der ersten Partie der Amateure gegen die professionellen Spieler. Wir waren sichtbar, aber nicht zu hören, denn Raffles hatte beim Auslosen der Plätze eine Niete gezogen und war für einen Teilnehmer, dem so wenig am Spiel lag, ungewöhnlich verdrießlich darüber. War er mir gegenüber nur schweigsam, so war er gegen solche Teilnehmer, die wissen wollten, wie es gekommen sei, oder die ihm etwa gar ihr Bedauern über sein Pech aussprachen, geradezu grob, während er mit tief ins Gesicht gezogenem Strohhut und einer Zigarette zwischen den Lippen, die sich bei jeder solchen Annäherung häßlich verzogen, neben mir saß. Deshalb war ich um so mehr überrascht, als sich ein junger Mensch von der feineren Sorte zwischen uns zwängte und trotz der Freiheit, die er sich damit genommen hatte, vollkommen höflich empfangen wurde. Ich kannte ihn nicht einmal vom Sehen, und Raffles stellte uns auch nicht vor, aber ihre Unterhaltung lieferte gleichzeitig den Beweis einer sehr oberflächlichen Bekanntschaft und einer Ungeniertheit des jungen Mannes, die mich verblüfften. Meine Betroffenheit erreichte aber ihren Höhepunkt, als Raffles bereitwillig dem jungen Mann folgte, der ihm mitteilte, sein Vater habe den Wunsch geäußert, Raffles kennenzulernen.

»Er ist auf der Damentribüne. Wollen Sie jetzt gleich mitgehen?«

»Mit Vergnügen«, antwortete Raffles. »Heb mir meinen Platz auf, Bunny.«

Und damit zogen sie ab.

»Das war der junge Crowley«, sagte eine Stimme hinter mir, »war voriges Jahr einer der Kricketspieler von Harrow.«

»Ja, ich entsinne mich seiner. Der schlechteste Mann im ganzen Team.«

»War aber scharf dahinter her. Sein Examen hat er erst gemacht, als er zwanzig war. Sein Alter bestand darauf.«

Das Spiel langweilte mich, denn ich war nur gekommen, um Raffles spielen zu sehen. Bald fing ich an, mich nach seiner Rückkehr zu sehnen, und endlich sah ich, wie er mir von weitem zuwinkte.

»Ich möchte dich dem alten Amersteth vorstellen«, flüsterte er mir zu, als ich ihn erreicht hatte. »Nächsten Monat wird der junge Crowley mündig, und zur Feier des Tages wollen sie eine Kricketwoche veranstalten. Wir sind eingeladen, am Spiel teilzunehmen.«

»Beide!« rief ich. »Aber ich verstehe ja gar nichts davon!«

»Schweig still«, antwortete Raffles. »Überlaß das mir. Ich habe das Blaue vom Himmel heruntergelogen«, fügte er hinzu, als wir am Fuß der Treppe angelangt waren, »und ich verlasse mich darauf, daß du jetzt nichts verdirbst.«

In seinem Auge funkelte etwas, was ich bei anderen Gelegenheiten schon häufig wahrgenommen hatte, was mich aber in dieser ehrlichen Umgebung überraschte, und ich folgte seiner bunten Jacke mit sehr bestimmten Besorgnissen und Vermutungen durch das große Blumenbeet von Hüten, das auf der Damentribüne blühte.

Lord Amersteth war ein schöner alter Herr mit einem kurzen Schnurrbart und Doppelkinn. Er empfing mich mit trockener Höflichkeit, der man indessen sehr deutlich anmerkte, daß ich nur als das unvermeidliche Anhängsel des unschätzbaren Raffles galt, auf den ich sehr ärgerlich war, als ich meine Verbeugung machte.

»Ich habe mir die Freiheit genommen«, begann Lord Amersteth, »einen der besten Amateure von England zu einem ländlichen Kricket zu uns zu bitten. Er war so freundlich, mir zu antworten, daß er meine Einladung sehr gern annehmen würde, wenn er nicht mit Ihnen einen kleinen Ausflug zum Fischen verabredet hätte, Mr. . . . Mr. . . .« und endlich gelang es Lord Amersteth, sich meines Namens zu entsinnen.

Das war natürlich das erste Wort, das ich von diesem Ausflug zum Fischen hörte, allein ich beeilte mich, zu erwidern, daß dieser leicht aufgeschoben werden könne, worauf mir Raffles einen billigenden Blick durch seine Augenwimpern zuwarf, während sich Lord Amersteth achselzuckend verbeugte.

»Sehr liebenswürdig von Ihnen«, sagte er dabei, »aber wie ich höre, spielen Sie ebenfalls Kricket.«

»Ja, als er auf der Schule war, hat er gespielt«, fiel Raffles mit niederträchtiger Schlagfertigkeit ein.

»Ein regelrechter Kricketspieler war ich eigentlich nicht«, stammelte ich.

»Gehörten Sie zu der Elf?« fragte Lord Amersteth.

»Nein, das nicht«, antwortete ich.

»Aber es fehlte nicht viel daran, so wäre er aufgenommen worden«, erklärte Raffles zu meinem Schrecken.

»Nun ja, wir können nicht alle als Amateure spielen«, entgegnete Lord Amersteth mit einem schlauen Blinzeln. »Mein Sohn Crowley hat sich eben gerade in die Elf von Harrow hineingeschmuggelt, und er will auch spielen. Wenn Not am Mann ist, nehme ich selbst noch ein Schlagholz in die Hand. Sie werden also nicht der einzige Stümper sein, und es würde mich sehr freuen, wenn Sie kommen und uns helfen wollten. Vor dem Frühstück und nach dem Diner finden Sie auch Gelegenheit zum Fischen, wenn Ihnen das Vergnügen macht.«

»Sehr schmeichelhaft«, begann ich als Einleitung zu einer entschlossenen Absage, allein Raffles sah mich mit großen Augen an, so daß ich schwächlich zögerte und natürlich verloren war.

»Das wäre also abgemacht«, antwortete Lord Amersteth mit einem Anflug von Verdruß. »Es soll ein kleines Fest zur Feier der Mündigkeitserklärung meines Sohnes geben, wissen Sie. Wir spielen gegen den ›Freien Waldklub‹, die ›Dorsetshire-Gentlemen‹ und wahrscheinlich noch gegen den einen oder anderen örtlichen Verein. Aber Mr. Raffles kann Ihnen alles Nähere mitteilen, und mein Sohn wird an Sie schreiben. Da – schon wieder ein Wicket! Nun sind sie alle heraus! Also ich rechne auf Sie beide.« Mit einem leichten Nicken erhob sich Lord Amersteth und verließ die Tribüne.

Auch Raffles stand auf, aber ich hielt ihn am Ärmel fest.

»Was denkst du denn eigentlich?« flüsterte ich wütend. »Ich bin nie und nirgends bei der Elf gewesen und habe keinen Schimmer von Kricket. Ich werde absagen!«

»Das wirst du gefälligst bleiben lassen«, erwiderte er. »Zu spielen brauchst du nicht, aber mitkommen mußt du. Wenn du mich nach halb sieben erwarten willst, werde ich dir sagen warum.«

Die Gründe zu erraten, wurde mir jedoch nicht schwer, und zu meiner Beschämung muß ich gestehen, daß sie mich viel weniger empörten als die Aussicht, daß ich mich auf dem Kricketfeld öffentlich lächerlich machen sollte. Bei diesem Gedanken und nicht etwa bei dem Gedanken an ein Verbrechen schnürte sich mir die Kehle zusammen, und unruhig ging ich auf dem Platz umher, während Raffles im Pavillon verschwand. Mein Ärger verminderte sich auch nicht, als ich ein Treffen zwischen dem jungen Crowley und seinem Vater beobachtete, der achselzukkend stehenblieb und sich herabbeugte, um dem jungen Mann eine Mitteilung zu machen, die diesen augenscheinlich verstimmte. Mag sein, daß es nur verletztes Selbstbewußtsein war, aber ich hätte darauf schwören mögen, daß es ihn ärgerte, den großen Raffles nicht ohne seinen unbedeutenden Freund einladen zu können.

Gleich darauf wurde geläutet, und ich kletterte auf den Pavillon, um Raffles spielen zu sehen. Von dort konnte man alle Feinheiten genau erkennen, und wenn jemals ein Spieler diese Feinheiten beherrschte, so A. J. Raffles an diesem Tage, dessen sich die Kricketwelt noch sehr wohl entsinnt. Man brauchte nicht selbst Kricketspieler zu sein, um die haarscharfe Genauigkeit, womit er dem Spieler den Ball ›einschenkte‹, die prachtvolle Leichtigkeit jeder Bewegung und die endlose Abwechslung in der Art seines Angriffs zu bewundern. Man empfand nicht bloß die Befriedigung über eine Schaustellung athletischer Gewandtheit, sondern es war ein geistiger Genuß, und zwar einer, der in meinen Augen eine besondere Bedeutung hatte. Ich erkannte ›die Verwandtschaft zwischen den beiden Dingen‹, erkannte sie einen ganzen Nachmittag lang in diesem unermüdlichen Kampf gegen die Blüte der berufsmäßigen Kricketspieler. Was ich aber am meisten bewunderte und woran ich mich am lebhaftesten erinnere, das war die Verbindung von Geschicklichkeit und Schlauheit, von Geduld und raschem Entschluß, von Kopfarbeit und Handarbeit, die das Ganze zu einer vollendeten Kunstleistung machten. Das war alles so charakteristisch für den anderen Raffles, den ich allein kannte!

»Heute war ich in der Stimmung zum Schlagen«, sagte er mir später in der Droschke. »Bei gutem Boden hätte ich Großartiges leisten können, aber drei Tore von insgesamt vieren ist auch nicht so schlecht für einen langsamen Werfer. Ich war giftig, denn nichts ärgert mich mehr, als meines Kricketspieles wegen eingeladen zu werden, als wenn ich selbst ein Profi wäre.«

»Aber warum in aller Welt hast du denn die Einladung angenommen?«

»Um sie zu bestrafen, und – es wird uns höllisch knapp gehen, Bunny, noch vor Ende der Saison.«

»Aha!« antwortete ich. »Das dachte ich mir. Also deshalb.«

»Natürlich deshalb! Wie es scheint, haben sie für die Woche ganz Großartiges vor – Bälle, Diners, eine vornehme Gesellschaft im Hause mit allerhand Lustbarkeiten – und offenbar auch das Haus voll Diamanten. Im allgemeinen würde mich nichts dazu bringen, die Gastfreundschaft zu mißbrauchen; das habe ich noch nie getan, Bunny. Aber in diesem Fall sind wir angenommen worden wie Diener oder Musikanten und, beim Himmel, das soll sie etwas kosten! – Laß uns irgendwo ruhig zu Abend essen und die Sache besprechen.«

»Mir kommt es doch wie ein recht gemeiner Diebstahl vor«, konnte ich zu erwidern nicht unterlassen, und diesem, meinem einzigen Einwand stimmte Raffles sofort zu.

»Ist es auch, Bunny, ist es auch«, sagte er, »aber das kann ich nicht ändern. Wir kommen sonst wieder ganz gemein in die Klemme. Und diese Leute verdienen es und können es ertragen. Und bilde dir ja nicht ein, daß es eine einfache Geschichte wird. Nichts wird leichter sein, als irgend etwas in die Finger zu kriegen, aber nichts schwieriger, als jeden Verdacht abzulenken, und das müssen wir unbedingt. Vielleicht erreichen wir zunächst weiter nichts als eine genaue Kenntnis der Örtlichkeiten. Wer weiß? Jedenfalls haben wir noch Wochen zum Nachdenken vor uns.«

Mit diesen Wochen will ich den Leser nicht weiter langweilen, vielmehr mich auf die Bemerkung beschränken, daß das ›Nachdenken‹ ganz allein von Raffles besorgt wurde, der sich nicht immer die Mühe machte, mir seine Gedanken anzuvertrauen. Aber diese Zurückhaltung ärgerte mich jetzt nicht mehr. Ich fing an, sie als eine notwendige Bedingung dieser kleinen Unternehmen anzusehen. Nach unserem letzten Abenteuer war mein Vertrauen in Raffles zu fest, als daß es durch einen kleinen Mangel an Offenheit seinerseits, die ich noch immer dem verbrecherischen Instinkt statt einer überlegten Absicht zuschreiben möchte, hätte erschüttert werden können.

Montag, den 10. August, wurden wir in Milchester Abbey erwartet, aber schon bei Monatsanfang durchstreiften wir die Gegend mit Angelruten in der Hand. So konnten wir als harmlose Fischer dort herum bekannt werden und, falls die Sache mißlang, gleichzeitig im Hinblick auf spätere und reiflicher durchdachte Unternehmen die Gegend kennenlernen. Einen zweiten Hintergedanken behielt Raffles für sich, bis wir an Ort und Stelle waren. Dann warf er eines Tages einen Kricketball auf eine Wiese, und von da an verwendete er manche Stunde darauf, mir die Anfangsgründe des Spiels beizubringen. Wenn ich auch niemals ein Kricketspieler war, so war ich am Ende dieser Woche näher daran, einer zu werden, als jemals vorher oder nachher.

Schon Montag früh fing die Sache an. Wir waren an einer trostlosen kleinen Eisenbahnstation ein paar Meilen von Milchester ausgestiegen und hatten in einem Wirtshaus vor einem plötzlich ausgebrochenen Gewitter Schutz gesucht.

Ein mit übertriebener Eleganz gekleideter Mann von rötlicher Gesichtsfarbe saß trinkend in der Stube, und ich hätte schwören mögen, daß sein Anblick Raffles veranlaßte, auf der Schwelle kehrt zu machen und trotz des Regens darauf zu bestehen, wieder zum Bahnhof zu gehen. Er versicherte mir zwar, der Geruch von abgestandenem Bier hätte ihn fast umgehauen, doch das erklärte seine nachdenkliche, niedergeschlagene Stimmung und seine umwölkte Stirn nicht.

Milchester Abbey ist ein großes, viereckiges, von einem reichbewaldeten Gelände umgebenes Gebäude mit dreireihig angeordneten altmodischen Fenstern, die sämtlich erleuchtet schienen, als wir gerade rechtzeitig anlangten, um uns noch zum Diner ankleiden zu können. Der Wagen war unter, ich weiß nicht wieviel Triumphbogen, die noch im Bau waren, hindurchgerasselt, und an Zelten, Flaggenmasten und einem feucht aussehenden Kricketfeld vorbei, auf dem Raffles für seinen Ruhm kämpfen sollte. Aber eigentlich festlich wurde es erst im Hause, wo wir eine große Gesellschaft fanden, zu der mehr reiche, vornehme und angesehene Leute gehörten, als ich jemals in einem

Zimmer zusammen gesehen hatte. Ich gestehe, daß ich mich ganz überwältigt fühlte. Unser Vorhaben und die falsche Rolle, die ich selbst spielen sollte, raubten mir allerdings meine ganze gesellschaftliche Gewandtheit, worauf ich manchmal stolz gewesen war, und ich habe noch eine beschämende Erinnerung an die Erleichterung, die ich empfand, als endlich das Diner gemeldet wurde. Ich ahnte nicht, was mir bevorstand.

Meine Tischdame war viel weniger großartig, als es hätte der Fall sein können, und ich konnte mich deshalb bald glücklich preisen. Miss Melhuish war nämlich nur die Pfarrerstochter, und nur eingeladen, um die Zahl der Tischgäste zu einer geraden abzurunden. Von beiden Tatsachen setzte sie mich in Kenntnis, noch ehe uns die Suppe erreicht hatte, und ihre weitere Unterhaltung zeichnete sich durch dieselbe Offenherzigkeit aus; eine fast an Manie grenzende Mitteilbarkeit, so daß ich weiter nichts zu tun hatte, als zuzuhören, zu nicken und dankbar zu sein. Als ich gestand, daß ich wenige der Anwesenden auch nur von Ansehen kenne, begann meine gesprächige Nachbarin, sie mir zu nennen, wobei sie an meiner Linken anfing und mir gewissenhaft die ganze Tafelrunde bis zu dem rechts von ihr sitzenden Herrn vorstellte. Das dauerte geraume Zeit und interessierte mich wirklich, allein von dem, was dann weiter kam, war mir vieles gleichgültig, bis mich Miss Melhuish, augenscheinlich um meine Aufmerksamkeit wieder zu erregen, plötzlich in gespanntem Flüsterton fragte, ob ich ein Geheimnis bewahren könne?

Das sei wohl möglich, entgegnete ich, worauf eine zweite Frage in noch leiserem, aufregenderem Flüsterton folgte: »Fürchten Sie sich vor Einbrechern?«

Einbrechern! Das hatte mich endlich aufgerüttelt! Das Wort war mir wie ein Dolch durch die Seele gedrungen.

»Also habe ich doch endlich etwas gefunden, was Sie interessiert!« sagte Miss Melhuish in naivem Triumph. »Ja, Einbrecher! Aber sprechen Sie nicht so laut, denn es soll als tiefes Geheimnis behandelt werden. Ich dürfte es Ihnen eigentlich gar nicht erzählen!«

»Aber was gibt's denn zu erzählen?« flüsterte ich genügend ungeduldig.

»Wollen Sie mir versprechen, nicht davon zu reden?«

»Selbstverständlich.«

»Na also hören Sie: es sind Einbrecher in der Gegend.«

»Haben sie schon irgendwo eingebrochen?«

»Noch nicht.«

»Woher wissen Sie es dann?«

»Sie sind gesehen worden – im Bezirk – zwei wohlbekannte Londoner Diebe!«

Zwei! Meine Blicke suchten Raffles wie schon mehrfach im Lauf des Abends. Ich hatte ihn um seine vortreffliche Laune, seine eisernen Nerven, seinen schlagfertigen Witz, seine vollkommene Ungezwungenheit und sein sicheres Auftreten beneidet. Jetzt aber bemitleidete ich ihn trotz meines eigenen Schrecks und meiner Bestürzung; ich bemitleidete ihn, als ich ihn essend und trinkend, plaudernd und lachend, ohne einen Schatten von Furcht oder Verlegenheit auf dem schönen, einnehmenden Gesicht dasitzen sah. Ich ergriff meinen Champagnerkelch und leerte ihn.

»Wer hat sie denn gesehen?« fragte ich darauf ruhig.

»Ein Detektiv, der vor ein paar Tagen ihrer Spur von London aus gefolgt ist. Man nimmt an, sie hätten Absichten auf Milchester Abbey.«

»Aber warum bringt man sie denn nicht hinter Schloß und Riegel?«

»Sehen Sie, genau dasselbe habe ich Papa heute abend auf dem Weg hierher gesagt. Er sagte, es liege gegenwärtig kein Haftbefehl gegen sie vor, und deshalb könne man weiter nichts tun, als sie sorgfältig beobachten lassen.«

»Oh, also werden sie überwacht?«

»Ja, von einem Detektiv, der besonders deswegen hierhergekommen ist. Und ich habe gehört, wie Lord Amersteth meinem Papa sagte, sie seien heute Nachmittag auf dem Bahnhof von Warbeck gesehen worden.«

Wo Raffles und ich vom Gewitter überrascht worden waren! Jetzt war unsere Flucht aus dem Wirtshaus erklärt; anderseits aber konnte mich nichts mehr wundern, was meine Nachbarin etwa noch erzählen mochte, und es gelang mir, ihr lächelnd ins Gesicht zu sehen.

»Das ist wirklich höchst aufregend, Miss Melhuish«, sagte ich. »Darf ich mir die Frage erlauben, wie Sie das alles erfahren haben?«

»Von Papa«, antwortete sie vertraulich. »Lord Amersteth hat ihn zu Rate gezogen und Papa mich. Aber lassen Sie's ums Himmels willen nicht bekannt werden! Ich weiß gar nicht, wie ich dazu gekommen bin, es Ihnen zu sagen!«

»Sie dürfen mir vertrauen, Miss Melhuish. Aber – haben Sie denn keine Angst?«

Miss Melhuish kicherte.

»Nicht die geringste! Ins Pfarrhaus werden sie jedenfalls nicht kommen, weil da nichts für sie zu holen ist. Aber schauen Sie sich doch einmal am Tisch um. Sehen Sie nur diese Diamanten! Sehen Sie bloß Lady Melroses Halsband!«

Die Marquise von Melrose war eine von den wenigen Personen, auf die man mich nicht erst aufmerksam zu machen brauchte. Die wegen ihrer Lebenslustigkeit weit und breit bekannte Dame saß, ihr Hörrohr schwenkend, zur Rechten Lord Amersteths und trank mit gewohnter Unbescheidenheit ein Glas Champagner ums andere. Sie trug ein Halsband von Diamanten und Saphiren, das auf ihrem enormen Busen auf und niederwogte.

»Die Leute behaupten, es sei mindestens fünftausend Pfund wert«, fuhr meine Tischnachbarin fort. »Lady Margaret hat es mir noch heute morgen versichert (Lady Margaret ist die Dame, die neben Ihrem Mr. Raffles sitzt, wissen Sie), und die liebe alte Dame besteht darauf, es jeden Abend zu tragen. Denken Sie nur mal, was für ein Fang das wäre!

Nein, im Pfarrhaus haben wir schwerlich etwas zu befürchten.«

Als sich die Damen erhoben, verpflichtete mich Miss Melhuish noch einmal zum tiefsten Schweigen und verließ mich, wie ich glaube, mit einiger Reue über ihre Schwatzhaftigkeit, aber doch zugleich befriedigt darüber, daß sie sich in meinen Augen so wichtig gemacht hatte. Diese Ansicht mag etwas nach Eitelkeit schmecken, aber in Wirklichkeit ist das menschliche Verlangen, den Zuhörer zu fesseln, doch die eigentliche Quelle jeder Unterhaltung. Miss Melhuishs Spezialität war es, zu fesseln um jeden Preis, und das war ihr jedenfalls gelungen.

Mit dem, was ich während der nächsten zwei Stunden empfand, will ich den Leser verschonen. Ich versuchte mein Möglichstes, ein paar Worte mit Raffles zu sprechen, allein es gelang mir nicht. Im Speisesaal zündeten er und Crowley sich ihre Zigaretten an demselben Streichholz an und steckten während der ganzen Zeit die Köpfe zusammen. Im Salon hatte ich den Verdruß, ihn fortwährend Unsinn in Lady Melroses Hörrohr reden zu hören – er kannte sie aus London –, und im Billardzimmer nahm er an einer endlosen Partie teil, während ich brennend vor Ungeduld in der Ecke saß, in Gesellschaft eines sehr ernsten Schotten, der nach dem Diner angekommen war und von nichts sprach, als von den neuesten Verbesserungen der Momentphotographie. Wie er mir anvertraute, wollte er nicht an den Wettkämpfen teilnehmen, aber er hoffte, eine Reihe von Kricketaufnahmen für Lord Amersteth zu machen, wie sie noch niemandem gelungen seien, ob als Amateurphotograph oder als Profi konnte ich nicht feststellen. Jedoch entsinne ich mich noch, daß ich mich zwang, dem Redefluß dieses Langweilers zu folgen, um mich wenigstens zeitweise abzulenken. Schließlich aber nahm auch diese Qual ein Ende, die Gläser wurden geleert, die Herren wünschten sich gute Nacht, und ich folgte Raffles in sein Zimmer.

»Es ist alles vorbei!« stöhnte ich, als er das Gas andrehte und ich die Tür schloß. »Wir werden beobachtet, und die Leute sind uns schon seit London auf der Spur. Ein Detektiv ist sogar hier im Haus.«

»Woher weißt du denn das?« fragte Raffles, sich scharf, aber nicht im mindesten erschrocken nach mir umwendend. Und ich erzählte ihm, wie ich es erfahren hatte.

»Natürlich war es der Mensch, den wir heute nachmittag im Wirtshaus gesehen haben«, schloß ich.

»Der Detektiv?« fragte Raffles. »Willst du etwa behaupten, du erkennst keinen Detektiv vom bloßen Ansehen, Bunny?«

»Wenn er das nicht war, wer war es denn?«

Raffles schüttelte den Kopf.

»Und du hast eine ganze Stunde lang im Billardzimmer mit ihm gesprochen und nicht gemerkt, was er ist?«

»Der schottische Photograph . . .«

Entsetzt hielt ich inne.

»Ein Schotte ist er allerdings, und Photograph mag er auch sein, aber jedenfalls ist er Inspektor Mackenzie von Scotland Yard. Und du hast ihn während einer ganzen Stunde lang nicht durchschaut? O Bunny, Bunny, du bist nicht zum Verbrecher geboren!«

»Aber«, fragte ich, »wenn das Mackenzie ist, wer war denn der Kerl, vor dem du in Warbeck ausgerissen bist?«

»Der Mann, den er beobachtet.«

»Aber er beobachtet ja uns.«

Raffles sah mich mitleidig an und schüttelte wieder den Kopf, bevor er mir seine offene Zigarettendose anbot.

»Ich weiß zwar nicht, ob das Rauchen in den Schlafzimmern gestattet ist, aber steck dir lieber eine an und nimm dich zusammen, Bunny, denn ich bin im Begriff, etwas Beleidigendes zu sagen.«

Lachend griff ich zu.

»Wenn wir beide es wirklich nicht sind, hinter denen Mackenzie her ist, kannst du sagen, was du willst, Lieber.«

»Nun denn, wir sind es nicht und können es nicht sein, und nur ein geborenes Kaninchen hätte auch nur einen Augenblick etwas Derartiges angenommen. Glaubst du wirklich, er würde herkommen und zusehen, wie sein Mann ihm vor der Nase Billard spielt? Mackenzie wäre freilich so etwas zuzutrauen, denn er ist kalt genug dazu, aber ich bin nicht kalt genug, unter solchen Umständen ein Spiel zu gewinnen – ich glaube wenigstens nicht, daß ich es bin, und es wäre ganz interessant, die Probe zu machen. Die Lage war sowieso nicht ganz ungefährlich, obgleich ich wußte, daß er es nicht auf uns abgesehen hat. Crowley hat mir nach dem Diner die ganze Geschichte anvertraut, und außerdem habe ich selbst heute nachmittag einen von ihnen gesehen. Du glaubtest also, es sei ein Detektiv gewesen, vor dem ich im Wirtshaus Reißaus nahm? Warum ich dir nicht gleich reinen Wein eingeschenkt habe, weiß ich wirklich nicht, aber es war genau das Gegenteil. Das auffallende Vieh mit dem roten Gesicht ist einer der gewandtesten Diebe von London, und ich habe einmal mit ihm und unserem gemeinschaftlichen Hehler getrunken. Bei der Gelegenheit war ich freilich von Kopf zu Füßen ein Whitechapeler, aber ich setze mich nicht gern unnötig der Gefahr aus, von einem solchen Vieh erkannt zu werden.«

»Er soll nicht allein sein, wie ich höre.«

»Nein, es ist noch mindestens einer bei ihm, und außerdem vermutet man, daß er einen Spießgesellen im Haus hat.«

»Weißt du das auch von Lord Crowley?«

»Der Champagner hat Lord Crowley die Zunge gelöst. Natürlich sagte er mir alles im Vertrauen, gerade wie deine junge Dame, aber selbst im Vertrauen hat er nichts von Mackenzie verraten. Er sagte nur, ein Detektiv halte sich im Hintergrund, das war alles. Daß sie ihn als Gast eingeführt haben, ist augenscheinlich ihr großes Geheimnis, das die anderen Gäste nicht erfahren sollen, weil es sie verletzen könnte, wovon aber vor allem die Dienstboten nichts merken dürfen, da er gerade sie beobachten soll. Das ist meine Auffassung der Sachlage, Bunny, und du wirst mir zugeben, daß sie unendlich viel interessanter ist, als wir uns in unseren kühnsten Erwartungen vorstellen konnten.«

»Aber auch unendlich viel schwieriger für uns«, antwortete ich mit einer kleinmütigen Erleichterung. »Für diese Woche sind uns jedenfalls die Hände gebunden.«

»Nicht unbedingt, mein lieber Bunny, obgleich ich einräume, daß es wahrscheinlich mit unseren Aussichten schlecht steht. Jedoch halte ich auch das keineswegs für sicher. Bei diesen dreiseitigen Kombinationen ergeben sich manchmal ganz unerwartete Gelegenheiten. Beauftrage A, B zu beobachten, dann hat er keine Augen mehr für C. Das ist die nächstliegende Theorie, aber Mackenzie ist ein sehr großes A. Mir wäre es sehr peinlich, gestohlenes Gut bei mir zu haben, wenn der Mann im Hause ist. Und doch wäre es ganz großartig, zwischen A und B zu spielen und beiden eine Nase zu drehen. Das wäre schon ein bißchen Gefahr wert, Bunny; allein für den Spaß, so geriebene Jungen wie B und seinen Spießgesellen bei ihrem eigenen Spiel hineinzulegen, könnte man schon etwas wagen. He, Bunny? Das wäre ein Wettkampf! Amateure und Profis bei derselben Partie!«

Seine Augen funkelten heller, als ich sie seit langer Zeit gesehen hatte. Jene verkehrte Begeisterung leuchtete in ihnen, die nur der Gedanke an einen neuen kühnen Streich hervorbringen konnte. Ich hatte ihn seit langem nicht so erregt gesehen. Er entledigte sich seiner Schuhe und begann rasch, aber geräuschlos im Zimmer auf und ab zu gehen.

»Mein lieber A. J.«, sagte ich, seinen Ton ausgezeichnet nachahmend, »du schwimmst viel zu gern stromaufwärts, und du wirst schließlich ein Opfer dieser Neigung werden. Sieh dir das Haus so genau an, wie du willst, aber – steck deinen Kopf nicht freiwillig in Mackenzies Rachen!«

Meine geblümte Rede brachte ihn mit der Zigarette zwischen den Fingern und einem Grinsen unter seinen funkelnden Augen zum Stehen.

»Du hast ganz recht, Bunny, ich will's auch lassen, wirklich. Aber – du hast doch das Collier der alten Lady Melrose gesehen? Schon seit Jahren will ich es haben! Aber ich werde mich nicht zum Narren machen, auf Ehre! Und doch – und doch – bei Jupiter, die Professionellen und Mackenzie zusammen zu überlisten ...! Das wäre ein großartiges Spiel, Bunny, ganz großartig!«

»Gewiß, aber du darfst es diese Woche nicht spielen.«

»Nein, nein, ich will ja auch nicht, aber ich möchte wissen, wie die Profis die Sache anstellen. Das reizt meine Neugier. Und ob sie wohl wirklich einen Spießgesellen im Haus haben? Oh, wieviel gäbe ich dafür, ihren Plan zu kennen! Aber sei nur ruhig, Bunny, du brauchst nicht eifersüchtig zu sein; ich werde tun, was du wünschst.«

Durch diese Versicherung beruhigt, begab ich mich in mein eigenes Schlafzimmer und legte mich unglaublich leichten Herzens zu Bett. Es steckte doch noch genug Ehrlichkeit in mir, daß ich den Aufschub unseres verbrecherischen Unternehmens mit Freuden begrüßte, seine Ausführung fürchtete und seine Notwendigkeit beklagte, was umgekehrt nur eine Bestätigung der offenkundigen Tatsache war, daß ich unvergleichlich viel schwächer, aber genau so schlecht war wie Raffles.

Aber ich hatte einen wichtigen Vorteil: ich hatte die Gabe, peinliche Gedanken, soweit sie nicht mit dem vorübergehenden Augenblick in engster Verbindung standen, vollkommen zu verdrängen, und dank dieser Gabe hatte ich in der letzten Zeit mein frivoles Leben in der Stadt auf dieselbe unedle Art genossen wie vor einem Jahr, und auch hier in Milchester amüsierte ich mich während der lange vorher gefürchteten Kricketwoche ganz ausgezeichnet.

Allerdings trugen auch noch andere Umstände zu dieser angenehmen Enttäuschung bei. Zunächst waren *mirabile dictu* einige noch größere Stümper im Kricketfeld als ich. Ganz im Anfang der Woche, wo es von der größten Wichtigkeit für mich war, erwarb ich mir sogar durch einen glücklichen Fang beträchtlichen Ruhm: ein Ball, den ich nur hatte sausen hören, blieb mir sozusagen in der Hand hängen, die Lord Amersteth persönlich ergriff, um mir öffentlich zu gratulieren. Die Wirkung dieses glücklichen Zufalls konnte selbst ich nicht wieder verderben, und da nichts erfolgreicher ist als der Erfolg, und da die beständige Ermutigung des größten Kricketspielers ein ungeheurer Ansporn war, gelangen mir beim nächsten Spiel wirklich einige gute Läufe. Auf dem Ball zu Ehren der Großjährigkeit des Viscounts Crowley sagte mir Miss Melhuish einige hübsche Schmeicheleien; auch erzählte sie mir, das sei die Nacht, wo die Räuber ganz gewiß ihr Verbrechen ausführen würden, und als wir draußen im Garten waren, spielte sie die Furchtsame in der neckischsten Weise, obgleich alles ringsum während der ganzen Nacht taghell erleuchtet war. Inzwischen machte der ruhige Schotte bei Tage zahllose Aufnahmen, die er bei Nacht in einem den Dienstbotenstuben sehr günstig, weil nahe gelegenen Dunkelzimmer entwickelte, und ich bin fest überzeugt, daß von sämtlichen Gästen nur zwei wußten, daß Mr. Clephane von Dundee in Wahrheit Inspektor Mackenzie von Scotland Yard war.

Die Woche sollte Samstag mit einem letzten kleinen Wettkampf enden, den einige von uns frühzeitig aufzugeben beabsichtigten, um abends nach London zurückzukehren. Aber dieser Kampf sollte niemals ausgefochten werden, denn in den frühen Morgenstunden des Samstag fand in Milchester Abbey ein Trauerspiel statt.

Der Leser muß mir gestatten, den Vorfall so zu erzählen, wie ich ihn mit angesehen und angehört habe. Mein Zimmer ging auf den Mittelgang, lag aber mit dem Raffles' – und, wie ich glaube, auch mit denen der anderen Herren – nicht einmal auf demselben Flur. Ich war tatsächlich in dem zu einer größeren Zimmerflucht gehörigen Ankleidekabinett untergebracht worden. Meine nächsten Nachbarn waren die alte Lady Melrose und Lord und Lady Amersteth. Freitagabend hatten die eigentlichen großen Festlichkeiten ihren Abschluß gefunden, und zum erstenmal in der ganzen Woche war ich schon um Mitternacht fest eingeschlafen – als ich plötzlich atemlos hochfuhr. Ein schwerer, dumpfer Schlag dröhnte gegen meine Tür, und dann hörte ich keuchenden Atem und das Stampfen von Füßen, die nur mit leichten Schuhen oder Strümpfen bekleidet waren.

»Jetzt hab ich dich«, murmelte eine Stimme. »Gib dir keine Mühe.«

Es war die Stimme des schottischen Detektivs, und eine neue

Angst stieg eiskalt in mir auf. Eine Antwort hörte ich nicht, aber das Keuchen wurde heftiger, und die Füße schienen rascher zu stampfen. Ich sprang aus dem Bett und riß die Tür auf. An der Treppe brannte eine trübe Lampe, und bei ihrem Licht erkannte ich Mackenzie, der in schweigendem Ringen mit einem kräftigen Gegner hin und her schwankte.

»Fassen Sie ihn!« rief er, als ich erschien. »Halten Sie diesen Halunken!«

Allein ich war wie vor den Kopf geschlagen, bis sie mich fast umgerannt hatten. Da stürzte ich mich freilich mit einem tiefen Atemzug auf den Kerl, denn ich hatte endlich sein Gesicht gesehen. Es war einer von den Bedienten, die bei Tisch aufgewartet hatten. Kaum hatte ich ihn mit den Armen umklammert, als ihn der Detektiv losließ.

»Halten Sie ihn fest!« rief er. »Unten sind noch ein paar.«

Nach diesen Worten sprang er die Treppe hinunter, während sich andere Türen öffneten und Lord Amersteth nebst seinem Sohn in ihren Schlafröcken erschienen. Nun gab mein Gefangener den Widerstand auf, aber ich hielt ihn noch fest, als Crowley das Gas hochdrehte.

»Was, zum Teufel, ist denn los?« fragte Lord Amersteth blinzelnd. »Wer lief eben die Treppe hinab?«

»Mac – Clephane!« antwortete ich rasch.

»Aha!« sagte Lord Amersteth, sich dem Bedienten zuwendend. »Sie sind der Spitzbube? Gut gemacht, gut gemacht! Wo ist er denn erwischt worden?« Davon hatte ich keine Ahnung.

»Lady Melroses Tür steht offen«, fiel Crowley ein. »Lady Melrose! Lady Melrose!«

»Du vergißt, daß sie taub ist«, sagte Lord Amersteth.

»Aha, das ist wohl ihr Mädchen!«

Eine innere Tür hatte sich geöffnet, im nächsten Augenblick ertönte ein leiser Aufschrei, und eine weiße Gestalt erschien lebhaft gestikulierend auf der Schwelle.

»Où donc est l'écrin de Madame la Marquise? La fenêtre est ouverte. Il a disparu!«

»Fenster offen und Schmuckkasten zum Teufel!« rief Lord Amersteth aus. *»Mais comment est Madame la Marquise? Est-elle bien?«*

»Oui, milor. Elle dort.«

»Die ganze Geschichte verschlafen!« sagte Mylord. »Jedenfalls die einzige im Hause.«

»Aber weshalb ist denn Mackenzie – Clephane fortgerannt?« fragte mich der junge Crowley.

»Er sagte, es seien unten auch noch ein paar.«

»Warum, zum Teufel, haben Sie uns denn das nicht gleich gesagt?« rief er und sürzte ebenfalls die Treppe hinab.

Ihm folgten fast alle Kricketspieler, die jetzt gleichzeitig auf dem Schauplatz erschienen, aber nur, um ihn sofort wieder zu verlassen und sich der Jagd anzuschließen. Raffles war ebenfalls darunter, und auch ich hätte mich gern beteiligt, wenn der Bediente nicht diesen Augenblick gewählt hätte, mir einen Stoß zu versetzen und in der Richtung, aus der die anderen gekommen waren, fortzulaufen. Lord Amersteth hielt ihn sofort fest, allein der Mensch wehrte sich so verzweifelt, daß wir beide alle Kräfte nötig hatten, ihn die Treppe hinabzuzerren, wo uns erschreckte Gesichter aus halb geöffneten Türen anstarrten. Schließlich übergaben wir ihn zwei anderen Bedienten, und Lord Amersteth war so freundlich, mir seine Anerkennung auszusprechen, als er mir voraus ins Freie ging.

»Ich meine, ich hätte eben einen Schuß gehört«, fügte er hinzu. »Sie nicht auch?«

»Mir kam es so vor, als ob es drei wären.«

Noch jetzt entsinne ich mich, wie mir der Kies unter den nackten Füßen wehtat und wie sie in dem feuchten Gras erstarrten, als wir den Stimmen folgten, die wir von einem Rasenplatz her hörten. So finster war die Nacht, daß wir mitten zwischen den Kricketspielern standen, ehe wir einen Schimmer ihrer bunten Hausjacken gewahrten, und nun stolperte Lord Amersteth über Mackenzie, der im taufeuchten Grase ausgestreckt lag.

»Wer ist das?« rief der Lord. »Was ist vorgefallen?«

»Es ist Clephane«, antwortete ein Herr, der neben der liegenden Gestalt kniete. »Er ist angeschossen worden.«

»Lebt er noch?«

»Kaum.«

»Allmächtiger Gott! Wo ist Crowley?«

»Hier bin ich«, rief eine atemlose Stimme. »Alles vergebens, meine Herren. Es ist unmöglich, zu erkennen, in welcher Richtung sie entflohen sind. Hier kommt Raffles; er hat's auch aufgegeben«, schloß er, als ein paar Herren keuchend ankamen.

»Nun, einen von ihnen haben wir wenigstens«, murmelte Lord Amersteth, »aber vor allem müssen wir diesen armen Menschen ins Haus schaffen. Ein paar fassen ihn an der Schulter – so – nun in der Mitte – reicht euch die Hände unter ihm – jetzt alle zugleich! So ist's recht! Armer Kerl, armer Kerl! Er heißt gar nicht Clephane; es ist ein Scotland-Yard-Detektiv, der gerade wegen dieser Spitzbuben hierher gekommen ist.«

Raffles war der erste, der sich überrascht zeigte, aber er hatte sich auch als erster um den Verwundeten gekümmert; und keiner bewies während des traurigen Zuges zum Haus mehr Kraft und mehr zarte Sorgfalt. Binnen kurzem hatten wir den Bewußtlosen auf ein Sofa in der Bibliothek gebettet, und nachdem man Eis auf seine Wunde gelegt und ihm Kognak eingeflößt hatte, öffnete er die Augen und bewegte die Lippen.

Lord Amersteth beugte sich über ihn, um die Worte des Verwundeten zu verstehen.

»Ja, ja«, sagte er dabei, »einen von ihnen haben wir dingfest gemacht, den Kerl, den Sie oben im Hause am Kragen gefaßt hatten.« Lord Amersteth beugte sich noch tiefer hinab. »Was? Er hat das Schmuckkästchen zum Fenster hinausgelassen? Und sie sind damit entwischt? Hm, hm. Ich will nur hoffen, daß wir diesen braven Mann durchbringen. Da – nun ist er wieder in Ohnmacht gefallen!«

Eine Stunde verging; die Sonne ging auf.

Sie beschien ein Dutzend junge Leute, die in ihren Hausjacken und Überröcken im Billardzimmer saßen, Whisky und Sodawasser tranken und alle gleichzeitig sprachen. Dabei ging ein Fahrplan von Hand zu Hand, während der Arzt noch in der Bibliothek war. Endlich öffnete sich die Tür, und Lord Amersteths Kopf wurde sichtbar.

»Der Fall ist nicht hoffnungslos, aber schlimm genug«, sagte er. »Kricket wird heute nicht gespielt.«

Nach einer weiteren Stunde waren die meisten von uns auf dem Weg zum Bahnhof, um den Frühzug zu erreichen. Wir füllten ein Coupé fast zum Ersticken und sprachen noch immer von den Ereignissen der Nacht, und immer noch war ich in meiner Art ein kleiner Held, weil ich den einzigen Spitzbuben, der gefangen worden war, festgehalten hatte, und aus gewissen Gründen befriedigte mich das zutiefst.

Raffles beobachtete mich unter gesenkten Augenlidern hervor. Noch hatten wir keine Silbe zusammen gesprochen, und wir wechselten auch kein Wort, bis wir die anderen am Paddington-Bahnhof verlassen hatten und in einer Droschke auf geräuschlosen Gummirädern und mit klingenden Schellen durch die Straßen fuhren.

»Na, Bunny«, sagte Raffles, »die Professionellen haben gewonnen, wie?«

»Ja«, antwortete ich, »und ich bin von Herzen froh darüber.«

»Daß der arme Mackenzie eine Kugel in der Brust hat?«

»Nein, daß du und ich diesmal auf der Seite der Ehrlichkeit gestanden haben.«

Er zuckte die Schultern.

»Du bist unverbesserlich, Bunny, ganz unverbesserlich! Aber wenn die Beute uns zugefallen wäre, hättest du deinen Anteil verschmäht? Trotzdem macht es dir geradezu Spaß, daß wir bei diesem Wettrennen geschlagen worden sind! Aber ich gestehe, daß mich die Methode der Profis sehr interessiert hat. Ich jedenfalls habe soviel an Erfahrung gewonnen, wie ich in anderer Hinsicht verloren habe. Das Schmuckkästchen aus dem Fenster zu werfen war eine sehr einfache und geschickte Idee. Zwei von der Bande hatten schon stundenlang unten gewartet.«

»Woher weißt du denn das?« fragte ich.

»Ich habe sie von meinem Fenster aus gesehen, das genau über dem der lieben alten Dame lag. Als ich am letzten Abend hinaufging, um mich zu Bett zu legen, quälte mich die Sehnsucht nach dem Halsband ganz besonders. Um ehrlich zu sein, will ich gestehen, daß ich mich überzeugen wollte, ob das Fenster unter dem meinen geöffnet sei, und ob es nicht eine entfernte Möglichkeit gäbe, das Wunder mit meinem Bettuch als Seil zu vollbringen. Natürlich war ich so vorsichtig, mein Licht vorher auszulöschen, und das war ein Glück! Ich konnte unten zwei Profis sehen, aber sie bemerkten nicht das Geringste von mir. Einmal sah ich ganz kurz eine winzige leuchtende Scheibe und bald darauf noch einmal. Was das war, wußte ich natürlich, denn ich habe das Zifferblatt meiner Uhr auch mit Leuchtfarbe bemalen lassen; das ersetzt gewissermaßen eine Laterne, wenn man keine andere anwenden kann. Aber diese Leute gebrauchten ihre Uhren nicht als Laternen. Sie standen unter dem Fenster der alten Dame und paßten die Zeit ab. Die ganze Geschichte war mit dem Helfershelfer im Haus abgekartet. Der beste Diebsfänger ist ein Dieb; so auch hier, denn ich durchschaute sofort den ganzen Plan.«

»Und hast nicht eingegriffen?« rief ich.

»Im Gegenteil – ich ging hinunter und geradewegs in Lady Melroses Zimmer . . .«

»Wirklich?«

»Ohne mich einen Augenblick zu besinnen. Um ihre Juwelen zu retten. Nötigenfalls wollte ich ihr so laut ins Hörrohr schreien, daß das ganze Haus erwacht wäre, aber die alte Dame ist zu taub und ißt zu gern etwas Gutes, als daß sie leicht zu wecken wäre.«

»Nun – weiter?«

»Sie rührte sich nicht.«

»Und doch hast du zugelassen, daß die Professionellen, wie du sie nennst, Juwelen, Kästchen und alles stahlen.«

»Alles, außer diesem hier«, antwortete Raffles, indem er mir seine geschlossene Hand auf den Schoß legte. »Ich hätte es dir schon früher gezeigt, aber wirklich, alter Kerl, das Gesicht, das du den ganzen Tag gemacht hast, war ein Vermögen für unsere Firma wert.«

Bei diesen Worten öffnete er seine Faust, um sie sofort wieder über dem Häuflein von Diamanten und Perlen zu schließen, das ich zuletzt am Hals der Lady Melrose gesehen hatte.

Der Kriminologenklub

»Was sind denn das für Leute, Raffles, und wo treffen sie sich? Auf der Whitakerschen Liste steht doch kein solcher Klub.«

»Die Kriminologen, mein lieber Bunny, brauchen kein eigenes Haus und sind viel zu exklusiv, um ihre Namen auszuposaunen. Der Klub besteht nur aus einigen Herren, die die zeitgenössischen Kriminalfälle studieren und sich regelmäßig entweder in ihren verschiedenen anderen Klubs, oder in ihren Privathäusern zum Essen treffen.«

»Aber wie in aller Welt kommen sie dazu, uns einzuladen?«

Damit schwenkte ich die Einladung, die mich stehenden Fußes ins Albany geführt hatte, in der Luft. Sie kam von dem hochgeborenen Grafen von Thornaby, Ritter p.p., der sich die Ehre meiner Gesellschaft zum Diner in Thornaby House, Park Lane, ausbat, wo ich mit den Mitgliedern des Kriminologenklubs zusammentreffen sollte. Das war schon an und für sich eine beunruhigende Ehre; man denke sich also meinen Schrecken, als ich erfuhr, daß auch Raffles eingeladen war.

»Sie haben es sich in den Kopf gesetzt«, sagte er, »daß fast allen modernen Sportarten ein mörderisches Motiv zugrundeliegt. Vor dem professionellen Sportler zittern sie ganz besonders, und nun möchten sie gerne wissen, ob meine Erfahrung mit ihrer Theorie übereinstimmt.«

»So sagen sie!«

»Sie zitieren den Fall eines Vereinsspielers, der gehängt wurde und eine ganze Reihe von Selbstmorden. Das schlägt ja eigentlich ziemlich in mein Fach.«

»In deines vielleicht, aber nicht in meines«, sagte ich. »Nein, Raffles, sie haben ein Auge auf uns beide geworfen und wollen uns unter die Lupe nehmen, sonst wären sie doch nie auf mich gefallen.«

Raffles lächelte über meine Bestürzung.

»Ich wünschte fast, du hättest recht, Bunny! Der Spaß würde dann noch größer, als er ohnehin schon werden soll. Aber es wird dich beruhigen, wenn ich dir sage, daß *ich* sie auf dich aufmerksam gemacht habe. Ich sagte ihnen nämlich, du wärst ein viel eifrigerer Kriminologe als ich, und nun freut es mich zu hören, daß sie meinem Wink gefolgt sind und wir uns bei ihrem Schauermahl treffen werden.«

»Falls ich die Einladung annehme«, antwortete ich so streng wie er es verdiente.

»Wenn nicht«, entgegnete Raffles, »kommst du um ein Abenteuer nach unserem Geschmack. Bedenke doch, Bunny! Diese Burschen treffen sich, um in Verbrechen zu schwelgen, und wir schwelgen mit ihnen, als wüßten wir nicht mehr darüber als sie selbst. Vielleicht stimmt's sogar, denn wenige Kriminologen denken über den Mord hinaus; und wahrscheinlich wird es mir vorbehalten bleiben, die Diskussion auf unsere eigenen, höheren Bahnen zu lenken. Diese primitiven Köpfe sollen sich zur Abwechslung mal mit der hohen Kunst des Einbruchs befassen; und wenn wir schon dabei sind, Bunny, können wir ihnen ihre Ansichten über unsere eigenen edlen Persönlichkeiten entlocken. Als Autoren und Mitarbeiter werden wir unter der Blüte unserer Kritiker sitzen und in den Augen der Experten lesen, wieviel wir wert sind. Das wird ein amüsantes, wenn nicht sogar wertvolles Erlebnis. Wir werden rauskriegen, ob man uns auf der Spur ist, und wir werden uns danach richten. Außerdem werden wir auch noch ein vorzügliches Diner bekommen, wenn unser vornehmer Gastgeber seinen europäischen Ruf nicht Lügen straft.«

»Kennst du ihn denn?« fragte ich.

»Es ist eine Art Kricketbekanntschaft, wenn Seine Herrlichkeit sie gerade anzuerkennen geruht«, erwiderte Raffles kichernd.

»Aber ich weiß alles über ihn. Er war ein Jahr lang Präsident des Middlesex-Kricket-Klubs, und einen besseren hatten wir nie. Er versteht etwas vom Spiel, wenn er auch, glaube ich, nie in seinem Leben gespielt hat. Überhaupt ist er in fast allen Fächern beschlagen, ohne je eines studiert zu haben. Er hat nie geheiratet, und im Oberhaus nie den Mund aufgetan. Trotzdem behauptet man, es gebe keinen klügeren Kopf in der erlauchten Versammlung. Und tatsächlich hat er einmal bei uns, als die Australier das letzte Mal hier waren, eine ganz brillante Rede gehalten. Er hat alles gelesen, aber (heutzutage ein großes Verdienst) keine Zeile geschrieben. Alles in allem ist er in der Theorie ein Walfisch und in der Praxis eine Sprotte – ausgenommen vielleicht beim Thema Verbrechen.«

Ich war nun wirklich gespannt, diesen bemerkenswerten Pair in Fleisch und Blut zu sehen, zumal er sich nie öffentlich hatte fotografieren lassen. Ich sagte Raffles also, daß ich mit ihm bei Lord Thornaby dinieren wolle, worauf er nur nickte, als hätte ich nicht einen Augenblick gezögert. Jetzt erst sehe ich, wie geschickt er meinen Widerstand gebrochen hatte. Ohne Zweifel hatte er alles vorausgesehen. Was ich jetzt von seinen Aussprüchen nach dem Diktat meines vortrefflichen Gedächtnisses niederschreibe, wirkt überlegt genug. Andererseits darf man nicht vergessen, daß Raffles durchaus nicht so sprach wie in einem Rafflesbuch. Er sagte zwar alles, aber nicht in einem Atemzug hintereinander weg. Die Sätze wurden vielmehr durch die Rauchwolken seiner unvermeidlichen Zigarette sozusagen interpunktiert, und diese Interpunktion nahm häufig die Form einer Reihe von Gedankenstrichen an, während er schweigend im Zimmer auf und ab ging. Auch war er niemals überlegter, als wenn er sich am meisten gehen zu lassen schien. Ich bin zuletzt dahintergekommen; aber jetzt spreche ich von früher. Und damals sah ich Raffles ziemlich oft; es war tatsächlich der einzige Zeitpunkt, wo er häufiger zu mir als ich zu ihm zu kommen pflegte. Natürlich kam er, wie es ihm gerade paßte, häufig auch wenn ich mich gerade umzog, um auswärts zu essen. Ich erinnere mich, daß er manchmal da war, wenn ich zurückkam, denn ich hatte ihm schon lange einen Schlüssel zur Wohnung gegeben. Es war ein unfreundlicher Februar, und ich erinnere mich an manchen gemütlichen Abend, an dem wir über alles mögliche, nur nicht über unsere eigenen Missetaten diskutierten. Raffles zeigte sich im Gegenteil mit einer gewissen Beflissenheit in der respektabelsten Gesellschaft, und auf seinen Rat verkehrte ich häufiger denn je im Klub.

»Zu dieser Jahreszeit kann man nichts Besseres tun«, sagte er. »Im Sommer habe ich mein Kricket, in den Augen der Leute eine anständige Beschäftigung. Man braucht sich ihnen nur vom Morgen bis zum Abend zu zeigen, dann fragen sie sich nicht, was man nachts tut.«

Kurz, unser Benehmen war so lange tadellos gewesen, daß ich am Morgen des Diners, das Lord Thornaby den Kriminologen und einigen anderen Gästen gab, ohne Beunruhigung erwachte. Mein einziger Wunsch war, unter der Ägide meines glänzenden Freundes zu erscheinen, und so hatte ich ihn gebeten, mich in seinem Wagen abzuholen. Allein fünf Minuten vor der bestimmten Stunde war noch immer nichts von Raffles oder seiner Droschke zu sehen. Wir waren auf dreiviertel acht geladen, um acht begann das Diner, und so blieb mir nichts anderes übrig, als mich schließlich allein aufzumachen.

Zum Glück liegt Thornaby House so ziemlich am Ende der Straße, wo ich damals wohnte; und es erschien mir als ein weiterer günstiger Umstand, daß das Haus einen eigenen Vorplatz hatte. Als ich nämlich gerade klingeln wollte, kam ein Hansom hinter mir her gerasselt, und in der Hoffnung, im letzten Augenblick doch noch mit Raffles zusammenzutreffen, trat ich zurück. Er war es aber nicht; ich merkte es gerade noch rechtzeitig, um mich aus der Säulenhalle zu drücken und noch ein paar Minuten im Schatten zu warten, da die anderen ebenso spät waren wie ich. Während diese anderen aus dem Wagen sprangen und den Kutscher bezahlten, unterhielten sie sich in vernehmlichem Flüsterton: »Thornaby hat, soviel ich hörte, mit Freddy Vereker, der nicht kommen kann, eine Wette gemacht. Gewonnen oder verloren wird sie heute abend natürlich nicht, aber der Betreffende denkt, er sei in seiner Eigenschaft als Kricketspieler eingeladen!«

»Ich glaube nicht, daß er auch was anderes ist«, sagte eine Stimme, die ebenso rauh klang, als die erste sanft gewesen war. »Ich glaube, es ist alles dummes Gewäsch. Schön wär's, wenn's stimmte, aber ich glaub's nun mal nicht.«

»Sie werden schon merken, daß doch mehr dahintersteckt«, entgegnete der andere, während die Tür sich öffnete und hinter ihnen zuschnappte.

Kraftlos ließ ich die Arme hängen. Raffles eingeladen zu einem Essen, das er so richtig ein Schauermahl genannt hatte, nicht als Kricketer, sondern als verdächtigter Verbrecher! Raffles also die ganze Zeit im Unrecht, ich dagegen mit meiner anfänglichen Besorgnis ausnahmsweise im Recht! Dabei noch immer kein Raffles in Sicht – kein Raffles, den ich hätte warnen können – kein Raffles, und schon schlug es acht Uhr!

Kein Wunder, wenn ich vor der Beschreibung eines solchen Augenblicks zurückscheue, denn ich bin überzeugt, daß die schlagenden Uhren jeden Gedanken und jedes Gefühl aus mir heraushämmerten, und daß ich meine armselige Rolle gerade wegen dieser gnadenvollen Lähmung meines Geistes um so besser spielte. Andererseits war ich aber auch wohl zu keiner anderen Stunde meines Daseins empfänglicher für rein objektive Eindrücke, und meine Erinnerung daran ist bis auf den heutigen Tag überraschend klar. Noch höre ich mein erregtes Klingeln an der Haustür; ihre Flügel springen auf, und drinnen sieht es aus wie bei einer pompösen Kirchenzeremonie. Zu beiden Seiten stehen zwei lange Reihen Lakaien in Seidenstrümpfen, und ein priesterlicher Butler verneigt sich, gleichsam Segen spendend, von den heiligen Stufen. Etwas freier atme ich in der Bibliothek, wo ein persischer Teppich vor dem Kamin Stehplatz genug für die wenigen Gäste bietet. Einer davon ist Raffles, der auf einen großen Mann mit der Stirn eines Halbgotts und den Augen und Backen einer degenerierten Bulldogge einspricht. Dieser Herr aber ist unser erlauchter Gastgeber.

Er starrte mich dummdreist an, während wir uns die Hände reichten, und überwies mich dann sofort einem hochaufgeschossenen ungelenken Herrn, den er mit Ernst anredete, dessen Nachnamen ich jedoch niemals erfuhr. Ernst seinerseits stellte mich mit einer schüchternen, linkischen Verbeugung den beiden übrigen Gästen vor. Das waren die zwei Herren, die miteinander im Hansom gekommen waren, und von denen sich der eine als ein Jurist namens Kingsmill erwies, während ich den anderen von Fotografien her auf den ersten Blick kannte und als den Provinzschriftsteller Parrington identifizierte. Die beiden kontrastierten prächtig miteinander, denn der Jurist war feist und wohlgepflegt mit einer napoleonischen Miene, während der Schriftsteller einer der schäbigsten Hunde war, die ich je im Frack gesehen habe. Keiner von beiden nahm viel Notiz von mir, aber beide beobachteten Raffles, während ich zuerst mit dem einen, dann mit dem anderen einige Worte wechselte. Gleich darauf wurde zu Tisch gebeten, und bald hatten wir sechs unsere Plätze um einen strahlenden, in einem riesigen, dunklen Zimmer sich fast verlierenden Tisch eingenommen.

Auf eine so kleine Gesellschaft war ich nicht vorbereitet gewesen, und so fühlte ich mich anfangs erleichtert. Denn, wie ich mir törichterweise sagte, wenn es zum Schlimmsten kommen sollte, so kamen wenigstens nur zwei auf einen. Allein bald sehnte ich mich nach jener Sicherheit, die das Sprichwort jeder Menge zuschreibt. Wir waren viel zu wenige, als daß ein vertrauliches Gespräch mit dem Nachbar möglich gewesen wäre, wozu ich sonst meine Zuflucht hätte nehmen können, um den Gefahren einer allgemeinen Konversation zu entrinnen. Und die allgemeine Konversation ging denn auch bald in einen so schlau geplanten und so kunstvoll ausgeführten Angriff über, daß ich mir weder denken konnte, wie Raffles ihn überhaupt als einen Angriff, und zwar auf ihn persönlich, erkennen sollte, noch wie ich ihn vor der drohenden Gefahr warnen könnte. Ob auch ich selbst von seiten des Klubs mit einem Verdacht beehrt wurde, ist mir bis auf den heutigen Tag nicht klar. Möglich ist es immerhin; vielleicht ließen sie mich nur wegen des interessanteren Wildes unbeachtet.

Lord Thornaby selbst feuerte schon beim Sherry den ersten

Schuß ab. Er hatte Raffles zu seiner Rechten und den Provinzschriftsteller zur Linken; rechts von Raffles saß der Hüter des Gesetzes, und ich selbst zwischen Parrington und Ernst, der das untere Ende des Tisches einnahm und eine Art jüngerer Verwandter des vornehmen Hauses zu sein schien. Aber nur uns gewöhnlichen Sterblichen galt die Anrede des Lords, während er, sich zurücklehnend, uns aus seinen Augen mit den dicken Tränensäcken anblinzelte.

»Mr. Raffles«, sagte er, »erzählte mir vorhin von dem armen Burschen, der vergangenen März gehenkt wurde. Ein großartiges Ende, meine Herren, ein großartiges Ende! Er ist zwar ungeschickt genug gewesen, jemand anders den Hals abzuschneiden, sein eigenes Ende aber gehört trotzdem unter die ruhmreichsten Galgengeschichten. Bitte, Mr. Raffles, erzählen Sie den Herren die Geschichte. Sie wird ihnen ebenso neu sein wie mir.«

»Gut, ich werde sie also genau so erzählen, wie ich sie hörte, als ich das letzte Mal in Trent Bridge Kricket spielte; in den Zeitungen hat sie niemals gestanden«, sagte Raffles ernst. »Sie erinnern sich sicherlich der fürchterlichen Aufregung, die seinerzeit der Vergleichskampf drüben in Australien erregt hat. Es scheint nun, daß die Entscheidung an dem Tag erwartet wurde, der zugleich für diesen armen Burschen der letzte auf Erden sein sollte. Er konnte aber nicht eher Ruhe finden, ehe er nicht das Ergebnis wußte. Wir gewannen damals, wie Sie wissen, und als der Bursche es erfuhr, meinte er, jetzt würde er selig baumeln.«

»Erzählen Sie doch auch, was er sonst noch sagte«, rief Lord Thornaby, seine kurzen, dicken Hände reibend.

»Der Geistliche machte ihm Vorwürfe, daß er sich unter solchen Umständen über ein Spiel aufregen könne, und der zum Tode verurteilte Kricketer soll erwidert haben: ›Na, das wird ja doch das Erste sein, was man mich am anderen Ende der Schnur fragen wird!‹«

Die Geschichte war selbst für mich neu, aber ich hatte keine Zeit, die Pointe zu würdigen. Meine Aufgabe war es, ihre Wirkung auf die Gesellschaft zu beobachten. Ernst zu meiner Linken bog sich vor Lachen mehrere Minuten lang. Mein anderer, von Natur empfindsamerer Nachbar zuckte zuerst zusammen und arbeitete sich dann in eine Begeisterung hinein, die ihren Höhepunkt in einem mit einem Taschenbleistift ausgeführten Angriff auf seine Hemdenmanschette fand. Auf Kingsmill, der Raffles ruhig anlächelte, schien die Geschichte am wenigsten Eindruck zu machen – bis er zu sprechen anfing.

»Das freut mich zu hören«, bemerkte er mit hoher, süßlicher Stimme. »Ich dachte mir, daß dieser Mann mutig sterben würde.«

»Wußten Sie denn damals überhaupt schon etwas von ihm?« fragte Lord Thornaby.

»Ich war der Staatsanwalt«, antwortete der Jurist blinzelnd. »Man könnte fast sagen, daß ich dem armen Mann den Hals maß!«

Der Hieb mußte offenbar ganz unabsichtlich versetzt worden sein, war aber deshalb nicht weniger wirksam. Lord Thornaby schielte verstohlen zu dem grausamen Anwalt hinüber, Ernst fing erst nach einigen Augenblicken wieder zu kichern an, und Parrington suchte nach seinem Bleistift, während ich mit meinem Weißwein kurzen Prozeß machte, obwohl es Johannisberger war. Raffles' entsetztes Gesicht aber verriet deutlich genug, wie wenig er auf der Hut war.

»An und für sich soll der Fall nicht viel Teilnahme erregt haben«, lautete seine Bemerkung, womit er die allgemeine Stille unterbrach.

»Nicht die geringste«, stimmte der Anwalt bei.

»Das muß ein Trost für Sie gewesen sein«, sagte Raffles trokken.

»Für mich wäre es jedenfalls einer gewesen«, versicherte der Romanschreiber, während der Anwalt nur lächelte. »Dagegen wäre es mir sehr schmerzlich gewesen, wenn ich neulich, als Peckham und Solomons gehenkt wurden, die Hand im Spiel gehabt hätte.«

»Warum gerade bei denen?« fragte der Lord.

»Weil sie gar nicht die Absicht hatten, diese alte Dame umzubringen.«

»Die Kerls haben sie aber doch in ihrem Bett mit ihrem eigenen Kopfkissenüberzug erdrosselt!«

»Ganz egal«, entgegnete der rohe Schriftsteller. »Deshalb sind sie nicht eingebrochen. Sie dachten nicht im Traum daran, ihr den Hals umzudrehen, aber die närrische alte Person schlug Lärm, und da zog eben einer der beiden ein bißchen zu kräftig an. Das nenne ich einfach ein verfluchtes Pech!«

»Für friedliche, harmlose, wohlerzogene Diebe in der unaufdringlichen Ausübung ihres bescheidenen Berufes«, fügte Lord Thornaby hinzu. Und als er sich mit seinem aufgeblasenen Lächeln Raffles zuwandte, wußte ich, daß wir jenen Teil des Programms erreicht hatten, der bereits einer ›Probe‹ unterzogen worden war. Man hatte offenbar genau berechnet, daß der Sekt in diesem Augenblick erscheinen sollte, und ich scheute mich nicht, meine Befriedigung über diese angenehme Zutat zu zeigen. Raffles aber belachte den Witz Seiner Herrlichkeit so lebhaft und doch wieder mit einer so natürlichen Mäßigung, daß kein Zweifel darüber bestehen konnte, daß er sich gnädig zu meiner eigenen alten Rolle herabgelassen hatte und den Ahnungslosen deshalb so unnachahmlich gut spielte, weil er tatsächlich keine Ahnung hatte. Es war eine köstliche Revanche für mich, und in meiner momentanen Freude über diese neue Situation war ich sogar imstande, mir einige Leckerbissen am Tisch dieses reichen Mannes schmecken zu lassen. Der Hammelrücken rechtfertigte seinen Platz im Menü reichlich, hatte mir jedoch den Appetit für den Fasanenflügel nicht verdorben, und ich freute mich schon auf den Dessert, als eine weitere Bemerkung unserer literarischen Leuchte meine Aufmerksamkeit von der Tafel wieder auf die Unterhaltung lenkte.

»Aber Sie haben doch ganz gewiß«, sagte er zu Kingsmill, »auch schon viele Einbrecher ihrer Familie und ihren Freunden wiedergeschenkt?«

»Sagen wir manchen armen Burschen, der des Einbruchs verdächtigt war«, entgegnete der heitere Jurist. »Das ist nämlich nicht ganz dasselbe, ebenso wie ›viele‹ nicht das zutreffende Wort ist. Ich spreche nie über Einbrüche hier in der Stadt.«

»Das wäre nun gerade das einzige, was mich interessieren würde«, sagte der Romanschreiber, das Gelee mit einem Löffel essend.

»Mich auch«, pflichtete unser Wirt bei. »Und wenn ich überhaupt einen Verbrecher zu verteidigen hätte, wäre mir der verwegene Einbrecher der liebste.«

»Es muß entschieden der unterhaltendste Zweig dieses Gewerbes sein«, bemerkte Raffles, während ich den Atem anhielt.

Sein Ton aber war so leicht wie ein Sommerfädchen, und sein ungezwungenes Wesen machte seiner unvergleichlichen Schauspielkunst alle Ehre. Endlich war Raffles sich einer Gefahr bewußt. Ich bemerkte, daß er den Sekt jetzt zurückwies, gerade als ich mein Glas von neuem austrank. Aber es war nicht dieselbe Gefahr, die wir beide befürchteten. Raffles hatte keinen Grund, sich über eine Wendung in der Unterhaltung, die ja doch offen der Kriminologie gewidmet war, zu wundern oder zu beunruhigen. Sie mußte ihm ebenso unvermeidlich erscheinen wie sie für mich, der ich zufällig von dem Verdacht unseres Gastgebers wußte, schauerlich war. Auch lag im Angriff seiner Gegner nur wenig, was ihn hätte stutzig machen können.

»Ich halte nicht viel von Mr. Sikes«, sagte der Anwalt wie jemand, der sein Stichwort erfaßt hat.

»Der war ja auch prähistorisch«, entgegnete der Lord. »Seit den Tagen des schönen William ist viel Blut unter dem Rasiermesser geflossen.«

»Allerdings, wir haben Peace gehabt«, sagte Parrington, worauf er sich in solch sensationelle Einzelheiten über die letzten Augenblicke jenes Verbrechers verlor, daß ich schon hoffte, es werde bei dieser Ablenkung bleiben. Lord Thornaby aber war nicht so leicht abzulenken.

»William und Charles, zwei tote Könige«, sagte er. »Der momentane Herrscher auf ihrem Gebiet ist jener Bursche, der den

Laden des armen Danby in der Bond Street ausgeplündert hat.«

Ein schuldbewußtes Schweigen herrschte auf seiten der drei Verschwörer, denn daß Ernst nicht in das Geheimnis eingeweiht war, daran zweifelte ich längst nicht mehr. Plötzlich aber drohte mir das Blut zu erstarren.

»Ich kenne ihn gut«, sagte Raffles aufschauend.

Bestürzt starrte Lord Thornaby ihn an. Das Lächeln auf dem Napoleonsgesicht des Anwalts sah zum ersten Mal während dieses Abends gezwungen aus, und unser Schriftsteller, der Käse vom Messer aß, hatte ein Tröpfchen Blut an seinem Schnurrbart hängen. Der leichtherzige Ernst war der einzige, der sich mit einem herzlichen Gekicher in die Lage fand.

»Was!« rief der Lord. »Sie kennen den Dieb?«

»Ich wollte, es wäre so«, antwortete Raffles lachend. »Nein, Lord Thornaby, ich meinte den Juwelier Danby. Ich gehe immer zu ihm, wenn ich ein Hochzeitsgeschenk zu machen habe.«

Ich hörte gleichzeitig drei tiefe Atemzüge, bevor ich selbst aufatmete.

»Was für ein Zufall«, bemerkte unser Wirt trocken, »denn Sie kannten wohl auch die Leute in Milchester, bei denen einige Monate später Lady Melroses Halsband gestohlen worden ist.«

»Ich war damals gerade zu Besuch«, antwortete Raffles eifrig. Kein noch so arger Renommist hätte rascher die Gelegenheit ergreifen können, damit zu prahlen, daß er sich im Lächeln der Großen gesonnt habe.

»Unserer Ansicht nach ist es derselbe Gauner«, sagte Lord Thornaby, der offenbar im Namen des Kriminologenklubs sprach und jetzt einen viel milderen Ton anschlug.

»Wenn ich ihm doch nur auf die Spur kommen könnte«, fuhr Raffles lebhaft fort, »denn er ist ein Verbrecher nach meinem Geschmack, mehr als Ihre Mörder, die am Strick noch fluchen oder in ihrer Zelle von Kricket sprechen!«

»Wer weiß, ob er jetzt nicht hier ist«, sagte Lord Thornaby, Raffles ins Gesicht sehend. Aber seine Haltung war die eines Schauspielers in einer unnatürlichen Rolle, der trotzdem entschlossen ist, sie bis zum Äußersten durchzuführen. Dabei schien er so ärgerlich wie ein reicher Mann in dem Augenblick, wo er seine Wette verliert.

»Was für ein Spaß, wenn es wirklich so wäre!« rief der Wild-West-Schriftsteller.

»Absit omen!« murmelte Raffles mit mehr Geschmack.

»Immerhin müssen Sie zugeben, daß es ein günstiger Augenblick wäre«, meinte Kingsmill. »Auch würde es mit dem Charakter dieses Mannes, soweit er bekannt ist, vollständig übereinstimmen, wenn er dem Präsidenten des Kriminologenklubs einen Besuch abstattete und gerade den Abend dazu wählte, an dem dieser zufällig die Mitglieder des Klubs bewirtet.«

In diesem Ausfall lag nun weit mehr innere Überzeugung als in dem unseres vornehmen Wirtes. Doch ich schrieb es der geübteren Verstellungskunst des Juristen zu. Lord Thornaby aber schien von dem Weiterspinnen seiner eigenen Idee durchaus nicht entzückt. Mit einer gewissen Schärfe sagte er zu seinem Butler, der gerade feierlich das Abnehmen des Tischtuchs überwachte: »Leggett, lassen Sie doch oben mal nachsehen, ob alle Türen offen und die Zimmer in der gewohnten Ordnung sind. Das ist ja ein abscheulicher Gedanke, Kingsmill, den Sie – oder ich – da aufs Tapet gebracht haben«, fügte unser Lord hinzu, indem er mit einer Anstrengung, die mir nicht entging, wieder höflich zu sein versuchte. »Wir würden ja wie die reinsten Narren dastehen. Ich weiß übrigens nicht, wer uns von unseren mörderischen Blutströmen in dieses Brackwasser nächtlicher Einbrüche gelockt hat. Kennen Sie De Quinceys Meisterwerk: ›Der Mord, eine Kunst‹, Mr. Raffles?«

»Ich glaube, ich habe es einmal gelesen«, erwiderte Raffles unschlüssig.

»Sie müssen es wieder lesen«, fuhr der Lord fort. »Es ist das letzte Wort zu einem großen Thema; und alles, was uns vielleicht noch hinzuzufügen übrig bliebe, wäre eine des Quinceyschen Textes würdige neue Illustration. – Na, Leggett?«

Keuchend stand der ehrwürdige Butler neben seinem Herrn. (Ich hatte bis jetzt nicht bemerkt, daß der Mann ein Asthmatiker war.)

»Euer Gnaden verzeihen, aber ich glaube, Euer Gnaden haben vergessen –«

Die Stimme klang rauh, doch hätten die vorwurfsvollen Worte kaum mit größerer Ehrerbietung ausgesprochen werden können.

»Vergessen, Leggett! Was denn vergessen, wenn ich fragen darf?«

»Vergessen, daß Euer Gnaden die Türe zum Ankleidezimmer abgeschlossen haben«, stammelte der unglückliche Leggett, der nach der Art der Kurzatmigen immer nur ein paar Silben zugleich hervorstieß. »Bin selbst oben gewesen, Euer Gnaden. Schlafzimmertür – Ankleidezimmertür – beide verschlossen von innen!«

Mittlerweile war der vornehme Gebieter in einer noch schlimmeren Verfassung als sein Diener. Ein Geflecht geschwollener Adern lag auf seiner schönen Stirn, die Hängebacken waren aufgeblasen wie ein Ballon. Im nächsten Augenblick hatte er bereits seine Pflichten als Gastgeber vergessen und war aus dem Zimmer geeilt, und wieder einen Augenblick später hatten wir die unsrigen als seine Gäste ebenfalls vergessen und folgten ihm auf den Fersen.

Raffles war jetzt ebenso erregt wie wir alle – ja, er übertraf uns alle noch. Der Jurist mit dem Cherubimlächeln und ich führten ein hübsches Wettrennen um den vorletzten Platz unter den Gästen auf, den ich auch schließlich gewann, während der schnaubende Butler und seine Trabanten eine ansehnliche Nachhut bildeten. Unser wenig zeremonieller Schriftsteller war der erste, der seine Unterstützung und seinen Rat freiwillig anbot.

»Das Einstoßen hat keinen Wert, Thornaby«, rief er, »mit Stemmeisen und Keilen können Sie die Türe zwar zerschmettern, aber niemals aufsprengen. Ist vielleicht eine Leiter im Hause?«

»Eine Strickleiter für den Fall einer Feuersbrunst muß irgendwo sein, glaube ich«, sagte der Lord unsicher, während er seine Augen prüfend über unsere Gesichter rollen ließ. »Wo wird sie aufbewahrt, Leggett?«

»William wird sie sofort holen, Euer Gnaden.«

Und wie der Blitz fuhr ein Paar strammer Waden in die oberen Regionen hinauf.

»Herunterzubringen braucht er sie nicht«, rief Parrington aufgeregt. »Er soll sie einfach über dem Zimmer des Lords heraushängen, dann werde ich hinunterklettern und durchs Fenster einsteigen. Auf mein Wort, die eine oder andere ist in zwei Minuten offen.«

Die verschlossenen Türen standen im rechten Winkel zu dem Treppenabsatz, den wir vollständig ausfüllten. Grimmig lächelte Lord Thornaby uns zu, nachdem er den Schriftsteller wie einen Jagdhund von der Koppel gelassen hatte.

»Es ist nur gut, daß wir Freund Parrington haben«, sagte der Lord. »Er nimmt es leichter als ich.«

»Es ist Wasser auf seine Mühle«, bemerkte Raffles gutmütig.

»Sehr richtig! Wir werden die ganze Geschichte in seinem nächsten Roman aufgetischt bekommen.«

»Zuerst hoffe ich aber doch, bei der Gerichtsverhandlung in Old Bailey davon zu hören.«

»Es ist erfrischend, in einem Mann der Feder auch einen Mann der Tat zu finden!«

Es war Raffles, der zuletzt sprach, und ich muß gestehen, die Bemerkung erschien mir für ihn ziemlich trivial. Im Ton aber lag etwas, das mir auffiel, und ausnahmsweise begriff ich diesmal: Parringtons Dienstfertigkeit war, ohne eigentlich verdächtig zu sein, doch wunderbar dazu angetan, eine zuvor verdächtige Person in wohltuenden Schatten zu stellen. Der schriftstellernde Abenteurer hatte Raffles sozusagen aus dem Bereich des Scheinwerfers gestoßen, und Dankbarkeit für diesen Dienst war es, was ich in Raffles' Stimme wahrgenommen hatte. Wie dankbar ich selbst ihm war, brauche ich nicht zu sagen. Allein meine Dankbarkeit wurde von ungewollten Geistesblitzen durchzuckt. Parrington gehörte ja zu denen, die Raffles verdächtigten, oder doch jedenfalls zu denen, die in diese Verdächtigungen eingeweiht waren. Wenn er nun auf diesen Verdacht gerechnet hätte? Wenn er selbst ein abgefeimter Gauner, und zwar gerade der in diesen speziellen Fall verstrickte Gauner wäre? Schon hatte ich mir meine Ansicht über ihn gebildet, und zwar so rasch, wie ich das meistens zu tun pflege, als wir ihn im Ankleidezimmer hörten. Mit einem übermütigen Aufschrei begrüßte er uns. Wenige Augenblicke später war die Türe offen, und vor uns stand Parrington, erhitzt und zerzaust mit einem Stemmeisen in der einen und einem Bohrer in der anderen Hand.

Drinnen bot sich ein Bild beredter Unordnung. Schubladen waren herausgezogen und lehnten herum, während der Inhalt auf dem Teppich lag. Schranktüren standen offen, leere Etuis von Hemdknöpfchen waren herumgestreut; eine in ein Handtuch gewickelte Uhr schien im letzten Augenblick auf einen Stuhl geschleudert worden zu sein. Aus der offenen Tür eines Wandschrankes aber ragte der lange Deckel eines Blechkoffers hervor, und man brauchte nur Lord Thornabys verzerrtes Gesicht hinter dem Deckel anzusehen, um zu erraten, daß der Blechkoffer, über den er sich beugte, gründlich ausgeplündert sein mußte.

»Was für eine komische Wahl!« sagte er, während ein Anflug von Humor um die Winkel seiner Bulldoggenschnauze zuckte. »Mein Pairsmantel mit Krone!«

In schicklichem Schweigen scharten wir uns um ihn. Ich wartete auf ein Wort unseres Schriftstellers; allein selbst er heuchelte oder empfand ein geziemendes Entsetzen.

»Sie denken vielleicht, das hier sei ein komischer Platz für so etwas«, fuhr Lord Thornaby fort. »Aber wo, meine Herren, würden wohl Sie Ihre ›weißen Elefanten‹ aufbewahren? Und diese hier sind wirklich schneeweiß; aber beim Himmel, in Zukunft werde ich sie besser verwahren.«

Und er erging sich in Witzen über seinen Verlust, wie keiner von uns es ihm noch wenige Augenblicke zuvor zugetraut hätte. Der Grund für diese plötzliche gute Laune dämmerte mir wenig später, als wir alle die Treppe hinuntergingen und den

Schauplatz des Verbrechens der Polizei überließen. Lord Thornaby hatte Raffles untergefaßt, während er mit ihm vorausging. Sein Schritt war elastischer, seine Heiterkeit nicht mehr sardonisch, sogar sein Äußeres hatte gewonnen. Ich aber erriet, was für eine Last vom gastfreundlichen Herzen unseres Wirtes genommen war.

»Ich möchte nur wünschen«, sagte er, »daß dieses Erlebnis uns mit der Identität des Herrn, über den wir beim Essen gesprochen haben, bekannt machte, denn alles deutet darauf hin, daß er es war.«

»Das ist die Frage«, sagte der alte Raffles mit einem tollkühnen Blick auf mich.

»Ich bin fest davon überzeugt, mein lieber Herr«, rief der Lord. »Einer solchen Verwegenheit ist nur er, er ganz allein fähig. Schon die Tatsache, daß er mich gerade an dem Abend beehrt hat, wo ich meine Kriminologenbrüder bewirte, ist für mich der Beweis. Das ist kein bloßer Zufall, Mr. Raffles, sondern eine wohlüberlegte Verhöhnung, die keinem andern Verbrecher in England eingefallen wäre.«

»Sie mögen wohl recht haben«, gab Raffles diesmal vernünftigerweise zu, obwohl ich mir schmeichelte, daß ihn mein Gesichtsausdruck dazu gebracht hatte.

»Ein weiterer Beweis ist«, fuhr der Lord fort, »daß kein anderer Verbrecher der Welt einen so köstlichen Plan mit einer so glänzenden Ausführung gekrönt hätte. Ich bin überzeugt, daß der Polizeiinspektor auch so denken wird.«

Der diensttuende Polizist hatte nämlich, während der Lord noch sprach, angeklopft und das Bibliothekzimmer betreten.

»Ich hörte nicht, was Euer Gnaden sagten.«

»Ich meinte nur, daß der Täter dieses drolligen Streichs kein anderer sein könne als der elegante Gauner, der vor zwei Jahren Lady Melroses Halsband und das halbe Warenlager des armen Danby gestohlen hat.«

»Ich glaube, daß Euer Gnaden den Nagel auf den Kopf getroffen haben.«

»Der gleiche Mann, der die Thimbleby-Diamanten geraubt und sie, wie Sie wissen, Lord Thimbleby zurückerstattet hat.«

»Vielleicht, daß er mit Euer Gnaden dasselbe beabsichtigt.«

»Das glaube ich denn doch nicht. Ich will aber ganz gewiß nicht über meine verschüttete Milch jammern, sondern gönne dem Burschen, was er in der kurzen Zeit hat nehmen können. – Etwas Neues oben?«

»Ja, Euer Gnaden. Der Diebstahl ist zwischen viertel nach acht und halb neun Uhr ausgeführt worden.«

»Woher in aller Welt wissen Sie denn das?«

»Die in ein Handtuch gewickelte Uhr war um acht Uhr fünfzehn stehen geblieben.«

»Haben Sie meinen Diener schon verhört?«

»Ja, Euer Gnaden. Er befand sich bis beinahe ein viertel nach acht in den Zimmern von Euer Gnaden, und als er sie verließ, war alles in bester Ordnung.«

»So glauben Sie also, daß der Einbrecher sich im Haus versteckt hatte?«

»Das läßt sich unmöglich feststellen, Euer Gnaden. Jedenfalls aber ist er jetzt nicht mehr hier, denn er könnte nur im Schlaf- oder Ankleidezimmer von Euer Gnaden sein, und diese beiden haben wir Zoll für Zoll untersucht.«

Nachdem sich der Inspektor, seinen Helm streichelnd, zurückgezogen hatte, wandte sich der Lord wieder zu uns.

»Ich riet ihm nämlich, diese Punkte zuerst festzustellen«, sagte er mit einer schnellen Kopfbewegung zur Tür, »denn ich hatte allen Grund, anzunehmen, mein Diener habe seine Pflichten oben vernachlässigt. Es freut mich, daß ich mich geirrt habe.«

Auch ich hätte mich über meinen Irrtum freuen sollen, denn meine Verdächtigungen unseres diensteifrigen Schriftstellers hatten sich als ebenso sinnlos erwiesen wie sein Benehmen. Dem Mann selbst grollte ich nicht, aber trotzdem war ich zuinnerst ein wenig enttäuscht.

Allein wie Parrington in meinem Herzen entlastet war, so war auch Raffles in den Augen derer, die eine weit ernstere und gefährlichere Vermutung gehegt hatten, rehabilitiert. Durch einen wunderbaren Zufall, durch ein unerhört glückliches Zusammentreffen von Umständen war er gerade in dem Moment weißgewaschen worden, als sie sich alle Mühe gaben, ihn zu durchschauen. Das Wunder war aber tatsächlich geschehen und seine Wirkung auf jedem Gesicht zu sehen, in jeder Stimme zu hören. Ernst, der nie in das Geheimnis eingeweiht worden war, nehme ich aus; überdies schien dieser fröhliche Kriminologe durch seine erste kleine Erfahrung mit Verbrechern entschieden erschüttert zu sein. Die drei anderen aber wetteiferten miteinander, getanes Unrecht wieder gut zu machen. So hörte ich, wie Anwalt Kingsmill Raffles eine Zeit angab, wo er am besten in seinem Büro zu erreichen sei, und wie er ihm für jeden ihn interessierenden Fall einen Platz im Gerichtssaal versprach. Parrington schwatzte etwas von einer Dedikation seiner sämtlichen Werke und versöhnte durch diese Ehrung Raffles' zugleich unseren Wirt. Was Lord Thornaby selbst anbetrifft, so war tatsächlich vom ›Athenäumklub‹ die Rede; von einer Empfehlung an seine Freunde im Komitee und, wenn ich nicht irre, vom Aufnahmeparagraphen II.

Die Polizei war immer noch in den oberen Zimmern beschäftigt, als wir auseinandergingen, und mit Müh und Not brachte ich es fertig, Raffles mit in meine Wohnung hinaufzuschleppen, obwohl sie, wie bereits erwähnt, nur um die Ecke lag. Er gab schließlich nach, weil er es für weniger gefährlich hielt, dort über den Einbruch zu sprechen als auf der Straße. In meiner Wohnung erzählte ich ihm dann auch sofort von der Gefahr, in der er geschwebt, und von meinem eigenen Dilemma, von den wenigen Worten, die ich vor dem Diner aufgeschnappt, und von dem dünnen Eis, auf dem er Pirouetten gedreht hätte, ohne einzubrechen.

Raffles ließ mich ausreden; aber ein schwerer Seufzer folgte dem letzten tiefen Zug aus einer Sullivan, die er ins Feuer warf, ehe er zu antworten begann.

»Nein, danke, keine mehr; ich will jetzt auch reden, Bunny.

Glaubst du wirklich, ich hätte diese Klugschwatzer nicht von Anfang an durchschaut?«

Ja. Jedenfalls nahm ich es ihm einfach nicht ab, daß er sie *vor* diesem Abend durchschaut hatte. Warum er mir dann nichts davon gesagt habe? Und was für einen Sinn hätte es haben sollen, mich mit in die Sache hineinzuziehen?

»Ich hätte dich nötig haben können, Bunny, und es hat auch nicht viel dazu gefehlt.«

»Wegen meines Gesichts?«

»Es hat mir bis jetzt noch immer Glück gebracht und mir auch heute mehr Zuversicht eingeflößt, als du vielleicht jetzt glaubst. Deine Gegenwart spornt mich mehr an, als du denkst.«

»Als Publikum und Souffleur in einer Person?«

»Famos ausgedrückt, Bunny! Aber es war bei mir kein Spaß, mein Junge, sondern ein höchst gewagtes Geschäft. Jeden Augenblick hätte ich deine Hilfe brauchen können, und das Bewußtsein, daß ich nicht umsonst gerufen hätte, wollte etwas heißen.«

»Aber wozu denn, Raffles?«

»Um uns durchzuschlagen und auszukneifen«, antwortete er mit einem Mund, der es auch meinte, und einem hübschen, heitern Aufblitzen seiner Augen.

Ich fuhr aus meinem Stuhl auf.

»Du willst doch nicht sagen, du hättest eine Hand im Spiel gehabt?«

»Meine Hand war die einzige, mein lieber Bunny.«

»Unmöglich! Du hast doch um diese Zeit mit am Tisch gesessen. Nein, du hattest irgendeinen andern Spießgesellen dabei, was ich überhaupt schon immer erwartet habe.«

»Einer ist mehr als genug, Bunny«, sagte Raffles trocken, indem er sich in seinen Stuhl zurücklehnte und wieder nach einer Zigarette griff.

»Wenn du diese Geschichte wirklich auf eigene Faust zustande gebracht hast«, fuhr ich fort, »bin ich natürlich der letzte, wegen deiner Mittel auch deinen Erfolg zu kritisieren. Du hast nicht nur einen haushoch überlegenen Gegner besiegt, sondern ihm auch noch eingeredet, daß er dir Unrecht getan hat. Sie werden dir für den Rest ihrer Tage aus der Hand fressen. Aber verlange nur nicht von mir, daß ich glaube, du hättest das allein geschafft. Beim heiligen Georg«, rief ich in plötzlicher Begeisterung, »mir ist's ganz egal, wie du's gemacht hast oder wer dir geholfen hat. Es ist das größte Ding, was du je in deinem Leben gedreht hast!«

Jedenfalls hatte ich Raffles niemals strahlender oder zufriedener mit sich selbst und der Welt und jenem Übermut näher gesehen, den er sonst gewöhnlich mir überließ.

»Wenn du jetzt tun willst, was ich dir sage, sollst du alles haarklein erfahren.«

»Sprich, alter Bursche, und es soll geschehen.«

»Dreh die elektrischen Lichter aus.«

»Gut, weiter.«

»Jetzt geh ans hintere Fenster und zieh das Rouleau hoch.«

»Nun?«

»Ich komme zu dir. Herrlich! So spät habe ich noch nie hinausgeschaut. Es ist das einzige noch beleuchtete Fenster im Haus.«

Er deutete auf ein kleines beleuchtetes Viereck, das wie eine gelbe Dachluke aussah.

»Du wirst doch nicht behaupten wollen, das sei Thornabys Haus?« rief ich, denn ich wußte über die Aussicht aus meinen hinteren Fenstern nicht recht Bescheid.

»Doch, Kaninchen. Wirf nur mal einen Blick durch deinen Feldstecher. Er hat mir die allerbesten Dienste geleistet.«

Allein schon ehe ich das Glas eingestellt hatte, waren noch mehr Schuppen von meinen Augen gefallen. Nun wußte ich auch, warum ich Raffles während der letzten Wochen so häufig bei mir gesehen hatte, warum er meist zwischen sieben und acht Uhr gekommen war und mit eben diesem Fernglas an eben diesem Fenster gestanden hatte. Aufmerksam sah ich hindurch. Das einzige beleuchtete, von Raffles bezeichnete Fenster kam gaukelnd in meinen dunklen Gesichtskreis. Ins Zimmer selbst konnte ich nicht hineinsehen, aber die Schatten der darin sich bewegenden Personen hoben sich scharf von den heruntergelassenen Rouleaus ab. Mir schien es sogar, als baumle noch immer ein schwarzer Faden über dem Lichtviereck. Es war, es mußte das Fenster sein, zu dem der unerschrockene Parrington aus dem darüberliegenden hinabgestiegen war.

»Ganz richtig!« sagte Raffles als Antwort auf meinen Ausruf. »Und dies ist auch das Fenster, das ich während der letzten Wochen beobachtet habe. Bei Tag kannst du alle Fenster auf dieser Seite des Hauses über dem Erdgeschoß sehen. Ein glücklicher Zufall will es, daß eines davon zu dem Zimmer gehört, wo sich der Hausherr in seinen Abendstaat zu werfen pflegt. Dann hält sich sein Kammerdiener noch etwas länger auf, um die Sachen wieder in Ordnung zu bringen, und das war das Hauptübel. Schließlich blieb mir nichts anderes übrig, als das Privatleben des Mannes auszukundschaften und ihm dann von seinem Schätzchen aus zu telegrafieren, er möchte doch um acht Uhr zu ihr vors Haus kommen. Natürlich behauptet er, zu dieser Zeit auf seinem Posten gewesen zu sein. Das hatte ich vorausgesehen, und ich tat deshalb die Arbeit des armen Burschen vor der meinigen. Sämtliche Kleidungsstücke räumte ich auf, ehe ich mir erlaubte, das Zimmer nach meiner Weise in Unordnung zu bringen.«

»Ich begreife nicht, wie du Zeit dazu finden konntest!«

»Das nahm nur eine einzige Minute mehr in Anspruch. Daß die Uhr genau auf acht Uhr fünfzehn stand, war übrigens mein Werk für den Fall, daß man sie nachher finden sollte. Es ist ein alter Trick, eine Uhr zu stellen und die Zeit zu ändern, aber du wirst zugeben müssen, daß es aussah, als hätte man sie zum Mitnehmen eingewickelt. Das waren also Beweise mehr als genug dafür, daß der Raub stattgefunden haben müsse, während wir alle bei Tisch saßen. In Wirklichkeit verließ Lord Thornaby sein Ankleidezimmer in der einen Minute, sein Kammerdiener folgte ihm eine Minute später, und ich betrat es in der nächsten.«

»Durchs Fenster?«

»Natürlich. Ich wartete unten im Garten. Einen Garten in der Stadt zu besitzen, ist in mehr als einer Hinsicht eine kostspielige Sache. Du kennst natürlich die Mauer und das hübsche alte Hinterpförtchen? Das Schloß war unter aller Kritik.«

»Aber wie war's mit dem Fenster? Es ist doch im ersten Stock, nicht wahr?«

Raffles griff jetzt nach dem Stock, den er mit seinem Überzieher abgelegt hatte. Er war aus dickem Bambusrohr mit einem polierten Ring. Diesen Ring schraubte er ab und schüttelte nun aus dem Stock eine Anzahl immer dünner werdender, zusammenhängender Stücke heraus, genau wie bei den Angelruten der Kinder. Später entdeckte ich, daß dies tatsächlich früher ihr Zweck gewesen war. Nun zog Raffles einen doppelten Stahlhaken heraus, der rasch ans Ende des obersten Gelenkes befestigt wurde. Dann öffnete er drei Knöpfe an seiner Weste und um seine Taille geschlungen, bemerkte ich das feinste Manilaseil mit den zierlichsten, in regelmäßigen Zwischenräumen angebrachten Fußschlingen.

»Muß ich dir jetzt noch mehr sagen?« fragte Raffles, nachdem er das Seil abgewickelt hatte. »Dieses Ende hier wird an dem einen Haken befestigt, den anderen Haken kann man an einem beliebigen Gegenstand festmachen. Natürlich muß man vorher wissen, ob etwas zum Festhaken da ist, aber ein Mann, der in seinem Ankleidezimmer eine eingelassene Porzellanwanne besitzt, ist für mich der Richtige. Die Röhren waren alle außen, und zwar genau am richtigen Platz an der Mauer. Du siehst, daß ich außer meinen vielen nächtlichen Rekognoszierungen auch tagsüber exploriert habe; es wäre ja verlorene Mühe gewesen, meine Leiter auf gut Glück herzustellen.«

»So hast du sie also extra zu diesem Zweck gemacht?«

»Mein lieber Bunny«, antwortete Raffles, während er den hanfenen Gürtel wieder um sich herumwickelte, »ich war zwar nie fürs Klettern, habe aber immer gesagt, daß wenn ich je einmal eine Leiter benutzen sollte, es die beste sein müsse, die erfunden worden ist. Die hier kann mir noch öfter zustatten kommen.«

»Aber wie lange hast du denn zu der ganzen Geschichte gebraucht?«

»Von Mutter Erde bis wieder zu Mutter Erde! Heute abend ungefähr fünf Minuten, und eine davon für die Arbeit eines anderen.«

»Was?« rief ich, »du willst behaupten, daß du auf und ab, hinein- und herausgeklettert, den Schrank und den Blechkoffer aufgebrochen, die Türen verkeilt und dich mit einem Pairsmantel und allem übrigen in fünf Minuten aus dem Staub gemacht hättest?«

»Fällt mir nicht ein, denn das tat ich natürlich auch nicht.«

»Was soll das dann heißen, und wie hast du's gemacht?«

»Zweimal in den Kuchen gebissen, Bunny! Ich habe vorige Nacht Generalprobe angehalten und dabei auch den Plunder mitgenommen. Unser vornehmer Freund schnarchte die ganze Zeit über nebenan. Und wie ich die Sache einfädelte, das mag ja, wenn du willst, zu meinen besten Leistungen gehören, denn ich nahm nicht nur alles mit, was ich zu haben wünschte, sondern ich ließ die Zimmer auch genau in dem Zustand zurück, wie ich sie angetroffen hatte, und machte als wohlerzogener Knabe alle Schächtelchen und Lädchen wieder hinter mir zu. Dies dauerte natürlich viel länger. Heute abend aber brauchte ich nur das Zimmer ein bißchen durcheinanderzuwühlen, einige Etuis und Kästchen herumzustreuen und der Sache möglichst den Anstrich zu geben, als hätte ich das alte Zeug *heute* abend geklaut. Das war, was Ihr Schriftsteller genial nennen würdet. Denn ich habe diesen lieben Kriminologen nicht nur bewiesen, daß dieser Streich unmöglich von mir hat ausgeführt werden können, sondern daß noch ein anderer existieren muß, der so etwas auszuführen imstande und willens ist, und den sie eselhafterweise mit mir verwechselt haben.«

Man denkt sich vielleicht, ich hätte Raffles die ganze Zeit in stummem, verzücktem Staunen angestarrt. Allein über dieses Stadium war ich längst hinaus. Wenn er mir jetzt gesagt hätte, er sei in die Bank von England oder in den Tower eingebrochen, hätte ich es nicht einen Augenblick bezweifelt.

Man braucht kein Kriminologe, und noch weniger ein Mitglied des Kriminologenklubs zu sein, um zu erraten, was Raffles mit der Pairsuniform des hochgeborenen Earl of Thornaby tat. Er tat nämlich genau das damit, was die Herren, mit denen wir zusammengewesen waren, von dem rätselhaften Dieb erwartet hatten, und er tat es in einer so charakteristischen Weise, daß er damit sicherlich auch den letzten Hauch einer Vorstellung, der Dieb und er seien ein und dieselbe Person, aus ihrem Geiste verscheuchte. Carter Patersons Speditionsgeschäft stand außer Frage, ebenso aus ersichtlichen Gründen jegliche Art von Postsendung. Raffles brachte die weißen Elefanten einfach im Handgepäckraum der Charing Cross Station unter und schickte Lord Thornaby den Gepäckschein.

Die Silbertruhe

Wie die ganze Zunft, als deren Meister ich ihn betrachtete, so verabscheute auch Raffles zutiefst jede Sorte unhandlicher Beute – es mochte nun altes Sheffield oder echtes Silber oder Gold sein. Wenn das Ding sich nicht an einer Person verstecken ließ, wollte er nichts davon wissen. Trotzdem gestattete Raffles, auch hierin Meister, nicht selten dem Eroberungsgeist des bloßen Sammlers die Gebote der beruflichen Vorsicht zu übertreten. Die alten eichernen Truhen und selbst der Weinkühler aus Mahagoni, für die Raffles ohne Zweifel wie ein ehrlicher Bürger bezahlt hatte, waren deshalb auch gefüllt mit schwerem, wappengeschmücktem Silbergerät, das er weder zu benutzen wagte, noch einschmelzen oder verkaufen wollte. Er mußte sich also damit begnügen, es, wie ich zu sagen pflegte, hinter verschlossenen Türen anzuglotzen, und eines Nachmittags überraschte ich ihn denn auch bei diesem Zeitvertreib. Es war im Jahr nach meinem Noviziat – eine friedlich im Albanyklub verlebte Zeit – wo Raffles kein Haus unverschont ließ, und ich dabei stets die zweite Geige spielte. Eine Depesche, die mich benachrichtigte, daß er im Begriff sei, die Stadt zu verlassen, hatte mich zu ihm gerufen. Und ich konnte nur glauben, daß er wieder einmal dem unwiderstehlichen Drang gefolgt sei, seine altersgeschwärzten Teekannen und Salzfässer, womit ich ihn umgeben fand, zu bewundern, bis meine Augen auf die ungeheure Silbertruhe fielen, in die er einen Gegenstand nach dem anderen einpackte.

»Verzeih, Bunny, aber wenn du nichts dagegen hast, werde ich beide Türen hinter dir verschließen und die Schlüssel in meine Tasche stecken«, sagte Raffles, nachdem er mich hereingelassen. »Nicht daß ich dich zum Gefangenen machen will, lieber Junge, aber es gibt Leute unseres Schlages, die es verstehen, einen Schlüssel von außen herumzudrehen, obwohl dies nie zu meinen Fertigkeiten gehört hat.«

»Doch nicht wieder dieser Crawshay?« rief ich noch mit dem Hut auf dem Kopfe.

Raffles schaute mich mit jenem Sphinxlächeln an, das harmlos sein konnte, oft aber auch sehr bedeutungsvoll, und wie der Blitz kam mir die Überzeugung, daß unser eifersüchtigster und gefährlichster Rivale, der Meister einer älteren Schule, Raffles einen Besuch abgestattet habe.

»Das bleibt abzuwarten«, lautete die gemessene Antwort. »Jedenfalls aber ist mir der Kerl wieder vor die Augen gekommen. Ich dachte schon, er sitzt wieder wohlauf hinter Schloß und Riegel.«

»Doch nicht der alte Crawshay!« sagte ich. »Der ist viel zu schlau, um sich zweimal fassen zu lassen. Ich möchte ihn den König aller Einbrecher von Beruf nennen.«

»Wirklich?« sagte Raffles eisig mit einem ebenso eisigen Blick auf mich. »Dann wirst du gut daran tun, dir derartige Könige vom Leibe zu halten, wenn ich fort bin.«

»Aber wohin willst du denn?« fragte ich, fand endlich eine Ecke für meinen Hut und Überzieher und nahm mir von der alten, ehrwürdigen Anrichte, die zu den größten Schätzen meines Freundes gehörte, eine Erfrischung. »Wohin willst du denn gehen, und warum schleppst du diese Herde weißer Elefanten mit?«

Raffles' charakteristisches Lächeln galt diesmal meiner Bezeichnung für das bunte Durcheinander seiner Silberschätze, dann folgte er meinem Beispiel und zündete sich eine seiner Lieblingszigaretten an, während er, das Glas in der Hand, mit erhabener Miene den Kopf schüttelte.

»Eins nach dem andern, Bunny«, sagte er. »Erstens soll in dies Zimmer hier ein Topf voll Farbe kommen, zweitens elektrisches Licht und drittens das Telefon, womit du mich schon so lange quälst.«

»Famos«, rief ich, »dann können wir Tag und Nacht zusammen reden!«

»Um abgehört und zur Belohnung eingelocht zu werden? Ich

will lieber mit dem Telefon warten, bis du im Loch sitzt«, sagte Raffles unbarmherzig. »Das übrige aber ist dringend notwendig. Nicht daß ich gerade eine Vorliebe für frischen Anstrich hätte oder mich nach elektrischem Licht sehnte, sondern aus Gründen, die ich dir jetzt gleich ins Ohr flüstern werde. Du darfst es zwar nicht zu ernst nehmen; aber es stimmt, daß in diesem Krähennest Albany über mich gemunkelt wird. Der alte schwache Vogel Inspektor Mackenzie muß daran schuld sein. Es ist zwar noch nicht allzu schlimm, aber das braucht es auch nicht, um mir zu Ohren zu kommen. Nun, mir blieb also die Wahl, entweder ganz zu verduften und damit alles zu bestätigen, was da so in der Luft schwebt, oder mich auf einige Zeit unter einem Vorwand zu entfernen, der den Behörden jede Entschuldigung zu einer gründlichen Haussuchung geben würde. Was hättest du an meiner Stelle getan, Bunny?«

»Ausgekniffen wäre ich, solange es noch möglich ist«, sagte ich eifrig.

»Das habe ich mir gedacht«, entgegnete Raffles. »Trotzdem wirst du die Vorzüge meines Planes einsehen. Ich werde nämlich alles unverschlossen zurücklassen.«

»Außer diesem hier«, sagte ich mit einem Fußtritt gegen die eisenbeschlagene Truhe, deren festgespanntes Friesfutter unter den schweren Paketen von Teekannen und Armleuchtern fast verschwand.

»Dies«, erwiderte Raffles, »soll weder mit mir gehen noch hier bleiben.«

»Was willst du dann damit anfangen?«

»Du hast ja ein Bankkonto und deinen eigenen Bankier«, fuhr er fort. Das war vollständig richtig, obwohl Raffles allein das Verdienst zukam, daß ich eines hatte, und daß ich den Bankier im Notfall beschwichtigen konnte.

»Nun und?«

»Nun, du zahlst dieses Päckchen Banknoten heute nachmittag ein und sagst, du hättest eine große Woche in Liverpool und Lincoln gehabt. Dann fragst du, ob man dir dein Silber aufheben könnte, weil du frohe Ostern in Paris feiern wolltest. Ich würde ihn auch darauf aufmerksam machen, daß das Ding ziemlich schwer ist, und eine Menge alten Familienkrams enthält, den du am liebsten so lange bei ihm stehen lassen würdest, bis du einmal heiraten und einen eigenen Hausstand gründen würdest.«

Ich zuckte bei den letzten Worten zwar zusammen, willigte aber doch nach kurzer Überlegung in das übrige ein. Schließlich war diese Geschichte, und zwar aus Gründen, die ich hier nicht anzuführen brauche, glaubwürdig genug. Raffles selbst hatte keinen Bankier, denn für ihn war es vollständig unmöglich, eine Erklärung für die großen Summen Bargeld, die manchmal in seine Hände fielen, zu finden. So konnte es wohl sein, daß er mein bescheidenes Vermögen, gerade in Anbetracht der jetzt entstandenen Schwierigkeiten fördern wollte. Jedenfalls konnte ich ihm seine Bitte unmöglich abschlagen, und ich bin noch heute froh, daß ich meine Einwilligung ohne Murren gegeben habe.

»Wann wird die Truhe dann für mich bereit sein?« fragte ich nur, die Banknoten in meine Zigarettendose stopfend. »Und wie wollen wir sie ohne großes Aufsehen während der Bankstunden von hier fortschaffen?«

Beifällig nickte Raffles mir zu.

»Ich freue mich, daß du den springenden Punkt so schnell gefunden hast, Bunny. Ich dachte zuerst, es wäre am besten, wenn du das Ding unter dem Schutz der Nacht in deine Wohnung schafftest. Aber ihr könntet trotzdem gesehen werden, und dann würde es bei hellem Tage einen viel weniger verdächtigen Eindruck machen. Du wirst etwa zehn bis zwölf Minuten brauchen, um in einer Droschke zu deiner Bank zu fahren; wenn du also morgen früh um viertel vor zehn hier bist, paßt es famos. Du mußt aber jetzt sofort ein Hansom nehmen, wenn du noch heute nachmittag mit diesen Banknoten anfangen willst!«

Es sah dem Raffles jener Tage nur zu ähnlich, ein Thema und mich selbst in einem Atemzug, mit einem plötzlichen Nicken und einem kurzen Händedruck zu verabschieden. Ich aber hatte die größte Lust, nach einer zweiten Zigarette zu greifen, denn noch gab es einige Punkte, über die er mich absichtlich im unklaren gelassen hatte. So wußte ich zum Beispiel nicht, wohin er reisen wollte, und dies war auch alles, was ich aus ihm herausbringen konnte, während ich Mantel und Handschuhe zuknöpfte.

»Schottland«, verkündete er endlich.

»Über Ostern?« bemerkte ich.

»Um die Sprache zu lernen«, erklärte er mir. »Ich spreche ja nur Englisch, aber ich gebe mir alle Mühe, das wettzumachen, indem ich mich in allen unseren Dialekten übe. Manche sind mir auch schon sehr nützlich gewesen, wie du selbst gemerkt hast, Bunny. In passablem Irländisch, echtem Devonshire, höchst anständigem Norfolk und drei verschiedenen Arten von Yorkshire kann ich wohl meinen Mann stellen, mein Galloway-Schottisch aber könnte besser sein, und dem möchte ich gern ein wenig aufhelfen.«

»Du hast mir immer noch nicht gesagt, wohin ich dir schreiben soll.«

»Ich werde dir zuerst schreiben, Bunny.«

»Dann erlaube doch wenigstens, daß ich dich auf den Bahnhof begleite«, bat ich an der Tür. »Ich verspreche dir, deine Fahrkarte nicht anzusehen; nur den Zug sollst du mir sagen.«

»Elf Uhr fünfzig von Euston.«

»Dann werde ich um viertel vor zehn bei dir sein.«

Und ohne weitere Erörterung verließ ich ihn, da ich ihm die Ungeduld vom Gesicht ablas. Übrigens schien jetzt ja alles ziemlich klar zu sein, auch ohne eine erschöpfende Erörterung, wie ich sie liebte und wie sie Raffles haßte. Immerhin fand ich, daß wir wenigstens zusammen hätten abendessen können, und schon fühlte ich mich in meinem tiefsten Herzen ein ganz klein wenig gekränkt, als es mir während der Fahrt plötzlich einfiel, die Banknoten in meiner Zigarettendose zu zählen. Ausgeschlossen, da noch gekränkt zu sein. Die Summe belief sich auf eine dreistellige Zahl in Pfunden, und offenbar war es Raffles' Wunsch, daß ich es mir in seiner Abwesenheit wohl sein lassen solle. So wiederholte ich denn gewissenhaft seine Lüge auf meiner Bank und traf die notwendigen Vorkehrungen zur Aufnahme seiner Truhe am nächsten Morgen. Dann begab ich mich zu unserem Klub zurück in der Hoffnung, Raffles zu treffen und vielleicht doch noch mit ihm zu essen. Aber ich hatte mich getäuscht. Und das war nichts im Vergleich zu der Enttäuschung, die mich im Albanyklub erwartete, als ich am nächsten Morgen in meiner Droschke vorfuhr.

»Mr. Raffles ist abgereist«, sagte der Hauswart mit einem Anflug von Vorwurf in einem vertraulichen Flüsterton. Der Mann war Raffles' Günstling, der von diesem gelegentlich mit vollendetem Takt ausgenutzt – aber auch beschenkt wurde, und mich kannte er kaum weniger gut.

»Abgereist?« wiederholte ich bestürzt. »Wohin denn in aller Welt?«

»Nach Schottland.«

»Jetzt schon?«

»Mit dem Elf-Uhr-fünfzig-Zug gestern abend.«

»Gestern abend! Und ich glaubte, er meint elf Uhr fünfzig heute morgen!«

»Das hat er gemerkt, als Sie nicht kamen, und ich soll Ihnen sagen, daß es so einen Zug gar nicht gibt.«

Ich hätte mir vor Ärger und Verdruß über mich und Raffles die Kleider vom Leibe reißen können. War es doch seine Schuld genau wie meine, denn ohne seine unanständige Eile, mich loszuwerden, und diese Manier, unsere Unterhaltung schroff abzubrechen, hätte es weder ein Mißverständnis noch einen Irrtum geben können.

»Haben Sie mir sonst noch etwas zu bestellen?« fragte ich verdrießlich.

»Nur wegen der Truhe. Mr. Raffles sagte, daß Sie sie während seiner Abwesenheit zu sich nehmen wollten, und da habe ich einen Kollegen bestellt, der mir helfen kann, sie auf den Wagen zu bringen. 's ist ein schweres Ding, aber Mr. Raffles und ich konnten sie ganz gut miteinander heben, so werden wir es wohl auch fertigbringen.«

Ich für meinen Teil muß gestehen, daß das Gewicht dieser höllischen Truhe mich weniger beunruhigte, als ihr Umfang, während ich vormittags um zehn Uhr mit ihr am Klubhaus und am Park vorüberfuhr. Ich mochte mich noch so weit in meinen Landauer zurücklehnen, ich konnte weder mich noch meine Zugehörigkeit zu dem eisenbeschlagenen Ungeheuer auf dem Dach verbergen, und in meiner erhitzten Phantasie schien mir, als bestehe die Truhe aus Glas, durch das alle Welt ihren unrechtmäßig erworbenen Inhalt sehen könne. Einmal hielt ein diensteifriger Schutzmann, als er uns kommen sah, den Verkehr auf, und einen Augenblick vermutete ich hinter dieser selbstverständlichen Maßnahme eine teuflische Absicht. Straßenjungen schrien uns, wie mir schien, nach, und scheinbar schrien sie: »Haltet den Dieb!« Doch genug von dieser ungemütlichsten aller Wagenfahrten, die ich je in meinem Leben gemacht habe. *Horresco referens.*

Auf der Bank verlief, dank Raffles' Vorsicht und Freigebigkeit alles ganz glatt. Ich bezahlte meinen Kutscher reichlich, gab dem Portier, der beim Abladen der Truhe half, ein Zwei-Schilling-Stück und hätte den lustigen Kommis in Gold fassen mögen, der sich über meine Witze über die Liverpooler Sieger und das Verwetten des Familiensilbers fast totlachte. Erst als er mir sagte, daß die Bank keine Quittung für Depositen dieser Art gebe, kam ich etwas aus der Fassung. Inzwischen weiß ich, daß wenige Londoner Banken dies tun. Aber ich glaube nur zu gern, daß ich damals so aussah – wie mir auch zu Mut war – als ob ich meinen ganzen Besitz aufs Spiel gesetzt hätte.

Nachdem die ungeheure Last mir von Seele und Händen genommen war, hätte ich den Rest des Tages wohl ziemlich behaglich verleben können, wenn nicht spät abends noch ein sonderbares, höchst beunruhigendes Billettchen von Raffles selbst gekommen wäre. Er gehörte zu denjenigen, die gerne telegrafieren, aber selten einen Brief schreiben. Hin und wieder schickte er mir aber doch mit Eilpost einige Zeilen, und diese hier hatte er am Abend vorher offenbar im Zug gekritzelt, um sie bei Tagesanbruch in Crewe in den Schalter zu stecken.

»Hüte Dich vor dem König aller Berufskünstler! *Er war auf hoher See, als ich abreiste.* Sollte sich auf der Bank die geringste Schwierigkeit zeigen, zieh Dich sofort zurück und bleib hübsch artig in Deiner Wohnung.

A. J. R.

P.S. Habe noch weitere Gründe, wie Du bald hören wirst!«

Das war ein netter Schlaftrunk für einen beunruhigten Kopf. Eben noch reich am Beutel, arm an Sorgen, hatte ich einen ziemlich behaglichen Abend gehabt, diese geheimnisvolle Mahnung aber verdarb mir nun den Rest der Nacht. Die Botschaft war mit einer späten Post angekommen, und ich bedauerte nur, sie nicht die Nacht über im Briefkasten gelassen zu haben.

Was bedeutete sie eigentlich? Und was sollte ich nun eigentlich tun? Diese Fragen stellten sich am Morgen umso dringlicher.

Diese infame Truhe ohne gewichtigeren Vorwand und ohne weitere Instruktionen auf dem Dach eines anderen Wagens wieder fortzuschaffen, daran war überhaupt nicht einen Augenblick zu denken. Aber ich dachte auch Stunden später nicht daran. Ich war ja immer eifrig bemüht, Raffles gegenüber meine Schuldigkeit zu tun, hatte er doch auch mehr als die seinige getan; nicht nur ein paarmal, nicht nur heute oder gestern, sondern immer wieder und wieder vom ersten Augenblick an. Ich brauche die in die Augen springenden Gründe nicht anzuführen, warum ich mich gegen eine persönliche Bewachung seiner verfluchten Truhe sträubte.

Andererseits hatte er sich um meinetwillen schon größeren Gefahren ausgesetzt, und ich wollte ihm zeigen, daß auch auf meine Opferwilligkeit Verlaß sein würde.

In meinem Dilemma griff ich, wie schon häufig, wenn es mir an Licht und Leitung gebrach, zu einem besonderen Mittel. Ich aß nur wenig zum Lunch und begab mich dann in die Northumberland Avenue, um ein türkisches Bad zu nehmen. Ich kenne nichts, was Geist und Körper besser reinigen, und das hoffentlich vorhandene Urteilsvermögen besser schärfen könnte. Selbst Raffles, der weder ein Gramm zu verlieren, noch einen Nerv zu beruhigen nötig hatte, pflegte zu gestehen, daß wenn alle anderen Mittel fehlschlagen, dieses hier neben körperlichem Wohlbehagen eine gewisse Seelenruhe verschaffe. Bei mir begann der Zauber schon vor dem Stiefelausziehen. Die gedämpften Schritte, das leise Plätschern der Brunnen, ja selbst die auf den Ruhebetten ausgestreckten eingemummelten Gestalten, die ganze reine, warme, träge Atmosphäre wirkten wie Balsam auf mein einfacheres Gemüt. Die halbe Stunde in den Dampfkabinen war ein energischer Übergang zur göttlichen Erschlaffung der Glieder, begleitet von einer Hochstimmung des Geistes. Und doch – und doch – gerade im allerheißesten Raum bei einer Temperatur von 35° wurde der Pfeil einer *Pall Mall Gazette*, die ich am Eingang zum Bad gekauft hatte, auf mich abgeschossen.

Ich war eben dabei, die heißen, sich kräuselnden Blätter umzudrehen und in meinem Ofen zusehends zu schmelzen, als mich die folgende Schlagzeile buchstäblich ins Gesicht traf:

»Bankraub im Westend.
Verwegenes, rätselhaftes Verbrechen.

Ein tollkühner, nächtlicher Einbruchdiebstahl und gemeiner Angriff ist auf die City- und Suburban-Bank in der Sloane Street W. gemacht worden. Nach den bis jetzt bekannten Einzelheiten scheint der Raub mit Überlegung vorbereitet und heute in den frühen Morgenstunden geschickt ausgeführt worden zu sein. Ein Nachtwächter namens Fawcett sagt aus, daß er zwischen ein und zwei Uhr ein leises Geräusch in der Nähe der unteren Stahlkammer, die zur Aufbewahrung der Silberschätze und anderer Kostbarkeiten von Bankkunden diene, gehört habe. Als er habe nachsehen wollen, sei er sofort von einem handfesten Schurken gepackt und zu Boden geworfen worden, noch ehe er habe Lärm schlagen können.

Fawcett ist außerstande, irgendeine Beschreibung der oder des Angreifers zu machen, ist aber der Ansicht, daß mehr als ein Individuum bei der Ausführung des Verbrechens beteiligt gewesen sein müsse. Als der arme Mann wieder zum Bewußtsein kam, blieb außer einer Kerze, die die Diebe auf den Fliesen des Korridors hatten brennen lassen, keine Spur von ihnen zurück.

Die Stahlkammer aber war aufgebrochen worden, und es wird befürchtet, daß der Angriff auf die Silbertruhen und die anderen Wertgegenstände, in Anbetracht der vielen Osterausflüge, die die Diebe offenbar in Betracht gezogen hatten, nur zu erfolgreich gewesen ist. Die übrigen Räume der Bank sind nicht einmal betreten worden. Als Ein- und Ausgang ist, wie vermutet wird, der Kohlenraum benutzt worden, der ebenfalls im Kellergeschoß liegt. Bis zu dieser Stunde hat die Polizei noch keine Verhaftung vorgenommen.«

Ich war tatsächlich wie gelähmt bei dieser niederschmetternden Nachricht und kann beschwören, daß ich selbst bei dieser unglaublichen Temperatur vom Kopf bis zu den Zehen mit kaltem Schweiß bedeckt war.

Crawshay, natürlich! Crawshay war hinter Raffles und dessen unrechtmäßig erworbenen Schätzen her. Und wieder machte ich Raffles im stillen Vorwürfe: seine Warnung war zu spät gekommen, er hätte mir sofort telegrafieren sollen, die Truhe überhaupt nicht auf die Bank zu schaffen. Er war ein Narr, daß er überhaupt einen so auffallenden und aufdringlichen Behälter für seine Schätze gewählt hatte. Nun würde es ihm ganz recht geschehen, wenn gerade diese Truhe von den Dieben erbrochen worden wäre.

Und doch, wenn ich mir die Art dieser Schätze vorstellte, so fröstelte mich in meinem Schweiß. Es war eine wahre Fundgrube kriminalistischer Beweisstücke.

Angenommen, seine Truhe wäre in der Tat erbrochen und bis auf ein einziges Stück ausgeraubt worden, so hätte dieses einzige Stück Silber vollständig genügt, Raffles ins finsterste Zuchthaus zu werfen. Und Crawshay war fähig, sich eine so gemeine Rache auszudenken und ohne Gewissensbisse auszuführen.

Für mich aber gab es jetzt nur einen Weg. Ich mußte den Anweisungen des Briefes folgen und die Truhe auf jede Gefahr hin, auch wenn ich selbst dabei gefaßt würde, zurückholen.

Wenn Raffles mir wenigstens eine Adresse zurückgelassen hätte, damit ich ihn hätte warnen können! Aber solche Gedanken waren ja nutzlos. Im übrigen blieb mir noch reichlich Zeit bis vier Uhr, denn es war jetzt noch nicht einmal drei Uhr. So beschloß ich, mein Bad zu Ende zu nehmen und das Beste daraus zu machen. Wer konnte wissen, ob es nicht auf Jahre hinaus mein letztes sein würde?

Als ich zur Sloane Street fuhr, stand die Neuigkeit freilich an allen Litfaßsäulen, und auf einem der Zettel las ich, daß man eine Spur gefunden habe, was für mich ein Schicksal bedeutete, das zu teilen ich fest entschlossen war.

Schon war so etwas wie ein Sturm auf die Filiale der City- und Suburban-Bank in der Sloane Street im Gange. Als mein Wagen dort ankam, fuhr eben ein anderer mit einer Truhe von vernünftigem Umfang davon, und in der Bank selbst führte eine Dame eine unangenehme Szene auf. Der heitere Kommis aber, der gestern noch bei meinen Späßen so laut gelacht hatte, war glücklicherweise dazu jetzt nicht mehr aufgelegt, sondern wurde bei meinem Anblick fast grob.

»Den ganzen Nachmittag habe ich Sie erwartet«, sagte er. »Sie brauchen gar nicht blaß zu werden.«

»Ist alles in Ordnung?«

»Mit Ihrer Arche Noah? Ja, so höre ich. Die Kerls hatten sich eben daranmachen wollen, als sie unterbrochen wurden; und wiedergekommen sind sie nicht.«

»So ist sie also nicht einmal aufgebrochen worden?«

»Nur angefangen hatten sie, glaube ich.«

»Gott sei Dank!«

»Das dürfen Sie wohl sagen – wir nicht!« brummte der Kommis. »Der Direktor sagt, Ihre Truhe sei an allem schuld.«

»Wieso denn?« fragte ich beunruhigt.

»Weil man sie eine Meile weit auf dem Wagen sehen und verfolgen konnte«, antwortete der Kommis.

»Wünscht der Direktor mich vielleicht zu sprechen?« fragte ich kühn.

»Nicht, daß ich wüßte, wenn Sie ihn nicht zu sprechen wünschen«, lautete die barsche Antwort. »Er schlägt sich schon den ganzen Nachmittag mit Leuten wie Sie herum, die aber nicht so glimpflich davongekommen sind.«

»Dann soll mein Silber Sie auch nicht länger belästigen«, sagte ich von oben herab. »Ich hatte zwar die Absicht, es hier zu lassen, falls alles in Ordnung ist, aber nach dem, was Sie mir eben sagten, fällt es mir natürlich nicht ein. Lassen Sie bitte die Truhe sofort heraufbringen.«

Diesmal machte ich mir nichts daraus, mit dem Ungeheuer durch die Straßen zu fahren. Meine augenblickliche Erleichterung war viel zu überwältigend, als daß Ängste und Sorgen für die nächste Zukunft hätten aufkommen können. Noch nie hatte eine Sommersonne so gestrahlt, wie das an diesem Apriltag ziemlich wäßrige Gestirn. Ein grüngoldener Staub lag auf den Knospen und Schößlingen der Bäume, als wir am Park vorüberfuhren. Hansoms mit Schuljungen, die zu den Osterferien nach Hause fuhren, Droschken, die mit Fahrrädern und Kinderwagen auf dem Dach beladen waren, kamen an mir vorüber – keiner konnte nur halb so glücklich sein wie ich mit der schweren Last auf meinem Wagen und der noch schwereren, die mir vom Herzen gefallen. In der Mount Street ging die Truhe gerade noch in den Lift hinein – ein glücklicher Zufall –, und der Fahrstuhlführer half mir die Truhe in meine Wohnung tragen. Federleicht erschien sie mir jetzt. In der gehobenen Stimmung dieser Stunde kam ich mir wie ein Simson vor, und ich will lieber nicht gestehen, was ich zuerst tat, als ich mit meinem weißen Elefanten mitten im Zimmer allein war! Genug, daß der Syphon noch immer sprühte, als mir das Glas plötzlich aus den Fingern rutschte.

»Bunny!«

Es war Raffles. Aber vergebens sah ich mich nach ihm um. Er stand weder am Fenster noch an der offenen Tür; trotzdem war es Raffles gewesen, oder doch jedenfalls seine Stimme, und zwar voll übersprudelnder Ausgelassenheit und Befriedigung – sein

Körper mochte nun sein, wo er wollte. Endlich ließ ich den Blick sinken, und da sah ich sein leibhaftiges Gesicht mitten im Truhendeckel, wie ein Heiliger auf seinem Präsentierteller.

Aber Raffles war lebendig, Raffles lachte, als müßten seine Stimmbänder reißen! Weder etwas Tragisches noch etwas Trügerisches lag in seiner Erscheinung. Wie ein Schachtelmännchen in Lebensgröße steckte er seinen Kopf durch den im Deckel angebrachten zweiten Deckel, den er selbst zwischen den beiden eisernen Bändern, die wie Kofferriemen um die Truhe herumliefen, eingeschnitten hatte.

Als ich ihn damals, anscheinend beim Packen, überrascht hatte, mußte er mit dieser Arbeit beschäftigt gewesen sein, vielleicht noch bis tief in die Nacht, denn es war ein Meisterstück. Während ich ihn wortlos anstarrte, und er sich vor Lachen krümmte, schob sich eine Hand mit Schlüsseln heraus; einer davon wurde in eines der großen Vorlegeschlösser gesteckt, der Hauptdeckel sprang auf, und heraus kam Raffles, der Zauberer.

»So, du warst also der Einbrecher?« rief ich endlich. »Na, eigentlich bin ich recht froh, daß ich das nicht gewußt habe.«

Er hatte bereits meine Hände erfaßt, bei meinen letzten Worten aber zerquetschte er sie fast.

»Du lieber Prachtkerl!« rief er. »Gerade auf diesen Satz habe ich so gewartet! Wie hättest du dich so tadellos benehmen können, wenn du etwas gewußt hättest? Wer hätte das überhaupt zustande gebracht? Niemals hättest du deine Rolle so spielen können, und kein erster Bühnenstern an deiner Stelle hätte es besser machen können. Bedenke wohl, daß ich in meinem Leben schon viel gehört und ebenso viel gesehen habe, ich weiß aber wahrhaftig nicht, Bunny, wo du großartiger warst, im Albany, hier, oder auf der Bank.«

»Na, jedenfalls weiß ich nicht, wo mir am erbärmlichsten zu Mute war«, entgegnete ich, die Sache allmählich in weniger tragischem Licht betrachtend. »Du traust mir ja bekanntlich nicht viel Raffinesse zu, aber ich möchte wetten, daß ich meine Sache ebenso gut gemacht hätte, wenn ich vorher eingeweiht worden wäre. Der einzige Unterschied wäre gewesen, daß ich dann wenigstens meine Seelenruhe gehabt hätte, was ja aber bei dir bekanntlich nicht mitzählt.«

Raffles nickte mir nur mit seinem bezauberndsten und entwaffnendsten Lächeln zu. Er trug alte, ziemlich schäbige und zerrissene Kleider, auch waren Gesicht und Hände recht schmutzig, im übrigen aber sah man ihm sein Erlebnis verdammt wenig an. Und er lächelte das Lächeln, das ich am liebsten hatte.

»Natürlich hättest du dich brav gehalten, Bunny, denn dein Heldenmut kennt ja keine Grenzen. Aber du vergißt, daß auch den Beherztesten eine menschliche Schwäche anwandeln kann. Das durfte *ich* nicht vergessen, Bunny. Nicht einen einzigen Trumpf durfte ich aus der Hand geben. Sag nicht, ich hätte dir nicht getraut. Sogar mein Leben habe ich in deine Hände gegeben. Was denkst du wohl, was aus mir geworden wäre, wenn du mich in der Stahlkammer hättest sitzen lassen? Glaubst du, ich wäre herausgekrochen und hätte mich selbst gestellt? – Ja, du hast recht, ausnahmsweise will ich mal einen kräftigen Schluck tun; der Reiz der Gesetze liegt ja doch in ihrer Mißachtung, selbst wenn man sie sich selbst auferlegt hat.«

Auch eine Sullivan hatte ich für ihn bereit, und im nächsten Augenblick lag er auf meinem Sofa, und reckte, eine Zigarette zwischen den Fingern, seine steifen Glieder mit unendlichem Wohlbehagen, während neben ihm ein großes volles Glas mit einer goldgelben Flüssigkeit auf der Truhe seines Triumphes und meiner Leiden stand.

»Wann mir das einfiel, ist ja egal, Bunny; den festen Entschluß, zu verschwinden, faßte ich tatsächlich erst neulich, und zwar aus den Gründen, die ich dir bereits angegeben habe. Ich mag sie dir gegenüber ja vielleicht etwas übertrieben haben, aber sie existieren tatsächlich. Und Telefon und elektrisches Licht, daran lag mir wirklich.«

»Wo hast du denn das Silber versteckt?«

»Nirgends; es bildete mein Gepäck – ein großer Koffer, ein Handkoffer und eine Krickettasche, in der nur wenige andere Sachen waren. Unter einem einzigen Gepäckschein ließ ich alles auf dem Eustonbahnhof, wo einer von uns es noch heute abend abholen muß.«

»Das kann ich ja besorgen«, sagte ich. »Aber bist du wirklich die ganze Strecke bis Crewe gefahren?«

»Hast du mein Billett denn nicht erhalten? Ich bin ja die ganze Strecke bis Crewe nur gefahren, um dir die paar Zeilen zu schreiben, Bunny, mein Junge; wenn man sich schon die Mühe macht, muß man sich auch die ganze Mühe machen. Ich wollte eben, daß du auf der Bank und sonstwo das richtige Gesicht machtest, und daß du das gemacht hast, weiß ich. Übrigens ging vier Minuten nach meiner Ankunft schon ein Zug zurück. So steckte ich meinen Brief einfach in Crewe in den Kasten und sprang vom einen Zug in den anderen.«

»Um zwei Uhr morgens?«

»Es war näher an drei Uhr, Bunny, und sieben schon vorbei, als ich mich mit der ›Daily Mail‹ reingesetzt habe. Trotzdem blieben mir bis du kamst noch gute zwei Stunden.«

»Und wenn ich denke«, murmelte ich, »wie du mich wieder reingelegt hast!«

»Mit deiner eigenen Unterstützung«, sagte Raffles lachend. »Wenn du nachgesehen hättest, wärst du sofort dahinter gekommen, daß es einen solchen Zug am Morgen gar nicht gibt. Und ich habe es auch nie behauptet, aber ich *wollte* dich reinlegen, Bunny, das leugne ich nicht. Es war alles um deinetwillen. Als du mich dann mit so löblicher Eile weggekarrt hast, hatte ich zwar eine recht unbehagliche halbe Stunde, aber das ging ja bald vorbei. Ich hatte eine Kerze, Streichhölzer und eine Menge zu lesen bei mir, und so war es in der Stahlkammer gar nicht so übel, bis auf einen höchst unangenehmen Zwischenfall.«

»Oh, erzähl schnell, mein Lieber.«

»Zuerst muß ich noch eine Sullivan haben – danke – und ein Streichholz. Der unangenehme Zwischenfall bestand in Schritten und einem ins Schloß gesteckten Schlüssel. Ich hatte mich in diesem Augenblick gerade auf meinem Truhendeckel häuslich niedergelassen. Ich konnte gerade noch das Licht ausblasen und hinter die Truhe schlüpfen. Zum Glück wurde nur ein weiteres Schatzkästchen, genauer: ein Juwelenkästchen, hereingebracht; du wirst den Inhalt gleich zu sehen bekommen. Mein Osterausflug hat schließlich doch noch bessere Früchte getragen, als ich zu hoffen wagte.«

Seine Worte erinnerten mich an die *Pall Mall Gazette*, die ich in meiner Tasche vom türkischen Bad mitgenommen hatte. Nun holte ich das ganz zerdrückte und von der Hitze des Schwitzraumes aufgequollene Blatt hervor und zeigte es Raffles mit dem Daumen auf der betreffenden Stelle.

»Ausgezeichnet«, rief Raffles, nachdem er gelesen. »Mehr als *ein* Dieb und der Kohlenkeller als einzig möglicher Einbruchsweg! Ich versuchte natürlich, der Sache diesen Anschein zu geben. Ich ließ soviel Stearintropfen zurück, daß man die Kohlen damit ganz schön hätte in Glut bringen können. Aber der Keller ging in einen abgeschlossenen Hinterhof, Bunny, und durchs Kellerloch hätte sich nicht einmal ein achtjähriger Knabe zwängen können. Möge Scotland Yard noch lange mit dieser Theorie glücklich sein!«

»Aber wie steht es denn mit jenem Burschen, den du zu Boden geschlagen haben sollst?« fragte ich. »Das sieht dir nicht ähnlich, Raffles.«

Er blies nachdenkliche Ringe in die Luft, während er auf meinem Sofa ausgestreckt lag. Seine schwarzen Haare fielen auf das Kissen, und sein blasses Profil hob sich so klar und scharf gegen das Licht ab, als sei es mit der Schere ausgeschnitten.

»Das weiß ich wohl, Bunny«, sagte er bedauernd. »Aber solche Dinge sind, wie der Dichter dir sagen kann, tatsächlich unvermeidbar bei einem Sieg wie meinem. Es hat mich zwei Stunden gekostet, aus der Stahlkammer zu kommen und als ich eine dritte der harmlosen Aufgabe widmete, den Anschein zu erwecken, als sei ich eingebrochen, da hörte ich plötzlich die leisen Schritte des Burschen. Manche hätten ihn vielleicht kalt gemacht, die meisten wären wahrscheinlich in eine noch schlimmere Falle gegangen als sie schon waren. Ich ließ mein Licht stehen, wo es war, schlich dem armen Teufel entgegen, drückte mich gegen die Wand, und als er an mir vorbeikam, schlug ich ihn nieder. Ich gebe zu, es war ein heimtückischer Schlag. Aber wir haben wenigstens hier den Beweis, daß er zugleich ein barmherziger Schlag war, denn das Opfer hat seine Geschichte schon erzählt.«

Nachdem Raffles sein Glas geleert hatte, dann aber den Kopf abwehrend schüttelte, als ich es wieder füllen wollte, zeigte er mir das Schnapsfläschchen, das er mitgenommen hatte. Auch sonst hatte er sich, wie ich jetzt sah, für die Feiertage verproviantiert. Falls ich ihn im Stich gelassen hätte, wäre er am Osterfest oder am Tag danach, einem ›Bank Holyday‹, auf irgendeine Weise entwischt. Allein es wäre ein ungeheures Risiko gewesen, und mir wurde ganz heiß vor Stolz bei dem Gedanken, daß er sich nicht umsonst auf mich verlassen hatte.

Was nun die Auslese aus den Schmuckkästchen betrifft, die ihre Osterferien in der Stahlkammer meiner Bank verbrachten, so will ich, ohne darüber ekstatisch zu werden oder mich in Einzelheiten einzulassen, nur erwähnen, daß ihr Erlös es mir ermöglichte, Raffles auf seiner aufgeschobenen Ferienreise nach Schottland zu begleiten, und daß dieser selbst dadurch imstande war, sich im darauffolgenden Sommer regelmäßiger als seit mehreren Jahren beim Kricketspiel in Middlesex zu beteiligen. Kurz, gerade dieses Abenteuer schien eines der gelungensten, trotz der damit verbundenen, unverändert überflüssigen Heimlichtuerei von Raffles, die ich nur selten auf die leichte Schulter nehmen konnte. Niemals nahm ich sie aber leichter als in dem vorliegenden Fall, und so bezog sich denn auch der einzige Vorwurf, den ich äußerte, auf das Phantom Crawshay.

»Du hast so getan, als würde er wieder herumspuken«, sagte ich. »Aber es würde mich nicht wundern, wenn du mir jetzt sagst, daß du seit seiner Flucht nichts mehr von ihm gehört hast.«

»Ich dachte sogar nicht einmal mehr an ihn, bis du vorgestern zu mir kamst und mich mit deinen ersten Worten an ihn erinnert hast. Mein einziger Zweck war, dir um das Silberzeug eine echte und überzeugende Angst einzujagen.«

»Ich sehe deinen Zweck natürlich ein«, erwiderte ich, »aber meiner Ansicht nach hast du die Sache übertrieben. Warum mir auch noch so eine Lüge über den Kerl schreiben?«

»Das habe ich doch gar nicht getan, Bunny.«

»Was bedeutet denn dann das mit dem ›König aller Berufskünstler‹, der sich bei deinem Fortgehen ›auf hoher See‹ befunden haben soll?«

»Aber mein lieber Bunny, das stimmt doch!« rief Raffles. »Es hat eine Zeit gegeben, da war auch ich ein bloßer Dilettant. Nach dieser Tat aber erlaube ich mir, mich als einen Meister aller Meister zu betrachten. Und es würde mich freuen, wenn ich bald einen zweiten sähe, der fähig wäre, an meiner Seite zu steuern!«

Einbruch auf Bestellung

»Nun«, fragte Raffles, »was hältst du davon?«

Bevor ich antwortete, las ich die Anzeige noch einmal durch, die auf der letzten Seite des *Daily Telegraph* stand

»ZWEITAUSEND PFUND BELOHNUNG!
Diesen Betrag kann jeder verdienen, der imstand ist, einen heiklen Auftrag zu übernehmen, der mit einem gewissen Risiko verbunden ist. – Näheres auf telegrafische Anfrage bei Security, London.«

»Ich halte das«, entgegnete ich, »für die merkwürdigste Anzeige, die je gedruckt worden ist.«

»O Bunny«, antwortete Raffles lächelnd, »du übertreibst, aber merkwürdig ist sie schon.«

»Aber die Summe!«

»Ist allerdings sehr hoch.«

»Und der heikle Auftrag – das Risiko!«

»Ja, das ist milde gesagt, offen genug. Aber ganz einmalig, finde ich, daß Anfragen telegrafisch an eine Telegrammadresse erbeten werden! In dem Mann, der das ausgeheckt hat, steckt etwas und in dem Plan erst recht. Mit einem Wort weist er die Millionen, die jeden Tag auf Anzeigen antworten, wenn sie das nötige Kleingeld aufbringen können, von vornherein ab. Meine Antwort kostete fünf Schilling; aber schließlich habe ich auch die Rückantwort bezahlt.«

»Du willst doch nicht sagen, daß du dich gemeldet hast?«

»Na, und ob ich mich gemeldet habe!« erwiderte Raffles. »Die zweitausend Pfund kann ich genauso gut brauchen wie jeder andere.«

»Unter deinem wirklichen Namen?«

»Nein, das nicht, Bunny. Ich wittere etwas Interessantes und Ungesetzliches hinter der Geschichte, und du weißt ja, wie vorsichtig ich bin. Ich habe unterschrieben: Glasspool, Adresse: bei Hickey, Conduit Street 38. Das ist mein Schneider, und als ich das Telegramm aufgegeben hatte, ging ich zu ihm und sagte ihm, was er zu erwarten hätte. Er hat mir versprochen, die Antwort sofort nach Empfang zu senden. Ich würde mich nicht wundern, wenn sie das wäre.«

Bei diesen Worten war er hinausgegangen, noch ehe ein doppeltes Klopfen im Zimmer verhallt war, um im nächsten Augenblick mit einem offenen Telegramm und einem Gesicht voller Neuigkeiten zurückzukehren.

»Was sagst du nun?« rief er. »Security entpuppt sich als Anwalt Addenbrooke; er möchte mich augenblicklich sprechen.«

»Du kennst ihn also?«

»Nur vom Hörensagen. Ich hoffe nur, daß er mich nicht kennt. Er ist ein Mensch, der sechs Wochen erhielt, weil er im Sutton Wilmer-Prozeß zu hart am Wind gesegelt war, und alle Welt war erstaunt, daß er nicht aus der Liste der Rechtsanwälte gestrichen wurde. Stattdessen hat er jetzt eine fabelhafte Praxis in der Unterwelt, und jeder Lump, der nur einige Aussicht hat, wendet sich sofort an Bennet Addenbrooke. Wahrscheinlich ist er der einzige Mensch, der unverschämt genug ist, so eine Anzeige zu veröffentlichen, aber auch der einzige, der das tun kann, ohne Verdacht zu erregen. Es schlägt eben in sein Fach, aber du kannst dich darauf verlassen, daß etwas nicht ganz Astreines dahintersteckt. Das Seltsamste bei der ganzen Geschichte ist, daß ich schon lange entschlossen bin, mich selbst an Addenbrooke zu wenden, falls mir etwas zustoßen sollte.«

»Und du willst jetzt zu ihm gehen?«

»Sofort«, erwiderte Raffles, indem er seinen Hut abbürstete, »und du gehst mit.«

»Ich wollte dich gerade zum Mittagessen abholen.«

»Wir können zusammen essen, nachdem wir mit diesem Menschen gesprochen haben. Vorwärts, Bunny, wir wollen uns unterwegs auf einen Namen für dich besinnen. Ich heiße Glasspool, vergiß das nicht.«

Mr. Bennet Addenbrooke, der ansehnliche Geschäftszimmer in Wellington Street hatte, war nicht zu Hause, als wir dort eintrafen, er war ›nur mal eben rüber zum Gericht‹ gegangen. Nachdem wir kurze Zeit gewartet hatten, erschien ein lebhafter, entschlossen aussehender Mann mit einem sehr selbstbewußten, etwas feierlichen Ausdruck und schwarzen Augen, die sich weit öffneten, als er Raffles sah.

»Mr . . . Glasspool?« rief der Anwalt.

»Das ist mein Name«, entgegnete Raffles mit trockener Unverschämtheit.

»Aber nicht auf dem Spielplatz«, antwortete der andere schlau. »Mein lieber Herr, ich habe Sie zuviele Kricketpartien gewinnen sehen, als daß ich mich täuschen könnte.«

Einen kurzen Augenblick sah Raffles giftig aus, dann zuckte er lächelnd die Schultern, und aus dem Lächeln wurde ein zynisches Kichern.

»Diesmal haben Sie die Partie gewonnen«, sagte er, »aber zu erklären gibt es wohl nichts. Ich bin in größerer Bedrängnis, als ich unter meinem eigenen Namen zugeben wollte, das ist die ganze Geschichte, und ich möchte mir die tausend Pfund Belohnung verdienen.«

»Zweitausend«, antwortete der Sachwalter, »und einer, der sich für einen Decknamen nicht zu gut ist, ist gerade mein Mann, mein Verehrtester. Die Angelegenheit soll übrigens strikt vertraulich behandelt werden.« Und er sah mich sehr streng an.

»Selbstverständlich«, entgegnete Raffles, »aber in der Anzeige ist auch von einem Risiko die Rede.«

»Ja, ein gewisses Risiko ist mit der Sache verbunden.«

»Dann sind drei Köpfe mehr wert als zwei. Ich sagte vorhin, ich hätte tausend Pfund nötig; mein Freund hier braucht das zweite Tausend. Wir sind beide in großer Geldverlegenheit und besorgen dieses Geschäft entweder zusammen oder gar nicht. Müssen Sie seinen Namen auch wissen? – Ich würde ihm den richtigen Namen nennen, Bunny.«

Mr. Addenbrooke betrachtete die Karte, die ich für ihn hervorgesucht hatte, mit hochgezogenen Augenbrauen, dann trommelte er mit den Fingernägeln darauf, und seine Verlegenheit verriet sich in einem verblüfften Lächeln.

»Ehrlich gesagt habe ich Schwierigkeiten«, gab er schließlich zu. »Sie haben sich als erste gemeldet. Leute, die sich lange Telegramme leisten können, haben es mit Anzeigen im *Daily Telegraph* normalerweise nicht so eilig, aber anderseits war ich auch nicht darauf gefaßt, von Leuten Ihrer Stellung Angebote zu erhalten. Offen gestanden, wenn ich mir die Sache recht überlege, ich weiß nicht, ob Sie die Richtigen für mich sind – Herren, die Mitglieder vornehmer Klubs sind! Ich hatte mehr die ... hm ... abenteuerlichen Klassen im Auge.«

»Wir sind Abenteurer«, sagte Raffles ernst.

»Aber Sie achten die Gesetze?« entgegnete er, wobei seine schwarzen Augen verschmitzt funkelten.

»Wir sind keine berufsmäßigen Spitzbuben, wenn Sie das damit sagen wollen«, versetzte Raffles lächelnd, »aber wir sind sehr nahe am Schiffbruch, und für tausend Pfund pro Kopf würden wir schon manches tun. Was meinst du, Bunny?«

»Alles«, murmelte ich.

Der Sachwalter trommelte auf seinem Pult.

»Dann will ich Ihnen sagen, was ich von Ihnen verlange, und es steht Ihnen frei, abzulehnen. Ungesetzlich ist es wohl, aber es ist eine Ungesetzlichkeit in einer guten Sache; da liegt das Risiko, und mein Klient ist willens, dafür zu bezahlen. Auch für den Versuch, falls es schiefgeht. Das Geld ist Ihnen also sicher, wenn Sie das Risiko eingehen wollen. Mein Klient ist Sir Bernhard Debenham von Broom Hall, Esher.«

»Ich kenne seinen Sohn«, bemerkte ich.

Auch Raffles kannte ihn, aber er sagte nichts, sondern sah mich mißbilligend an, während sich Mr. Addenbrooke mir zuwandte.

»Dann haben Sie den Vorzug, einen der ausgewachsensten jungen Schufte in der Stadt und *fontem et originem* der ganzen Schwierigkeit zu kennen«, sagte er. »Wenn Ihnen der Sohn bekannt ist, wird Ihnen wohl auch der Vater, wenigstens dem Ruf nach, nicht unbekannt sein, und in diesem Fall brauche ich Ihnen nicht zu sagen, daß er ein sehr eigentümlicher Herr ist. Er lebt allein in einer wahren Schatzkammer, die noch keine Augen, außer seinen eigenen, jemals gesehen haben. Er soll die schönste Gemäldesammlung in Südengland besitzen, obgleich das niemand beurteilen kann, da sie ja noch kein Mensch gesehen hat. Gemälde, Geigen und alte Möbel sind seine Steckenpferde, und er ist ohne Zweifel sehr exzentrisch. Außerdem läßt sich nicht leugnen, daß er seinen Sohn sehr exzentrisch behandelt hat. Jahrelang hat ihm der Alte die Schulden bezahlt. Aber vor kurzem hat er sich ohne die geringste Warnung nicht nur geweigert, das noch länger zu tun, sondern er hat dem jungen Mann auch das Jahrgeld entzogen. Nun will ich Ihnen erzählen, was vorgefallen ist. Aber zunächst muß ich Ihnen sagen, oder vielleicht erinnern Sie sich auch so daran, daß ich dem jungen Debenham aus einer kleinen Patsche geholfen habe, in die er vor ein paar Jahren geraten war. Ich habe ihn rausgeholt, und Sir Bernard hat mich anständig dafür bezahlt. Seitdem habe ich von beiden nichts mehr gehört oder gesehen, bis vorige Woche.«

Der Anwalt rückte seinen Stuhl näher zu uns heran, beugte sich vor und stützte die Hände auf die Knie: »Am Dienstag voriger Woche erhielt ich ein Telegramm von Sir Bernard; ich sollte sofort zu ihm kommen. Bei meiner Ankunft erwartete er mich auf der Auffahrt, führte mich ohne ein Wort in die Bildergalerie, die verschlossen und verdunkelt war, zog ein Rouleau in die Höhe und zeigte einfach auf einen leeren Rahmen. Es dauerte lange, bis ich ein Wort aus ihm herausbringen konnte. Schließlich sagte er mir, der Rahmen hätte eins der seltensten und wertvollsten Gemälde in England – ja in der ganzen Welt – enthalten, einen echten Velasquez. Ich habe nachgeforscht«, sagte der Anwalt, »und es scheint buchstäblich wahr zu sein. Das Bild war ein Porträt der Infantin Maria Teresa, das für eins der größten Werke des spanischen Malers gilt und nur von einem anderen Porträt übertroffen wird, das einen der Päpste darstellt. Das wurde mir in der Nationalgalerie gesagt, wo die Leute die Geschichte des Bildes auswendig kennen. Es soll wirklich unbezahlbar sein, behaupteten sie. Und der junge Debenham hat es für fünftausend Pfund verkauft!«

»Teufel!« rief Raffles, während ich mich nach dem Käufer erkundigte.

»Ein Gesetzgeber von Queensland namens Craggs – der ehrenwerte John Montagu Craggs, Mitglied der gesetzgebenden Versammlung, um ihm seinen vollen Titel zu geben. Nicht, daß wir am Dienstagabend etwas über ihn gewußt hätten; wir waren nicht einmal sicher, ob wirklich der junge Debenham das Bild gestohlen hatte. Aber er war am Montag gekommen, um Geld vom Alten zu verlangen, hatte nichts bekommen, und es war ziemlich klar, daß er sich auf diese Weise geholfen hatte. Er hatte mit Rache gedroht, und dies war sie. Als ich ihn Dienstagabend in der Stadt aufgabelte, gestand er auch alles in der denkbar unverfrorensten Weise, nur den Käufer wollte er mir nicht nennen, und um den rauszukriegen, brauchte ich den Rest der Woche, aber ich habe ihn schließlich doch entdeckt, und seitdem habe ich mich schön abgehetzt! Immer zwischen Esher und dem Hotel Metropole, wo der Queensländer wohnt, hin und her, manchmal zweimal täglich. Drohungen, Angebote, Bitten, Beschwörungen – nichts hat auch nur das Geringste genützt!«

»Aber«, entgegnete Raffles, »der Fall liegt ja doch sehr einfach. Der Verkauf ist ungesetzlich; Sie können ihm den Kaufpreis zurückzahlen und ihn zur Herausgabe des Bildes zwingen.«

»Sehr richtig, aber nicht ohne vorausgegangene Klage, die zu einem öffentlichen Skandal führen würde; und davor schreckt mein Klient zurück. Verstoßen hat er seinen Sohn zwar, aber entehren will er ihn nicht, und doch möchte er das Bild auf geradem oder auf krummem Wege wiederhaben, und da liegt der Hase im Pfeffer! Ich soll es ihm wieder herbeischaffen, anständig oder nicht, er läßt mir vollständig freie Hand, und ich glaube wahrhaftig, er würde mir einen Blankoscheck geben, wenn ich es verlangte. Dem Queensländer hat er schon einen angeboten, aber der hat ihn einfach durchgerissen. Der eine von den beiden alten Knaben ist so gut ein Charakter wie der andere, und ich bin mit meinem Latein am Ende.«

»Deshalb haben Sie die Anzeige in die Zeitung gesetzt?« fragte Raffles in dem trockenen Ton, den er während der ganzen Verhandlung angenommen hatte.

»Ja, als letzten Versuch.«

»Und Sie wünschen, daß wir das Bild *stehlen* sollen?«

Das war großartig gesprochen. Der Sachwalter errötete von den Haarwurzeln bis in den Kragen.

»Ich habe es ja gleich gesagt, daß Sie nicht die Richtigen sind«, stöhnte er. »Niemals habe ich an Leute eures Schlages gedacht. Aber es soll doch nicht *gestohlen* werden«, fuhr er hitzig fort, »gestohlenes Eigentum soll zurückgeholt werden. Außerdem will Sir Bernard ihm seine fünftausend Pfund zahlen, sowie das Bild wieder in der Galerie hängt. Sie werden sehen, daß der alte Craggs es ebenso gern vermeiden möchte, die Geschichte publik werden zu lassen, wie Sir Bernard selbst. Nein, nein, es ist eine Unternehmung, ein Abenteuer, wenn Sie wollen – aber Diebstahl ist es nicht.«

»Sie haben doch selbst vom Gesetz gesprochen«, murmelte Raffles.

»Und von dem Risiko«, fügte ich hinzu.

»Dafür bezahlen wir ja auch«, sagte er noch einmal.

»Aber nicht genug«, meinte Raffles kopfschüttelnd. »Mein guter Herr, bedenken Sie, was für uns auf dem Spiel steht. Sie selbst sprachen von den Klubs; wir würden nicht nur da hinausgeworfen, sondern wie gemeine Einbrecher ins Gefängnis gesteckt werden! Allerdings sind wir schlecht dran, aber der Preis ist denn doch zu niedrig. Verdoppeln Sie Ihren Einsatz, dann bin ich jedenfalls Ihr Mann!«

Addenbrooke schwankte.

»Glauben Sie, daß Sie es können?«

»Wir könnten es wenigstens versuchen.«

»Aber Sie haben keine . . .«

»Erfahrung? Wohl kaum!«

»Und Sie würden für viertausend Pfund wirklich das Risiko eingehen?«

Raffles sah mich an.

Ich nickte.

»Ja, das würden wir!«

»Es ist aber mehr, als ich meinem Klienten gegenüber verantworten kann«, sagte Addenbrooke, plötzlich hartnäckig.

»Dann ist es auch mehr, als wir riskieren können.«

»Sprechen Sie im Ernst?«

»Weiß Gott!«

»Sagen wir dreitausend, wenn es klappt.«

»Vier ist unser letztes Wort.«

»Dann gibt es aber nichts, wenn es nicht klappt.«

»Doppelt oder quitt?« rief Raffles. »Gut, das ist fair. Abgemacht!«

Addenbrooke öffnete die Lippen, erhob sich halb, setzte sich aber wieder auf seinen Stuhl und schaute Raffles lange mit verschmitztem Lächeln an – mich würdigte er keines Blickes.

»Ich weiß, was für ein Kricketspieler Sie sind«, sagte er nachdenklich. »Wenn ich eine wirklich ruhige Stunde haben möchte, gehe ich zu Lord's Spielplatz, und da habe ich Sie oft spielen sehen. Sie sind mit allen Wassern gewaschen – mit allen. Wenn's einen Menschen auf der Welt gibt, der diesen alten Australier hineinlegen kann, sind Sie es, sollte ich denken. – Hol mich der Satan, ich glaube, Sie sind der richtige Mann für mich!«

Das Geschäft wurde im Café Royal abgeschlossen, wo uns Bennet Addenbrooke mit einem üppigen zweiten Frühstück bewirtete. Ich erinnere mich, daß er seinen Champagner mit der nervösen Hast eines Mannes trank, der in höchster Spannung ist, und ich zweifle nicht daran, daß ich mit ihm Schritt hielt, aber Raffles, der sich bei solchen Anlässen immer musterhaft benahm, war noch enthaltsamer als gewöhnlich und ein schlechter Gesellschafter obendrein. Ich sehe ihn noch vor mir, wie er, den Blick auf den Teller gerichtet, dachte und dachte. Auch den Sachwalter sehe ich noch, wie er von Zeit zu Zeit von ihm zu mir sah, mit dem Ausdruck einer Besorgnis, die ich durch beruhigende Blicke so weit wie möglich zu besänftigen versuchte.

Am Schluß des Essens entschuldigte sich Raffles wegen seiner Zerstreutheit, ließ sich einen Fahrplan kommen und teilte uns mit, er wolle mit dem Nachmittagszug um drei Uhr nach Esher fahren.

»Sie müssen entschuldigen, Mr. Addenbrooke«, sagte er, »aber ich habe meine eigenen Pläne, die ich für den Augenblick für mich behalten möchte. Sie führen vielleicht zu nichts, und deshalb rede ich nicht gern darüber, aber mit Sir Bernard muß ich sprechen. Wollen Sie so gut sein, mir Ihre Karte mitzugeben und ein paar erklärende Worte darauf zu schreiben? Wenn Sie darauf bestehen, können Sie mich begleiten und hören was ich zu sagen habe, aber ich sehe wirklich keinen Nutzen darin.«

Wie gewöhnlich setzte er seinen Willen durch, obgleich Bennet Addenbrooke seinen Verdruß merken ließ, als Raffles sich entfernt hatte, einen Verdruß, den ich weitgehend teilte. Ich konnte Addenbrooke nur versichern, daß Raffles von Natur aus eigensinnig und verschlossen sei, daß aber keiner meiner Bekannten auch nur halb so kühn und entschlossen sei; ich setzte felsenfestes Vertrauen in ihn und ließe ihn stets seinen eigenen Weg gehen. Mehr wagte ich nicht zu sagen, selbst nicht um die ärgerlichen Bedenken zu verscheuchen, womit sich der Rechtsanwalt augenscheinlich entfernte.

An diesem Tag sah ich nichts mehr von Raffles, aber während ich mich zum Diner ankleidete, erhielt ich ein Telegramm:

»Sei von morgen mittag an zu Hause und halte dich für den Rest des Tages frei.«

Die Depesche war um sechs Uhr zweiundvierzig auf der Waterloo-Station aufgegeben.

Demnach war Raffles wieder in der Stadt. Früher wäre ich ihm auf der Stelle hinterher gelaufen, aber jetzt wußte ich besser, wie ich mich zu verhalten hatte. Ich verstand, daß er meine Gesellschaft heute abend und morgen vormittag nicht wünschte und daß ich ihn schon rechtzeitig zu sehen bekommen würde, wenn er mich nötig haben sollte.

Gegen ein Uhr mittags sah ich ihn denn auch. Ich stand an meinem Fenster in Mount Street und wartete auf ihn, als er eiligst in einem Hansom angefahren kam und heraussprang, ohne dem Kutscher ein Wort zu sagen. Gleich darauf empfing ich ihn an der Tür des Aufzugs, und er schob mich eilig in mein Zimmer.

»Fünf Minuten, Bunny!« rief er. »Nicht einen Augenblick länger.«

Bei diesen Worten riß er sich den Mantel vom Leibe und ließ sich auf den nächsten Stuhl fallen.

»Bin in größter Eile«, keuchte er, »habe mich furchtbar abgehetzt. Kein Wort, bis du weißt, was ich getan habe. Meinen Feldzugsplan habe ich mir gestern beim Frühstück zurechtgelegt. Zuerst mußte ich mich an diesen Craggs heranschlängeln. In ein Haus wie das Hotel Metropole kann man nicht einbrechen; die Geschichte muß von innen her besorgt werden. Erste Frage: wie kann man sich an den Mann heranmachen? Nur unter *einem* Vorwand – er mußte mit diesem verwünschten Bild zusammenhängen, damit ich erfuhr, wo und wie er es aufbewahrte. Einfach aus Neugier hingehen und ihn bitten, es mir zu zeigen, das ging nicht, und ich konnte mich auch nicht als zweiten Vertreter des anderen alten Knaben einführen, und weil ich nicht wußte, was ich ihm sagen sollte, war ich gestern beim Frühstück so brummig. Aber kurz vor dem Aufstehen, da wußte ich's. Wenn es mir gelang, mir eine Kopie zu verschaffen, konnte ich hingehen und um Erlaubnis bitten, sie mit dem Original zu vergleichen. Deshalb fuhr ich nach Esher, um zu ermitteln, ob es eine Kopie gibt, und war gestern nachmittag anderthalb Stunden in Broom Hall. Dort war zwar keine Kopie, aber es mußte welche geben, denn seit das Bild in seinem Besitz ist, hat Sir Bernard selbst die Erlaubnis zur Herstellung von zwei Kopien erteilt. Er kramte die Adressen der betreffenden Maler hervor, und ich verbrachte den Rest des Abends damit, die Maler selbst zu suchen, aber sie hatten die Arbeit auf Bestellung gemacht, und die eine Kopie ist ins Ausland gegangen; hinter der anderen bin ich noch her.«

»Also hast du Craggs noch nicht gesehen?«

»Doch, gestern, bin schon mit ihm angefreundet. Er ist womöglich der komischere von den beiden Alten, aber du sollst sie beide studieren. Heute morgen nahm ich den Stier bei den Hörnern und log wie Ananias – das war mein Glück – denn der alte Spitzbube segelt morgen nach Australien ab. Ich erzählte ihm, mir wäre eine Kopie des berühmten Porträts der Infantin Maria Teresa von Velasquez zum Kauf angeboten worden, und ich wäre bei dem angeblichen Besitzer des Originals gewesen, nur um dort zu hören, daß es soeben an ihn – Craggs – verkauft worden wäre. Du hättest sein Gesicht sehen sollen, als ich das sagte! Er grinste über seinen ganzen bösen Schädel! ›Hat der alte Debenham den Handel zugegeben?‹ fragte er, und als ich ja gesagt hatte, kicherte er eine ganze Weile vor sich hin. Die Sache machte ihm solchen Spaß, daß er wirklich tat, was ich gehofft hatte: er zeigte mir das berühmte Bild – Gott sei Dank ist es gar nicht groß – ebenso wie die Mappe, in der er es aufbewahrt. Das ist eine Art eiserne Mappe, die er zur Verpackung der Pläne seines Grundbesitzes in Brisbane gebraucht hat, und er fragte, ob wohl jemand auf die Idee käme, daß es auch einen alten Meister enthält? Aber er hat ein neues Chubbschloß anbringen lassen, und während er das Bild anstaunte, konnte ich den Schlüssel erwischen. Wachs hatte ich in der hohlen Hand, und heute nachmittag wird der Nachschlüssel fertig.«

Jetzt sah Raffles nach der Uhr, sprang auf und erklärte, er wäre eine Minute zu lang geblieben.

»Übrigens«, sagte er, »du mußt heute abend mit ihm im Hotel Metropole dinieren.«

»Ich?«

»Ja, aber du brauchst nicht so ein Gesicht zu machen. Wir sind beide eingeladen – ich schwor, du würdest bei mir dinieren, und nahm die Einladung für uns beide an; aber ich werde nicht erscheinen.«

Schelmisch und mit bedeutungsvollem Glanz sahen mich seine klaren Augen an. Ich flehte ihn an, mir zu sagen, was er im Schilde führe.

»Ihr werdet in einem Wohnzimmer speisen«, entgegnete Raffles, »das neben dem Schlafzimmer liegt. Du mußt ihn so lange wie möglich bei Tisch festhalten, Bunny, und unaufhörlich sprechen.«

Blitzartig verstand ich seinen Plan.

»Du willst das Bild holen, während wir bei Tisch sitzen?«

»Ja.«

»Wenn er dich aber nun hört?«

»Das darf er eben nicht.«

»Aber es wäre doch möglich?«

Bei dem Gedanken überlief mich ein Zittern.

»Dann gibt's eben einen Zusammenstoß, weiter nichts«, sagte Raffles. »Revolver sind im Hotel Metropole nicht am Platze, aber ich nehme ganz bestimmt meinen Totschläger mit.«

»Das ist aber schauderhaft!« rief ich. »Dazusitzen und mit einem vollkommen fremden Menschen zu plaudern und zu wissen, daß du im nächsten Zimmer an der Arbeit bist!«

»Zweitausend Pfund für jeden!« entgegnete Raffles ruhig.

»Bei meiner Seele, ich werde es uns verpatzen!«

»Du nicht, Bunny! Ich kenne dich besser als du.«

Bei diesen Worten zog er Hut und Mantel an.

»Um wieviel Uhr soll ich dort sein?« fragte ich mit einem tiefen Seufzer.

»Um viertel vor acht. Es wird ein Telegramm von mir kommen, worin ich mich entschuldige. Er schwatzt wie ein Rohrspatz, und es wird dir nicht schwerfallen, das Gespräch im Gang zu halten, aber laß ihn um Himmels willen nicht von dem Bild reden. Sollte er dir's zeigen wollen, so sag du müßtest gehen. Er hat die Mappe heute nachmittag umständlich verschlossen, und es ist nicht der geringste Grund vorhanden, weshalb er sie auf dieser Halbkugel der Erde noch einmal öffnen sollte.«

»Wo finde ich dich, wenn ich dort loskomme?«

»Ich werde in Esher sein; hoffentlich erreiche ich den Zug um neun Uhr fünfundfünfzig.«

»Aber ich werde dich doch heute nachmittag nochmal sprechen?« rief ich aufgeregt, denn seine Hand lag bereits auf dem Türgriff. »Ich weiß doch erst die Hälfte! Ich werde Mist machen, ich schwör's dir!«

»Du nicht«, sagte er wieder, »aber *ich*, wenn ich noch einen Augenblick verliere. Ich muß noch verdammt viel erledigen. In meiner Wohnung wirst du mich nicht finden. Warum kommst du nicht selbst mit dem letzten Zug nach Esher? Das ist das Beste – du fährst nach Esher und bringst uns die neuesten Nachrichten! Ich werde dich beim alten Debenham anmelden, und er kann uns beide für die Nacht beherbergen. Bei Gott! Er kann uns gar nicht gut genug behandeln, wenn er sein Bild wieder kriegt!«

»Wenn!« stöhnte ich, als er mir zum Abschied zunickte und ich ganz lahm vor Besorgnis, krank vor Angst und in einem wahrhaft kläglichen Zustand von Lampenfieber zurückblieb.

Dabei hatte ich schließlich nur meine Rolle zu spielen. Wenn nicht Raffles versagte, wo er sonst nie versagte, wenn nicht Raffles, der Gewandte und Geräuschlose, dies eine Mal plump und täppisch war, so hatte ich weiter nichts zu tun, als ›zu lächeln und zu lächeln und ein Schurke zu sein‹. Das Lächeln übte ich den halben Nachmittag. Ich lernte die mutmaßlichen Wendungen eines mutmaßlichen Gesprächs auswendig. Ich erfand Geschichten. Ich las im Klub ein wenig in einem Buch über Queensland. Als es sieben Uhr fünfundvierzig war, machte ich meine Verbeugung vor einem Herrn mit kleinem Kopf und fliehender Stirn.

»Also Sie sind Mr. Raffles' Freund?« fragte er, mich mit seinen hellen kleinen Augen ziemlich ungezogen musternd. »Haben Sie etwas von ihm gesehen? Ich erwartete ihn schon früh, denn er wollte mir etwas zeigen, aber er ist nicht gekommen.«

Sein Telegramm offenbar auch noch nicht, und meine Schwierigkeiten begannen früh. Ich hätte Raffles seit ein Uhr nicht gesehen, entgegnete ich salbungsvoll die Wahrheit sprechend, solange ich konnte; aber noch ehe ich fertig war, klopfte es. Es war das Telegramm, das der Queensländer mir reichte, nachdem er es gelesen hatte.

»Verreist!« knurrte er. »Plötzliche Erkrankung eines nahen Verwandten! Was für nahe Verwandte hat er denn?«

Natürlich wußte ich von keinem. Einen Augenblick zitterte ich vor der Gefahr einer Erfindung; dann gab mir die wahrheitsgemäße Antwort wieder Halt.

»Ich dachte, ihr seid Busenfreunde?« sagte er mit einem (wie mir vorkam) mißtrauischen Aufleuchten in seinen schlauen kleinen Augen.

»Nur in der Stadt«, antwortete ich. »Auf sein Gut habe ich ihn noch nie begleitet.«

»Na, es wird sich wohl nicht ändern lassen. Ich begreife nicht, warum er nicht erst hierher gekommen ist und mit uns gegessen hat. Das Totenbett, an das ich ohne mein Diner ginge, möchte ich sehen. Wir müssen wohl ohne ihn essen. Soll er sich doch sein Futter in irgendeinem Hundeloch kaufen. Könnten Sie da mal klingeln? Nehme an, Sie wissen, was er von mir gewollt hat. Tut mir leid, daß ich ihn nicht noch mal sehe, wegen ihm. Raffles hat mir gefallen – ganz ungeheuer gefallen. Ist ein Zyniker – habe ich gern – bin selbst einer. Sehr geschmacklos von seiner Mutter oder Tante – hoffentlich beißt sie ins Gras.«

Diese Bruchstücke seines Gesprächs gebe ich zusammenhängend wieder, obgleich sie in Wirklichkeit durch einzelne Bemerkungen von mir unterbrochen wurden. Sie vertrieben uns die Zeit, bis das Diner aufgetragen wurde, und mein Eindruck von ihm wurde durch seine späteren Äußerungen nur bestätigt. Es war ein Eindruck, bei dem der letzte Rest von Reue über meinen hinterhältigen Mißbrauch seiner Gastfreundschaft verflog. Er war wirklich ein Zyniker, aber einer von der dummen Sorte, mit nichts als bissigen Bemerkungen über alles und jedes, und einer vulgären Abfälligkeit, der nichts heilig war. Wie er selbst erzählte, war ihm, ungebildet und unerzogen wie er war, bei einem plötzlichen Steigen der Bodenpreise ein Vermögen in den Schoß gefallen, während andere, weniger Pfiffige Haare lassen mußten, worüber er sich weidlich lustig machte. Noch heute fühle ich keine sonderliche Reue über meine Handlungsweise gegen den ehrenwerten J. M. Craggs, Mitglied der gesetzgebenden Versammlung.

Aber die unterschwellige Spannung der Situation werde ich sicher nie vergessen; was es mich kostete, mit einem Ohr meinem Wirt zuzuhören und mit dem anderen Raffles! Einmal hörte ich etwas von ihm – obgleich die Zimmer nicht durch altmodische Flügeltüren verbunden waren und obgleich die einfache Tür, die von einem ins andere führte, mit einem reichen, schweren Vorhang bedeckt war, hätte ich schwören mögen, daß ich ihn einmal hörte. Ich verschüttete meinen Wein und lachte aus vollem Halse über einen rohen Ausfall meines Wirtes. Danach hörte ich nichts mehr, obwohl ich die Ohren gespitzt hielt. Aber etwas später, als sich der Kellner endgültig entfernt hatte, sprang Craggs selbst zu meinem größten Schreck auf und stürzte wortlos in sein Schlafzimmer. Ich blieb wie versteinert sitzen, bis er zurückkehrte.

»Mir war, als hätte ich eine Tür gehen hören«, sagte er. »Muß mich geirrt haben ... Einbildung ... Ist mir aber furchtbar in die Glieder gefahren ... Hat Raffles erzählt, was für einen kostbaren Schatz ich dort habe?«

Da waren wir denn endlich bei dem Bild, nachdem es mir bis jetzt gelungen war, ihn dabei festzuhalten, wie er in Queensland sein Vermögen erworben hatte. Alle Versuche, das Gespräch wieder darauf zu lenken, waren vergeblich. Die Erinnerung an seinen auf so schlechtem Wege gewonnenen Schatz war in ihm erwacht. Als ich sagte, Raffles habe ihn beiläufig erwähnt, legte er los. Mit der vertraulichen Schwatzhaftigkeit eines Menschen, der zu gut gegessen hat, vertiefte er sich in sein Lieblingsthema, und ich sah an ihm vorbei nach der Uhr. Es war erst viertel vor zehn.

Der gewöhnliche Anstand verbot mir, jetzt schon zu gehen. Also blieb ich sitzen, und mußte mit anhören (wir waren noch beim Portwein), warum mein Wirt eigentlich dieses, wie er es nannte, ›kupferbeschlagene, mit Zwillingsschrauben und Doppelschlössern versehene, richtige alte Meisterwerk‹ hatte haben wollen: er wollte einem Nebenbuhler unter den bildersammelnden Gesetzgebern ›um eins über‹ sein. Selbst ein Auszug aus seinem Monolog wäre von der ödesten Langweiligkeit. Genug also, er endete mit der unvermeidlichen, den ganzen Abend gefürchteten Aufforderung.

»Aber Sie müssen es sehen. Ist hier nebenan. Hierher.«

»Ist es nicht schon eingepackt?«

»Einfach eingeschlossen.«

»Oh bitte, bemühen Sie sich nicht.«

»Quatsch, Mühe!« sagte er. »Kommen Sie schon.«

Nun wurde es mir plötzlich klar, daß weiteres Widerstreben seinen Verdacht nur auf mich lenken könnte, wenn er das Fehlen des Bildes entdeckte. Deshalb folgte ich ihm ohne weitere Einwände in sein Schlafzimmer und ließ mir zuerst die eiserne Kartenmappe zeigen, die in einer Ecke stand. Er beschrieb sie mit dem Stolz des Erfinders, daß ich glaubte, er werde mit dem Loblied auf ihr unverdächtiges Aussehen und das Chubbschloß gar nicht fertig werden. Wie ein Jahrhundert kam es mir vor, bis der Schlüssel endlich im Schloß steckte. Dann knackte es, und das Herz stand mir still.

»Himmeldonnerwetter!« rief ich im nächsten Augenblick.

Die Leinwand war an ihrem Platz zwischen den Karten!

»Dachte mir, daß Sie das über den Haufen werfen würde!« sagte Craggs, indem er das Bild herausnahm und vor meinen Augen aufrollte. »Großartig, he? Würden Sie glauben, daß das vor zweihundertunddreißig Jahren gemalt ist? Aber so ist es, auf mein Wort! Was für ein Gesicht wird der alte Johnson schneiden, wenn er das sieht. Wird wohl aufhören, mit seinen Bildern zu prahlen! Das hier ist mehr wert, als alle Bilder in der Kolonie Queensland zusammen. Fünfzigtausend Pfund, mein Junge – und ich hab es für fünftausend!«

Er stieß mich in die Rippen und schien zu weiteren Vertraulichkeiten aufgelegt zu sein. Mein Aussehen bestätigte ihn; er rieb sich die Hände. »Wenn Sie schon so ein Gesicht machen«, kicherte er, »wie wird es da erst dem alten Johnson gehen? Wird sich hoffentlich an seinen eigenen Bilderhaken aufhängen!«

Der Himmel weiß, was ich in meiner Verblüffung hervorstotterte. Zuerst hatte mich das Gefühl der Erleichterung sprachlos gemacht, dann aber schwieg ich aus einem ganz anderen Grund. Ein neuer Widerstreit der Gefühle lähmte meine Zunge. Raffles war der Streich mißlungen – konnte er mir gelingen? War es zu spät? Gab es kein Mittel?

»Mach's gut!« sagte Craggs mit einem letzten Blick auf das Bild, bevor er es aufrollte, »mach's gut, bis wir in Brisbane sind!«

Meine Aufregung, als er die Mappe schloß, spottet jeder Beschreibung.

»Zum letzten Mal!« fuhr er fort, als er die Schlüssel wieder klirrend in die Tasche steckte. »Es wird an Bord sofort ins Safe geschlossen.«

Zum letzten Mal! O wenn ich diese kostbare Mappe doch nur nach Australien schicken könnte, so wie sie hergekommen war – wenn mir doch nur gelänge, was Raffles mißlungen war!

Wir kehrten nun ins andere Zimmer zurück, aber wie lange wir noch da saßen und worüber wir sprachen, weiß ich nicht mehr. Jetzt kam Whisky und Soda. Während ich kaum daran nippte, trank er sehr viel, und als ich ihn vor elf Uhr verließ, sprach er bereits Unsinn. Der letzte Zug nach Esher fuhr um elf Uhr fünfzig von Waterloo ab.

Eine Droschke brachte mich zu meiner Wohnung. Dreizehn Minuten später war ich wieder im Hotel Metropole. Ich stieg die Treppe hoch, ohne jemand zu begegnen.

Einen Augenblick blieb ich an der Schwelle seines Wohnzimmers stehen. Auf das laute Schnarchen von innen öffnete ich die Tür leise mit seinem eigenen Schlüssel, den ich ohne große Mühe an mich genommen hatte.

Craggs, der in tiefem Schlaf auf dem Sofa lag, rührte sich nicht, aber der Schlaf war mir doch nicht tief genug. Ich tränkte mein Taschentuch mit dem Chloroform, das ich mitgebracht hatte, und legte es ihm sorgfältig auf den Mund. Noch zwei oder drei rasselnde Atemzüge, und dann war der Mann ein Klotz.

Nachdem ich das Taschentuch entfernt hatte, zog ich ihm die Schlüssel aus der Tasche. Kaum fünf Minuten später schob ich sie schon wieder hinein, nachdem ich mir das Bild unter meinem Mantel um die Brust gewickelt hatte. Bevor ich ging, trank ich noch einen Schluck Whisky mit Soda.

Den Zug erreichte ich ohne Mühe so rechtzeitig, daß ich noch zehn Minuten in meinem Rauchcoupé erster Klasse auf die Abfahrt warten mußte. Dabei zitterte ich, so oft sich ein Schritt auf dem Bahnsteig näherte; eine ganz unverständige Angst bis zum letzten Augenblick. Dann lehnte ich mich endlich zurück, zündete mir eine Zigarette an und sah die Lichter des Bahnhofs verschwinden.

Einige Herren, die aus dem Theater kamen, fuhren mit. Ich entsinne mich noch jetzt ihrer Unterhaltung. Sie waren von dem Stück, das sie gesehen hatten, nicht befriedigt und sprachen wehmütig von den Tagen des ›Mikado‹ und der ›Zigeunerin‹. Einer summte einen Takt, und sie stritten darüber, ob er aus ›Mikado‹ oder der ›Zigeunerin‹ sei. In Surbiton stiegen sie alle aus, und ich blieb einige berauschende Augenblicke mit meiner Siegesbeute allein. Mir war gelungen, was Raffles mißglückt war! Von allen unseren Abenteuern war dies das erste, in dem ich eine führende Rolle gespielt hatte, und dabei war es noch das anständigste von allen. Ich hatte keine Gewissensbisse, denn bei Licht betrachtet, hatte ich nur einen Dieb bestohlen. Und ich hatte es allein gemacht, ohne Hilfe – *ipse egomet!*

Während der Fahrt malte ich mir Raffles' Überraschung, seine Freude aus. In Zukunft würde er besser von mir denken, und diese Zukunft sollte anders werden. Wir hatten jeder zweitausend Pfund – entschieden genug, ein neues Leben als ehrlicher Mensch zu beginnen – und alles nur durch mich!

Glühend vor freudiger Erregung sprang ich in Esher aus dem Wagen und nahm die einzige verspätete Droschke, die noch wartete, und als ich Broom Hall erreichte, dessen Erdgeschoß noch erleuchtet war und dessen Tür sich öffnete, als ich die Stufen hochstieg, war ich wie im Fieber.

»Ich dachte mir, daß du es bist«, sagte Raffles lustig. »Alles in Ordnung! Ein Bett ist für dich vorbereitet. Sir Bernard erwartet dich, um dich zu begrüßen.«

Seine gute Laune ernüchterte mich. Aber ich kannte ihn, er war einer von denen, die in der düstersten Stunde ihr hellstes Lächeln zur Schau tragen. Mir konnte er nichts vormachen.

»Ich hab's!« schrie ich ihm ins Ohr, »ich hab's erwischt!«

»Was erwischt?« sagte er, einen Schritt zurücktretend.

»Das Bild!«

»*Was*?«

»Das Bild. Er zeigte es mir. Du mußtest es zurücklassen, ich habe es gesehen. Deshalb entschloß ich mich, es zu nehmen. Hier ist es.«

»Laß mal sehen«, entgegnete er grimmig.

Während ich meinen Überrock auszog und die Leinwand abwickelte, erschien ein unordentlich gekleideter alter Herr im Flur und betrachtete mich mit gerunzelter Stirn.

»Für einen alten Meister sieht das ziemlich frisch aus, meinst du nicht?« fragte Raffles.

Sein Ton klang seltsam. Ich konnte nur annehmen, daß er eifersüchtig auf meinen Erfolg war.

»Craggs sagte das auch. Ich selbst habe es kaum angesehen.«

»Nun sieh hin – sieh's dir genau an. Bei Gott, ich muß es besser zurechtgestutzt haben, als ich dachte.«

»Eine Kopie!« rief ich.

»*Die* Kopie«, antwortete er. »Es ist die Kopie, nach der ich mir die Beine abgelaufen bin. Es ist die Kopie, die ich auf der Vorder- und Rückseite so zurechtgestutzt habe, daß sie nach deiner eigenen Aussage Craggs getäuscht hat, und sie hätte ihn für den Rest seines Lebens glücklich machen können. Nun kommst du her und stiehlst sie ihm!«

Es verschlug mir die Sprache.

»Wie haben Sie's denn angestellt?« erkundigte sich Sir Bernard Debenham.

»Hast du ihn umgebracht?« fragte Raffles höhnisch.

Ich sah ihn nicht an; ich wandte mich Sir Bernard Debenham zu und erzählte ihm meine Geschichte ganz heiser vor Aufregung. Aber während des Sprechens wurde ich ruhiger, so daß am Schluß meiner Erzählung nur noch Bitterkeit in meinem Ton lag, als ich Raffles sagte, er solle mich ein andermal gefälligst in seine Pläne einweihen.

»Ein andermal!« rief er geistesgegenwärtig. »Mein lieber Bunny, du sprichst ja gerade so, als ob wir uns von jetzt an unser täglich Brot mit Einbrüchen verdienen wollten!«

»Ich hoffe nicht!« sagte Sir Bernard lächelnd, »denn Sie sind entschieden zwei sehr waghalsige junge Herren. Wir wollen nur hoffen, daß unser Freund aus Queensland hält, was er gesagt hat, und seine Kartenmappe nicht mehr öffnet, ehe er nach Hause kommt. Dort wartet mein Scheck auf ihn, und es sollte mich sehr überraschen, wenn er uns noch einmal belästigte.«

Raffles und ich sprachen nicht mehr, bis ich in dem für mich hergerichteten Zimmer war. Auch dort hatte ich es damit nicht eilig. Aber er folgte mir und ergriff meine Hand.

»Bunny«, sagte er, »sei mir nicht böse! Ich war verflucht abgehetzt und wußte nicht, ob ich das, was ich nötig hatte, zur rechten Zeit erhalten würde; das kannst du mir glauben. Aber es geschieht mir ganz recht, daß du mir eine von den besten Partien, die ich jemals gespielt habe, verdorben hast. Und was deine Arbeit anlangt, mein alter Junge, nimm's mir nicht übel, wenn ich sage, daß ich dir das nicht zugetraut hätte. In Zukunft . . .«

»Red bloß nicht von der Zukunft!« rief ich. »Die ganze Geschichte ist mir verhaßt, und ich hänge sie an den Haken!«

»Ich auch«, antwortete Raffles, »wenn ich genug habe.«

Eine böse Nacht

Eine gewisse kleine Hochzeit, an der Raffles und ich heimlich interessiert waren, stand kurz bevor. Die Braut wohnte ziemlich zurückgezogen bei ihrer vor kurzem verwitweten Mutter und einem asthmatischen Bruder in einem abgelegenen Haus am Ufer der Mole. Der Bräutigam war ein wohlbetuchter Sohn dieses selben vorstädtischen Bodens, der beide Familien seit Generationen ernährt hatte. Die Hochzeitsgeschenke waren so zahlreich, daß sie verschiedene Zimmer des hübschen Wohnsitzes an der Mole füllten, und so überaus wertvoll, daß eine spezielle Abmachung mit der Einbruchsversicherung in Cheapside getroffen worden war.

Wie Raffles das alles erfahren hatte, kann ich nicht sagen. Ich weiß nur, daß es schließlich bis in alle Einzelheiten stimmte. Vorläufig empfand ich jedoch kein tieferes Interesse an der Sache, da Raffles mir versichert hatte, daß es ein ›Ein-Mann-Geschäft‹ sei und er natürlich dieser eine sein wollte. Erst kurz vor zwölf tauschten wir die Plätze, da Raffles ganz unerwartet für das zweite Auswahlspiel in die englische Kricketmannschaft gewählt wurde.

Im Nu war mir klar, welche Chance sich hier für meine kriminelle Laufbahn bot. Schon seit einigen Jahren hatte Raffles nicht mehr in solchen Kämpfen für England gespielt, er hatte mit einer solchen Aufforderung auch nicht mehr gerechnet; und seine Freude war nur geringer als seine Verlegenheit. Das Wettspiel sollte in Old Trafford am dritten Donnerstag, Freitag und Samstag des Juli stattfinden; die andere Angelegenheit aber war für Donnerstagabend nach der Hochzeit in East Molesey vorbereitet. Raffles hatte zwischen diesen beiden Festivitäten zu wählen, und diesmal half ich ihm ausnahmsweise seinen Entschluß fassen. Deutlich setzte ich ihm auseinander, daß ich wohl fähig sei, wenigstens in Surrey seine Stelle auszufüllen. Ja mehr noch, ich pochte plötzlich auf mein verjährtes Recht und auf seine patriotische Verpflichtung. Im Namen des Vaterlandes und in meinem eigenen Namen flehte ich ihn an, uns beiden eine Chance zu geben, und, wie gesagt, meine Argumente überzeugten. Raffles gab telegrafisch seine Zusage – und zwar am Tag vor dem Wettspiel. Wir fuhren so schnell wie möglich nach Esher und besichtigten dort jeden Zoll des Terrains auf Umwegen, die Raffles mir für die kommende Nacht einschärfte. Um sechs Uhr abends erhielt ich dann durch ein Fenster des Speisewagens die letzte meiner vielen Instruktionen.

»Versprich mir wenigstens, keinen Revolver mitzunehmen«, flüsterte Raffles mir zu. »Hier hast du meine Schlüssel – irgendwo im Schreibtisch findest du einen alten Totschläger. Nimm den, wenn du willst, obwohl ich fast fürchte, daß du imstande wärest, so ein Ding wirklich zu benutzen.«

»Dann ist nur mein Kopf in der Schlinge«, gab ich ebenfalls flüsternd zurück. »Was ich auch tue, Raffles, *dich* werde ich nicht mit hineinreißen. Du wirst schon sehen, daß ich meine Sache besser mache, als du denkst, und es verdiene, daß mir ein bißchen mehr anvertraut wird. Wenn nicht, will ich wenigstens wissen, warum!«

Und ich glaubte es zu wissen, während Raffles mit hochgezogenen Augenbrauen aus dem Bahnhof gefahren wurde und ärgerlich drehte ich mich auf dem Absatz um. Ich sah, wie er sich für mich fürchtete, und nichts hätte mich furchtloser machen können. Raffles hatte sich eben all die Jahre in mir getäuscht; jetzt hatte ich die Chance, ihn aufzuklären. Die Galle lief mir über bei dem Gedanken, daß er kein Zutrauen in meine Kaltblütigkeit oder meinen Mut setzte, wo ihn doch beides im Notfall noch nie im Stich gelassen hatte. Durch dick und dünn war ich ihm gefolgt. In manch übler Klemme war ich so standhaft gewesen wie Raffles selbst. Ich war seine rechte Hand, und doch machte er mich immer wieder ohne zu zögern zu seinem Werkzeug. Diesmal würde ich jedenfalls weder das eine noch das andere sein. Diesmal würde ich die erste Geige spielen, und ich wünschte, ich könnte glauben, daß Raffles jemals gemerkt hat, mit welcher Wonne ich seine Rolle übernahm. So war ich denn der erste, der am nächsten Abend in Esher aus einem überfüllten Theaterzug sprang und die Stufen hinab ins Freie rannte. Es war eine schwüle, dunkle Nacht. Die Straße nach Hampton Court aber ist selbst jetzt, wo die Vorstadt weit hinausgewachsen ist, eine der finstersten, die ich kenne. Die erste Meile führt auch heute noch durch eine schmale Allee, die im Sommer einen richtigen Blättertunnel bildet; damals aber gab es weder eine beleuchtete Fensterscheibe, noch irgendeinen Lichtstreifen am Weg. Natürlich bildete ich mir gerade auf dieser dunklen Strecke ein, ich würde verfolgt. Ich blieb stehen; die Schritte, die ich bestimmt hinter mir zu hören geglaubt hatte, taten dasselbe; ich ging weiter, und sie folgten mir. Ich trocknete mir den Schweiß von der Stirn, überwand mich aber doch bald, den Versuch zu wiederholen, und da er dasselbe Ergebnis hatte, war ich schließlich überzeugt, daß ich die ganze Zeit mein eigenes Echo gehört haben müsse. Und da dieses Echo sofort aufhörte, als ich von der Allee auf die offene, gerade Straße kam, erholte ich mich bald von meinem Schrecken. Nun konnte ich meinen Weg übersehen und mich ohne Schwierigkeiten zurechtfinden, wenn auch nicht ohne ein kleines Abenteuer. Als ich nämlich hinter der Mole-Brücke nach links abbiegen wollte, stieß ich direkt mit einem Polizisten auf Gummisohlen zusammen. Ich hielt es für ratsam, ihn im Vorübergehen mit ›Herr Inspektor‹ anzureden und einen Umweg von einigen hundert Metern zu machen, ehe ich auf einem anderen Weg zurückging.

Endlich hatte ich eine Gartenpforte hinter mir und schlich an dunklen Fenstern vorüber auf einen finstern, taugetränkten Rasenplatz. Der Marsch hatte mich erhitzt, und so ließ ich mich mit Wonne auf eine Gartenbank fallen, die freundlicherweise unter einem Zedernbaum aufgestellt war, dessen Schatten die Nacht noch schwärzer machte. Hier ruhte ich einige Minuten aus, zog meine Füße hoch, um sie trocken zu halten, schnürte die Schuhe auf, um später Zeit zu sparen und stellte mir meine Aufgabe noch einmal mit einer Kaltblütigkeit vor Augen, die der meines abwesenden Meisters würdig sein sollte. *Meine* Kaltblütigkeit aber war künstlich, und ebenso weit entfernt von der angeborenen, wie jede Nachahmung vom genialen Vorbild. Ich rieb sogar tatsächlich ein Streichholz an meiner Hose an und zündete eine von den kleinen Sullivans an. Selbst Raffles hätte so etwas in einem solchen Moment nicht getan. Aber ich wollte ihm sagen können, daß ich es getan hatte, und in der Tat empfand ich dabei auch nicht mehr als ein angenehmes Gruseln. Es war viel eher jene objektive Neugierde auf den Ausgang, die mich beherrschte und die schon in viel unsicheren Lagen meine Rettung gewesen war. Ich wartete sogar mit einer gewissen Ungeduld auf den Kampf und konnte schließlich nicht einmal so lange stillsitzen, wie ich eigentlich gewollt hatte. So kam es, daß ich meine Zigarette am Rand des feuchten Rasens ausdrückte und eben im Begriff war, meine Schuhe abzustreifen, um dann über den Kiesweg zur Tür des Gewächshauses zu gehen, als ein höchst seltsamer Laut mich unterbrach. Es war ein unterdrücktes Keuchen irgendwo über mir. Wie aus Stein stand ich da, und meine lauschende Gestalt muß sich wohl von dem milchig schimmernden Rasen abgehoben haben, denn eine matte Stimme rief mich barsch von einem der Fenster herab an.

»Wer in aller Welt sind Sie?« schnaubte sie.

»Ein Geheimpolizist«, antwortete ich. »Die Einbruchsversicherung hat mich hergeschickt.«

Nicht einen Augenblick hatte ich gezögert, meine unbezahlbare Fabel vorzubringen. Sie war von Raffles für den Notfall vorbereitet worden. Ich wiederholte also nur eine Lektion, die mir eingetrichtert worden war. Oben am Fenster aber entstand eine ziemlich lange Pause, die nur durch das unheimliche Keuchen des Mannes, den ich nicht sehen konnte, ausgefüllt wurde.

»Ich begreife nicht, warum man Sie hierhergeschickt hat«, sagte er endlich. »Wir stehen doch unter dem besonderen Schutz der Ortspolizei; jede Stunde wird uns ein Besuch abgestattet.«

»Das weiß ich wohl, Mr. Medlicott«, entgegnete ich nun auf

eigene Rechnung. »Ich traf erst vorhin einen an der Ecke, und wir begrüßten uns gegenseitig.«

Das Herz klopfte mir zum Zerspringen. Endlich war ich selbständig vorgegangen.

»Haben Sie von ihm meinen Namen erfahren?« fuhr mein Fragesteller mißtrauisch keuchend fort.

»Nein, er wurde mir genannt, ehe man mich fortschickte«, erwiderte ich. »Aber es tut mir leid, daß Sie mich gesehen haben. Es ist nur eine Routinesache; es soll niemand belästigt werden. Es ist zwar meine Aufgabe, das Haus die ganze Nacht über zu bewachen, aber ich gebe zu, daß ich nicht so weit hätte einzudringen brauchen. Wenn es Ihnen lieber ist, werde ich mich vom eigentlichen Grundstück entfernen.«

Dies war wieder meine eigene Eingebung, und ihr Erfolg hätte mir Selbstvertrauen einflößen können.

»Durchaus nicht«, erwiderte der junge Medlicott mit einem gewissen Galgenhumor. »Ich bin eben an einem verfluchten Asthmaanfall aufgewacht und muß vielleicht bis zum Morgen in meinem Stuhl sitzen bleiben. Kommen Sie lieber herauf und helfen Sie mir ihn überstehen; Sie treffen damit zwei Fliegen mit einer Klappe. Bleiben Sie nur wo Sie sind; ich will hinunterkommen und Sie hereinlassen.«

Dies war ein Dilemma, das selbst Raffles nicht vorausgesehen hatte! Hier draußen im Dunkeln war meine verwegene Rolle nicht schwer zu spielen, diese improvisierte Szene aber ins Haus hinein zu versetzen, hieß sofort Schwierigkeit und Gefahr verdoppeln. Gewiß, ich war absichtlich im Überzieher und Filzhut eines Detektivs gekommen, ich selbst aber sah kaum danach aus. Anderseits konnte man als angeblicher Hüter der Geschenke durch eine Weigerung, das Haus, wo sie verwahrt wurden, zu betreten, nur Verdacht erregen. Außerdem konnte ich nicht vergessen, daß ich hier ohnehin, früher oder später, eintreten wollte. Das war der entscheidende Gedanke. Ich beschloß, den Stier bei den Hörnern zu fassen.

Im Zimmer über dem Gewächshaus hörte man Streichhölzer

anzünden, dann kam das offene Fenster einen Augenblick wie ein leerer Bilderrahmen zum Vorschein, während ein gigantischer Schatten sich an der Decke herumbewegte, und eine halbe Minute später fiel es mir ein, meine Schnürsenkel wieder zuzuknüpfen. Aber es dauerte lange, bis das Licht durch die bleigefaßten Scheiben einer etwas abseits auf den Weg mündenden Tür wieder auftauchte. Und als die Tür sich öffnete, stand eine Jammergestalt vor mir und hielt ein flackerndes Licht zwischen unsere Gesichter.

Ich bin alten Männern begegnet, die nur halb so alt, und jungen Männern, die doppelt so alt aussahen wie sie waren. Aber noch nie hatte ich einen bartlosen Jüngling in der gebeugten Haltung eines achtzigjährigen Greises gesehen, der um jeden Atemzug ringen mußte, der hin und her schwankend das Gleichgewicht zu verlieren drohte und dabei röchelte, als müsse er stehenden Fußes den Geist aufgeben. Trotzdem besichtigte er mich mißtrauisch und es dauerte mehrere Sekunden, bis er mir erlaubte, ihm das Licht abzunehmen.

»Ich hätte nicht hinuntergehen sollen – machte es schlimmer«, begann er abgerissen zu flüstern. »Hinauf ist's noch schlimmer. Müssen mir Ihren Arm geben. Einverstanden? Das ist schön! Bin nicht so krank, wie ich aussehe. Habe auch guten Whisky oben. Alles in schönster Ordnung mit den Geschenken, und wenn nicht, dann werden Sie es innen früher hören, als außen. Nun bin ich soweit – danke schön! Müssen nicht mehr Lärm machen als nötig – könnten meine Mutter wecken.«

Wir mußten mehrere Minuten gebraucht haben, um den ersten Stock zu erreichen. Auf der schmalen Treppe war gerade so viel Platz für mich, daß ich seinen Arm in dem meinigen halten konnte, während er sich mit dem anderen an den Stäben des Geländers emporzog. So stiegen wir eine Stufe um die andere hinauf; auf jeder eine Verschnaufpause, und auf dem ersten Treppenabsatz ein regelrechtes Ringen um Luft. Schließlich erreichten wir ein behagliches Bibliothekszimmer, von wo aus eine offene Tür in ein Schlafzimmer führte. Allein die Anstrengung hatte meinen Gefährten vollständig der Sprache beraubt; seine schwer arbeitenden Lungen pfiffen wie ein Blasebalg. Er konnte gerade noch auf die Tür deuten, durch die wir hereingekommen waren, und die ich, seiner Zeichensprache gehorchend, schloß; und dann auf die Karaffe, die mit Zubehör für die Nacht bereitgestellt war.

Ich gab ihm fast ein halbes Glas voll, und sein Anfall ließ ein wenig nach, während er zusammengekrümmt in einem Sessel saß.

»Ich war ein Narr – mich hinzulegen«, stieß er flüsternd zwischen längeren Pausen hervor. »Liegen ist das Dümmste, – wenn man wirklich eine schlechte Nacht vor sich hat. Könnten Sie mir wohl mal die braunen Zigaretten holen – auf dem Tisch dort drinnen. Gut – danke schön – und jetzt ein Streichholz!«

Der Asthmatiker hatte die beiden Enden der Stramoniumzigarette abgebissen und schien nun von dem beißenden Rauch, den er in verzweifelten Zügen einsog und unter krampfhaften Hustenanfällen ausatmete, tatsächlich zu ersticken. Ein heroischeres Mittel konnte es nicht geben; mir kam es wie ein langsamer Selbstmord vor. Allmählich trat aber doch eine leichte Besserung ein, und schließlich konnte der Kranke wenigstens aufrecht sitzen und sein Glas mit einem Seufzer ungewohnter Erleichterung austrinken. Ich seufzte auch, denn ich war Zeuge eines Kampfes gewesen, den ein Mann in der Blüte seiner Jugend um das geliebte Leben kämpfte, eines Mannes, der mir gefiel, dessen Lächeln bei der ersten Unterbrechung seiner Qualen wie Sonnenschein aufblitzte, und dessen erste Worte ein Dank waren für das wenige, was ich aus bloßer Menschlichkeit für ihn getan hatte.

Ich fühlte jetzt, was für ein Kerl ich war. Aber dieses Gefühl hielt mich auch wachsam. Ich war nicht unvorbereitet auf die Bemerkung, die einer noch genaueren Musterung, als ich sie bisher ausgehalten hatte, folgte.

»Wissen Sie auch«, sagte der junge Medlicott, »daß Sie durchaus nicht so aussehen, wie ich mir einen Detektiv vorstelle?«

»Fühle mich nur zu sehr geschmeichelt«, erwiderte ich. »Es hätte ja auch keinen Sinn, mich in diese Zivilkleidung zu stecken, wenn man mir schon von weitem meinen Beruf ansähe.«

Mit einem keuchenden Lachen beruhigte mich mein Gefährte.

»Das ist allerdings richtig«, sagte er, »und ich kann der Versicherungsgesellschaft nur gratulieren, daß sie einen Mann Ihres Standes für ihr schmutziges Geschäft gewonnen hat.

Und mir selbst gratuliere ich auch«, versäumte er nicht, rasch hinzuzufügen, »daß Sie hier sind, um mir durch eine der schlimmsten Nächte, die ich seit langer Zeit gehabt habe, hindurchzuhelfen. Wie eine Blume mitten im Winter erscheinen Sie mir. Sie haben sich doch hoffentlich auch eingeschenkt? Das ist schön. Ein Abendblatt haben Sie wohl nicht zufällig mitgebracht?«

Ich versicherte, daß ich zwar eines gekauft, es aber dummerweise im Zug hätte liegen lassen.

»Wie steht es denn mit dem Vergleichskampf?« rief mein Asthmatiker, in seinem Stuhl auffahrend.

»Das kann ich Ihnen sagen«, antwortete ich. »Wir haben das erste Spiel gewonnen.«

»Oh, das weiß ich alles«, unterbrach er mich. »Ich habe schon beim Mittagessen das erbärmliche Ergebnis des ersten Spiels gelesen. Ich meine, wieviel wir im ganzen zusammengekratzt haben.«

»Wir kratzen noch immer zusammen.«

»Wirklich? Wieviele denn?«

»Über zweihundert auf sieben Wickets.«

»Wer hat durchgehalten?«

»Raffles in erster Linie. Bei zweiundsechzig war er noch nicht draußen, und das kurz vor Spielende!«

Ein Ton der Bewunderung klang dabei aus meiner Stimme, obwohl ich sie selbstbewußt zu unterdrücken versuchte. Aber die Begeisterung des jungen Medlicott erwies sich als ein weiter Deckmantel für meine eigene; *er* hätte der persönliche Freund Raffles' sein können, und in seinem Entzücken kicherte er so lange, bis er von neuem pustete und schnaufte.

»Der famose alte Raffles!« stieß er in jeder Pause hervor.

»Nachdem man ihn noch so spät und zum ›Bowler‹ gewählt hatte! Das ist ein Kricketer nach meinem Herzen! Beim Himmel, wir müssen noch einen Schluck auf sein Wohl trinken! Komisch mit diesem Asthma! Der Alkohol steigt einem nämlich ebensowenig zu Kopf wie einem Mann mit einem Schlangenbiß, aber er erleichtert alles und hilft einem durch. Die Ärzte können Ihnen das bestätigen, obwohl sie gegen Asthma eigentlich nichts wissen. Ich habe nur einen einzigen gekannt, der mit einem Anfall fertig werden konnte. Die Dosis Amyl, die er mir gab, schmiß mich aber auch um. Auch sonst ein komisches Leiden; es hebt den Mut, denn man kann nicht über den nächsten Atemzug hinaussehen. Nichts bekümmert einen. Na, Glück auf für A. J. Raffles und daß er morgen vormittag seine Hundert erreichen möge!«

Mühsam hatte er sich zu diesem Trinkspruch in die Höhe gerappelt, während ich mein Glas sitzend leerte. Empfand ich doch einen höchst unvernünftigen Groll gegen Raffles, der sich durch seinen glänzenden Ruf als Kricketer in unser Gespräch drängte und auch jetzt wieder voraussichtlich seine Hundert machte, ohne sich über mein Schicksal den Kopf zu zerbrechen. Ein Mißerfolg wäre taktvoller gewesen; es hätte wenigstens nach Geistesabwesenheit ausgesehen und nach Besorgnis. Ich kam nicht auf die Idee, wie wenig man selbst von einem Raffles verlangen konnte, sich meine augenblickliche Situation vorzustellen. Denn hier saß ich nun mit dem Sohn des Hauses, das auszurauben ich gekommen war. Ich plauderte mit ihm, reichte ihm lindernde Mittel, bewunderte seinen guten Mut und versuchte redlich, ihm seine Bürde zu erleichtern. Es war eine verteufelte Lage: wie konnte ich ihn oder die Seinigen nach all dem noch bestehlen? Und doch hatte ich mich selbst dazu gedrängt, und Raffles würde mich nie, nie verstehen!

Aber das war noch nicht das Schlimmste. Ich war nämlich nicht ganz sicher, ob der junge Medlicott mir traute. Von Anfang an hatte ich seinen Verdacht gefürchtet, und nun (beim zweiten Glas, das ja einem Mann in seinem Zustand nichts ausmachen konnte) gab er diesen Verdacht sogar zu. Mit dem Asthma sei es etwas Komisches, wiederholte er, es würde ihn nicht im geringsten aufregen, wenn er plötzlich entdeckte, daß ich gekommen sei, die Geschenke mitzunehmen, statt sie zu bewachen! Ich würdigte diesen Witz einer ziemlich schwachen Anerkennung, und durch den heftigsten Anfall, den ich bis jetzt bei dem Kranken gesehen hatte, erhielt er denn auch die verdiente Strafe. Das Ringen nach Luft wurde anhaltender und heftiger, und die Mittel von vorhin blieben wirkungslos. Ich zündete eine Zigarette an, aber der arme Teufel war zu atemlos, um inhalieren zu können. Ich schenkte ihm noch mehr Whisky ein, aber er wehrte mit einer Handbewegung ab.

»Amyl – holen Sie mir Amyl!« keuchte er. »Das Büchschen auf meinem Nachttisch.«

Ich stürzte ins Schlafzimmer und kam mit einem Büchschen voll winziger Zylinder zurück – Miniaturknallbonbons, in grellbunte Kattunstreifchen eingewickelt. Hastig zerbrach der Kranke eines davon über seinem Taschentuch, in das er dann sofort sein Gesicht vergrub. Scharf beobachtete ich ihn, während mir ein eigentümlicher Geruch in die Nase stieg. Die Wirkung auf den Kranken war ein Wunder, wie Öl auf schäumenden Wogen. Seine Schultern ruhten von der langen Arbeit aus, das röchelnde Keuchen verlor sich in einem raschen, aber natürlichen Atemholen, und durch das plötzliche Ende des Kampfes senkte sich eine unheimliche Stille auf die ganze Umgebung. Mittlerweile war das versteckte Gesicht bis zu den Ohren errötet, und als es sich endlich mir zuwandte, erschien es mir in seiner dunklen Farbe und Ruhe fast wie eine optische Täuschung.

»Es zieht das Blut vom Herzen fort«, murmelte er, »und bringt alles für den Moment in Ordnung. Wenn's nur auch vorhielte! Aber eine zweite Dosis darf man ohne den Arzt nicht nehmen; eine genügt schon vollständig, um einen Vorgeschmack der Hölle zu bekommen. – Na, was gibt's? Sie horchen auf etwas. Wenn es der Polizist ist, wollen wir mal ein Wort mit ihm reden.«

Es war nicht der Polizist; was ich in der plötzlichen Stille nach dem Anfall gehört hatte, kam nicht von draußen. Es waren Schritte im Zimmer hinter uns. Ich ging ans Fenster und beugte mich hinaus. Unter uns im Gewächshaus schimmerte der matte Widerschein eines Lichtes aus dem anstoßenden Zimmer.

»Eines der Zimmer, wo die Geschenke aufbewahrt sind!« flüsterte Medlicott neben mir. Und während wir zurückwichen, sah ich ihm ins Gesicht, wie ich es den ganzen Abend noch nicht getan hatte.

Wie ein ehrlicher Mann sah ich ihm ins Gesicht, denn ein Wunder sollte mich noch einmal zu einem solchen machen. Der Knoten war zerhauen – das Weitere unvermeidlich. Mir kam es schließlich nun doch zu, gerade das zu verhindern, was zu tun mich hergeführt hatte. Mein Innerstes hatte sich längst gegen diese Tat gesträubt; unvorhergesehene Umstände hatten sie gleich von Anfang an unmöglich gemacht. Aber jetzt durfte ich diese Unmöglichkeit nicht nur zugeben, sondern sogar ohne Skrupel sowohl an Raffles als an den Asthmatiker denken. Ich konnte beiden gegenüber ehrlich handeln, konnte meine Diebesehre wahren und dabei doch ein Zipfelchen von jener Ehre zurückgewinnen, die ich als Mann verwirkt hatte!

So dachte ich, während wir uns Auge in Auge gegenüberstanden und gespannt auf das geringste Geräusch unter uns lauschten. Ein weiterer gedämpfter Schritt – mehr gefühlt als gehört – und gleichzeitig von einer grimmigen Aufregung gepackt, nickten wir uns zu. Medlicott aber war inzwischen wieder so hilflos wie vorher; die Röte war aus seinem Gesicht verschwunden, und allein schon sein Keuchen hätte alles verdorben. So mußte ich ihm mit stummen Zeichen befehlen, zu bleiben, wo er war, und den Kerl mir allein zu überlassen. Und nun geschah es, daß der junge Medlicott mir mit demselben schlauen Blick, der mich während unserer Nachtwache mehr als einmal aus der Fassung gebracht hatte, etwas zuflüsterte, wobei es mich abwechselnd heiß und kalt überlief.

»Ich habe Ihnen unrecht getan«, sagte er, die rechte Hand im

Schlafrock vergrabend. »Ich dachte zuerst – doch lassen wir das – jedenfalls sah ich bald ein, daß ich unrecht hatte. Aber ich – ich hatte dies hier die ganze Zeit in meiner Tasche!«

Dabei hätte er mir gerne seinen Revolver als eine Art Friedenspfand anvertraut. Aber ich wollte nicht einmal seine Hand annehmen, sondern griff nach dem Totschläger in meiner Tasche und schlich hinaus, um mir seinen ehrlichen Händedruck zu verdienen, oder im Kampfe zu fallen. Auf dem Vorplatz zog ich Raffles' kleine Waffe hervor, schob mein rechtes Handgelenk durch die Lederschlinge und hielt den Totschläger über meiner Schulter in Bereitschaft. Dann ging ich, wie ich von Raffles gelernt hatte, dicht an der Wand entlang hinunter.

Dabei hatte ich offenbar nicht das leiseste Geräusch gemacht, denn eine Tür stand halb offen, ein Licht brannte, und das Licht flackerte nicht einmal, als ich mich der Türe näherte. Mit zusammengebissenen Zähnen stieß ich die Tür vollends auf, und vor mir stand, sein Laternchen in die Höhe haltend, der allerwahrhaftigste Gauner.

»Spitzbube!« rief ich, und mit einem einzigen Hieb schlug ich den Kerl zu Boden.

Das war keine Gemeinheit. Er hätte mich genauso niedergeschlagen; ich hatte nur das Glück, ihm zuvorzukommen. Trotzdem packten mich Gewissensbisse, die wohl in einem gewissen kameradschaftlichen Gefühl wurzelten, als ich mich über den besinnungslosen Körper beugte und entdeckte, daß ich einen unbewaffneten Mann niedergeschlagen hatte. Nur die Laterne war seinen Händen entfallen; fürchterlich qualmend lag sie auf der Seite, und ihr eigentümlicher Geruch bewog mich, sie hastig aufzustellen und den Körper mit beiden Händen umzudrehen.

Ob ich wohl je das unerhörte Entsetzen dieses Augenblicks vergessen werde?

Es war Raffles!

Mich zu fragen, wie es möglich sei, dazu nahm ich mir nicht die Zeit. Wenn irgendein Mensch auf der Welt Raum und Zeit aufheben konnte, war es dieser bewußtlose Mann zu meinen Füßen, und dieser Mann war Raffles, darüber bestand kein Zweifel. Er trug seine Vermummung, die ich sofort wiedererkannte – jetzt, wo ich wußte, wer ihr unseliger Träger war. Sein Gesicht war schmutzig und kunstvoll mit einem häßlichen roten Bart verklebt, sein Anzug der gleiche, worin er den Droschken von den Londoner Bahnhöfen gefolgt war, seine Schuhe staken in dicken Socken und ich – ich hatte ihn mit einer blutenden Kopfwunde niedergestreckt, die das Maß meines Entsetzens voll machte. Ich stöhnte laut, als ich neben ihm niederkniete und nach seinem Herzen fühlte. – Die Antwort war ein röchelndes Pfeifen von der Tür.

»Nicht übel gemacht!« frohlockte mein asthmatischer Freund. »Ich habe alles gehört – will nur hoffen, daß meine Mutter nichts gehört hat. Wir müssen es, wenn möglich, vor ihr geheimhalten.«

Ich hätte ihn und diese Mutter vom Grund meines Herzens in die Hölle wünschen können, und doch, während meine Hand auf der meines Freundes lag und ich ihren schwachen Pulsschlag fühlte, sagte ich mir, daß ihm recht geschehen war. Selbst wenn ich ihm den Schädel eingeschlagen hätte, wäre es seine Schuld und nicht meine gewesen. Denn wieder war es der für Raffles charakteristische, fest eingewurzelte Fehler, der mich trotz meiner Angst so sehr verdroß: mir zu trauen, und dann doch wieder nicht; während der Nacht durch halb England zu jagen, mich bei meiner Arbeit auszuspionieren – und sie schließlich doch selbst zu tun!

»Ist er tot?« keuchte der Asthmatiker kühl.

»Der nicht!« antwortete ich mit einer Entrüstung, die ich nicht zu zeigen wagte.

»Sie müssen's ihm aber doch ganz schön gegeben haben«, fuhr der junge Medlicott fort. »Wahrscheinlich haben Sie den ersten Schlag gehabt. Und das war ein Riesenglück, wenn das hier ihm gehört hat«, fügte er hinzu, den mörderischen kleinen Totschläger aufhebend, der dem armen Raffles beinahe zu seinem eigenen Verhängnis geworden wäre.

»Sehen Sie her, Mr. Medlicott«, antwortete ich, mich in meiner hockenden Stellung zurückbeugend, »er ist nicht tot, und man kann nicht wissen, wie lange er so betäubt bleibt. Außerdem ist er ein kräftiger Kerl, und Sie sind nicht imstande, mir gegen ihn beizustehen. Aber Ihr Polizist kann ja nicht weit sein. Glauben Sie, daß Sie sich so weit erholt haben, um ihn rufen zu können?«

»Es geht mir allerdings ein bißchen besser als vorhin«, antwortete er zögernd. »Die Anstrengung scheint mir gut getan zu haben. Aber wollen Sie mich nicht lieber mit meinem Revolver hier lassen, dann will ich es schon auf mich nehmen, daß er nicht entwischt.«

Mit einem ungeduldigen Lächeln schüttelte ich den Kopf.

»Das würde man mir nie verzeihen«, sagte ich. »Nein, dann bleibt mir nichts anderes übrig, als bis zum Morgen zu warten und dem Burschen, wenn er mir nicht gutwillig folgen will, Handschellen anzulegen. Er wäre übrigens ein Narr, wenn er sich fügte, so lange er sich wehren kann.«

Nachdenklich schaute der junge Medlicott von seinem Posten an der Türschwelle die Treppe hinauf. Ich vermied es, ihn allzu scharf zu beobachten, aber ich wußte, was in seinem Kopf vorging.

»Ich werde jetzt gehen«, sagte er hastig, »so wie ich bin, ehe meine Mutter gestört wird und zu Tode erschrickt. Außerdem schulde ich Ihnen auch noch etwas, nicht nur, weil Sie mir geholfen haben, sondern weil ich anfangs so etwas Dummes von Ihnen gedacht habe. Ihnen allein verdanke ich es, daß mir augenblicklich so erträglich zumute ist. Ich gehe also, ehe meine dummen Lungen wieder eine andere Tonart anschlagen.«

Ich sah kaum auf, bis der gute Bursche diesem letzten Bild von einem wachsamen Beamten und einem zu Boden gestreckten Gefangenen den Rücken gekehrt hatte und pustend in die Nacht hinausgegangen war. Dann aber stand ich im Nu an der Tür und horchte, bis er den Pfad hinunter und um die Hausecke gegangen war. Als ich ins Zimmer zurückstürzte, saß Raffles mit gekreuzten Beinen auf dem Boden und schüttelte langsam seinen zerschlagenen Kopf, während er das Blut abtupfte.

»*Et toi,* Bunny!« stöhnte er. »Mein eigener trauter Freund!«

»Du warst also gar nicht betäubt?« rief ich. »Gott sei Dank!«

»Natürlich war ich betäubt, und dein Verdienst ist es nicht, daß mir nicht der Schädel zertrümmert wurde. Unglaublich, daß du mich in der Verkleidung nicht erkannt hast, die du mehr als ein dutzendmal gesehen hast! Du hast mich gar nicht angesehen, mir nicht einmal Zeit gelassen, den Mund aufzutun. Ich wollte mich doch ganz gemütlich von dir einstecken lassen! Arm in Arm wären wir miteinander fortgegangen. Jetzt sitzen wir fester denn je in der Klemme, obwohl du den alten Blasebalg auf die feine Art losgeworden bist. Wie der Teufel müssen wir jetzt laufen für unser Geld!«

Raffles hatte sich während seines Gemurmels aufgerichtet, und ich war ihm bis zu der Tür zum Garten gefolgt, wo er mit dem Schlüssel hantierte, nachdem er seine Laterne ausgeblasen und sie mir eingehändigt hatte. Obwohl ich Raffles auch jetzt wieder folgte, wie es in meiner Natur lag, war ich doch viel zu ärgerlich, um ihm noch einmal zu antworten. Und so vergingen einige Minuten, die zwar eine aufregende Seite füllen könnten, aber nichts Neues für diejenigen brächten, die ihren Raffles kennen und mich mit in Kauf genommen haben.

Es genüge, wenn ich sage, daß wir eine verschlossene Tür hinter uns und den Schlüssel auf der Gartenmauer zurückließen und daß diese Tür die erste von einem halben Dutzend war, die wir stürmten, ehe wir in einen Nebenweg einbogen, der uns zu einem weiter oben über das Stauwasser führenden Steg brachte. Als wir uns auf diesem Steg umschauten, lagen die Häuser längs des Ufers noch immer in Ruhe und Dunkelheit.

Da ich meinen Raffles so gut kannte, war ich auch nicht überrascht, als er plötzlich unter dem einen Ende der Brücke verschwand und mit schwarzem Cape und Zylinder, die er auf dem Herweg hier versteckt hatte, zurückkehrte. Die dicken Socken wurden von seinen Lackstiefeln gestreift, die zerlumpten Hosen von einem Abendanzug geschält, Blutspuren und Bart am Wasser entfernt, und der ganze Raffles schneller als es sich beschreiben läßt weißgewaschen. Aber damit nicht genug; auch ich wurde verwandelt, indem er meinen Mantel unter seinem Cape anzog, und mir seinen seidenen Schal umband.

»Und nun wird es dich freuen zu hören«, sagte er, »daß um drei Uhr zwölf ein Zug von Surbiton abfährt, den wir sogar auf allen Vieren noch erreichen könnten. Wenn dir's recht ist, gehen wir jeder für sich, obwohl meiner Ansicht nach jetzt nicht die geringste Gefahr mehr besteht. Ich fange sogar an, mich zu fragen, was wohl aus dem alten Blasebalg geworden sein mag.«

Auch ich tat das, und zwar mit nicht geringer Teilnahme, bis ich seine Abenteuer und unsere eigenen in der Zeitung las. Es scheint, daß er einen mutigen Anlauf auf die Straße genommen hatte, dort aber durch die plötzliche Unfähigkeit, sich auch nur einen Zoll weiterzubewegen, für seine Unbesonnenheit büßen mußte. Er hatte dann offenbar zwanzig Minuten gebraucht, um sich zu den verschlossenen Türen zurückzuschleppen, und weitere zehn, um die Hausbewohner wachzuklingeln. Seine Beschreibung meines Aussehens, wie sie in den Zeitungen wiedergegeben wurde, ist das einzige, was mich mit dem Gedanken an seine Qualen in dieser halben Stunde aussöhnt.

Zur Zeit aber erfüllten mich ganz andere tiefgründige Gedanken, die ich nicht mit dürren Worten ausdrücken kann. Auch für mich war es eine bittere Stunde. Nicht nur hatte ich bei meiner selbstgestellten Aufgabe versagt; um ein Haar hätte ich noch meinen Freund erschlagen. Mit Freund und Feind hatte ich es gut gemeint und doch schließlich beiden gegenüber schändlich gehandelt. Wohl war es nicht ausschließlich meine Schuld, aber ich wußte, wieviel auf das Konto meiner Schwäche ging. Und nun mußte ich dem Mann folgen, der allein alle Schuld trug, der zweihundert Meilen weit hergereist war, um sich diesen letzten Beweis meiner Schwäche und Unfähigkeit zu verschaffen, sie mir zum Bewußtsein zu bringen und unseren vertraulichen Verkehr von dieser Nacht an unerträglich zu machen. Bis Surbiton mußte ich allerdings mit ihm gehen, aber zu sprechen brauchte ich wenigstens nicht. Durch ganz Ditton an der Themse hatte ich seine Scherze unbeachtet gelassen. Auch als wir dem Flußufer entlang dem Bahnhof zugingen und er seinen Arm unter meinen schob, blieb ich noch immer stumm wie ein Fisch.

»Na, sei vernünftig, Bunny«, sagte er endlich. »Schließlich habe ich doch alles in allem am meisten ausgestanden, und ich will gern als erster zugeben, daß ich es verdient habe. Du hast mir den Kopf blutig gehauen, noch kleben mir die Haare zusammen, und was für ein Märchen ich in Manchester erfinden, oder wie ich überhaupt dort weiterspielen soll, weiß ich wirklich noch nicht. Trotzdem mache ich dir keine Vorwürfe, Bunny, sondern nur mir selbst. Wäre es nicht zu arg, wenn ich ohne deine Verzeihung wieder zurück müßte? Ich gebe zu, daß ich einen Fehler gemacht habe, aber, mein lieber Junge, einzig und allein deinetwegen.«

»Meinetwegen!« wiederholte ich bitter.

Raffles war edelmütiger; er ließ meinen Ton unbeachtet.

»In Sorge war ich um dich – offen gestanden in Sorge!« fuhr er fort. »Ich konnte mir die Idee nicht aus dem Kopf schlagen, daß du in eine Falle laufen würdest. Nicht daß ich deinem Mut mißtraut hätte, mein lieber Bunny, sondern *gerade* dein Mut ließ mich für dich zittern. Ich konnte den Gedanken an dich einfach nicht loswerden. Ich habe mitgemacht, wenn Läufe von mir verlangt wurden, aber ich gebe dir mein Wort, daß ich viel mehr an dich gedacht habe, und gerade deshalb habe ich wahrscheinlich solches Glück gehabt. Hast du es denn nicht in den Zeitungen gelesen, Bunny? Es war die Verteidigung meines Lebens.«

»Ja«, sagte ich, »ich sah, daß du kurz vor Schluß immer noch drin warst. Aber ich glaube nicht, daß du es warst, ich glaube, du hast einen Doppelgänger, der für dich Kricket spielt.«

Und im Augenblick schien dies auch wirklich weniger unglaublich als die Tatsache.

»Du scheinst deine Zeitung nicht sehr sorgfältig gelesen zu haben«, sagte Raffles zum erstenmal mit einem Anflug von Gereiztheit. »Das Spiel mußte vor fünf Uhr aufgehört werden, weil es regnete. In London soll es schwül gewesen sein, in Manchester aber ging das Wetter nieder, und schon nach zehn Minuten stand der Spielplatz unter Wasser. In meinem Leben hab' ich sowas noch nicht gesehen. Es war nicht die Spur von einer Möglichkeit, noch einen Ball zu werfen. Ohne mir klar zu machen, was ich tat, hatte ich mich umgezogen. Erst auf dem Weg zum Hotel, wohin ich allein zurückfuhr, weil ich in meiner Angst um dich mit keiner Seele sprechen konnte, folgte ich der Eingebung des Augenblicks und befahl dem Kutscher, mich lieber gleich auf den Bahnhof zu bringen; und noch ehe ich Zeit gefunden hatte, darüber nachzudenken, saß ich schon unterwegs im Speisewagen. Ich weiß aber auch wirklich nicht, ob das nicht von allen meinen Verrücktheiten die größte war.«

»Es war die großartigste!« sagte ich leise, denn ich bewunderte jetzt noch mehr den Impuls, der Raffles zu dieser Tat getrieben hatte, und die damit verbundenen Umstände, als die Tat selbst.

»Der Himmel weiß«, fuhr er fort, »was sie in Manchester über mich sagen werden! Aber was können sie schließlich sagen? Was geht es sie an? Ich war dort, als das Spiel unterbrochen wurde, und ich werde wieder dort sein, wenn es von neuem beginnt. Wir werden kurz nach halb drei auf dem Waterloobahnhof ankommen, so daß ich mich auf meinem Weg nach Euston eine Stunde im Albany und dann noch eine Stunde in Old Trafford aufhalten kann, ehe das Spiel beginnt. Was könnte man daran aussetzen? Voraussichtlich werde ich jetzt nichts Rechtes mehr leisten, aber das schadet ja nichts. Wenn nach dem Gewitter die Sonne tüchtig scheint, dann können sie meinetwegen gewinnen, je früher desto besser. Ich will ihnen aber trotz allem schon tüchtig zu schaffen machen.«

»Ich komme mit dir«, sagte ich, »und sehe dir zu.«

»Mein lieber Junge«, entgegnete Raffles, »genau dasselbe wollte ich gestern abend auch. Ich wollte dir gerne ›zusehen‹, weiter nichts. In deiner Nähe wollte ich sein, um dir eine hilfreiche Hand leihen zu können, falls du in eine Klemme geraten solltest, was dem Klügsten manchmal passiert. Ich kannte das

Terrain besser als du und brachte es einfach nicht über mich, fernzubleiben. Aber ich wollte es dich nicht merken lassen, daß ich da war. Wenn alles so verlaufen wäre, wie ich gehofft hatte, hätte ich mich einfach in die Stadt zurückgeschlichen, ohne dir je zu sagen, daß ich da war. Du hättest dann an dich und dein Können und an mein Vertrauen in dich geglaubt. Der Rest wäre Schweigen gewesen bis zum Grab.

So schlich ich dir auf den Waterloobahnhof nach und gab mir alle Mühe, dir unbemerkt vom Bahnhof Esher zu folgen. Aber du hast Verdacht geschöpft, daß jemand hinter dir war; mehr als einmal bist du horchend stehengeblieben; so blieb ich denn zurück, überholte dich dann aber dadurch, daß ich bei Imber-Court einen kürzeren Weg über den Steg einschlug, wo ich Überzieher und Hut zurückließ. So war ich tatsächlich noch vor dir im Garten. Ich sah, wie du deine Sullivan geraucht hast, was mich eigentlich recht stolz auf dich machte, obwohl du so etwas in Zukunft besser bleiben läßt. Fast jedes Wort, das zwischen dir und dem armen Teufel oben gewechselt wurde, habe ich gehört. Und bis zu einem gewissen Punkt fand ich, daß du deine Rolle vollendet gut spieltest.«

Die Lichter des Bahnhofs funkelten jetzt vor uns in dem verblassenden samtweichen Schimmer der Sommernacht. Ihre Größe und Zahl wuchs, ehe ich antwortete.

»Und was war das für ein Punkt«, fragte ich endlich, »wo ich deiner Ansicht nach den ersten Fehler machte?«

»Daß du überhaupt ins Haus gegangen bist«, sagte er. »Von da an hätte ich alles genau so gemacht wie du. Du konntest diesem armen Teufel gegenüber nicht anders handeln. Und ich bewunderte dich riesig, Bunny, wenn dir das jetzt ein Trost ist.«

Trost! Es hieß Wein in meine Adern gießen, denn ich wußte, daß es Raffles ernst war mit dem, was er sagte, und durch seine Augen sah ich mich selbst auch bald in glänzenderen Farben. Ich konnte mich mit meiner nächtlichen Wankelmütigkeit aussöhnen, da er sie mir verzieh; ich konnte sogar einsehen, daß ich mich in einer wirklich kitzligen Lage mit einem gewissen

Anstand betragen hatte – weil Raffles so zu denken schien. Er hatte meine Ansicht über sein und mein Vorgehen während der Nacht in jedem Punkt vollständig verwandelt – ausgenommen einen einzigen. Es gab etwas, das er mir wohl verzeihen konnte, von dem ich aber fühlte, daß ich es weder Raffles noch mir selbst jemals würde vergeben können. Und das war die Kopfwunde, bei deren Anblick mich im Zug schauderte.

»Wenn ich denke, daß ich das getan habe«, grollte ich, »daß du dich dem selbst ausgesetzt hast, und daß wir jetzt beide nicht *mehr* von unserer nächtlichen Arbeit haben! Der arme Bursche sagte, es sei eine der schlimmsten Nächte, die er je in seinem Leben gehabt hätte, aber ich nenne sie die allerschlimmste, die wir beide überhaupt erlebt haben.«

Raffles lächelte unter dem Doppellicht des Wagens erster Klasse, den wir für uns allein hatten.

»Das möchte ich denn doch nicht behaupten, Bunny. Es ist uns schon schlechter gegangen.«

»Willst du damit sagen, daß du überhaupt etwas ergattert hast?«

»Mein lieber Bunny«, erwiderte Raffles, »bedenke doch, wie lange ich dieses verbrecherische Plänchen in mir herumgetragen hatte, was für ein Schlag es für mich war, es dir überlassen zu müssen, und wie weit ich hergereist war, um mich davon zu überzeugen, daß du den Plan ganz allein, und zwar so gut wie möglich ausführtest. Du weißt, wie gut ich dich verstand, und ich wiederhole, daß ich an deiner Stelle ganz genau so gehandelt hätte. Aber ich war eben nicht an deiner Stelle, Bunny. Meine Hände waren nicht gebunden wie deine. Leider aber haben die meisten Juwelen das glückliche Paar auf die Hochzeitsreise begleitet. Diese Smaragdkette ist aber gar nicht übel, und ich begreife die junge Frau nicht, daß sie diesen diamantenbesetzten Kamm zurückgelassen hat. Hier ist auch so ein alter silberner Spieß, wie ich mir schon seit Jahren einen gewünscht habe – der entzückendste Brieföffner der Welt –, und diese goldene Zigarettendose ist wie gemacht für deine Sullivans.«

Das waren nicht die einzigen Kleinodien, die Raffles uns gegenüber auf den Polstern in funkelndem Glanz nebeneinander aufreihte. Trotzdem will ich nicht behaupten, daß dies einer unserer reichsten Fischzüge gewesen wäre. Vielleicht liegt auch der Hauptreiz dieser Geschichte darin, daß wir zum zweiten Mal den Australiern die Meisterschaft im Kricket abgewonnen hatten.

Das Geschenk des Kaisers

I

Als der König von Cannibal Islands der Königin Victoria eine lange Nase drehte, und ein Monarch vom Festland ihn dazu telegrafisch mit Glückwünschen überhäufte, war man in England ebenso empört wie überrascht, war doch so etwas damals noch nicht gang und gäbe. Aber als die Nachricht durchsickerte, daß diese Komplimente noch mit einem wertvollen Geschenk bekräftigt werden sollten, war man sich überwiegend einig, daß der schwarze und der weiße Monarch gleichzeitig den Verstand verloren haben mußten. Denn das Geschenk bestand in einer Perle von einmaliger Größe, die vor langer Zeit in einer polynesischen Kolonie gefunden und vom englischen Königshaus besagtem Monarchen überreicht worden war, der nun also die Gelegenheit ergriff, um sie dem ursprünglichen Besitzer zurückzugeben.

Ich führte damals ein bescheidenes, aber nicht unehrliches Schriftstellerdasein, und das Thema des Tages begeisterte mich zu einigen satirischen Versen, die eine bessere Aufnahme fanden als alles, was ich bisher publiziert hatte. Ich hatte meine Wohnung in der Stadt vermietet und unter dem Vorwand einer selbstlosen Leidenschaft für den Fluß ein billiges Quartier in Ditton an der Themse bezogen.

»Ausgezeichnet!« rief Raffles (der es sich natürlich nicht hatte verkneifen können, mich dort zu besuchen), indem er sich im Boot zurücklehnte, während ich ruderte und steuerte. »Dafür hast du wohl eine ganz hübsche Summe bekommen?«

»Keinen Pfennig!«

»Was du nicht sagst, Bunny! Ich dachte, sie zahlen so gut? Warte nur ab, der Scheck wird noch kommen.«

»Nichts wird kommen«, antwortete ich verdrießlich. »Ich muß mich diesmal mit der Ehre begnügen, daß meine Sachen angenommen worden sind; das hat mir der Herausgeber geschrieben«, fügte ich hinzu. »Aber ich gab ihm den Namen, den er verdiente!«

»Du willst doch nicht sagen, daß du schon mal gegen Bezahlung geschrieben hast?«

Nein, das war das Letzte, was ich hätte zugeben mögen. Aber ich hatte es getan, jetzt war die Katze aus dem Sack. Ja, ich hatte für Geld geschrieben, weil ich es wirklich nötig hatte, und wenn er es genau wissen wollte: ich war verflucht knapp bei Kasse. Raffles nickte, als ob er das schon wisse, und ich wurde wärmer bei meinen Klagen. Es war keine Kleinigkeit, den Kopf mit der Schriftstellerei über Wasser zu halten, ohne jede Übung, und ich schrieb, wie ich fürchtete, weder gut noch schlecht genug, um Erfolg zu haben. Ich litt an dem Gefühl, schlecht zu schreiben; Verse gelangen mir schon besser, machten sich aber nicht bezahlt, und zu persönlichen Mitteilungen und den niedrigeren journalistischen Arbeiten konnte und wollte ich mich nicht herablassen.

Abermals nickte Raffles, und diesmal mit einem Lächeln, das nicht wieder aus seinen Augen verschwand, als er sich, mich beobachtend, zurücklehnte. Ich wußte, daß er an andere Dinge dachte, zu denen ich mich schon herabgelassen hatte, und ich glaubte auch zu wissen, was er jetzt sagen wollte. Die Antwort lag mir auf der Zunge, aber er war offenbar müde, die Frage zu wiederholen. Seine Augenlider sanken herab, er nahm die Zeitung wieder auf, die er hatte fallen lassen, und ich ruderte an der alten roten Mauer von Hampton Court vorbei, als er wieder sprach.

»Also hierfür haben sie dir nichts bezahlt? Mein lieber Bunny, die Verse sind ausgezeichnet, nicht nur als Verse, sondern auch, weil du das Thema so knapp und klar darstellst. Jedenfalls haben sie mir mehr gesagt, als ich vorher wußte. Aber ist sie wirklich fünfzigtausend Pfund wert – eine einzige Perle?«

»Hunderttausend, glaube ich, aber das paßte nicht ins Versmaß.«

»Hunderttausend Pfund!« sagte Raffles mit geschlossenen

Augen. Wieder glaubte ich genau zu wissen, was kommen werde, und wieder hatte ich mich geirrt. »Wenn sie so viel wert ist«, rief er endlich, »wäre sie gar nicht zu Geld zu machen. Mit Diamanten ist es etwas anderes; die kann man teilen. Aber verzeih, Bunny, ich hatte vergessen . . .«

Wir sprachen nicht mehr über das Geschenk des Monarchen, denn bei leeren Taschen gedeiht der Stolz, und auch die schwersten Entbehrungen hätten mir den Vorschlag nicht entlockt, den ich von Raffles erwartete. Meine Erwartung war halb und halb eine Hoffnung gewesen, obgleich ich das erst jetzt merkte. Aber auch den anderen Gegenstand, den Raffles vergessen zu haben behauptete – meine ›Abtrünnigkeit‹ oder ›meinen Rückfall in ein tugendhaftes Leben‹, wie er es zu nennen beliebte –, berührten wir nicht wieder. Wir waren beide etwas wortkarg, ein wenig befangen und mit eigenen Gedanken beschäftigt. Seit Monaten waren wir uns nicht begegnet, und als ich mich an jenem Sonntagabend um elf Uhr von ihm verabschiedete, bildete ich mir ein, daß wir uns wieder auf einige Monate trennten.

Allein während wir auf den Zug warteten, sah ich im Licht der Bahnhofslaterne, daß mich seine klaren Augen prüfend ansahen, und als sich unsere Blicke kreuzten, schüttelte Raffles den Kopf.

»Der Aufenthalt hier scheint dir nicht gut zu bekommen, Bunny«, sagte er. »Vom Themsetal habe ich nie viel gehalten. Du brauchst Luftveränderung«, schloß er, was ich bejahte.

»Am besten wäre eine Seereise für dich.«

»Und vielleicht ein Winter in St. Moritz, oder hältst du Cannes oder Kairo für besser? Das ist alles recht schön und gut, A. J., aber du vergißt, was ich dir über meine Finanzen gesagt habe.«

»Nichts vergesse ich; ich wollte dir nur nicht wehtun. Aber eine Seereise sollst du machen. Ich brauche auch eine Luftveränderung, und du sollst mich als mein Gast begleiten. Wir wollen den Juli im Mittelmeer verbringen.«

»Aber du wolltest ja Kricket spielen.«

»Ach was, das Kricket kann meinetwegen der Teufel holen.«

»Ja, wenn ich wüßte, daß du es ernst meinst . . .«

»Natürlich meine ich es ernst. Kommst du mit?«

»Von Herzen gern – wenn du gehst.«

Bei diesen Worten schüttelte ich ihm die Hand und winkte ihm viele Abschiedsgrüße nach, immer in der von jeder Bitterkeit freien Überzeugung, daß ich weiter nichts von der Angelegenheit hören werde. Es war ein flüchtiger Gedanke gewesen, weder mehr, noch weniger. Bald aber fing ich an, zu wünschen, es wäre mehr gewesen, denn schon in der nächsten Woche hätte ich am liebsten England für immer den Rücken gekehrt. Ich verdiente nichts und mußte von der Differenz zwischen der Miete meiner Wohnung und dem Preis leben, zu dem ich sie möbliert für die Dauer der Saison vermietet hatte. Aber diese näherte sich ihrem Ende, und in der Stadt erwarteten mich Gläubiger. War es denn überhaupt möglich, vollkommen ehrlich zu leben? Solange ich Geld in der Tasche hatte, bezahlte ich alles bar; offene Unehrlichkeit schien mir weniger unehrenhaft zu sein.

Von Raffles hörte ich natürlich nichts weiter. Eine Woche verging und die Hälfte einer zweiten, als ich spät am Mittwochabend ein Telegramm von ihm in meiner Wohnung vorfand, nachdem ich ihn vergeblich in der Stadt gesucht und verzweifelt in dem verlassenen Klub gegessen hatte, zu dem ich immer noch gehörte.

»Fahr Montag neun Uhr fünfundzwanzig Morgens mit Norddeutschem Lloyd Sonderzug«, drahtete er. »Erwarte dich Southampton auf ›Uhlan‹ mit Billett. Brief folgt.«

Der Brief kam, ein leichtherziger Brief, und doch voll ernster Besorgnisse für mich, meine Gesundheit und meine Aussichten. Er schrieb fast rührend, wenn man an unsere vergangene Freundschaft dachte. Er habe zwei Kojen nach Neapel genommen, und unser Ziel sei Capri, die Insel der Lotosesser, wo wir uns zusammen sonnen und ›eine Weile vergessen‹ wollten. Es war ein reizender Brief. Italien sei mir neu, und er werde den Vorzug haben, mich in seine Schönheiten einzuweihen. Keineswegs sei es im Sommer unerträglich, im Gegenteil, nie sei die Bucht von Neapel gleich göttlich; und er schrieb von ›stillen Feengärten‹, als ob ihm die Poesie von selbst in die Feder geflossen wäre. Um auf die Erde und zur Prosa zurückzukehren: vielleicht fände ich es unpatriotisch von ihm, daß er einen deutschen Dampfer gewählt habe, aber auf keiner anderen Linie werde man für sein Geld so zuvorkommend behandelt und so ausgezeichnet verpflegt. Dann folgte eine Andeutung, daß noch wichtigere Gründe seine Wahl bestimmt hatten. Brief wie Telegramm kamen von Bremen, und ich schloß aus einigen Wendungen, daß sein Einfluß bei maßgebenden Persönlichkeiten eine wesentliche Herabsetzung des Fahrpreises bewirkt habe.

Meine Aufregung und Freude kann man sich vorstellen! Es gelang mir, meine Schulden in Ditton zu bezahlen, aus einem kleinen Zeitungsverleger einen sehr kleinen Scheck und aus meinem Schneider einen neuen Flanellanzug herauszupressen, und ich entsinne mich, daß ich meinen letzten Sovereign anbrach, um für Raffles eine Schachtel Sullivan für die Reise zu kaufen. Aber als mich an jenem Montagmorgen, dem schönsten Morgen eines häßlichen Sommers, der Sonderzug durch den Sonnenschein zum Meer trug, da war mein Herz so leicht wie meine Börse.

In Southampton erwartete uns ein Tender. Raffles war nicht an Bord, und ich hatte ihn auch gar nicht zu sehen gehofft, bevor wir an der Seite des großen Dampfers lagen, aber auch hier suchte ich vergebens nach ihm. Sein Gesicht war nicht unter der Menge, die an der Brüstung stand, seine Hand nicht unter den wenigen, die ankommenden Freunden ihre Grüße zuwinkten. Mit plötzlich schwerem Herzen stieg ich an Bord. Ich hatte weder ein Billett, noch Geld, um eins zu bezahlen, und wußte nicht einmal die Nummer seiner Koje. Mit klopfendem Herzen rief ich einen Steward und fragte ihn, ob ein Mr. Raffles an Bord sei. Dem Himmel sei Dank – er war da! Aber wo? Das wußte der Mann nicht, der offenbar anderes zu tun hatte, und ich mußte auf die Suche gehen. Auf dem Promenadedeck war keine Spur von ihm, auch nicht unten im Salon, und der Rauchsalon war leer, abgesehen von einem kleinen Deutschen mit einem roten Schnurrbart, der fast bis in Augenhöhe gezwirbelt war. Ebenso wenig war

Raffles in seiner eigenen Kabine, nach der ich mich verzweifelt durchgefragt hatte, wo mich jedoch sein Name auf den Gepäckstücken etwas beruhigte. Warum er sich aber so versteckt hielt, war mir unbegreiflich, ich konnte höchstens unheilverheißende Erklärungen finden.

»Da steckst du also? Ich habe dich im ganzen Schiff gesucht!«

Trotz des strengen Verbots hatte ich die Kommandobrücke als meine letzte Hoffnung erstiegen, und dort saß A. J. Raffles in der Tat auf einem Oberlicht und neigte sich über ein junges weißgekleidetes Mädchen auf einem Liegestuhl, ein schmächtiges Ding mit bleicher Hautfarbe, dunklem Haar und immerhin bemerkenswerten Augen. So viel hatte ich beobachtet, als er sich erhob und sich rasch umwandte, doch dann hatte ich nur noch Interesse für die flüchtige Grimasse, die dem Ausdruck gutgespielter Überraschung vorausging.

»Wie ... Bunny!« rief Raffles. »Wie kommst denn *du* hierhergeschneit?«

Dabei kniff er mich in die Hand, und ich stammelte etwas Unverständliches.

»Und du fährst mit in diesem Schiff? Am Ende sogar auch nach Neapel? Na, so etwas! Miss Werner, darf ich Ihnen meinen Freund vorstellen?«

Das tat er denn auch ohne zu erröten, indem er mich als einen alten Schulkameraden bezeichnete, den er seit Monaten nicht gesehen habe, und wobei er allerhand ganz willkürliche und unnötige Nebenumstände erfand, die mich verwirrten und gleichzeitig mit Argwohn und Ärger erfüllten. Ich fühlte, wie ich für uns beide errötete, aber es war mir egal. Meine gesellschaftliche Gewandtheit hatte mich vollständig verlassen, und ich bemühte mich auch gar nicht, sie wiederzufinden, um womöglich mitzuspielen. Nur dazu ließ ich mich herbei, einige Worte zu murmeln, die mir Raffles geradezu in den Mund legte, und auch das tat ich, ohne meine üble Laune zu verbergen.

»Also du hast meinen Namen in der Passagierliste gelesen, und hast nach mir gesucht? Du guter alter Bunny! Aber hör mal, ich wollte, du könntest meine Kabine teilen. Ich hab eine prachtvolle auf dem Promenadedeck, aber man konnte mir nicht versprechen, mich allein zu lassen, und wir wollen gleich das Nötige besorgen, daß sie keinen Fremden hineinlegen. Hier können wir sowieso nicht länger bleiben.«

Ein Steuermann war nämlich ans Rad getreten, und noch während wir sprachen, nahm ein Lotse die Kommandobrücke in Besitz. Als wir hinunterstiegen, fuhr der Tender mit flatternden Taschentüchern und unter lauten Abschiedsrufen ab, und als wir uns von Miss Werner verabschiedeten, kam ein langsames tiefes Stöhnen aus dem Maschinenraum und verkündete, daß unsere Reise begonnen hatte.

Es fing nicht gut an zwischen Raffles und mir. An Deck hatte er meine hartnäckige Verblüffung durch seine erzwungene, wenn auch bezwingende Lustigkeit übertönt; in der Kabine legte er jedoch die Glacéhandschuhe ab.

»Du Schafskopf«, knurrte er, »hast mich schon wieder verraten.«

»Wieso verraten?« entgegnete ich, die besondere Beleidigung in diesem ›schon wieder‹ überhörend.

»Wie? Ich sollte denken, jeder Dummkopf hätte gemerkt, daß unser Zusammentreffen rein zufällig sein sollte.«

»Nachdem du selbst beide Billetts genommen hattest?«

»Davon wußte an Bord niemand etwas. Außerdem hatte ich mich auch noch nicht dazu entschlossen, als ich sie nahm.«

»Dann hättest du mich benachrichtigen sollen, sowie du deinen Entschluß gefaßt hattest. Du machst deine Pläne, sagst kein Wort darüber, und dann verlangst du, daß ich mich ihnen instinktiv anpassen soll. Ich konnte doch nicht riechen, daß du irgend etwas im Schilde führst.«

Damit hatte ich den Spieß ziemlich wirkungsvoll umgedreht, und Raffles ließ beinahe den Kopf hängen.

»Ja, siehst du, Bunny, ich wollte es dich eigentlich nicht wissen lassen. Du – du bist auf deine alten Tage so ein frommer Hase geworden.«

Mein Spitzname und sein Ton besänftigten mich einigermaßen, aber ich hatte ihm noch einiges vorzuwerfen.

»Wenn du dich scheutest, mir zu schreiben«, fuhr ich fort, »so hättest du mir einen Wink geben sollen, sowie ich das Schiff betrat. Ich hätte ihn sofort verstanden. Ich bin gar nicht so tugendhaft.«

War es Einbildung oder sah Raffles wirklich etwas beschämt aus? Wenn ich mich nicht täuschte, so war es jedenfalls das erste und letzte Mal während all der Jahre unserer Bekanntschaft, und beschwören kann ich es auch jetzt noch nicht.

»Genau das hatte ich ja vor«, sagte er. »Ich wollte in meiner Koje warten, bis du vorbeikamst, aber ...«

»Du warst durch etwas Besseres in Anspruch genommen.«

»Sag lieber durch etwas anderes.«

»Die reizende Miss Werner?«

»Sie ist wirklich reizend.«

»Das sind die meisten jungen Australierinnen.«

»Woher weißt du denn, daß sie Australierin ist?«

»Ich habe sie sprechen hören.«

»Wie ungezogen!« entgegnete Raffles lachend. »Sie spricht nicht mehr durch die Nase als du. Ihre Familie ist nämlich deutsch. Miss Werner ist in einer Dresdener Schule gewesen und reist jetzt allein nach Hause.«

»Geld?« fragte ich.

»Geh zum Kuckuck!« erwiderte er, und obgleich er lachte, hatte ich den Eindruck, daß es ratsam sei, das Thema zu wechseln.

»Gut«, sagte ich, »also für Miss Werner haben wir nicht die Fremden gespielt. Du hast etwas Besseres vor, nicht wahr?«

»Das könnte wohl sein.«

»Willst du mir nicht lieber sagen, worum es sich handelt?«

Raffles musterte mich wieder mit der alten Vorsicht, die ich so gut kannte. Daß ich noch immer so vertraut damit war! Ich mußte lächeln, und dieses Lächeln hätte ihn beruhigen können, denn mir dämmerte schon, worum es sich handeln könne.

»Wirst du dich nicht am Ende mit dem Lotsenboot davon machen, Bunny?«

»Kein Gedanke.«

»Also – erinnerst du dich an die Perle, worüber du so schöne Verse . . .«

»Du hast sie!« fiel ich ihm ins Wort, und im Spiegel sah ich, daß mein Gesicht glühte. Raffles schien überrascht.

»Noch nicht«, antwortete er, »aber ich denke, ich bekomme sie, noch bevor wir Neapel erreichen.«

»Ist sie an Bord?«

»Ja.«

»Aber wie – wo – wer hat sie?«

»Ein kleiner deutscher Offizier, ein Knirps mit einem senkrecht hochgezwirbelten Schnurrbart.«

»Den habe ich im Rauchsalon gesehen.«

»Ja, das ist er; dort haust er den ganzen Tag. Hauptmann Wilhelm von Heumann, wenn du in der Liste nachsehen willst. Er ist der Sonderbeauftragte des Kaisers und überbringt die Perle.«

»Hast du das in Bremen ermittelt?«

»Nein, ich hab's in Berlin von einem Zeitungsmenschen erfahren, den ich dort kenne. Ich schäme mich, zu gestehen, Bunny, daß ich deswegen dorthin gereist bin.«

»Deshalb brauchst du dich nicht zu schämen«, erwiderte ich lachend. »Genau das habe ich schon neulich bei unserer Ruderpartie erwartet und gewünscht.«

»Gewünscht?« rief Raffles mit weit geöffneten Augen, und in der Tat war jetzt er an der Reihe, überrascht zu sein, während ich mich von Rechts wegen hätte schämen sollen.

»Ja«, antwortete ich, »ich war ganz versessen auf diesen Plan, aber ich hatte nicht die Absicht, es vorzuschlagen.«

»Und doch hättest du mir neulich zugehört?«

Gewiß hätte ich das, und ich gestand es auch rückhaltlos ein, aber selbstverständlich nicht schamlos und auch nicht mit dem Wohlbehagen eines Menschen, dem so ein Abenteuer an sich Spaß macht, sondern unwirsch, trotzig, verbissen, wie jemand, der versucht hat, ehrlich zu leben, und dem es nicht gelungen ist. Da ich einmal dabei war, sagte ich ihm auch noch mehr und schilderte ihm beredt meinen hoffnungslosen Kampf und meine unvermeidliche Niederlage, denn ersterer war hoffnungslos und letztere unvermeidlich für einen Menschen mit meiner Vergangenheit, obgleich die Chronik dieser Vergangenheit nur in meiner eigenen Seele geschrieben stand. Es war die alte, alte Geschichte des Diebes, der versucht, ein ehrlicher Mensch zu werden; es geht gegen die Natur, und damit ist alles gesagt.

Raffles war durchaus nicht mit mir einverstanden. Er schüttelte den Kopf über meine altmodischen Anschauungen. Die menschliche Natur sei ein Schachbrett, man müsse sich mit der Abwechslung zwischen schwarzen und weißen Feldern abfinden und dürfe nicht verlangen, sich entweder nur auf schwarzen, oder nur auf weißen zu bewegen, wie unsere Voreltern auf der Bühne oder in altmodischen Romanen. Ihm seinerseits gefalle es auf allen Feldern des Brettes gleich gut, aber der Schatten der schwarzen lasse die Helligkeit der weißen nur noch mehr hervortreten. Meinen Schluß hielt er für abgeschmackt.

»Aber du bist bei deinem Irrtum in guter Gesellschaft, Bunny, denn alle billigen Moralisten predigen denselben Unsinn, und der alte Virgil war der erste und schlimmste Sünder von euch allen. Ich wette darauf, daß ich jeden Tag, wo es mir gefällt, aus dem Avernus emporsteigen kann, und früher oder später werde ich das auch tun. In eine Gesellschaft mit beschränkter Haftung werde ich mich zwar nicht verwandeln können, aber ich kann mich zurückziehen, solide werden und ehrlich leben bis an mein seliges Ende. Ich weiß nicht, ob das nicht schon mit dieser Perle allein ausführbar wäre.«

»Dann hältst du sie nicht mehr für zu auffällig, um sie zu verkaufen?«

»Wir könnten eine Perlenfischerei pachten und sie mit anderer geringwertiger Ware *finden*. Das müßte nach monatelangem erfolglosem Fischen geschehen, gerade wenn wir schon im Begriff wären, das Geschäft als hoffnungslos aufzugeben und unseren

Schoner wieder zu verkaufen. Bei Jupiter, das wird Lärm im Stillen Ozean machen!«

»Nun, jedenfalls müssen wir sie erst haben. Ist dieser Herr von Soundso ein gefährlicher Kunde?«

»Gefährlicher, als er aussieht, und frech wie der Satan.« Noch während er sprach, flatterte ein weißes Damenkleid an der offenen Kabinentür vorbei, gefolgt von einem aufgezwirbelten Schnurrbart.

»Ist das der Mensch, mit dem wir es zu tun haben? Hat der die Perle nicht dem Zahlmeister zur Aufbewahrung übergeben?«

Raffles stand an der Tür und schaute mit gerunzelter Stirn über das Meer hinaus, wandte sich aber einen Augenblick, die Nase rümpfend, nach mir um.

»Nein, lieber Freund, denkst du etwa, die ganze Schiffsgesellschaft weiß, daß so eine Perle an Bord ist? Du behauptetest, sie sei hunderttausend Pfund wert; in Berlin hält man sie für unbezahlbar. Ich bezweifle sogar, ob der Kapitän weiß, daß von Heumann sie hat.«

»Ja, hat er sie denn auch wirklich?«

»Er muß.«

»Also haben wir es nur mit ihm zu tun?«

Seine Antwort bestand in einer stummen Gebärde, denn wieder flatterte etwas Weißes vorbei. Raffles trat hinaus und ging als dritter Spaziergänger mit.

II

Ein schöneres Dampfboot als die ›Uhlan‹ des Norddeutschen Lloyd, einen liebenswürdigeren Herrn als ihren damaligen Kapitän, und bessere Reisegefährten als seine Offiziere kann man nicht verlangen. Das wenigstens sei mir erlaubt zuzugeben. Im übrigen war mir diese Reise widerwärtig, aber daran war niemand schuld, der etwas mit dem Schiff zu tun hatte, ebenso wenig das Wetter, das fast einförmig ideal war. Selbst in meinem Herzen war der Grund nicht zu suchen, denn die Ehe zwischen meinem Gewissen und mir war längst getrennt, und dieser Urteilsspruch war unwiderruflich. Mit meinen Bedenklichkeiten war auch alle Furcht geflohen, und ich war vollkommen bereit, mit derselben leichtherzigen Hingabe den strahlenden Himmel und die leuchtende See zu genießen wie Raffles. Es war Raffles, der mir die Freude an der Reise verdarb, aber nicht er allein; Raffles und die Hexe aus den Kolonien, die vom Internat nach Hause zurückkehrte, die beiden waren es.

Was er an ihr fand – allein das ist eine müßige Frage. Natürlich fand er nicht mehr an ihr als ich, aber sei es nun, daß er mich ärgern oder für meine lange Treulosigkeit strafen wollte; genug, er ließ mich von Southampton bis ins Mittelmeer links liegen, um sich diesem Backfisch zu widmen. Ständig waren sie zusammen, es war wirklich absurd. Schon beim Frühstück fing es an, und bis elf oder zwölf Uhr nachts gab es nicht eine Stunde, wo man nicht Miss Werners näselndes Lachen und Raffles' leise Stimme hörte, womit er ihr allerhand Unsinn ins Ohr schwatzte. Unsinn war es selbstverständlich; denn soll man glauben, daß ein Mann wie Raffles, mit seiner Weltkenntnis und seinen Erfahrungen über die Frauen (eine Seite seines Wesens, die ich absichtlich unberührt gelassen habe, da sie einen besonderen Band verdient), soll man glauben, frage ich, daß so ein Mann tagelang etwas anderes als Unsinn mit einem grünen Schulmädchen schwatzen konnte? Daß die junge Dame in mancher Hinsicht anziehend war, habe ich, wie ich glaube, schon zugegeben. Ihre Augen mögen wirklich schön gewesen sein, und die Form ihres kleinen braunen Gesichtchens war ganz reizend, soweit bloße Umrisse reizend sein können. Allein ihr Auftreten war freier, als mir gefiel, und dabei war sie von einer beneidenswerten Gesundheit und voll Feuer und Lebenslust. Vielleicht habe ich keine Gelegenheit, Äußerungen der jungen Dame aufzuzeichnen (sie würden das auch kaum vertragen), und deshalb bestrebe ich mich um so mehr, nicht ungerecht gegen sie zu sein. Daß ich ein Vorurteil gegen sie hatte, gebe ich zu. Ich ärgerte mich über ihren Erfolg bei Raffles, von dem ich von Tag zu Tag weniger zu sehen bekam. Das eingestehen zu müssen, ist freilich peinlich, aber was in mir nagte, sah der Eifersucht verdammt ähnlich.

Auch noch anderswo herrschte Eifersucht – nackte, ungezügelte, würdelose Eifersucht. Hauptmann von Heumann drehte seinen Schnurrbart wie die Zwillingstürme des Kölner Doms empor, zerrte an seinen weißen Manschetten und starrte mich unverschämt durch sein randloses Monokel an. Eigentlich hätten wir einander trösten sollen, aber wir sprachen keine Silbe zusammen.

Der Hauptmann hatte eine mörderische Narbe auf einer Wange, eine Heidelberger Erinnerung, und ich mußte immer denken, welche Genugtuung es für ihn gewesen wäre, wenn er Raffles etwas ähnliches hätte verpassen können. Nicht als ob Herr von Heumann nicht auch dann und wann seine Chance bei der jungen Dame gehabt hätte. Raffles ließ ihm mehrmals täglich den Vortritt, um nachher das boshafte Vergnügen zu haben, ihn verabschieden zu lassen, gerade wenn er anfing, ›warm zu werden‹. Das waren Raffles' Worte, als ich ihm heuchlerische Vorwürfe über sein anstößiges Betragen gegen einen deutschen Offizier auf einem deutschen Schiff machte.

»Du wirst unbeliebt an Bord werden.«

»Nur bei Herrn von Heumann.«

»Aber ist das klug, wenn er der Mann ist, den wir einwickeln müssen?«

»Das klügste, was ich jemals getan habe. Mich mit ihm anzufreunden, wäre das dümmste – das gewöhnliche Verfahren.«

Das tröstete und ermutigte mich. Ich war fast zufrieden. Ich hatte gefürchtet, daß Raffles die Hauptsache vernachlässige, und ich konnte mich nicht enthalten, ihm das zu sagen. Schon waren wir nahe bei Gibraltar, und seit wir den Solent verlassen hatten, war kein Wort mehr über seine Lippen gekommen.

»Zeit in Hülle und Fülle, Bunny«, sagte er, lächelnd den Kopf schüttelnd. »Ehe wir Genua erreichen, können wir nichts tun, und dort werden wir erst Sonntagabend eintreffen. Die Reise ist noch jung, wir auch, also laß uns genießen, solange wir können.«

Während dieser Unterredung, die nach dem Diner auf dem Promenadedeck stattfand, sah sich Raffles aufmerksam um, um mich im nächsten Moment mit einer verheißungsvollen Entschiedenheit zu verlassen. Ich zog mich in den Rauchsalon zurück, um in einer Ecke zu rauchen, zu lesen und von Heumann zu beobachten, der sehr bald erschien, sich verdrießlich in eine andere setzte und Bier trank.

Im Hochsommer hat das Rote Meer wenig Verlockendes für Reisende, so daß die ›Uhlan‹ sehr schwach besetzt war; allein auf dem Promenadedeck lagen nur wenige Kabinen, und das konnte meinen Wunsch, Raffles' Kabine zu teilen, glaubhaft erscheinen lassen. Unten hätte ich eine für mich allein bekommen können, aber ich mußte oben sein. Raffles hatte darauf bestanden. Auf diese Weise kamen wir zusammen, ohne Verdacht zu erregen, wie ich glaube, aber auch ohne für mich erkennbaren Zweck.

Am Sonntagnachmittag lag ich schlafend in meiner Koje, der unteren, als Raffles, der in Hemdsärmeln auf dem Sofa saß, die Vorhänge schüttelte.

»Grollt Achilles in seinem Zelt?«

»Was soll ich denn sonst tun?« fragte ich gähnend und mich streckend, aber ich bemerkte die gute Laune in seinem Ton und bemühte mich, sie zu fördern.

»Ich habe etwas anderes zu tun gefunden.«

»Das kann man wohl sagen.«

»Du mißverstehst mich. Der Knirps macht heut nachmittag seine große Eroberung. Ich hatte andere Fische zu braten.«

Als er das sagte, schwang ich meine Beine über die Bettkante und richtete mich erwartungsvoll auf. Die innere Tür, eine Gittertür, war geschlossen, verriegelt und mit einem Vorhang bedeckt, wie das kleine Fenster.

»Vor Sonnenuntergang werden wir Genua erreichen«, fuhr Raffles fort, »und das ist der Ort, wo die Tat ausgeführt werden soll.«

»Also hast du noch immer die Absicht?«

»Habe ich jemals gesagt, ich hätte sie aufgegeben?«

»Du hast überhaupt nicht viel gesagt, weder so noch so.«

»Mit Absicht, mein guter Bunny. Warum soll ich mir eine Vergnügungsreise durch unnötige Gespräche über Geschäfte verderben? Aber jetzt ist die Zeit gekommen. In Genua muß es passieren, oder gar nicht.«

»An Land?«

»Nein, an Bord, und zwar morgen nacht. Heute nacht ginge es auch, aber morgen ist besser, falls etwas schiefgeht. Wenn wir gezwungen würden, Gewalt zu brauchen, könnten wir mit dem ersten Zug verduften, und an Bord würde man erst Lunte riechen, wenn das Schiff wieder unterwegs wäre und H. tot oder betäubt aufgefunden würde.«

»Doch nicht tot!« rief ich aus.

»Selbstverständlich nicht«, stimmte Raffles zu, »dann müßten wir auch nicht ausreißen. Aber wenn überhaupt, dann Dienstagmorgen, wenn das Schiff abgehen muß, egal was passiert. Gewalt ist das Eingeständnis einer schrecklichen Unfähigkeit. Wie oft habe ich, deines Wissens, in allen diesen Jahren zugeschlagen? Nicht ein einziges Mal, glaube ich, aber trotzdem war ich immer vollkommen darauf gefaßt, mein Opfer umzubringen, wenn es zum Schlimmsten gekommen wäre.«

Ich fragte ihn, wie er unbemerkt in Heumanns Kabine zu gelangen gedenke, und selbst in dem gedämpften Licht der unseren konnte ich sehen, wie sein Gesicht aufleuchtete.

»Klettere in mein Bett, Bunny; dann wirst du es sehen.«

Das tat ich, konnte aber nichts entdecken. Raffles reichte über mich hinweg und klopfte an den Ventilator, eine Art Falltür in der Wand über dem Bett, etwa achtzehn Zoll lang und halb so hoch. Er öffnete sich nach außen in den Ventilationsschacht.

»Das ist unsere Tür zum Reichtum«, sagte er. »Öffne sie, wenn du willst; viel wirst du nicht sehen, denn sie dreht sich nicht weit genug, aber, wenn wir sie abschrauben geht es. Der Schacht ist, wie du bemerken wirst, mehr oder weniger bodenlos. Du gehst auf dem Wege zum Bad darunter hinweg, und oben ist er durch ein Oberlicht auf der Brücke geschlossen. Deshalb müssen wir die Sache während unseres Aufenthaltes in Genua ausführen, weil im Hafen keine Wache auf der Kommandobrücke steht. Der gegenüberliegende Ventilator ist der von H.s Kabine. Auch da muß man nur ein paar Schrauben lösen, aber man kann dabei auf einem Balken stehen.«

»Wenn nun aber gerade jemand von unten in die Höhe blickt?«

»Daß unten jemand auf den Beinen sein sollte, ist äußerst unwahrscheinlich, so unwahrscheinlich, daß wir es darauf ankommen lassen können. – Nein, du darfst nicht da unten Posten stehen, um es zu verhindern. Die Hauptsache ist, daß keiner von uns beiden wieder draußen gesehen wird, nachdem wir uns für die Nacht zurückgezogen haben. Ein paar Schiffsjungen halten auf diesem Deck Wache, und die sollen unsere Zeugen sein; bei Jupiter, das wird das größte Rätsel, das es je gegeben hat.«

»Wenn von Heumann keinen Widerstand leistet.«

»Widerstand! Dazu wird er gar keine Gelegenheit haben. Er trinkt soviel Bier, daß er jedenfalls sehr fest schläft, und nichts ist leichter, als einen Menschen im Tiefschlaf zu chloroformieren; du hast es ja selbst bei einer Veranlassung getan. Von Heumann wird fast in demselben Augenblick das Bewußtsein verlieren, wo ich meine Hand durch den Ventilator stecke. Ich werde über seinen Leib kriechen, Bunny.«

»Und ich?«

»Du reichst mir, was ich brauche, verteidigst die Festung im Falle eines Unfalls und leihst mir die moralische Unterstützung, woran du mich gewöhnt hast. Sie ist zwar ein Luxus, Bunny, aber es war verteufelt schwierig, ohne sie auszukommen, als du fromm geworden warst.«

Von Heumann, sagte er, werde jedenfalls bei verriegelter Tür schlafen, die er – Raffles – natürlich unverriegelt zurücklassen müsse, und er sprach auch noch von anderen Mitteln, die er beim Durchsuchen der Kabine anwenden wolle, um die Leute auf eine falsche Spur zu bringen. Nicht daß Raffles mit einer langwierigen Suche gerechnet hätte. Von Heumann trug die Perle auf dem Leib und Raffles wußte sogar ganz genau, wo und worin er sie verborgen hatte. Natürlich fragte ich ihn, woher er das wüßte, und seine Antwort führte zu einer kleinen Mißhelligkeit.

»Das ist eine sehr alte Geschichte, Bunny. In welchem Buch sie vorkommt, habe ich vergessen, ich weiß nur, daß sie im Alten Testament steht. Simson war der unglückliche Held und eine gewisse Delila die Heldin.«

Dabei sah er mich so bedeutungsvoll an, daß ich über seine Meinung auch nicht einen Augenblick im Zweifel sein konnte.

»Also hat die schöne Australierin die Delila gespielt?« sagte ich.

»Auf eine sehr harmlose und unschuldige Art.«

»Sie hat ihm das Geheimnis seiner Sendung abgelockt?«

»Ja, ich habe ihn gezwungen, sich aller Mittel zu bedienen, worüber er verfügte, um einen Eindruck auf die junge Dame zu machen, und dies war sein letzter großer Coup, ganz wie ich gehofft hatte. Er hat Amy die Perle sogar gezeigt.«

»Also Amy! Und sie hat es dir prompt erzählt?«

»Keineswegs! Wie kommst du auf den Gedanken? Es hat mich die größte Mühe gekostet, es herauszubringen.«

Sein Ton hätte mich warnen sollen, allein ich hatte nicht Takt genug, darauf zu achten. Nun sah ich endlich, was hinter seiner wütenden Flirterei steckte. Ich schüttelte den Kopf und drohte ihm mit dem Finger – blind für seine gerunzelte Stirn, durch das Licht, das mir aufgegangen war.

»Schlaukopf!« sagte ich. »Jetzt durchschaue ich alles! Wie dumm bin ich gewesen!«

»Bist du sicher, daß du es nicht mehr bist?«

»Nein, jetzt sehe ich, was mir die ganze Woche so ein Rätsel war. Was du an der kleinen Person finden konntest, war mir einfach unbegreiflich, und ich dachte nicht im Traum daran, daß dieser Flirt zum Plan gehört.«

»Also das glaubst du und weiter nichts?«

»O du Pfiffikus! Natürlich glaube ich das!«

»Du wußtest nicht, daß sie die Tochter eines reichen Schafzüchters ist?«

»Es gibt Dutzende von reichen Frauen, die dich morgen vom Fleck weg heiraten würden.«

»Und kommt es dir gar nicht in den Sinn, daß ich einen Strich unter mein bisheriges Leben machen, ein neues, reines Dasein beginnen und bis an mein Ende glücklich leben möchte – im Busch?«

»Mit der näselnden Stimme im Ohr? – Ganz gewiß nicht!«

»Bunny!« rief er so wütend, daß ich mich auf einen Schlag gefaßt machte, aber es kam nichts weiter.

»Glaubst du, daß du glücklich werden könntest?« war ich zu fragen kühn genug.

»Das weiß Gott!« antwortete er, und damit verließ er mich, während ich zurückblieb und Zeit hatte, über seinen Blick, seinen Ton und mehr als je über die unzulängliche Ursache dieser Aufregung nachzudenken.

III

Von allen verbrecherischen Taten, die ich Raffles habe ausführen sehen, war diejenige, welche er am Dienstag zwischen ein und zwei Uhr morgens an Bord des Norddeutschen Lloyddampfers ›Uhlan‹ vollbrachte, während dieser im Hafen von Genua vor Anker lag, gleichzeitig die feinste und schwerste.

Nichts kam dazwischen. An alles war im voraus gedacht worden und alles verlief so, wie er mir versichert hatte, daß es verlaufen müsse. Unten war niemand im Weg, auf Deck hielten sich nur die Schiffsjungen auf, und auf der Kommandobrücke war kein Mensch. Es war fünfundzwanzig Minuten nach eins, als Raffles splitterfasernackt ein mit Watte verstopftes Glasfläschchen zwischen den Zähnen und einen kleinen Schraubenzieher hinter dem Ohr mit den Füßen voran durch den Ventilator über sein Bett kletterte, und es war neunzehn Minuten vor zwei, als er zurückkehrte. Der Kopf erschien zuerst, das Glasfläschchen hielt er noch zwischen den Zähnen, aber die Watte war jetzt fest eingedrückt, um das Klappern der Perle zu verhindern, die wie eine große graue Bohne darin lag. Er hatte Schrauben ausgezogen und wieder eingedreht, er hatte von Heumanns Ventilator losgemacht und wieder so befestigt, wie er ihn gefunden hatte und wie er den seinen sofort ebenfalls wieder befestigte. Zu Heumanns Betäubung hatte es genügt, ihm die getränkte Watte zunächst auf den Schnurrbart zu legen und dann zwischen die geöffneten Lippen zu drücken, dann war ihm der Eindringling zweimal über die Beine gestiegen, ohne dem Bewußtlosen einen Ton zu entlocken.

Nun hatten wir den Preis – eine Perle so groß wie eine Haselnuß mit einem blassen rosa Schimmer, wie der Fingernagel einer Dame, ein Beutestück aus den Zeiten der Freibeuter; jetzt das Geschenk eines europäischen Kaisers an einen Südseehäuptling. Als alles wieder in Ordnung war, schwelgten wir in ihrer Schönheit und feierten sie mit Whisky und Soda, was wir uns für diese große Stunde vorher besorgt hatten. Aber der Augenblick war größer, reicher an Triumph, als wir uns in unseren ausschweifendsten Träumen vorgestellt hatten. Alles, was wir jetzt noch zu tun hatten, war, das Kleinod zu verbergen (Raffles hatte es aus der Fassung gebrochen und diese an Ort und Stelle zurückgelassen), so daß wir die sorgfältigste Durchsuchung nicht zu fürchten brauchten und es doch in Neapel mit an Land nehmen konnten; und damit war Raffles beschäftigt, als ich mich zu Bett legte. Ich hätte am liebsten sofort noch in Genua das Schiff verlassen, um mit der Beute zu entfliehen, aber Raffles wollte davon nichts hören und wußte eine Menge triftiger Gründe für seine Weigerung vorzubringen.

Im ganzen glaube ich nicht, daß etwas entdeckt oder geargwöhnt wurde, bevor wir die Anker lichteten, aber ich bin nicht sicher. Daß ein Mensch, der im Schlaf chloroformiert worden war, hinterher keine verräterische Nachwirkung gespürt oder keinen verdächtigen Geruch wahrgenommen haben sollte, ist schwer zu glauben. Aber trotzdem erschien von Heumann mit der Mütze über den Augen und hochgezwirbeltem Schnurrbart, als ob ihm nichts zugestoßen sei. Um zehn Uhr waren wir in Genua fertig, der letzte italienische Zollbeamte hatte unser Deck verlassen. Der letzte Obstverkäufer war mit Eimern voll Wasser vertrieben worden und ruderte fluchend in seinem Boot davon, und der letzte Reisende war an Bord gekommen, ein umständlicher Graubart, der das große Schiff warten ließ, während er mit seinem Bootsmann um eine halbe Lira feilschte. Aber endlich setzten wir uns in Bewegung, der Schleppdampfer wurde entlassen, und wir passierten den Leuchtturm, während Raffles und ich unser Spiegelbild in dem blaugrünen, flüssigen, geäderten Marmor betrachteten, der die Seiten des Schiffes wieder bespülte.

Herr von Heumann war wieder bei Miss Werner an der Reihe, denn es gehörte zu unserem Plan, daß er den ganzen Tag bei ihr bleiben sollte, damit die unvermeidliche Stunde soweit wie möglich hinausgeschoben würde, und obgleich die junge Dame gelangweilt aussah und unaufhörlich zu uns hinschielte, schien der deutsche Offizier doch gewillt, seine Gelegenheit gründlich auszunützen. Aber Raffles war verstimmt und beunruhigt, so daß er gar nicht das Aussehen eines Mannes hatte, dem eben ein großartiges Unternehmen geglückt ist, und ich konnte mir das nur dadurch erklären, daß ich annahm, die bevorstehende Trennung in Neapel bedrücke sein Gemüt. Sprechen wollte er nicht mit mir, aber ebensowenig mich gehen lassen.

»Bleib, wo du bist, Bunny. Ich muß dir etwas sagen. Kannst du schwimmen?«

»Ein wenig.«

»Zehn Meilen?«

»Zehn?« antwortete ich, laut auflachend. »Noch nicht eine. Aber warum fragst du?«

»Wir werden während des größten Teils des Tages nicht weiter als zehn Meilen von der Küste sein.«

»Was in aller Welt willst du denn damit sagen?«

»O nichts, aber ich werde es mit dem Schwimmen versuchen, wenn es zum Schlimmsten kommt. Unter Wasser kannst du wohl gar nicht schwimmen?«

Diese Frage ließ ich unbeantwortet; ich hörte sie kaum, aber kalter Schweiß brach mir aus allen Poren.

»Warum soll es denn zum Schlimmsten kommen?« flüsterte ich. »Wir sind doch nicht ertappt, wie?«

»Nein!«

»Warum tust du dann so?«

»Weil wir vielleicht ertappt werden; ein alter Feind von uns ist an Bord.«

»Ein alter Feind?«

»Mackenzie.«

»Was?«

»Der Mann mit dem Bart, der zuletzt an Bord kam.«

»Bist du sicher?«

»Vollkommen sicher! Es war mir unbegreiflich, daß du ihn nicht auch erkanntest.«

Jetzt mußte ich mir sagen, daß mir die Haltung des alten Herrn einigermaßen bekannt und etwas zu jugendlich für sein scheinbares Alter vorgekommen war, und als ich mir seinen Bart im Licht dieser fürchterlichen Enthüllung wieder vorstellte, erschien er mir unecht. Ich sah mich auf dem Verdeck um, aber der alte Mann war nicht zu sehen.

»Das ist ja gerade das Schlimmste«, sagte Raffles. »Ich sah ihn schon vor zwanzig Minuten in die Kajüte des Kapitäns gehen.«

»Aber was mag ihn hierhergeführt haben?« rief ich kläglich. »Könnte es nicht ein zufälliges Zusammentreffen sein – daß er hinter andern her wäre?«

»Diesmal schwerlich«, antwortete Raffles kopfschüttelnd.

»Du glaubst also, daß er hinter dir her ist?«

»Das fürchte ich schon seit ein paar Wochen.«

»Und doch stehst du hier?«

»Was soll ich denn tun? Schwimmen möchte ich nicht eher, als bis es unbedingt nötig ist, aber ich fange an, zu wünschen, ich hätte deinen Rat befolgt, Bunny, und das Schiff in Genua verlassen, obgleich ich nicht im geringsten bezweifelte, daß der Fuchs Hafen und Bahnhof bis zum letzten Augenblick scharf bewacht hat. Das ist auch der Grund, weshalb er das Schiff nur mit knapper Not noch erreichte.«

Dabei nahm er sich eine Zigarette und bot mir die Dose an, aber ich schüttelte ärgerlich den Kopf.

»Ich verstehe es noch immer nicht«, sagte ich. »Warum sollte er hinter dir her sein? Wegen eines Kleinods, das, soweit er wußte, vollkommen in Sicherheit war, kann er doch diese weite Reise nicht gemacht haben. Was für eine Theorie hast du?«

»Er ist mir schon seit längerer Zeit auf der Spur, wahrscheinlich seit ihm im vorigen November Freund Crawshay durch die Finger geschlüpft ist. Und es gab noch mehr Anzeichen. Ich bin wirklich nicht überrascht. Vielleicht hat er auch nur einen Verdacht. *Soll* er mir doch irgendetwas beweisen und *soll* er die Perle finden! Meine Theorie, Bunny? Ich weiß so genau, wie er hierhergekommen ist, als ob ich selbst in dieser schottischen Haut steckte, und ich weiß auch, was er als nächstes tun wird. Er hat ermittelt, daß ich ins Ausland gereist war, und hat nach einem Motiv gesucht. Dann hat er etwas von Herrn von Heumann und seiner Mission gehört, und da hatte er das Motiv fix und fertig. Tolle Chance, mich bei einem ganz neuen Geschäft zu erwischen. Aber es wird ihm nicht gelingen, Bunny, er wird das ganze Schiff und uns alle durchsuchen, wenn der Verlust bekannt wird, aber er wird nichts finden. Da winkt der Kapitän den Knirps in seine Kajüte; jetzt wird gleich die Butter im Feuer liegen.«

Aber es gab keine Aufregung, keine Unruhe, keine Durchsuchung der Reisenden; kein Flüstern über das, was vorgefallen war, ging von Mund zu Mund. Statt allgemeiner Erregung herrschte ein schwüler Friede, und ich sah deutlich, daß Raffles durch diese Nichterfüllung seiner Voraussage im höchsten Grade beunruhigt war. In dem Schweigen nach einem solchen Verlust lag etwas Unheimliches, Drohendes, und dieses Schweigen dauerte stundenlang, während Mackenzie nicht wieder zum Vorschein kam. Aber zur Frühstückszeit hatte er sein Versteck verlassen – er war in unserer Kabine gewesen! Ich hatte mein Buch auf Raffles' Bett liegen lassen, und als ich es mir nach dem Frühstück holte, berührte ich die Decke. Sie war warm, als ob vor kurzem Fleisch und Blut darauf geruht hätten. Instinktiv sprang ich zu dem Ventilator, öffnete ihn und sah, daß der gegenüberliegende rasch zugeklappt wurde.

»Alles in Ordnung«, sagte Raffles, dem ich aufgelauert hatte. »Soll er die Perle finden, wenn er kann.«

»Hast du sie über Bord geworfen?«

»Das ist eine Frage, die zu beantworten ich mich nicht herablassen werde.«

Bei diesen Worten drehte er sich auf dem Absatz um, und später sah ich wiederholt, wie er seinen letzten Nachmittag mit der unvermeidlichen Miss Werner nach Kräften auszunutzen bemüht war. Ich entsinne mich, daß sie zugleich kühl und hübsch aussah in ihrem einfachen braunen Kattunkleid, das ihren Teint hervorhob und sehr geschmackvoll rot gemustert war. An diesem Nachmittag bewunderte ich sie wirklich, denn ihre Augen waren in der Tat schön, ebenso ihre weißen Zähne, und trotz meiner Bewunderung verwünschte ich sie mehr als jemals. Wieder und wieder ging ich an ihnen vorbei, weil ich Raffles sagen wollte, ich wisse, daß Gefahr im Anzuge sei, aber er schenkte mir keinen Blick, so daß ich es schließlich aufgab. Erst in der Kajüte des Kapitäns sah ich ihn wieder.

Ihn hatten sie zuerst dorthin gerufen. Lächelnd war er dem Ruf gefolgt und lächelnd fand ich ihn, als auch ich geholt wurde. Die Kajüte war geräumig, wie sich das für eine Kapitänskajüte schickt. Mackenzie saß auf dem Sofa, sein falscher Bart lag vor ihm auf dem glänzend polierten Mahagonitisch, aber der Kapitän hatte einen Revolver vor sich liegen, und als ich eintrat, schloß der erste Offizier, der mich gerufen hatte, die Tür und stellte sich mit dem Rücken dagegen. Der schnurrbartzwirbelnde Herr von Heumann machte die Gesellschaft vollständig.

Raffles begrüßte mich.

»Der Spaß ist wirklich zu gut!« rief er. »Du entsinnst dich doch der Perle, von der du so begeisert warst, Bunny, des Geschenks des Kaisers, der Perle, für die kein Preis hoch genug ist? Sie wurde offenbar unserem kleinen Freund hier anvertraut. Er sollte sie dem Empfänger bringen, und der arme kleine Kerl hat sie verloren. Wir sind Engländer, *ergo* haben wir sie genommen.«

»Aber ich weiß, daß Sie sie haben«, warf Mackenzie ein, seinem Barte zunickend.

»Diese loyale und patriotische Stimme wirst du wohl kennen«, sagte Raffles. »Mann, das ist unser alter Freund Mackenzie von Scotland Yard«, schloß er, Mackenzies Sprechweise ausgezeichnet nachahmend.

»Genug!« rief der Kapitän mit ziemlich sächsischem Akzent. »Wollen Sie sich freiwillig einer Durchsuchung unterwerfen, oder soll ich Gewalt anwenden?«

»Tun Sie, was Ihnen beliebt«, erwiderte Raffles, »aber es wird Ihnen nichts schaden, wenn Sie uns zunächst reden lassen. Sie klagen uns an, wir wären heute in den ersten Morgenstunden in Hauptmann von Heumanns Kabine eingebrochen und hätten diese verwünschte Perle daraus entwendet. Ich kann Ihnen aber beweisen, daß ich die ganze Nacht in meiner Koje gewesen bin, und ich zweifle nicht daran, daß mein Freund das ebenfalls beweisen kann.«

»Ganz entschieden kann ich das«, antwortete ich entrüstet. »Das können die Schiffsjungen bezeugen!«

Mackenzie lachte und betrachtete kopfschüttelnd sein Spiegelbild in der glänzenden Mahagonitischplatte.

»Sehr fein ausgedacht«, sagte er, »und es hätte Ihnen wahrscheinlich durchgeholfen, wenn ich nicht an Bord gekommen wäre. Aber ich habe mir eben die Ventilatoren etwas näher angesehen, und ich ahne, wie Sie die Sache angestellt haben. Jedenfalls, Herr Kapitän, kommt gar nichts darauf an, und ich will diesen Bürschchen rasch ein paar Armbänder anlegen ...«

»Mit welchem Recht?« rief Raffles laut und bestimmt, und nie habe ich sein Gesicht in solchem Feuer gesehen. »Durchsuchen Sie uns, wenn Sie wollen, durchsuchen Sie alles, was wir besitzen, aber unterstehen Sie sich ja nicht, uns ohne Haftbefehl auch nur mit einem Finger anzurühren!«

»Das würde ich auch nicht wagen«, entgegnete Mackenzie ernst, indem er in seiner Brusttasche zu suchen begann, aber auch Raffles griff in die seine. »Haltet ihn fest!« schrie der Schotte, und der große Revolver, der uns so manche Nacht begleitet, den ich aber noch nie hatte knallen hören, fiel klirrend auf den Tisch und wurde vom Kapitän in Beschlag genommen.

»Gut«, sagte Raffles wütend zum ersten Offizier, »Sie können mich jetzt loslassen; ich werde es nicht noch einmal versuchen. Aber, Mackenzie, zeigen Sie mal Ihren Haftbefehl.«

»Wollen Sie ihn auch nicht zerreißen?«

»Was könnte mir das helfen? Lassen Sie mal sehen«, fuhr Raffles gebieterisch fort, worauf der Detektiv gehorchte.

Mit gerunzelter Stirn las Raffles das Schriftstück durch, allein die harten Linien, die sich um seinen Mund gelegt hatten, verschwanden wieder, als er das Papier lächelnd und achselzuckend zurückgab.

»Genügt Ihnen das?« fragte Mackenzie.

»Wohl möglich. Ich gratuliere Ihnen, Mackenzie, das ist gute Arbeit. Zwei Einbrüche und Lady Melroses Halsband, Bunny!« sagte er, indem er sich mit einem reuigen Lächeln mir zuwandte.

»Und alles leicht zu beweisen«, entgegnete der Schotte, während er den Haftbefehl wieder in die Tasche steckte. »Auch für Sie habe ich so ein Papierchen«, fuhr er, mir zunickend, fort, »nur nicht ganz so lang.«

»Unerhört!« fiel hier der Kapitän in vorwurfsvollem Ton ein. »Mein Schiff zu einer Räuberhöhle zu machen! Ich werde Sie wohl in Eisen legen müssen, bis wir nach Neapel kommen.«

»Nein, nein«, rief Raffles. »Mackenzie, sprechen Sie mit ihm! Lassen Sie Ihre Landsleute nicht vor aller Welt bloßstellen. Herr Kapitän, Flucht ist ja unmöglich. Sie können die Sache doch wohl für eine Nacht verheimlichen. Sehen Sie da, hier ist alles, was ich in den Taschen trage. Leere auch die deinen, Bunny! Und Sie mögen uns nackt ausziehen, wenn Sie glauben, wir hätten noch irgendwo Waffen versteckt. Ich bitte nur um eins: lassen Sie uns ohne Fesseln von hier abführen!«

»Waffen mögen Sie nicht mehr haben«, antwortete der Kapitän. »Aber wie steht's denn mit der Perle, die Sie gestohlen haben?«

»Die will ich Ihnen auch geben!« rief Raffles. »Sie sollen sie sofort haben, wenn Sie mir versprechen, daß uns an Bord keine öffentliche Beschimpfung widerfährt.«

»Dafür werde ich sorgen«, sagte Mackenzie, »solange Ihr fügsam bleibt. Also wo ist sie?«

»Auf dem Tisch vor Ihrer Nase.«

Wie die aller anderen Anwesenden richteten sich auch meine Augen auf den Tisch, aber nur der Inhalt unserer Taschen – Uhren, Taschentücher, Bleistifte, Messer, Zigarettendosen – lag außer den schon erwähnten Revolvern auf der glänzenden Platte.

»Sie wollen sich wohl über uns lustig machen?« fragte Mackenzie. »Wozu das?«

»Fällt mir gar nicht ein«, antwortete Raffles lachend. »Ich stelle Sie nur auf die Probe; das kann doch nichts schaden?«

»Spaß beiseite; ist sie hier?«

»Auf dem Tisch, bei den Göttern!«

Mackenzie öffnete die Zigarettendosen und untersuchte jede einzelne Zigarette, worauf Raffles um die Erlaubnis bat, eine zu rauchen, und als diese Bitte gewährt worden war, erklärte er, die Perle liege schon länger auf dem Tisch als die Zigaretten. Sofort ergriff Mackenzie den Revolver und öffnete das kleine Behältnis im Kolben.

»Nicht da, nicht da«, sagte Raffles, »aber Sie werden warm. Versuchen Sie es mit den Patronen.«

Mackenzie entlud die Kammern und schüttelte jede einzelne Patrone vor dem Ohr, doch ohne Erfolg.

»Ach, geben Sie sie mir!«

In einem Augenblick hatte Raffles die richtige gefunden und das Geschoß mit den Zähnen herausgezogen, worauf er die Perle mit theatralischem Schwung mitten auf den Tisch legte.

»Und jetzt, Kapitän, werden Sie mir vielleicht soviel Gnade widerfahren lassen, wie in Ihrer Macht liegt! Ich bin ein Schurke gewesen, wie Sie sehen, und als solcher bin ich willens und bereit, die ganze Nacht in Eisen zu liegen, wenn Sie das im Interesse der Sicherheit des Schiffes für erforderlich halten. Nur um eine Vergünstigung bitte ich noch.«

»Das kommt darauf an, was für eine.«

»Herr Kapitän, ich habe an Bord Ihres Schiffes etwas Schlimmeres begangen, als Sie alle ahnen. Ich habe mich verlobt und bitte um die Erlaubnis, Abschied zu nehmen.«

Unser aller Überraschung war gleich groß, aber der einzige, der ihr Ausdruck lieh, war Herr von Heumann, dessen entrüsteter deutscher Fluch beinahe sein erster Beitrag zur Unterhaltung war. Er protestierte sofort entschieden gegen das erbetene Abschiednehmen, drang aber damit nicht durch, und der eigensinnige Gefangene hatte seinen Willen. Es wurden ihm fünf Minuten mit der jungen Dame zugestanden, während der Kapitän und Mackenzie mit auf den Rücken gehaltenen Revolvern in der Nähe, aber nicht in Hörweite stehenbleiben wollten. Als wir alle zusammen die Kajüte verließen, beugte sich Raffles zu mir und ergriff meine Hand.

»So habe ich dich also zu guter Letzt doch noch ins Unglück gebracht, Bunny! Wenn du wüßtest, wie leid mir das tut . . . aber du wirst mit einer leichten Strafe davonkommen; ja, ich sehe nicht ein, warum du überhaupt gestraft werden solltest. Kannst du mir verzeihen? Vielleicht trennen wir uns in diesem Augenblick auf Jahre, vielleicht auf ewig! Du bist immer treu gewesen, wenn Not am Mann war, und vielleicht bedauerst du nicht, dich daran zu erinnern, daß du mir das bis zum letzten Augenblick gewesen bist.«

In seinen Augen lag ein Ausdruck, den ich verstand; ich biß die Zähne aufeinander, und meine Nerven waren bis zum Äußersten angespannt, als ich die kräftige und geschickte Hand zum letztenmal drückte.

Wie lebhaft steht mir dieser Auftritt vor Augen, und wie lebendig werde ich ihn bis zu meinem Tode vor mir sehen! Jede Einzelheit, jeder Schatten auf dem sonnigen Deck ist mir gegenwärtig! Wir befanden uns zwischen den Inseln, die den Kurs von Genua nach Neapel umsäumen. Dort über Steuerbordachtern jener Purpurfleck, hinter dem die Sonne bald versinken sollte, das war Elba. Die Kapitänskajüte öffnete sich nach Steuerbord, und an dieser Seite war das sonnenüberflutete und von Schatten durchzogene Promenadedeck verlassen, bis auf die Gruppe, zu der ich gehörte, und die bleiche, schlanke, braune Gestalt, die in einiger Entfernung bei Raffles stand. Verlobt? Ich konnte es nicht glauben, und kann es noch heute nicht. Scharf zeichneten sich die Umrisse ihrer Gestalten an dem sonnendurchglühten Himmel und dem blendenden Streifen des glitzernden Meeres ab, der sich von Elba bis an die Seite der ›Uhlan‹ zog, und ihre Schatten reichten beinahe bis vor unsere Füße.

Plötzlich – ein Augenblick – und die Tat war vollbracht – eine Tat, von der ich nie gewußt habe, ob ich sie bewundern oder verabscheuen sollte. Raffles schloß Miss Werner in die Arme, küßte sie vor unser aller Augen – und dann stieß er sie von sich, so daß sie fast hinfiel. Das war das Signal für das, was folgte. Der erste Offizier sprang auf ihn zu und ich zum Offizier.

Raffles stand auf der Brüstung, aber nur einen Augenblick.

»Halt ihn, Bunny«, rief er, »halt ihn fest!«

Während ich diesen letzten Befehl mit aller Kraft ausführte, ohne an etwas anderes zu denken, als daß er es verlangt hatte, sah ich, wie seine Hände in die Luft flogen, sein Kopf sich vornüberneigte und sein geschmeidiger, schlanker Leib so gedrungen und scharf durch die Sonnenstrahlen schoß, als ob er zum Vergnügen aus einem Taucherboot spränge.

Von dem, was dann an Deck vorging, kann ich nichts erzählen, denn ich war nicht dabei; ebensowenig kann den Leser an meiner schließlichen Bestrafung, meiner langen Gefangenschaft und meiner ewigen Schande mehr interessieren, als daß meine Taten endlich ihren verdienten Lohn fanden. Aber eins muß ich noch aufzeichnen, mag es glauben, wer da kann, und dann bin ich fertig.

Man hatte mich sofort in einer Kabine zweiter Klasse in Eisen gelegt und die Tür hinter mir geschlossen, als ob ich ein zweiter Raffles sei. Inzwischen war ein Boot zu Wasser gelassen und die See vergeblich nach allen Richtungen abgesucht worden, aber entweder muß die untergehende, über die Wogen blitzende Sonne alle Augen geblendet haben, oder die meinen waren das Opfer einer seltsamen Täuschung.

Denn als das Boot zurück war, die Schraube wieder rauschte, schaute der Gefangene durch das kleine Fensterchen über die Wellen, die sich, wie er glaubte, eben über dem Kopf seines Gefährten geschlossen hatten. Plötzlich versank die Sonne hinter der Insel Elba, die vom tanzenden Licht gezeichnete Straße erlosch augenblicklich und verschwand in der pfadlosen Wasserwüste. Täuschten mich meine Augen, oder war es Wahrheit, was ich sah? Dort, im Mittelgrund, schon Meilen zurück, hüpfte ein schwarzer Punkt auf der grauen Fläche. Die Glocke hatte zum Diner gerufen, und es war wohl möglich, daß alle anderen außer mir ihre Augen nicht mehr anstrengten. Jetzt verlor ich, was ich gesehen hatte, dann erschien es wieder, um abermals zu versinken, und schließlich gab ich es auf. Aber dann und wann erhob es sich, ein tanzendes Staubkörnchen in der unklaren grauen Ferne, das dem purpurnen Eiland, das dort unter dem bleichen, mattgold und kirschrot gestreiften westlichen Himmel lag, immer näherkam. Und die Nacht sank herab bevor ich wußte, ob es ein Menschenkopf war oder nicht.

Kein leichter Posten

I

Ich weiß immer noch nicht, was mich mehr überrascht hat: das Telegramm, das mich auf eine Zeitungsannonce aufmerksam machte, oder diese Annonce selbst. Das Telegramm liegt vor mir, während ich schreibe; offenbar wurde es am 11. Mai 1897 morgens acht Uhr in der Vere Street aufgegeben und um halb neun in Holloway in Empfang genommen. Und in dieser schmutzigen Gegend hatte es mich pflichtschuldig erreicht – mich, der ich noch ungewaschen schon an der Arbeit saß, ehe die Hitze in meiner Dachstube unerträglich wurde.

»Lies Herrn Maturins Gesuch in Daily Mail. Könnte passen. Bitte ernstlich, sich zu melden. Will empfehlen, wenn nötig ...«

Ich schreibe das Ding ab, wie es vor mir liegt, ganz in einem Atem, den es mir verschlug, aber ich lasse die Initialen vom Schluß weg, die meiner Verblüffung die Krone aufsetzten. Sie bezeichneten zweifellos den geadelten Facharzt, dessen Sprechzimmer einen Büchsenschuß von der Vere Street entfernt liegt, und der mich, seinen Vetter, einmal die Strafe seiner Sünden genannt hatte. In letzter Zeit hatte er mir andere Namen beigelegt: ich war ein Schandfleck, näher bezeichnet durch ein Adjektiv, das wieder einer war. Wie ich mich gebettet hatte, so mochte ich liegen bis zum Tod. Wenn ich je die Unverfrorenheit haben sollte, meine Nase wieder in dieses Haus zu stecken, so würde ich schneller hinaus als herein kommen. All dieses und noch einiges andere konnte mein nächster Verwandter einem armen Teufel ins Gesicht sagen; er war imstande, seinem Diener zu klingeln und ihm auf der Stelle seine rohen Anweisungen zu geben, und dann so ein Telegramm zu schicken!

Es verschlug mir die Sprache, ich traute buchstäblich meinen Augen nicht. Und doch, allmählich glaubte ich's; der längste

Brief hätte den Verfasser nicht besser charakterisieren können. Knickerig abkürzen, lächerlich deutlich sein, einen Pfennig sparen auf Kosten des Sinns, aber das ›Herr‹ vor Maturins Namen mannhaft bezahlen, das war mein vornehmer Verwandter, wie er leibte und lebte, von der Glatze bis zu den Hühneraugen. Auch das Übrige stimmte, wenn ich mir's recht überlegte. Er stand im Ruf, wohltätig zu sein, und mußte diesem Ehre machen. Entweder war's das, was ihn zu diesem Telegramm getrieben hatte, oder eine plötzliche Regung, deren auch die Berechnendsten mitunter fähig sind. Die Morgenzeitungen bei der ersten Tasse Tee durchfliegen, zufällig auf diese Annonce stoßen, und dann unterm Sporn des bösen Gewissens handeln ...

Nun, jedenfalls mußte ich mir die Sache persönlich ansehen, und zwar je eher desto besser, obwohl meine Arbeit drängte. Ich arbeitete nämlich an einer Reihe von Artikeln über das Gefängnisleben und zog ordentlich über das ganze System her. Eine literarisch-philanthropische Tageszeitung machte mit meinen ›Anklagen‹ Staat, die ihr um so willkommener waren, je kräftiger ich ins Zeug ging, und das Honorar bedeutete vorübergehenden Wohlstand für mich, so schäbig es für eine selbständige Arbeit sein mochte. Es traf sich, daß mein erster Scheck mit der Frühpost um acht Uhr eingetroffen war, und es illustriert meine Verhältnisse, wenn ich gestehe, daß ich diesen Scheck zuerst einlösen mußte, um die betreffende Nummer der Daily Mail zu kaufen.

Was läßt sich von der Annonce selbst sagen? Sie könnte für sich sprechen, wenn ich sie zur Hand hätte, aber ich finde sie nicht. Ich erinnere mich nur, daß ein Krankenwärter und ständiger Begleiter gesucht wurde für einen ›leidenden älteren Herrn‹. Ein Krankenwärter! Zum Schluß folgte die verrückte Bemerkung, daß ein Mann, der ›höhere Schulen oder die Universität besucht hatte‹ gut bezahlt würde. Da erst kam mir die Idee, daß ich die Stelle erhalten würde, wenn ich mich darum bewürbe. Denn wer, der jemals eine höhere Schule oder die Universität besucht hatte, würde sich auch nur im Traum darum bewerben? Wem stand denn schon das Wasser so bis zum Hals wie mir? Und dann mein mürbe gewordener Verwandter! Er würde mich empfehlen, und seine Empfehlung war, wo es sich um einen Krankenwärter handelte, maßgebender als jede andere. Mußten denn die Pflichten eines solchen unbedingt lästig und widerlich sein? Bestimmt war es eine bessere Umgebung als mein billiges Miethaus und mein Dachboden, bestimmt war auch das Essen besser wie überhaupt jede andere Lebensbedingung, worauf ich mich auf dem Rückweg zu meinem höchst reizlosen Asyl besinnen konnte. So begab ich mich denn ins Geschäft eines Pfandleihers, dem ich nur als Abnehmer fremd war, und lüftete binnen einer Stunde einen anständigen wenn auch altmodischen, von den Motten des Pfandleihers nur wenig durchlöcherten Anzug und einen Strohhut auf dem Verdeck eines Tramwagens gehörig aus.

Die in der Annonce angegebene Wohnung befand sich in Earl's Court, was mich eine Reise quer durch London kostete, die mit einer Fahrt auf der Stadtbahn und sieben Minuten Spaziergang endete. Es war jetzt Mittag vorüber, und das harzige Holzpflaster roch angenehm, als ich die Earl's Court Road entlang ging. Es war ein Erlebnis, sich wieder in der zivilisierten Welt zu bewegen, wo man gut gekleideten Herren und Damen mit Handschuhen begegnete. Meine einzige Sorge war, ich könnte hier Bekannten von früher begegnen. Aber es war mein Glückstag. Ich spürte es in allen Knochen. Ich würde in dieses Nest kommen und noch manchmal dieses Holzpflaster riechen, wenn mich der alte Knabe ausschickte, ja vielleicht müßte ich ihn im Rollstuhl drüber schieben.

Als ich das Haus erreichte, war ich ganz aufgeregt. Es war ein schmaler, hoher Turm mit Etagenwohnungen in einer Seitenstraße, und mir tat der Arzt leid, dessen Schild ich an dem eisernen Gittertor vor den Fenstern des Erdgeschosses bemerkte; der Mann mußte eine bescheidene Praxis haben, dachte ich. Fast bedauerte ich auch mich selbst, denn ich hatte mir wahrhaftig ein schöneres Bild von dem Haus gemacht. Balkone hatte es nicht, der Hauswart trug keine Livree, ein Lift fehlte, und mein Patient wohnte im dritten Stock! Ich keuchte die Treppen hinauf, innerlich verwünschend, daß ich je in der Mount Street gewohnt hatte, und streifte dabei einen verkommen aussehenden Menschen, der eben herunter kam. Ein vollblütiger junger Mann im schwarzen Gehrock öffnete auf mein Klingeln.

»Wohnt hier Herr Maturin?« fragte ich.

»Allerdings«, versetzte der vollblütige junge Mann, übers ganze lebenslustige Gesicht grinsend.

»Ich . . . ich komme wegen der Annonce in der Daily Mail.«

»Sie sind der neununddreißigste«, rief das Vollblut. »Dem achtunddreißigsten müssen Sie auf der Treppe begegnet sein, und der Tag ist noch jung! Entschuldigen Sie, daß ich Sie so anstarre . . . ja, die vorläufige Prüfung fällt günstig aus, Sie können eintreten, Sie sind einer von den wenigen. Die meisten hatten wir gleich nach dem Frühstück, aber jetzt faßt der Hauswart die schlimmsten Fälle ab, und dieser letzte war seit zwanzig Minuten der erste. Treten Sie hier ein.«

Damit wurde ich in ein leeres Zimmer geführt, mit einem breiten, tief herabgehenden Fenster, das meinen vollblütigen Freund in die Lage versetzte, mich in gutem Licht noch genauer zu betrachten. Er tat dies ohne jede falsche Scham und begann dann sein Verhör.

»Studiert?«

»Nein.«

»Höhere Schule?«

»Ja.«

»Was für eine?«

Ich gab Bescheid, und er atmete erleichtert auf.

»Endlich! Sie sind der erste, mit dem ich mich nicht über den Begriff der höheren Schule herumzustreiten brauche. Hinausgeworfen?«

»Nein«, sagte ich nach kurzem Zögern, »nein, ich wurde nicht hinausgeworfen, und Sie werden mich hoffentlich auch nicht hinauswerfen, wenn ich meinerseits auch eine Frage stelle.«

»Gewiß nicht.«

»Sind Sie ein Sohn dieses Herrn Maturin?«

»Nein, mein Name ist Theobald. Sie hätten ihn unten lesen können.«

»Der Arzt?«

»Sein Arzt«, versetzte er mit befriedigtem Schmunzeln. »Auf meinen Rat will er einen Krankenwärter nehmen, und zwar einen gebildeten, wenn möglich. Ich glaube, daß er Sie empfangen wird, obwohl er sich von den anderen heute kaum zwei oder drei angesehen hat. Es gibt Dinge, worüber er sich persönlich erkundigen will, und man soll nicht zweimal über dieselbe Stelle gehen. So will ich lieber mit ihm sprechen, ehe wir weiter verhandeln.«

Damit verzog er sich in ein Zimmer, das noch näher am Eingang lag. Die ganze Wohnung war entschieden sehr klein, doch lagen nun immerhin zwei geschlossene Türen zwischen uns, und ich mußte mich damit begnügen, nur leises Gemurmel durch die Wand zu vernehmen, bis der Doktor zurückkehrte, um mich zu rufen.

»Ich habe meinen Patienten überredet, Sie zu empfangen«, teilte er mir im Flüsterton mit, »aber ich muß bekennen, daß ich nicht viel Hoffnung auf Erfolg habe. Er ist ungemein schwer zu befriedigen; Sie müssen sich auf einen zänkischen Kranken gefaßt machen und auf keinen leichten Posten – falls Sie die Stelle bekommen.«

»Darf ich fragen, woran er leidet?«

»Versteht sich – sobald Sie die Stelle haben.«

Doktor Theobald ging mir nun mit so feierlicher ärztlicher Würde voran, daß ich nur lächelnd den wedelnden Rockschößen folgen konnte, die vor mir herflatterten. Dieses Lächeln endete an der Schwelle des verdunkelten Krankenzimmers, worin es nach Medikamenten roch, wo Arzneiflaschen funkelten, und in dessen Mitte eine im Dämmerlicht schwer auszumachende Riesengestalt im Bett lag.

»Ans Fenster! Ans Fenster!« rief eine dünne Stimme schnappend. »Daß wir ihn ansehen können! Schieben Sie den Vorhang ein wenig auf! Nicht so viel, zum Teufel! Nicht so viel!«

Der Doktor steckte den Fluch ein, als ob's ein Honorar wäre.

Mein Mitleid für ihn war dahin; es war mir jetzt klar, daß er nur diesen einen Patienten hatte, der allerdings eine kleine Praxis für sich war, und ich nahm mir vor, ihm auch einige Arbeit zu geben, falls wir den Kranken mit vereinten Kräften am Leben erhalten könnten. Herrn Maturins Gesicht war allerdings leichenfarbiger, als ich je eins gesehen hatte, und seine Zähne schimmerten durch das Halbdunkel, als ob die welken Lippen sich nicht mehr darüber schließen könnten. Sie taten's auch nur, wenn er sprach, und etwas Gespenstischeres als dies fortwährende Grinsen, wenn er ruhig lag, will ich niemand zumuten, sich vorzustellen. Mit diesem Grinsen heftete er den Blick auf mich, während der Doktor den Vorhang zurechtrückte.

»Sie glauben also, daß Sie mich pflegen könnten?«

»Gewiß, Herr Maturin.«

»Und zwar ganz allein, merken Sie sich! Ich halte mir sonst niemand. Sie müßten Ihr Futter und mein Gesöff selbst kochen ... Glauben Sie, Sie könnten das?«

»Ja, Herr Maturin, ich glaube es.«

»Warum? Haben Sie irgendwelche Erfahrung in solchen Dingen?«

»Nein, Herr Maturin.«

»Weshalb behaupten Sie dann, daß Sie's können?«

»Ich meine nur, daß ich mein Möglichstes tun würde.«

»Sie meinen, meinen! Haben Sie denn in anderen Stücken immer Ihr Möglichstes getan? Hm?«

Ich ließ den Kopf hängen. Das war ein Schlag ins Gesicht, und im Wesen dieses Kranken lag etwas, was die unausgesprochene Lüge zurückdrängte.

»Nein, Herr Maturin«, sagte ich offen.

»He, he, he!« kicherte der alte Sünder. »Gut, daß Sie's zugeben, sehr gut. Wenn Sie's nicht zugegeben hätten, wäre ich mit Ihnen fertig gewesen. Sie sind diesmal noch mit heiler Haut davongekommen, und können's noch weiter bringen. Wie ich höre, haben Sie höhere Schulen besucht, und zwar sehr gute, aber keine Universität. Stimmt das?«

»Vollständig.«

»Was taten Sie, nachdem Sie die Schule verlassen hatten?«

»Mir fiel eine Erbschaft zu ...«

»Und dann?«

»Habe ich das Geld verbraucht.«

»Und seither?«

Ich stand da wie ein Maulesel.

»Seither, frage ich.«

»Darüber wird Ihnen ein Verwandter von mir Auskunft geben, wenn Sie ihn fragen wollen. Er ist ein hervorragender Mann und hat mir versprochen, mich zu empfehlen. Ich selbst will lieber nichts mehr sagen.«

»Aber Sie sollen mit der Sprache herausrücken, mein Bester, Sie sollen reden! Meinen Sie etwa, ich lasse mir weismachen, ein junger Mensch von Ihrer Erziehung würde aus dieser Krippe fressen, wenn nicht irgendetwas passiert wäre? Was ich brauche, ist ein Mensch von Bildung, einerlei welcher Art, aber zu sagen haben Sie mir, was Ihnen passiert ist, mir, wenn auch niemand sonst. – Doktor Theobald, falls Sie Winke nicht verstehen, will ich Ihnen gesagt haben, daß Sie sich zum Teufel scheren können. Dieser Mensch wird mir passen oder nicht, jedenfalls haben Sie nichts mehr zu sagen, bis ich ihn hinunterschicke und Ihnen sagen lasse, ob er bleibt oder nicht. Machen Sie, daß Sie rauskommen, sag' ich Ihnen, und wenn Sie finden, man hätte Sie gekränkt, dann setzen Sie mir's auf die Rechnung!«

In der gemäßigten Erregung dieses Gesprächs hatte die dünne Stimme Kraft gewonnen, und die letzte beleidigende Bemerkung wurde dem folgsamen Arzt schrill nachgeschrien, als dieser sich so gehorsam zurückzog, daß ich überzeugt war, er werde seinen schwierigen Patienten beim Wort nehmen. Die Schlafzimmertür schloß sich, dann die äußere, und des Doktors Schritte verhallten auf der Treppe. Ich war allein auf dem Stockwerk mit diesem höchst eigentümlichen und etwas unheimlichen alten Mann.

»Gut, daß wir ihn los sind!« krächzte der Kranke, sich im Nu auf den Ellbogen gestützt aufrichtend. »Ich habe vielleicht nicht mehr viele brauchbare Knochen im Leib, aber wenigstens noch eine verlorene alte Seele, die mir gehört. Deshalb will ich einen gebildeten Menschen um mich haben, der seine Erfahrungen gemacht hat. Ich bin zu abhängig geworden von diesem Burschen da. Nicht mal rauchen läßt er mich, und den ganzen Tag schnüffelt er in der Wohnung rum und paßt auf. Sie finden Zigaretten hinter der Madonna della Sedia.«

Es war ein Stahlstich nach des großen Raffael berühmtem Bild, und der Rahmen stand etwas von der Wand ab. Bei der ersten Berührung rutschte ein Päckchen Zigaretten herunter.

»Danke, und jetzt Feuer.«

Ich strich ein Zündholz an und hielt es ihm hin. Der Kranke aber zog mit vollständig normalen Lippen an der Zigarette, und mir entfuhr ein Seufzer. Ich wurde unwiderstehlich an meinen lieben alten Raffles erinnert. Ein Rauchring würdig des großen A. J. stieg von den Lippen des kranken Mannes auf.

»Nehmen Sie sich auch eine. Ich habe schon giftigere Zigaretten geraucht, aber Sullivans sind das auch nicht.«

Ich weiß nicht mehr, was ich sagte, habe keine Idee, was ich tat. Ich weiß nur – ich wußte nur –, daß es A. J. Raffles war, wie er leibte und lebte!

II

»Ja, Bunny, es war eine verteufelte Schwimmerei, aber im Mittelmeer geht man nicht unter. Der Sonnenuntergang war meine Rettung. Das ganze Meer war Feuer. Ich schwamm überhaupt nicht unter Wasser, sondern, soviel ich weiß, der Sonne nach. Als sie verschwand, war ich wohl schon eine Meile weit entfernt und bis dahin unsichtbar gewesen. Darauf hatte ich gerechnet, und ich will nur hoffen, daß man nicht von Selbstmord gefaselt hat. Man wird mich früh genug finden, Bunny, aber lieber vom Henker um einen Kopf kürzer gemacht werden, als selbst das Spiel aufgeben.«

»O mein lieber alter Junge! Dich wieder zu haben! Mir ist, als ob wir beide wieder an Bord des deutschen Dampfers wären, und alles, was dazwischen liegt, ein böser Traum. Ich glaubte damals, wir hätten uns zum letzten Mal gesehen!«

»Sah auch ganz danach aus, Bunny! Es hieß alle Gefahren auf sich nehmen und allem ins Gesicht schlagen! Aber ich habe das Spiel sozusagen gewonnen, wie, das werde ich dir ein andermal erzählen.«

»Ach, es eilt mir gar nicht, deine Geschichte zu hören. Es genügt schon, daß ich dich hier liegen sehe. Wie du herkamst und warum, will ich nicht wissen, nur fürchte ich, es geht dir schlecht. Ehe ich dich weiterreden lasse, muß ich dich gründlich ansehen.«

Ich zog einen Vorhang auf, setzte mich auf das Bett und sah ihn an. Es gab wenig Anhaltspunkte für seinen eigentlichen Gesundheitszustand, aber ich überzeugte mich, daß mein lieber Raffles nicht mehr war und nie wieder sein würde, was er einst gewesen. Er war um zwanzig Jahre gealtert und sah aus wie fünfzig. Sein Haar war weiß, echt weiß wie sein Gesicht, um Mund und Augen zogen sich viele tief eingegrabene Linien. Anderseits waren diese Augen selbst so hell und funkelnd wie je, immer noch scharf, grau und blitzend wie geschliffener Stahl. Selbst der Mund war, wenn er sich um eine Zigarette schloß, Raffles' Mund und kein anderer, kraftvoll und gewissenlos wie der ganze Mann. Nur an Körperkraft schien er verloren zu haben, aber schon deshalb blutete mir das Herz um den armen Schurken, der mich jede Verbindung gekostet hatte, die mir wert gewesen war, bis auf unsere.

»Findest mich alt geworden?« fragte er endlich.

»Einigermaßen, aber das machen vor allem die Haare.«

»Woran eine Geschichte hängt, die ich aufspare für die Zeit, wenn uns der Stoff ausgeht, obwohl ich früher dachte, die Schwimmerei sei schuld. Immerhin ist Elba eine kuriose Gegend, kann ich dir sagen, und Neapel ist noch wunderlicher.«

»Dorthin kamst du schließlich?«

»Leider! Es ist das Paradies Europas für Herren wie uns, aber kein Ort der Welt kann sich als schlechter Wärmeleiter mit unserem London messen; hier braucht's einem nie zu heiß zu werden;

wenn doch, ist man selbst schuld. So bin ich denn schon seit sechs Wochen wieder hier. Und werde nochmal was hinlegen.«

»Aber, Alter, dazu bist du doch kaum in der Verfassung?«

»Verfassung? Mein lieber Bunny, ich bin tot, liege unten am Meeresgrund. Tu mir die Liebe, das keinen Augenblick zu vergessen.«

»Aber bist du gesund oder nicht?«

»Nein, zur Hälfte bin ich durch Theobalds Arzneien und schändliche Zigaretten vergiftet, und vom Bettliegen bin ich so schwach wie eine Katze.«

»Ja weshalb in aller Welt legst du dich dann ins Bett, Raffles?«

»Weil es besser ist, als im Gefängnis zu sitzen, worin du, wie ich fürchte, einige Erfahrung hast, mein guter Kerl! Ich sage dir, ich bin tot, und meine einzige Angst ist, daß ich durch einen Unglücksfall wieder lebendig werden könnte. Begreifst du? Ich darf ganz einfach nicht wagen, meine Nase zur Türe herauszustrekken – bei Tag wenigstens. Du machst dir keinen Begriff, wieviele harmlose Dinge ein Toter nicht tun darf. Nicht einmal Sullivans darf ich rauchen, weil kein Mensch so eine Vorliebe dafür hat, wie ich sie zu meinen Lebzeiten hatte, und man nie weiß, ob man nicht eine Fährte hinterläßt.«

»Wie kamst du in diese Wohnung?«

»Ich wollte eine Etagenwohnung haben, und ein Bekannter auf dem Schiff hat mir dieses Haus empfohlen, ein guter Kerl, Bunny, der für mich einstand, als ich den Mietvertrag zu unterzeichnen hatte. Du mußt nämlich wissen, daß ich auf der Tragbahre an Land gebracht wurde. Ein sehr rührender Fall: ein alter Australier, der keine Seele mehr in der alten Heimat hat, dem das Engadin als letzte Rettung verordnet ist, der aber das sentimentale Gelüst hat, in London zu sterben. Das ist die Geschichte des Herrn Maturin. Wenn sie dir nicht zu Herzen geht, Bunny, bist du der erste. Am tiefsten hat sie Freund Theobald gerührt, denn ich bin für ihn ein Einkommen, ich glaube, daß er im Sinn hat, auf meine Kundschaft zu heiraten.«

»Kommt er nicht dahinter, daß du gar nicht krank bist?«

»Natürlich merkt er's! Aber er weiß nicht, daß ich weiß, daß er's weiß, und es gibt keine Krankheit im Wörterbuch, auf die er mich nicht behandelt hätte, seit ich ihm in die Hand fiel. Zu seiner Rechtfertigung sei zugegeben, daß er mich für einen Hypochonder ersten Ranges hält, aber dieser junge Mann wird's weit bringen, wenn er so weitermacht. Die Hälfte seiner Nächte hat er hier oben zugebracht zu einer Guinee das Stück.«

»Die Guineen müssen ja reichlich vorhanden sein, Alter!«

»Sie waren's, Bunny, mehr kann ich nicht sagen, ich sehe aber nicht ein, weshalb sie es nicht wieder sein sollten.«

Es fiel mir nicht ein zu fragen, woher die Guineen gekommen waren, denn was lag mir daran! Aber ich fragte meinen alten Raffles, wie in aller Welt er mir auf die Spur gekommen sei, und ich verzog dabei mein Gesicht zu jener Art von Lächeln, womit alte Herren sich die Hände reiben und alte Damen ihre Nasen senken. Raffles brachte das tadelloseste Eirund in blauem Rauch hervor, ehe er antwortete.

»Ich habe die Frage erwartet, Bunny, und es ist lang her, daß ich etwas ausgeführt habe, worauf ich mir soviel zugute tue. In erster Linie habe ich dich natürlich sofort in den Gefängnisartikeln gewittert; sie waren zwar nicht unterzeichnet, aber der Stil war der Stil meines Männchen machenden Kaninchens!«

»Aber wie kamst du zu meiner Adresse?«

»Die habe ich deinem trefflichen Verleger entlockt. Ich besuchte ihn um Mitternacht, die Zeit, zu der ich wie andere Gespenster auch gelegentlich über Feld gehe, und in fünf Minuten hatte ich die Adresse. Ich sei dein nächster Verwandter, dein Schriftstellername sei nur angenommen, wenn er darauf dringe, wolle ich den meinigen nennen. Er drang aber nicht darauf, Bunny, und ich hüpfte mit deiner Adresse in der Tasche seine Treppe hinunter.«

»Gestern abend?«

»Nein, letzte Woche.«

»Also war die Annonce von dir und das Telegramm auch!«

Ich hatte natürlich in der freudigen Erregung dieser Stunde

beides vergessen, sonst hätte ich meine verspätete Entdeckung nicht mit solcher Miene vorgetragen. Sie veranlaßte Raffles, mich anzusehen, wie er mich in alten Zeiten manchmal angesehen hatte, und das Senken seiner Augenlider traf mich.

»Wozu all diese Winkelzüge?« fragte ich etwas unwirsch. »Konntest du nicht einfach eine Droschke nehmen und zu mir kommen?«

Er sprach es nicht aus, daß ich ein so hoffnungsloser Fall sei wie je, er nannte mich auch nicht sein gutes Kaninchen, sondern schwieg eine Weile und antwortete in einem Ton, der mich den meinigen bereuen ließ.

»Siehst du, Bunny, ich bin jetzt in mehreren Exemplaren vorhanden, von denen das eine am Grund des Mittelmeers liegt, das andere aber ein morscher Australier ist, der in der alten Heimat sterben möchte, vorläufig aber noch nicht in unmittelbarer Gefahr ist, überhaupt zu sterben. Der alte Australier kennt keine Menschenseele in der ganzen Stadt, und er muß konsequent sein, sonst ist's um ihn geschehen. Dieser Wärter Theobald ist sein einziger Freund, der schon beinah zu viel von ihm gesehen hat, um sich noch gewöhnlichen Sand in die Augen streuen zu lassen. Geht dir ein Licht auf? Dich aus der Menge herauszufischen, das war das Spiel; und das mit Theobalds Hilfe, das war das Kunststück! Anfangs war er taub für all meine Vorschläge, mir jemand zu nehmen, denn er wollte mich natürlich für sich allein haben. Schließlich wollte er's doch nicht mit mir verschütten, und gab sich mit fünf Pfund die Woche zufrieden, solang er mich am Leben erhält. Im nächsten Monat heiratet er, und das hat seine Schatten-, aber auch seine Lichtseiten. Er wird mehr Geld brauchen, als er voraussieht, und kann uns immer noch nützlich werden, wenn wir in der Klemme sind. Bis jetzt frißt er mir aus der Hand.«

Ich sprach Raffles meine Bewunderung für den Stil seines Telegramms aus, das so ziemlich alle Kennzeichen meines erhabenen Verwandten in ein Dutzend harmloser Worte zusammendrängte und erzählte ihm, wie der alte Bösewicht mich in

Wirklichkeit behandelt hatte. Raffles wunderte sich nicht darüber; wir hatten in alten Zeiten miteinander bei meinem Vetter gespeist und seinen Besitz berufsmäßig abgeschätzt. Ich erfuhr jetzt, daß Raffles sein Telegramm am Abend bevor die Annonce in der *Daily Mail* erscheinen mußte in der Vere Street zur Post gebracht und genaue Weisung gegeben hatte, wann es befördert werden solle. Alles war also mit größter Umsicht vorbereitet worden, und das einzige, worum sich Raffles gesorgt hatte, war die Möglichkeit, daß es mich trotz seiner deutlichen Anweisungen gerade veranlassen würde, den ärztlichen Vetter um Aufklärung zu bitten. Aber alle ungünstigen Möglichkeiten waren bis auf ein Minimum von Gefahr ausgeschieden worden.

Die größte Gefahr, die Raffles seiner Ansicht nach zu fürchten hatte, lag im Haus. Als offiziell bettlägeriger Kranker hatte er jede Nacht Todesangst, dem Doktor beim Verlassen der Wohnung in die Hände zu laufen. Doch hatte Raffles charakteristische Methoden, auch diese Gefahr zu verringern, wovon ich bald mehr erfahren sollte. Mittlerweile schilderte er mir mehrere von seinen nächtlichen Abenteuern, die aber auffallend harmlos waren, und während er sprach, fiel mir etwas auf. Sein Zimmer lag direkt neben dem Eingang. Die lange innere Wand trennte das Zimmer gleichzeitig von Flur und Treppenhaus, so daß Raffles in seinem Bett jeden Tritt auf der nackten Steintreppe hören mußte, und so oft jemand an seiner Tür vorüberging, hielt er auch mit Sprechen inne, bis der Schritt verhallt war. Im Laufe des Nachmittags klingelten noch mehrere Bewerber, denen ich den Bescheid geben mußte, daß ich die Stelle bereits erhalten und angetreten hätte. Zwischen drei und vier Uhr schickte mich Raffles, der plötzlich auf die Uhr gesehen hatte, in höchster Eile fort, daß ich am anderen Ende von London meine Siebensachen hole.

»Du mußt ja am Verhungern sein, Bunny!« rief er. »Tatsächlich esse ich sehr wenig und zu den verrücktesten Zeiten, aber ich hätte dich nicht vergessen sollen. Nimm irgendwo einen Happen zu dir, aber keine richtige Mahlzeit, falls du widerstehen kannst. Wir müssen ja heute nacht unser Wiedersehen feiern!«

»Heute nacht?«

»Punkt elf Uhr, und zwar bei Kellner's. Du hast allen Grund, die Augen aufzureißen, aber erinnere dich, wir haben früher nicht viel dort verkehrt, und das Personal scheint inzwischen gewechselt zu haben. Einmal können wir's schon wagen. Ich war gestern abend dort, sprach wie ein bühnenreifer Amerikaner und bestellte ein Essen auf Punkt elf Uhr.«

»So sicher hast du mit mir gerechnet?«

»Nun, ein Essen zu bestellen war ungefährlich. Sie werden ein Zimmer für uns reservieren, aber du kannst dich doch in Gala werfen, falls du die nötigen Fetzen hast.«

»Sie sind bei meinem einzigen Mildtäter!«

»Wieviel brauchst du, um sie einzulösen, dich flott zu machen und mit Hab und Gut zur rechten Zeit hier zu landen?«

Ich mußte rechnen.

»Zehn Pfund könnten's leicht werden ...«

»Die habe ich für dich bereit. Hier sind sie. Und ich würde an deiner Stelle keine Zeit verlieren. Im Vorübergehen kannst du bei Theobald vorsprechen und ihm sagen, daß ich dich behalte, daß du aber jetzt deine Sachen holen müßtest, und daß man mich nicht die ganze Zeit allein lassen könne. Und, halt, bei Jupiter! Du kaufst beim nächsten Agenten – es gibt zwei oder drei in der High Street – einen Sperrsitz fürs Lyzeumtheater. Wenn du dann kommst, sagst du, er sei dir geschenkt worden ... wir müssen den jungen Mann unbedingt aus dem Weg schaffen.«

Ich fand unseren Hausarzt hemdärmelig mit einem großen Humpen neben sich in einem winzigen Sprechzimmer. Wenigstens beim Eintreten sah ich dieses Gefäß, später stand er mit einer Unbeholfenheit davor, die ihm mein Mitgefühl eintrug.

»So, so, Sie haben die Stelle«, sagte Doktor Theobald. »Nun, wie ich vorhin bemerkte, und wie Sie seither schon selbst gemerkt haben werden, sehr bequem werden Sie den Posten nicht finden. Auch mein Teil der Arbeit ist es durchaus nicht; ja viele hätten bei dieser Behandlung eines Arztes, von der Sie Zeuge waren, den Fall längst aufgegeben. Aber man hat eben nicht nur auf seinen Beruf Rücksicht zu nehmen, und es gibt Verhältnisse, die uns Zugeständnisse abzwingen.«

»Aber was für ein Fall ist es?« fragte ich. »Sie versprachen mir Auskunft darüber, wenn ich die Stelle erhalten würde.«

Doktor Theobalds Achselzucken war in hohem Grad des Berufs würdig, dessen Zierde zu werden er bestimmt schien; es ließ jede Folgerung zu, die man daraus ziehen wollte. Im Handumdrehen war er zugeknöpft. Ich nehme an, daß ich mehr oder weniger immer noch den Eindruck eines gebildeten Mannes machte, aber schließlich war ich doch nur ein Krankenwärter. Er schien sich plötzlich dieser Tatsache zu entsinnen und ergriff die Gelegenheit, sie mir zum Bewußtsein zu bringen.

»Ach, das sagte ich, ehe ich wußte, daß Sie überhaupt nichts vom Fach verstehen, und ich muß gestehen, es hat mich von Herrn Maturin überrascht, daß er es trotzdem mit Ihnen wagen will. Aber es wird von Ihnen abhängen, wie lang ich ihm gestatten werde, einen derartigen Versuch durchzuführen. Was seinen Zustand betrifft, so wäre es zwecklos, Ihnen eine Auskunft zu geben, die doch Chaldäisch für Sie wäre, mein Bester; außerdem muß ich erst erproben, ob Sie Takt haben. So viel kann ich Ihnen ja wohl sagen, daß die Krankheit des armen Herrn ein höchst verwickelter und mühsamer Fall ist, dessen Behandlung Verantwortlichkeit genug auferlegt, auch ohne die Begleiterscheinungen, die sie nahezu unerträglich macht. Weiteres über den Patienten zu äußern, muß ich vorläufig ablehnen, aber ich werde jedenfalls nach ihm sehen, wenn meine Zeit es erlaubt.«

Keine fünf Minuten vergingen, und er ging hinauf, und als ich bei einbrechender Dunkelheit zurückkam, fand ich ihn noch oben. Er wies den Sperrsitz fürs Lyzeumtheater nicht zurück, den ich geschenkt bekommen hatte, aber auf Herrn Maturins Geheiß nicht benutzen durfte und den dieser, ohne meine Zustimmung abzuwarten, seinem Doktor schenkte.

»Und scheren Sie sich nicht mehr um mich bis morgen«, krächzte die dünne Krankenstimme, als sich Theobald verabschiedete. »Ich kann's Ihnen ja jetzt sagen lassen, wenn ich Sie brauche, auch hoffe ich einmal wieder eine leidliche Nacht zu haben.«

III

Um halb elf verließen wir die Wohnung, nachdem es endlich im Treppenhaus für eine Weile still geworden war. Kaum hatten wir uns geräuschlos vor die Tür geschlichen, als ich schon eine Überraschung erlebte. Statt die Treppe hinunter, führte mich Raffles nämlich zwei Stockwerke höher und auf ein vollständig flaches Dach hinaus.

»Dieser Gebäudekomplex hat zwei Eingänge«, erklärte er mit zwischen Sternen und Schornsteinen, »der eine führt zu unserer Treppe, der andere zu einem Aufgang um die Ecke. Es gibt aber nur einen Hauswart, der im Erdgeschoß unter uns wohnt, und die Haustür neben seinem Schlafzimmer bevorzugt. Wir können ihn umgehen, wenn wir die falsche hinuntergehen, und die Gefahr, dem alten Theobald in die Hände zu laufen, ist auch geringer. Ich habe diesen Kniff den Briefträgern abgesehen, die auf der einen Seite heraufkommen und auf der anderen hinuntergehen. Jetzt geh mir nach, nimm dich aber in acht!«

Die Warnung war nicht überflüssig, denn jede Hälfte des Hauses hatte senkrecht bis zum Boden einen Lichtschacht, dessen Geländer so niedrig war, daß man leicht in die Ewigkeit hätte spazieren können. Doch wir gelangten unversehrt ins zweite Treppenhaus, das gleichfalls aufs Dach mündete, und zwanzig Minuten der nächsten halben Stunde verbrachten wir in einem flotten Hansom, der westwärts rollte.

»Nicht viel verändert in dem alten Nest, Bunny! Ein paar Leuchtreklamen mehr, doch der Gipfel der Geschmacklosigkeit, was viel heißen will, ist erreicht in dem Reiterdenkmal mit vergoldeten Steigbügeln und so weiter ... Warum wichsen sie dem alten Halunken nicht auch noch die Stiefel und die Pferdehufe, wenn sie schon dabei sind? Mehr Radfahrer natürlich. Diese

Mode fing ja damals erst an, weißt du noch . . . hätte uns nützlich sein können. Und im alten Klub stellen sie alles auf den Kopf für ein Jubiläum . . . da sollten wir wahrhaftig dabei sein! Beuge dich lieber in Piccadilly nicht vor, mein Alter; wenn man dich sieht, denken die Leute an mich, und bei Kellner's müssen wir auch verdammt vorsichtig sein. Ach, da wären wir ja! Habe ich dir gesagt, daß ich als mieser Yankee aufgetreten bin? Du spielst am besten auch einen, solange die Bedienung im Zimmer ist.«

Das kleine Zimmer im ersten Stock war für uns, aber auf der Schwelle erlebte sogar ich, der ich meinen Raffles doch kannte, eine böse Überraschung. Der Tisch war nämlich für drei Personen gedeckt, worauf ich ihn leise aufmerksam machte.

»Ach so!« sagte er näselnd. »Hören Sie mal, mein Junge, die Dame, die kommt nicht, aber lassen Sie das Zeug nur liegen. Bezahlen werde ich den Rummel ja doch müssen, schätz ich, dann will ich auch alles haben, was dazu gehört.«

Ich bin nie in Amerika gewesen, und es liegt mir sehr fern, die amerikanische Nation beleidigen zu wollen, aber Aussprache und Ausdrucksweise wirkten imponierend auf meine Unerfahrenheit. Ich mußte hinsehen, um mich zu überzeugen, daß es wirklich Raffles war, und ich hatte meine Gründe, scharf hinzusehen.

»Wer in aller Welt ist denn die Dame?« fragte ich bei der ersten Gelegenheit.

»Sie existiert überhaupt nicht, aber man verschwendet hier ein Zimmer nicht gern an zwei Personen, das ist alles. Bunny . . . mein alter Bunny . . . dieses Glas uns beiden!«

Und die Gläser mit dem flüssigen Gold eines Steinberger von 1868 klangen zusammen. Von den erlesenen Genüssen dieses Abends zu erzählen, fühle ich mich kaum imstande. Es war keine gewöhnliche Mahlzeit und auch keine rohe Orgie, es war ein Fest für die anspruchsvollsten Götter, eines Lukullus zum mindesten nicht unwürdig. Und ich, der ich Gefängnissuppen hinuntergewürgt und in einer Dachstube den Gürtel enger schnüren gelernt hatte, ich war's, der die Hände erheben durfte zum lecker bereiteten Mahle! Es waren nicht viele Gänge, aber jeder in seiner Art eine solche Meisterleistung, daß es ungerecht wäre, einen davon hervorzuheben, obwohl mich der in Sekt gekochte westfälische Schinken sehr dazu verlockt. Und dann der Sekt selbst, den wir tranken – nicht die Menge, sondern die Güte! Nun, es war vierundachtziger Pol Roger, gerade gut genug für mich, und er war nicht herber und nicht prickelnder als der fröhliche Schurke, der mich bis hierher zum Teufel geschleppt hatte und mich auch noch den übrigen Weg tanzen lassen wollte. Ich fing an, ihm das auseinanderzusetzen. Seit meinem Wiedererscheinen in der bürgerlichen Welt hatte ich ehrlich und redlich mein Möglichstes getan, aber die gute Gesellschaft hatte ihr Möglichstes getan, mir das Leben zu verbittern. Eine weitere Antithese und mein endgültiger Entschluß lagen mir auf der Zunge, als mir der Kellner mit dem Château Margaux das Wort abschnitt, denn er brachte nicht nur diesen großen Wein, er brachte auch auf silbernem Teller eine Visitenkarte.

»Führen Sie ihn herauf«, befahl Raffles kurz.

»Wen erwartest du denn?« rief ich, als der Kellner verschwunden war.

Raffles griff über den Tisch und umklammerte meinen Arm wie ein Schraubstock. Seine Augen bohrten sich wie Dolchspitzen in die meinen.

»Bunny, steh mir bei«, sagte er in dem alten, unwiderstehlichen Ton, halb streng, halb gewinnend. »Steh mir bei, Bunny ... wenn es zum Kampf kommt.«

Mehr Zeit hatten wir nicht, denn die Tür wurde aufgerissen, und ein geschmeidiger Mensch trat mit tiefem Bückling herein. Er trug einen schwarzen Gehrock und einen goldenen Kneifer, den Seidenhut hielt er in der einen, eine schwarze Ledertasche in der anderen Hand.

»Guten Abend, meine Herren«, sagte er vertraulich lächelnd.

»Setzen Sie sich«, näselte Raffles gleichmütig. »Gestatten, daß ich Sie Herrn Ezra B. Martin aus Chicago vorstelle. Herr Martin ist mein zukünftiger Schwager. Dies ist Herr Robinson, Geschäftsführer von Sparks & Cie., dem berühmten Juweliergeschäft in der Regent Street.«

Ich spitzte die Ohren, begnügte mich aber mit einem Kopfnikken als Antwort, denn ich mißtraute meiner Fähigkeit, die Persönlichkeit, als die ich vorgestellt worden war, überzeugend darzustellen.

»Hatte darauf gerechnet, daß Fräulein Martin heute abend auch hier sein würde«, fuhr Raffles fort, »fühlt sich aber leider nicht wohl. Morgen früh um neun dampfen wir ab nach Paris, und da meinte sie, es wäre ihr zu viel. Eine Enttäuschung für Sie, Herr Robinson, aber Sie werden schon sehen, daß ich Reklame für Sie mache.«

Raffles hielt die rechte Hand unter den Schein des elektrischen Lichts, und an seinem kleinen Finger funkelte ein Diamantring, der vor fünf Minuten noch nicht dagewesen war, das hätte ich schwören können.

Der Geschäftsmann sah enttäuscht aus, aber beim Anblick des Rings und beim Gedanken an den Preis, der ihm dafür bezahlt worden war, heiterte sich sein Gesicht wieder auf. Ich sollte raten, was der Ring gekostet habe, schüttelte aber ablehnend den Kopf; so schweigsam war ich selten im Leben gewesen.

»Fünfundvierzig Pfund«, rief der Juwelier, »und zu fünfzig Guineen wäre er auch noch billig!«

»Das stimmt«, gab Raffles zu. »Sogar sehr billig wäre er, das bestreite ich gar nicht. Aber schließlich ist er bar bezahlt worden.«

Ich übergehe das Kopfzerbrechen, das mir der Vorgang machte, muß aber gestehen, daß mir gerade die Rätselhaftigkeit der Lage ein Genuß war. Sie war so typisch für Raffles und für frühere Zeiten. Nur ich hatte mich geändert. Es stellte sich heraus, daß die mythische Dame, meine Schwester, sich kürzlich mit Raffles verlobt hatte, und daß dieser ängstlich beflissen war, ihre Neigung durch wertvolle Geschenke zu befestigen. Wer nun den Diamantring geschenkt hatte, wurde mir nicht klar, aber bezahlt war er offenbar. Ich überlegte angestrengt, wann und womit, bis mich ein Strom von Juwelen, der aus Herrn Robinsons Tasche quoll, in die Wirklichkeit zurückversetzte. Sie schienen Licht auszuströmen gleich den elektrischen Lampen über uns, und wir beugten alle drei Köpfe darüber, ich ohne irgendwelchen Fingerzeig, was daraus entstehen sollte, aber immerhin auf ein schweres Verbrechen gefaßt. Man sitzt nicht anderthalb Jahre umsonst.

»Nur los!« sagte Raffles. »Wir suchen den Schmuck für sie aus, und was ihr nicht gefällt, tauschen Sie um . . . meinen Sie's so?«

»Das war ja mein Vorschlag.«

»Also vorwärts, Ezra! Du wirst doch wohl Sadies Geschmack kennen, und mußt mir helfen.«

Und wir trafen eine Wahl – Herrgott! Was suchten wir nicht aus! Zuerst ›ihren‹ Ring, einen Halbkreis von Brillanten. Er kostete fünfundneunzig Pfund und es gab keinen Versuch, den Preis auf neunzig zu drücken. Dann ein Diamanthalsband zu zweihundert Guineen – schließlich wurden aber Pfunde dafür angenommen. Das sollte die Morgengabe des Bräutigams werden. Die Hochzeit stand offenbar vor der Tür, und es geziemte mir, brüderliche Großmut zu zeigen. Ich ergriff also die Gelegenheit und rechnete mir aus, daß ein Diamantstern (hundertsechzehn Pfund) ihr Freude machen würde, erklärte aber den Preis für unerschwinglich . . . Bei jedem falschen Wort erhielt ich einen bösartigen Tritt unterm Tisch, so daß ich mich zuletzt kaum mehr traute, den Mund aufzumachen, aber trotzdem den Stern zu rund hundert Pfund erhandelte. Und dann kam das dicke Ende, denn bezahlen konnten wir nicht, obwohl, wie Raffles sagte, ein Wechsel aus New York überfällig war.

»Aber ich kenne die Herren ja gar nicht«, rief der Juwelier. »Nicht einmal den Namen Ihres Hotels!«

»Ich sagte Ihnen ja, daß wir bei Freunden wohnen«, erwiderte Raffles, der durchaus nicht gekränkt, sondern nur niedergeschlagen und verärgert zu sein schien. »Sie haben ganz recht, vollkommen recht, und ich wäre der letzte, Ihnen ein Risiko vorzuschlagen. Ich suche nur einen Ausweg!«

»Wenn Sie doch einen fänden!« versetzte der Juwelier mitfühlend. »Es ist ja nicht, als ob wir nicht wüßten, wie Ihr Geld aussieht, aber auf gewisse Geschäftsregeln bin ich eingeschworen . . . ich bin ja auch nicht selbständig . . . und, wie Sie sagen, reisen Sie morgen früh nach Paris ab.«

»Um neun Uhr vormittags«, bemerkte Raffles nachsinnend, »und man hat mir endlos viel vorgeschwatzt von den Juwelieren in Paris. Das ist nicht nobel von mir . . . machen Sie sich keine Gedanken darüber . . . ich suche nur einen Ausweg . . .«

Er rauchte Zigaretten aus einer Dose zu fünfundzwanzig Stück, während Robinson und ich Zigarren hatten. Raffles saß mit zusammengezogenen Brauen und gespanntem Blick bei uns, und mir schien sonnenklar, daß er in diesem Fall gescheitert war. Ich sagte mir freilich, daß es ihm ganz recht geschehe, wenn er darauf gerechnet hatte, für vierhundert Pfund Juwelen auf Kredit zu erhalten, weil er eine Kleinigkeit, zehn Prozent des Ganzen, bar bezahlt hatte. Das war dann wieder eines Raffles unwürdig, und ich für mein Teil war immer noch bereit, dem Händler an die Kehle zu springen.

»Wir könnten Ihnen von Paris das Geld überweisen«, kam es langsam von Raffles' Lippen, »aber wer steht uns gut dafür, daß Sie uns genau die Sachen schicken, die wir ausgesucht haben?«

Unser Gast nahm eine steife Haltung an. Der Name seiner Firma dürfte dafür denn doch genügend bürgen.

»Schätze, ich weiß von Ihrem Namen nicht mehr als Sie von meinem«, bemerkte Raffles lachend. »Aber passen Sie auf! . . . Sie packen die Sachen hier rein . . .«

Damit zog er die Zigaretten aus der Blechdose, wobei der Juwelier und ich gleichermaßen verdutzte Gesichter machten.

»Da herein packen Sie die drei Stücke, die wir haben wollen . . . Die Etuis brauchen wir nicht, legen Sie Watte hinein. Dann lassen wir uns Bindfaden und Siegellack geben, versiegeln das Ding und Sie stecken's in Ihren Sack. Binnen drei Tagen muß unser Geld da sein, wir überweisen es Ihnen und Sie schicken uns diese Blechdose, wie sie ist, mit unversehrten Siegeln! Sie brauchen kein so erbärmliches Gesicht zu machen, Herr Juwelier ... Sie trauen uns gar nicht, wir Ihnen doch einigermaßen. Klingle einmal, Ezra, dann wird sich's ja zeigen, ob Bindfaden und Siegellack zu haben sind.«

Sie waren zu haben, und die Sache wurde ausgeführt. Dem Geschäftsmann war sie peinlich, und er hielt eine solche Vorsichtsmaßregel für durchaus überflüssig, da er aber all seine Waren mitnehmen durfte, verkaufte wie unverkaufte, so machten seine etwas weit hergeholten Einwände wenig Eindruck. Er hüllte Halsband, Ring und Stern eigenhändig in Watte, und die Zigarettendose nahm alles so willig auf, daß Raffles im letzten Augenblick, als sie geschlossen und der Bindfaden bereitgehalten wurde, um ein Haar noch eine Diamantbiene für einundfünfzig Pfund Sterling zehn Schilling dazugelegt hätte. Er bezwang jedoch diese Versuchung zum Leidwesen des anderen, und so wurde die Zigarettendose verschnürt, der Bindfaden versiegelt, und zwar, merkwürdig genug, mit dem Ring, den Raffles gekauft und bezahlt hatte.

»Ich will's drauf ankommen lassen, ob Sie noch einen Ring auf Lager haben«, warf Raffles lachend hin, während er ihm das Päckchen zuschob, das in der schwarzen Ledertasche verschwand. »Und nun, Herr Robinson, hoffe ich nur, daß Sie die wahre Gastfreundschaft zu schätzen wissen, die Ihnen nichts zu trinken anbot, solange das Geschäft im Gang war. Hier ist ein Château Margaux, den Sie, schätz ich, zu den achtzehnkarätigen Artikeln rechnen dürften.«

In der Droschke, die uns in die Nähe unserer Wohnung brachte, erhielt ich als erstes einen Rüffel über unziemliche Fragen, die der Kutscher hätte hören können, und ich nahm mir die Zurechtweisung ein wenig zu Herzen. Ich konnte mir durchaus keinen Vers auf Raffles' Handel mit dem Mann aus der Regent Street machen und war natürlich gespannt, was das alles zu bedeuten hatte; nun hielt ich aber den Mund, bis wir auf dem bekannten Schleichweg wieder in unsere vier Wände gelangt waren, und tat ihn auch hier nicht eher auf, bis mir Raffles beide Hände auf die Schultern legte und mich mit seinem alten Lächeln ansah.

»Du Kaninchen! Weshalb kannst du nicht warten, bis wir daheim sind?«

»Weshalb konntest du mir nicht vorher sagen, worum es sich handelt?« gab ich ganz wie ehedem zurück.

»Weil deine liebe alte Fratze immer noch ihr Gewicht in Unschuld wert ist und du trotz aller Liebesmüh kein Schauspieler wirst. Du hast genauso verdutzt ausgesehen wie der andere arme Teufel, und das hättest du niemals fertig gebracht, wenn du gewußt hättest, um was sich's handelte.«

»Und bitte, um was?«

»Um das«, sagte Raffles, eine Zigarettendose auf den Kaminsims schleudernd.

Sie war nicht zugebunden. Sie war nicht versiegelt. Sie sprang von der Gewalt des Wurfes auf, und der Diamantring zu fünfundneunzig, das Halsband zu zweihundert und mein glitzernder Stern zu hundert Pfund lagen eingepackt in Juwelierswatte!

»Zwei gleiche Dosen!« rief ich.

»Ganz richtig, mein lieber Schlaukopf! Die eine war schon gepackt und gewogen in meiner Tasche. Ich weiß nicht, ob du beobachtet hast, wie ich die drei Schmuckstücke in der Hand wog, aber ich weiß, daß keiner von euch beiden gemerkt hat, wie ich die Dosen austauschte . . . es geschah im letzten Augenblick, als ich drauf und dran war, noch die Bienennadel zu kaufen, wobei du zu überrascht warst und der andere zu gierig. Das war das Leichteste; gestern nachmittag den teuren Theobald einen Metzgergang nach Southampton machen zu lassen und in seiner Abwesenheit die eigene Nase in der Regent Street zu zeigen, will etwas mehr heißen. Aber gewisse Dinge sind der Mühe wert, und einiges muß man immer aufs Spiel setzen. Hübsche Dosen, nicht? Ich wollte, es wären bessere Zigaretten darin, aber eine bekannte Marke war unbedingt nötig, eine Sullivandose hätte mich morgen auferstehen lassen.«

»Aber der Mensch hat kein Recht, die Dose schon morgen zu öffnen.«

»Das wird er auch nicht. Inzwischen wirst du die Beute flüssig machen, Bunny.«

»Ich bin zu jeder Schandtat bereit.«

Meine Stimme klang ehrlich, darauf kann ich schwören, aber es war Raffles' Brauch, sich mit so vielen Sinnen wie möglich zu überzeugen. Ich fühlte den kalten Strahl seines Blicks in meine Augen, mein Gehirn eintauchen, aber was er dort vorfand, schien ihn ebenso zu befriedigen wie das Gehörte, denn seine Hand suchte die meinige und drückte sie mit einer ihm sonst fremden Inbrunst.

»Ich weiß es und wußte es. Nur merke dir das, Bunny, das nächste Mal muß ich die Zeche bezahlen.«

Wie er sie bezahlte, wird man erfahren.

Ein Jubiläumsgeschenk

Die Goldkammer des Britischen Museums ist wahrscheinlich dem wissensdurstigen Fremden und dem reisenden Amerikaner wohlbekannt. Ich dagegen als echter Londoner hatte nie davon gehört, bis Raffles beiläufig einen Einbruch vorschlug.

»Je älter ich werde, Bunny, desto weniger halte ich von den sogenannten kostbaren Steinen«, sagte er. »Wann haben sie einem je auch nur die Hälfte ihres Wertes in Bargeld eingebracht? Denk an das Nest, das wir zum erstenmal zusammen ausgenommen haben, du natürlich mit geschlossenen Unschuldsaugen! Tausend Pfund waren die Eier wert, und wieviel hundert hat's eingebracht? Mit den Ardaghschen Smaragden ging's um kein Haar besser, mit dem Halsband der alten Lady Melrose noch schlimmer, und die kleine Geschichte von neulich hat mich fertig gemacht. Lumpige hundert Pfund für Schmuck im vollen Wert von vierhundert, wovon noch fünfunddreißig für den Köder abgehen, da ich ja für den Ring, den ich eselhafterweise gekauft und bezahlt hatte, nur einen Zehner bekam. Hol mich der Teufel, wenn ich je wieder einen Diamanten anrühre! Und wenn's der Kohinur wäre! Diese paar Riesensteine sind sowieso viel zu bekannt, und sie zerschneiden zu lassen, hieße ihren Wert in arithmetischer Progression verringern. Außerdem müßte man sich dabei wieder an die Hehler wenden, und mit dem Gesindel will ich ein für allemal nichts mehr zu tun haben. Du schimpfst über Verleger und Redakteure, du literarischer Schweinigel. Aber ich sage dir, Barabbas war weder ein Räuber noch ein Verleger, sondern ein verlogener, verschmitzter Hehler. Was wir wirklich brauchen, ist eine eingetragene Genossenschaft von Dieben mit irgendeinem weltgewandten alten Betrüger, der das Geschäftliche besorgt.«

Raffles sprudelte diese unehrerbietigen Bemerkungen mit gedämpfter Stimme heraus, leider nicht aus Hochachtung für meine einzige anständige Tätigkeit, sondern weil wir nach einem langen, heißen Junitag in der engen Stube jetzt um Mitternacht auf dem Dach Luft schöpften. Über uns funkelten die Sterne, unter uns die Straßenlaternen und zwischen Raffles' Lippen eine Zigarette der alten und einzigen Marke. Ich hatte insgeheim ein Kistchen der allerbesten bestellt, das heute abend eingetroffen war, und diese Rede war das erste Ergebnis dieser kleinen Aufmerksamkeit. Ich konnte es mir leisten, die Seitenhiebe zu überhören, ungerechtfertigt wie sie offensichtlich waren.

»Und wie willst du dann das Geld loswerden?« fragte ich.

»Das ist sehr einfach, mein liebes Kaninchen.«

»Ist deine Goldkammer etwa mit Guineen gefüllt?«

Raffles lachte leise über meinen wegwerfenden Ton.

»Nein, Bunny, Gold gibt es dort nur in Form antiker Schmuckstücke, deren Wert, wie ich zugebe, weitgehend von der Mode abhängt. Immerhin, Gold bleibt Gold, von Phönizien bis Klondyke, und wenn wir die Kammer ausräumen könnten, würden wir nicht schlecht dabei fahren.«

»Und wie das?«

»Ich würde das Gold zu einem Klumpen einschmelzen und morgen aus Amerika mit nach Hause bringen.«

»Und dann?«

»Mir's von der Bank von England bar bezahlen lassen. Das kann man.«

Das wußte ich auch, und ich erhob daher vorläufig keinen Einwand, sondern blieb ein feindseliger, aber stummer Kritiker, während wir mit unseren bloßen Füßen leise wie die Katzen auf dem kühlen schwarzen Zinkdach herumspazierten.

»Und wie willst du genügend Schätze wegschleppen, damit es sich lohnt?« fragte ich nach einer Weile.

»Da liegt der Hund begraben!« räumte Raffles ein. »Ich schlage ja auch nur eine Rekognoszierung vor, um zu sehen, was sich tun läßt. Möglich, daß wir erstmal nur ein Versteck für eine Nacht finden, das ist, wie ich fürchte, unsere einzige Chance.«

»Warst du früher schon dort?«

»Nicht, seit sie das gute, transportable Stück besitzen, das, soviel ich weiß, jetzt ausgestellt wird. Ich habe vor langer Zeit etwas darüber gelesen, wo, weiß ich zwar nicht mehr, aber ich weiß, daß sie einen goldenen Becher besitzen, der mehrere tausend Pfund wert ist. Ein paar von den unanständig Reichen haben sich zusammengetan und ihn der Nation geschenkt; und zwei so reichlich Unanständige wie wir könnten wenigstens einmal hingehen und uns die Geschichte ansehen, meinst du nicht, Bunny?«

Ob ich's meinte! Ich packte ihn am Arm und fragte wie ein Schnellfeuergeschütz: »Wann? Wann? Wann?«

»Je eher desto besser; jedenfalls solange Theobald auf der Hochzeitsreise ist.«

Unser Leibmedikus hatte sich in der vorangegangenen Woche verheiratet, und kein Stellvertreter nahm sich während seiner kurzen Abwesenheit von London seiner Praxis an, wenigstens nicht des ansehnlichsten Teils dieser Praxis, der in Raffles bestand. Die Gründe, weshalb Doktor Theobald es nicht für ratsam gehalten hatte, sich vertreten zu lassen, waren ja köstlich durchsichtig für uns, ich aber mußte ihm täglich Krankenberichte, morgendliche und abendliche Telegramme schicken, deren Abfassung Raffles den größten Spaß machte.

»Wann? Wann denn?« wiederholte ich.

»Morgen, wenn du Lust hast.«

»Nur eine Rekognoszierung?«

Diese Beschränkung war das einzige, was mich schmerzte.

»Es muß sein, Bunny; wir können nicht gleich zugreifen.«

»Also gut«, sagte ich seufzend, »aber morgen geht's los!«

Am Abend sprach ich mit dem Hauswart und sicherte mir, wie ich noch jetzt glaube, durch die zweitgrößte Münze des Königreichs einen unbedingten Bundesgenossen. Meine von Raffles ersonnene Geschichte war zwar auch so schon einleuchtend genug. Der kranke Herr Maturin, wie ich ja nicht vergessen durfte ihn zu nennen, lechzte tatsächlich oder scheinbar nach frischer Luft, deren Genuß ihm Doktor Theobald hartnäckig versagte, und quälte mich förmlich, nur einen Tag mit ihm auf dem Land zuzubringen, solang das schöne Wetter vorhielt. Ich selbst war fest überzeugt, daß der Versuch ihm nicht schaden würde, und der Hauswart war sicher bereit, mir bei einem so harmlosen und menschenfreundlichen Streich gegen den Doktor beizustehen. Der Mann zögerte. Ich zog meine halbe Guinee aus der Tasche, und er war verloren. Am nächsten Morgen um halb acht – ehe die große Hitze anbrach – fuhren Raffles und ich in einem gemieteten Landauer nach Kew Gardens, wo der Kutscher uns um Mittag wieder abholen sollte. Der Hauswart hatte mir geholfen, den ›Kranken‹ in einem Tragstuhl, gemietet bei Harrod's Store, die Treppe herunterzubringen.

Kurz nach neun hinkten wir zusammen in den Park, doch schon um halb zehn hatte mein Kranker von der Natur genug und schleppte sich an meinem Arm wieder zum Eingang. Eine Droschke, eine Botschaft an unseren Kutscher, ein Stadtbahnzug zur Baker Street, wieder eine Droschke, und kurz nach der Eröffnungszeit um zehn standen wir leichtfüßig vor dem Britischen Museum.

Es war einer von den strahlenden Tagen, die jedem unvergeßlich sein werden, der sich damals in London befand. Das Diamanten-Jubiläum stand bevor und es herrschte schon Königinwetter. Raffles versicherte sogar, daß es in Australien und Italien zusammengerechnet nicht heißer sei, und die kurzen Sommernächte gaben allerdings dem Holz- und Asphaltpflaster, dem endlosen Backstein und Mörtel wenig Zeit zur Abkühlung. Am Britischen Museum girrten die Tauben im Schatten der Säulenhalle, und die schneidigen Türhüter wirkten weniger schneidig als sonst, als ob ihnen sogar ihre Medaillen heute zu schwer wären. Ich bemerkte einige gewohnheitsmäßige Leser, die ihrer Arbeit unter der Kuppel nachgingen; von den Schaulustigen aber waren wir die ersten.

»Das ist das Zimmer«, sagte Raffles, der sich für zwei Pence den Führer gekauft hatte und ihn auf der nächstbesten Bank unbefangen studierte, »Nummer dreiundvierzig, die Treppe hoch und dann scharf nach rechts. Vorwärts, Bunny!«

Er ging mir schweigend voran mit langen methodischen Schritten, deren Zweck ich erst begriff, als er sich in dem Flur vor der Goldkammer einen Augenblick nach mir umdrehte.

»Hundertundneununddreißig Yards von hier bis zur offenen Straße, ohne die Treppen«, bemerkte er. »Ich glaube, daß wir's in zwanzig Sekunden machen könnten, aber dann müßten wir die Türen aufreißen, und das geht nicht. Nein, Bunny, immer hübsch langsam, ob dir's paßt oder nicht, vergiß das bloß nicht.«

»Aber du sprachst ja von einem Versteck für die Nacht?«

»Gewiß – für die ganze Nacht. Wir müßten zurückbleiben, uns irgendwo verkriechen und am nächsten Morgen mit der Menge den ganzen Rundgang nochmal machen und dann langsam mit den anderen rausgehen.«

»Was! Mit dem Gold in den Taschen . . .«

»Gold in den Stiefeln, Gold in den Ärmeln und Gold in den Hosen. Laß das meine Sorge sein, Bunny, und warte, bis du den Wert von zwei Paar am Fuß zusammengenähten Hosen kennengelernt hast. Das ist ja nur eine vorläufige Rekognoszierung. Hier sind wir.«

Es ist nicht meine Aufgabe, die sogenannte Goldkammer zu beschreiben, die mich in erster Linie gründlich enttäuschte. Die Glasschränke an den Wänden und in der Mitte mögen ja einzigartige Beispiele von der Goldschmiedekunst aller Zeiten und Länder enthalten, wovon man im Verlauf einer gebildeten Erziehung mehr als genug zu hören bekommt, aber vom beruflichen Standpunkt aus würde ich ebenso gern das nächstbeste Schaufenster im West End ausräumen, als diese zusammengetragenen Trümmer etrurischer und griechischer Kunst. Vielleicht ist das Gold nicht ganz so dünn wie es aussieht, aber es macht entschieden den Eindruck, als ob man die Spitze jedes Löffels abbeißen könnte, ohne sich die Zähne zu zerbrechen, und mit einem von diesen Ringen am Finger gesehen zu werden, würde mir nicht den geringsten Spaß machen. Der größte Betrug war nach meiner

Ansicht natürlich der goldene Becher, von dem Raffles gefabelt hatte. Das fühlte er auch selbst.

»Das Gold ist so dünn wie ein Blatt Papier«, sagte er, »und emailliert wie eine Dame von Stand in mittleren Jahren! Aber bei Jupiter, es gehört zum Schönsten, was ich im Leben gesehen habe, Bunny. Ich möchte es wahrhaftig um seiner selbst willen besitzen!«

Das Ding stand allein in einem viereckigen Kästchen aus dikkem Glas am Ende des Zimmers. Es mochte schön sein, wie Raffles zu finden vorgab, aber ich für mein Teil war nicht aufgelegt, es unter diesem Aspekt zu betrachten. Auf einem Täfelchen standen die Namen der Plutokraten, die dieses nationale Spielzeug bezahlt hatten, und während Raffles wie ein bildungshungriges Schulmädchen in seinem Führer las, machte ich mir meine Gedanken darüber, wie die Herren wohl zu ihren achttausend Pfund Sterling gekommen sein mochten.

»Das sind Szenen aus dem Martyrium der heiligen Agnes«, erklärte Raffles mir, »durchsichtiges Email auf Goldunterlage, eine der feinsten Arbeiten in dieser Technik. Bunny, du Banause, daß du das Ding nicht um seiner selbst willen bewundern kannst! Man müßte es haben, nur um es anschauen zu können. So reiche Emaillierung auf so dünnem Gold ist noch nicht dagewesen, und was für eine gute Idee, den Deckel überstehen zu lassen, daß man sieht, wie dünn das Gold geschlagen ist. Möchte wissen, ob wir den Becher nicht erlaubter- oder unerlaubterweise in die Hand nehmen könnten?«

»Probieren Sie's doch, Sir«, bemerkte in trockenem Ton eine Stimme an Raffles' Ellbogen.

Der Idiot schien sich eingebildet zu haben, daß wir die Schatzkammer für uns allein hätten. Ich hatte gewußt, daß wir nicht allein waren, hatte ihn aber, genau so dumm, ungewarnt drauflos reden lassen, und jetzt stand neben ihm ein stämmiger Schutzmann in dem kurzen Leibrock, den sie im Sommer tragen, die Kette mit der Pfeife um den Hals, aber ohne Revolver. Himmel, ich sehe ihn heute noch vor mir, einen mittelgroßen Menschen mit einem breiten, gutmütigen, schweißtriefenden Gesicht und einem weichen Schnurrbart. Er warf Raffles einen strengen Blick zu, den Raffles harmlos lächelnd erwiderte.

»Wollen Sie mich etwa festnehmen? *Das* wäre ein Spaß!«

»Davon habe ich nichts gesagt«, versetzte der Polizist, »aber das waren seltsame Reden für einen Herrn wie Sie und dazu noch im Britischen Museum!«

Und er schüttelte sein behelmtes Haupt über meinen Kranken, der in Gehrock und Zylinder an die Luft gegangen war, um seine Rolle recht überzeugend zu spielen.

»Was!« rief Raffles. »Wenn ich zu meinem Freund sage, ich möchte diesen goldenen Becher in die Hand nehmen? Das möchte ich wirklich, sage ich Ihnen, und das darf jeder hören! Das Ding gehört zum Schönsten, was ich je gesehen habe.«

Das Polizistengesicht hatte sich bereits aufgehellt, und jetzt wurde ein grinsender Mund unter dem dünnen Schnurrbart sichtbar.

»So geht's anderen Leuten auch«, bemerkte er.

»Das glaube ich gern, der Unterschied ist nur, daß ich's offen sage«, warf Raffles hin. »Aber Spaß beiseite, Herr Wachtmeister, ist ein Gegenstand von solchem Wert hier auch sicher genug?«

»Solang ich da bin, ist er sicher«, versetzte der Polizist in halb grimmigem Scherz, halb steifem Ernst.

Raffles studierte sein Gesicht, und jener beobachtete Raffles, während ich, ohne mich am Gespräch zu beteiligen, beide im Auge behielt.

»Sie scheinen hier ganz allein zu sein?« bemerkte Raffles. »Ist das nicht unvorsichtig?«

Der besorgte Ton war meisterlich getroffen; es lag persönliche Angst und zugleich Sorge für das öffentliche Wohl darin, die Angst des begeisterten Kenners, der für ein nationales Heiligtum zittert, das nur wenige zu schätzen wußten wie er. Und so viel war gewiß, im Augenblick hatten wir drei diesen Schatz für uns; bei unserem Eintritt waren noch zwei oder drei Personen dagewesen, jetzt waren sie verschwunden.

»Ich bin keineswegs allein«, gab der Polizist treuherzig zurück. »Sehen Sie den Sitz dort neben der Tür? Dort sitzt sonst einer von den Aufsehern den ganzen Tag.«

»Und wo ist er jetzt?«

»Er schwatzt draußen mit einem Kollegen. Wenn Sie achtgeben, können Sie es hören.«

Wir gaben acht und hörten Stimmen, aber sie kamen nicht aus unmittelbarer Nähe, ja ich fragte mich im stillen, ob sie auch nur aus dem Flur kommen konnten, durch den wir eingetreten waren, denn es klang, als ob dies Gespräch jenseits dieses Ganges geführt würde.

»Sie meinen den Burschen mit dem Billardqueue, der hier war, als wir eintraten?« fragte Raffles.

»Das war kein Billardqueue! Das war ein Zeigestock«, erläuterte der kluge Mann des Gesetzes.

»Ein Wurfspieß sollte es sein!« rief Raffles aufgeregt. »Eine Streitaxt! Dieses Kleinod des Volkes sollte besser bewacht werden. Ich werde an die *Times* schreiben, Sie werden sehen!«

Mit einem Mal und doch nicht so plötzlich, daß es Verdacht erregt hätte, war Raffles der nervöse, unruhige alte Herr geworden. Welchen Zweck das hatte, begriff ich um mein Leben nicht, und der Polizist noch weniger.

»Um Gottes willen«, sagte er, »machen Sie sich nur keine Sorge um *mich*.«

»Aber Sie sind nicht einmal bewaffnet!«

»Höchst unwahrscheinlich, daß ich Waffen brauchen sollte! Sehen Sie, mein Herr, jetzt ist's noch früh am Tag, aber in einer Viertelstunde wird sich das Haus füllen, und in der Menge liegt Sicherheit, sagt man ja.«

»So, es wird sich bald füllen, meinen Sie?«

»Mit jedem Augenblick mehr. Sonst ist's um diese Zeit nicht mehr so leer, das muß wohl das Jubiläum machen.«

»Und wenn nun mein Freund und ich berufsmäßige Einbrecher gewesen wären? Wir hätten Sie ja im Nu überwältigen können, mein Bester!«

»Schwerlich, und keinesfalls ohne das ganze Haus auf die Beine zu bringen!«

»Nun, ich werde trotzdem in der *Times* darüber berichten. Ich kenne mich aus in derlei Dingen und will nicht, daß nationales Eigentum leichtfertig aufs Spiel gesetzt wird. Sie sagten, der Aufseher steht vor der Tür; mir kommt's aber vor, als ob er am anderen Ende des Ganges wäre ... nein, nein, heute noch schreibe ich an die *Times*!«

Einen Augenblick horchten wir alle drei auf die Stimmen draußen. Raffles hatte recht, die Schwatzenden waren weit weg. Dann sah ich mit einem Blick zweierlei. Raffles war um ein paar Zoll zurückgetreten und stand mit halb erhobenen Armen und funkelnden Augen sprungbereit auf den Zehenspitzen, zugleich wetterleuchtete es im Gesicht des Polizisten.

»Soll ich Ihnen sagen, was *ich* tun werde?« fragte er, plötzlich nach der Pfeifenschnur greifend, die ihm um den Hals hing. Die Pfeife flog heraus, aber an die Lippen brachte er sie nicht. Ich hörte es ein paarmal scharf knacksen, und der Mann torkelte gegen mich, daß ich ihn unwillkürlich mit beiden Armen auffing. »Gut gemacht, Bunny! Dem hab ich's besorgt! Lauf zur Tür und sieh, ob die Aufseher etwas gehört haben und wenn ja, dann halt sie auf.«

Mechanisch tat ich, was ich sollte; zur Überlegung hatte ich nicht Zeit, geschweige denn zu Widerspruch oder Vorwurf, denn meine Bestürzung war wohl noch größer als die des Polizisten, ehe Raffles ihm das Bewußtsein ausgetrieben hatte. Aber selbst in dieser äußersten Verblüffung ließ mich die angeborene Vorsicht des Verbrechers nicht im Stich. Ich lief bis an die Tür, aber ich schlenderte langsam hinaus und pflanzte mich vor einem pompejanischen Wandbild im Flur auf. Jenseits der entfernteren Tür standen die beiden Aufseher noch immer schwatzend, und sie hörten den dumpfen Krach nicht, den ich hörte, während ich sie aus den Augenwinkeln beobachtete.

Es war, wie ich erwähnt habe, sehr heiß, aber der Schweiß, der meinen Körper bedeckte, schien sich in eine Eisrinde verwandelt zu haben. In dem Glas, das über dem alten Fresko lag, zeigte sich für einen Augenblick ein schwaches Spiegelbild meines Gesichts, das mich erschreckte, als Raffles sich, mit den Händen in den Hosentaschen, zu mir gesellte. Meine Angst wie meine Entrüstung verdoppelten sich, als der erste Blick mich belehrte, daß seine Taschen wie Hände leer waren und diese tolldreiste Tat also die zweckloseste seiner ganzen Laufbahn darstellte.

»Ach ja, ganz interessant, aber im Vergleich mit dem, was in Neapel und Pompeji selbst von antiker Wandmalerei zu sehen ist, will es nicht viel heißen. Dahin solltest du einmal gehen, Bunny, ja, ich werde dich einmal dorthin mitnehmen. Aber jetzt . . . langsam gehen . . . der arme Tropf hat ein Augenlid bewegt . . . aber wenn du unpassende Eile zeigst, können wir seinetwegen an den Galgen kommen.«

»Wir!« raunte ich ihm zu. »Wir!«

Mir schlotterten die Knie als wir an den schwatzenden Aufsehern vorüberkamen. Raffles aber mußte die Leute noch in ihrem Gespräch stören, um nach dem prähistorischen Saal zu fragen.

»Im obersten Stock.«

»Danke. Dann wollen wir uns von dort zu den ägyptischen Altertümern durcharbeiten.«

Wir überließen sie ihrer gottgesandten Schwatzlust.

»Ich glaube, du bist verrückt«, warf ich im Weitergehen verbittert hin.

»Ich glaube, daß ich's war«, gab Raffles zu, »aber jetzt bin ich's nicht mehr, und ich werde dich sicher hinauslotsen. Hundertundneununddreißig Yards sagte ich doch? Dann können's jetzt nur noch hundertundzwanzig sein . . . nicht mal so viel. Nur stetig, Bunny, um Gottes willen! Langsam gehen, es gilt unser Leben.«

Soviel tat unsere Besonnenheit, das Übrige war unerhörtes Glück. Ein Hansom fuhr gerade am Haupteingang vor und wurde vom Fahrgast bezahlt. Wir sprangen hinein, und Raffles rief so laut: »Nach Charing Cross!«, daß man's in ganz Bloomsbury hören konnte. Ohne ein Wort zu wechseln, waren wir in die Bloomsbury Street gelangt, als Raffles dem Kutscher klopfte.

»Wohin fahren Sie uns denn in Teufels Namen?«

»Nach Charing Cross, mein Herr.«

»Ich habe doch Kings Cross gesagt. Kehren Sie um und fahren Sie wie der Blitz, sonst versäumen wir unseren Zug.«

»Es geht nämlich einer nach York um zehn Uhr fünfunddreißig«, setzte Raffles hinzu, als das kleine Guckfenster zuschnappte, »dorthin nehmen wir Fahrkarten, schlängeln uns dann unterirdisch zur Stadtbahn und mit dieser via Baker Street nach Earl's Court.«

Und tatsächlich saß er eine halbe Stunde später wieder in dem gemieteten Tragstuhl, und ich und der Hauswart schleppten den hinfälligen Mann, für dessen zerrütteten Körper schon eine Stunde im Park zu anstrengend gewesen war, keuchend die Treppe hinauf! Dann, aber erst dann, und nicht ehe wir den Hauswart losgeworden und wieder allein waren, sagte ich Raffles im kräftigsten Englisch, das mir zu Gebot stand, was ich von ihm und seiner neuesten Tat hielt. Als ich einmal im Zug war, sagte ich ihm Dinge, wie ich sie keinem anderen Menschen je gesagt habe, und Raffles war der Mann, der meine Beschimpfungen standhaft, oder besser seßhaft, über sich ergehen ließ, zu verwundert, um auch nur den Hut abzulegen, obwohl ich immer das Gefühl hatte, seine hochgezogenen Augenbrauen müßten diesen vom Kopf heben.

»Aber das war ja immer deine verfluchte Manier«, schloß ich wutschnaubend, »du machst einen Plan, und mir erzählst du was anderes . . .«

»Heute nicht, ich gebe dir mein Wort, Bunny!«

»Du behauptest doch nicht etwa, daß du wirklich nur mit der Absicht hingegangen seist, einen Schlupfwinkel für die Nacht zu suchen?«

»Doch, so war's.«

»Es war dir ernst mit der angeblichen Rekognoszierung?«

»Sie war keine ›angebliche‹.«

»Warum in aller Welt tatst du dann, was du getan hast?«

»Jedem anderen wäre das verständlich, nur dir nicht«, entgegnete Raffles, zwar empört, aber nicht unfreundlich. »Es war die Verlockung des Augenblicks, der Trieb einer Sekunde, als Roberto sah, daß ich in Versuchung war, und mich merken ließ, daß er mich durchschaute. Es war keine erfreuliche Arbeit, und ich werde nicht eher vergnügt sein, bis ich aus den Zeitungen erfahre, daß der arme Tropf am Leben ist. Aber ein K.O. war in dem Augenblick unsere einzige Chance.«

»Warum? Wegen einer Versuchung und weil man sie sich anmerken läßt, kommt man nicht ins Gefängnis!«

»Aber ich hätte auch ins Gefängnis gehört, wenn ich einer Versuchung wie dieser *nicht* unterlegen wäre, Bunny! Es war ein Treffer! Wir hätten unser Leben lang Tag für Tag ins Museum gehen können, ohne je wieder die einzigen Besucher zu sein, ohne je wieder den Hanswurst mit dem Billardqueue tatsächlich außer Hörweite zu treffen. So etwas ist ein Wink der Götter, und ihm nicht zu gehorchen, heißt der Vorsehung ins Gesicht schlagen!«

»Aber du hast ja das Ding nicht! Du hast es ja gelassen, wo es war!«

Ich wollte, ich hätte einen Fotoapparat zur Hand gehabt, um das feine Lächeln festzuhalten, womit Raffles den Kopf schüttelte, jenes Lächeln, das er für die großen Momente aufsparte, die unserm Beruf nicht fehlen. Die ganze Zeit hatte er den Hut auf dem Kopf behalten, dicht über die jetzt nicht mehr hochgezogenen Augenbrauen gedrückt, und nun begriff ich endlich, wo das goldene Gefäß war.

Sie stand tagelang auf unserem Kaminsims, diese kostbare Trophäe, mit deren Geschichte und letztem Schicksal die Zeitungen trotz der Jubiläumszeit Spalten füllten, wonach die Spitzen und Talente von Scotland Yard in und über der Erde suchten. Unser Polizist war, wie wir erfuhren, von dem Schlag nur betäubt gewesen, und von dem Tag an, wo ich Raffles die Zeitung mit dieser Nachricht heimgebracht hatte, steigerte sich seine

Fröhlichkeit in einer Weise, die mit seinem sonst so gleichmäßigen Wesen kaum vereinbar und an ihm so ungewöhnlich war wie die plötzliche Leidenschaftlichkeit, womit er die Tat vollbracht hatte. Mir selbst machte der Becher jetzt ebensowenig Eindruck wie beim ersten Anblick. Er mochte ja eine große Seltenheit sein, und hübsch war er ja auch, aber so leicht in der Hand, daß sein Bestand an reinem Gold kaum als dreistellige Zahl aus dem Schmelztiegel geronnen wäre. Und was sagte Raffles? Er werde es überhaupt nicht einschmelzen!

»Sein Raub war ein Vergehen gegen das Gesetz. Das will nichts heißen. Aber seine Zerstörung wäre eine Versündigung gegen Gott und die Kunst, und wenn ich das begehe, soll man mich an der Wetterfahne von St. Mary Abbot aufspießen!«

Auf so ein Gerede war nichts zu erwidern; die ganze Tat lag überhaupt außerhalb jeder vernünftigen Erörterung, und einem verständigen Menschen blieb nichts übrig, als die Achseln zu zucken und den Spaß zu genießen. Dieser Genuß wurde noch sehr gewürzt durch die Zeitungsberichte, die Raffles als einen bildhübschen Jüngling und seinen Mitschuldigen als ältlichen Mann von gemeinem und schurkischem Aussehen beschrieben.

»Nett getroffen sind wir beide, Bunny«, bemerkte Raffles dazu, »aber meinen Becher wissen sie alle miteinander nicht zu würdigen. Sieh ihn dir nur an, sieh ihn an, Mensch! Hat man je etwas so Üppiges und dabei so Keusches gesehen! Die heilige Agnes muß schlechte Zeiten gehabt haben, aber ist es die Sache nicht wert, um in solchem Email auf solchem Goldgrund auf die Nachwelt zu kommen? Und dann die Geschichte von dem Ding! Machst du dir denn klar, daß es fünfhundert Jahre alt ist und unter anderem Heinrich dem Achten und der Königin Elisabeth gehört hat? Bunny, wenn du mich einst ins Krematorium befördert hast, kannst du meine Asche in diesem Gefäß sammeln und sie mit ihm in die tiefe Erde vergraben!«

»Und bis dahin?«

»Ist es die Freude meines Herzens, die Lust meiner Augen, das Licht meines Lebens!«

»Und wenn andere Augen es entdecken?«

»Das dürfen sie nicht und das werden sie nicht.«

Raffles wäre mir noch verrückter vorgekommen, wenn er sich seiner Verrücktheit nicht so durchaus bewußt gewesen wäre. Trotzdem lag seiner Ehrfurcht vor der Schönheit in jeder Gestalt eine Ehrlichkeit zugrunde, die aller Unsinn nicht ganz verstekken konnte, und seine Leidenschaft für den goldenen Becher war, wie er erklärte, eine sehr reine Leidenschaft, da ihn ja die Umstände der Hauptfreude jedes Sammlers, den Schatz seinen Freunden zu zeigen, für immer beraubten. Schließlich aber, als die Narrheit ihren Höhepunkt erreicht hatte, schien es, als ob Raffles und die Vernunft wieder ebenso plötzlich zusammenkommen wollten wie sie sich damals in der Goldkammer voneinander getrennt hatten.

»Bunny«, rief er, seine Zeitung quer durchs Zimmer schleudernd, »ich habe eine Idee ganz nach deinem Herzen. Ich weiß jetzt, wie ich ihn verwerten kann.«

»Du meinst den Becher?«

»Ja.«

»Dann gratuliere ich dir.«

»Danke.«

»Daß du wieder normal geworden bist.«

»Danke verbindlich! Aber du hast mir in dieser Angelegenheit verflucht wenig Sympathie gezeigt, Bunny, und ich werde dir meinen Plan wohl erst nach der Ausführung anvertrauen.«

»Ist auch früh genug.«

»Du mußt mich nur heute abend eine Stunde oder zwei heimlich verschwinden lassen. Morgen ist Sonntag, und am Dienstag ist das Jubiläum, wozu Theobald zurückkommt.«

»Wenn du spät genug gehst, macht's nicht viel aus, ob er hier ist oder nicht.«

»Ich kann nicht so spät gehen ... dann ist's geschlossen. Nein, nein, du brauchst nichts zu fragen, geh nur und kaufe mir eine große Büchse Biskuits von Huntley und Palmer. Auf die Sorte kommt mir's nicht an, sie müssen nur von dieser Firma sein, und sieh zu, daß du die größte Büchse bringst, die sie haben.«

»Aber, Verehrtester . . .«

»Keine Fragen, Bunny, du tust, was an dir ist, ich tue das meinige.«

Schlauheit und Triumph leuchteten in seinen Augen. Das genügte mir, und in einer Viertelstunde hatte ich den wunderlichen Auftrag besorgt. Raffles riß sofort die Büchse auf und schüttete die Biskuits auf den nächsten Stuhl.

»Jetzt Zeitungen her!«

Ich brachte einen ganzen Stoß, und er wickelte das teure Stück, nachdem er auf die lächerlichste Weise Abschied davon genommen hatte, in ein Zeitungsblatt nach dem anderen und packte es schließlich in die leere Büchse.

»Jetzt etwas Packpapier! Ich will doch nicht für einen Gemischtwarenlehrling gehalten werden.«

Als der Bindfaden kreuzweise gebunden und knapp abgeschnitten war, sah das Paket recht sauber aus; doch schwieriger war es, Raffles zu verpacken, denn der Hauswart durfte ihn nicht erkennen, falls sie an der Ecke zusammenstoßen sollten. Die Sonne war noch nicht untergegangen, und doch wollte Raffles fort. Als er ging, hätte selbst ich ihn nicht erkannt.

Er mochte etwa eine Stunde ausgeblieben sein. Als er heimkam, war es noch ziemlich hell, und meine erste Frage galt unserem gefährlichen Bundesgenossen, dem Hauswart. Raffles war ohne Verdacht zu erregen an ihm vorbeigegangen, hatte aber bei der Rückkehr eine zweite Begegnung vermieden, indem er über die andere Treppe und das Dach gegangen war. Ich atmete auf.

»Und was hast du mit dem Becher angefangen?«

»Abgegeben.«

»Für wieviel? Für wieviel?«

»Laß mich rechnen . . . ich mußte ein paar Droschken nehmen, für das Porto einen Zehner und obendrein zwei Pence fürs Einschreiben. Ja, es hat mich genau fünfundachtzig Pence gekostet.«

»Gekostet? Ich frage, wieviel du dafür bekommen hast, Raffles.«

»Nichts, mein Junge.«

»Nichts?«

»Keinen roten Heller.«

»Wundert mich gar nicht. Ich habe dem Ding nie einen Marktwert zugetraut, das sagte ich dir ja von Anfang an«, bemerkte ich gereizt. »Aber was in aller Welt hast du damit angefangen?«

»Ich hab's der Königin geschickt.«

»Das hast du nicht ...«

Schelm ist ein mehrdeutiges Wort; aber solange ich ihn kannte, hatte Raffles ihm nur eine Bedeutung gegeben. Nun zum ersten Mal war es die unschuldige Spielart, war er ein altes, grauhaariges Kind, das sich vor Fröhlichkeit und Übermut nicht zu lassen wußte.

»Das heißt, an Sir Arthur Bigge habe ich ihn geschickt mit der Bitte, ihn Ihrer Majestät als ehrfurchtsvoll dargebrachtes Geschenk des Diebs zu überreichen, falls dir das genügt«, setzte er hinzu. »Ich dachte mir, das Hofmarschallamt könnte sich ein wenig zu viel um mich kümmern, wenn ich ihn der Königin selbst schickte. Ja, ich fuhr nach St. Martin's-le-Grand und ließ das Paket auch noch einschreiben. Was man tut, muß man ordentlich tun.«

»Aber wie in aller Welt«, höhnte ich, »kommst du auf diesen Einfall?«

»Mein lieber Bunny, wir stehen jetzt seit sechzig Jahren unter der Regierung der unvergleichlichsten Monarchin, die je gelebt hat. Die ganze Welt ergreift die Gelegenheit, diese Tatsache in ihrer vollen Bedeutung anzuerkennen, jede Nation legt das Beste, was sie hat, zu ihren königlichen Füßen nieder, jede Gesellschaftsschicht tut, was sie kann, nur die unsrige nicht. Was ich getan habe, wendet einfach einen schweren Vorwurf von unserer Brüderschaft ab.«

Das stimmte mich um; seine Laune riß mich mit fort. Ich

nannte ihn den Sportsmann, der er immer gewesen sei und bleiben werde, und schüttelte ihm die tollkühne Hand. Ganz beruhigt war ich aber noch nicht.

»Und wenn sie uns doch auf die Spur kommen?«

»Eine Biskuitbüchse von Huntley und Palmer gibt sehr wenig Anhaltspunkte«, versetzte Raffles. »Deshalb ließ ich dich so eine holen. Geschrieben habe ich kein Wort, kein Blatt Papier beigelegt, das auf unsere Spur führen könnte. Ich habe einfach auf einer jungfräulichen Postkarte . . . richtig, die hat auch noch einen halben Penny gekostet . . . wie man sie auf jedem Postamt im ganzen Königreich kaufen kann, ein paar Worte aufgedruckt. Nein, mein Alter, das einzig gefährliche war das Hauptpostamt, ich erkannte dort nämlich einen Geheimpolizisten, dessen Anblick mir höllisch Durst gemacht hat. Whisky und Sullivanzigaretten für zwei, Bunny, wenn du so gut sein willst!«

Bald darauf stieß Raffles mit mir an.

»Die Königin!« sagte er. »Gott segne sie.«

Eine alte Flamme

I

Die Straße soll nicht genannt werden, aber wenn man lang genug westlich von Piccadilly fährt, wird der Kutscher sie zu seiner Linken finden, und sich dann für zwei Schilling zu bedanken haben. Es ist keine vornehme Gegend, aber die Gartenanlage mitten auf dem Platz ist eine der schönsten ihrer Art, und die Malerateliers an der Südseite geben ihm einen eigenen Anstrich. Die Häuser freilich sind klein und dumpfig und durchaus nicht dazu angetan, den Erfahrenen zu einem Einbruch zu verlocken. Der Himmel weiß, daß ich auch ganz ohne derartige Absichten an einem Unglücksabend des schon vorgerückten Sommers Raffles' Rollstuhl, auf dessen Anschaffung Doktor Theobald bestanden hatte, auf diesen Platz schob. Die Bäume flüsterten in den Gärten, und der weiche kühle Rasen sah so einladend aus, daß ich mir überlegte, ob nicht irgendein menschenfreundlicher Nachbar zu bewegen wäre, uns den Schlüssel zu leihen. Aber Raffles wollte von diesem Vorschlag nichts hören, und was viel schlimmer war, er schielte wehmütig an den kleinen Häusern hinauf.

»Diese Balkone, Bunny! Mit einem Satz wäre man oben!«

Ich antwortete überzeugt, daß hier nicht viel zu holen wäre, und setzte für alle Fälle den Rollstuhl wieder in Bewegung.

»Du wirst recht haben! Uhren und Ringe vielleicht, aber es wäre hart, Leuten aus solchen Häusern ihre Habseligkeiten zu nehmen. Und doch ... ich weiß nicht. Hier ist ein besseres Haus ... halt an, Bunny, oder ich fasse die Gitterstäbe! Das ist ein gutes Haus, sieh dir nur den Türklopfer und die elektrische Klingel an. Die haben die Mieter sich selbst machen lassen, da müssen sie doch Geld haben! Ich wette auf ein Silbertischchen im Empfangszimmer, und die Fenster stehen weit offen. Elektrisches Licht auch, bei Jupiter!«

Da ich nicht anders konnte, war ich stehen geblieben, und

zwar auf der anderen Straßenseite im Schatten der bewachsenen Umzäunung. Während Raffles sprach, war im Erdgeschoß das Licht aufgedreht worden, und wir erblickten den appetitlichsten Eßtisch, an dessen hinterem Ende ein Herr beim Wein saß, während die Dame im Abendkleid uns den Rücken zukehrte. Es war wie ein Bild aus der Laterna magica. Die beiden waren allein, aber der Tisch war reich mit Silber gedeckt und mit Blumen geschmückt, und das Mädchen hatte die undefinierbare Haltung wohlgeschulter Dienstboten.

»Achte auf ihr Halsband und seinen Hemdknopf, Bunny! Wie roh der Kerl aussieht. Aber der Tisch ist sehr hübsch, und das ist ihr Werk. Sie hat den Geschmack, er das Geld. Und das Bild über dem Anrichtetisch! Scheint ein Jacques Saillard zu sein! Der Silbertisch wäre wie für mich gemacht.«

»Nimm dich in acht! Du bist im Rollstuhl!«

»Und alle Welt beim Abendessen ... bis man zweimal zwei rechnet, ist's getan!«

»Bei offenen Rolläden und der Köchin unten?«

Er nickte, beugte sich weit vor und griff nach der Decke, die über seine Beine gebreitet war.

»Du bist verrückt«, sagte ich, den Handgriff fassend, um weiterzugehen, aber der Stuhl war leer, und mitten auf der Straße stand mein Pflegling, das bleiche Gesicht verschmitzt und doch unheimlich entschieden.

»Gib einstweilen auf den Teppich acht! Ich will nur sehen, ob sie einen Silbertisch hat«, klang es flüsternd herüber.

»Wir brauchen keinen ...«

»Es dauert keine Minute ...«

»Das ist ja Wahnsinn, Verrücktheit ...«

»Dann warte nicht auf mich.«

Das sah ihm wieder ähnlich, mich so stehen zu lassen, und dieses Mal hätte ich ihn beim Wort genommen, hätte mich nicht mein Ausruf auf eine Idee gebracht. Wahnsinnig hatte ich ihn genannt, und dafür konnte ich ihn im Notfall auf Ehrenwort ausgeben. Der Vorgang ereignete sich ja nicht weit von zuhause, sie brauchten nur um die Ecke zu gehen, um alles über uns zu erfahren. Ich verwies sie an Doktor Theobald, der Einbrecher war ein Patient von ihm, ich dessen Pfleger, dem er noch nie so einen Streich gespielt hatte. Ich hörte mich schon an der Haustür Erklärungen abgeben und den leeren Fahrstuhl als Beweis vorzeigen, während das hübsche Zimmermädchen zur Polizei lief. Ich sah mich Raffles mit fester Hand in den Rollstuhl zurückführen, hörte ihn flüsternd danken, es war die erste Klemme, aus der ich ihn gezogen hatte, und ich wünschte jetzt nichts sehnlicher, als daß er hineingeraten möchte, so sicher war ich, wie alles verlaufen würde.

Er war kühn aber leise bis zur Haustür gegangen, bereit zu klingeln, falls sich jemand zeigen sollte, und zweifellos zu der Behauptung entschlossen, er habe schon geklingelt. Aber er brauchte nicht zu klingeln. Plötzlich sah ich ihn den einen Fuß auf den Briefkasten setzen, die linke Hand gegen den Tragstein des Balkons stemmen. Ein aufregender Anblick sogar für einen hartgesottenen Spießgesellen, der eine tadellose Ausrede parat hat! Ein fester Griff mit dieser linken Hand, die das ganze Gewicht des zurückgelehnten Körpers tragen mußte, während der rechte Arm bis zu seiner äußersten Länge hinaus und hinauf gereckt war, und der Boden des niedrigen Balkons war in sicherem Schwung erreicht.

Ich atmete auf und sah mich um. Das Mädchen in dem erleuchteten Zimmer kehrte die Brotkrumen vom Tischtuch, der Platz war so still und menschenleer wie zuvor. Viele von den Häusern blieben dunkel. Ich sah wieder hinauf, wo Raffles eben durch eine der Balkontüren verschwand, und im nächsten Augenblick hatte er innen das Licht aufgedreht. Das war schon dumm genug, denn ich wenigstens konnte jetzt alles sehen, was er tat. Aber die Dummheit, die allem die Krone aufsetzte, sollte erst kommen. Sie hatte gar keinen Zweck, es war eine Komödie, die er nur mir zu Ehren spielte, wie ich sofort wußte und wie er mir später auch zugab, aber der Tollhäusler erschien wieder auf dem Balkon, verbeugte sich wie ein Gaukler – in seiner Kreppmaske!

Ich lief mit meinem Rollstuhl davon, kehrte aber wieder um. Im Stich lassen konnte ich meinen Raffles nicht, ich mußte für alles eine Erklärung finden, selbst für die unselige Maske, falls er sie nicht rechtzeitig ablegte. Leicht war es ja nicht, aber Einbrecher bewegen sich selten im Rollstuhl, und für das Übrige mußte Doktor Theobald einstehen. Mittlerweile war Raffles wenigstens vom Balkon verschwunden, und ich sah nur noch seinen Kopf, wie er in ein Zimmer neben dem Salon hineinspähte. Ich hatte jetzt, wie in der Oper Aida, eine obere und eine untere Szene vor mir; sah Raffles oben herumlaufen, Mann und Frau aber unten bei Tisch sitzen. Achselzuckend füllte der Hausherr wieder sein Glas, während die Dame plötzlich ihren Stuhl zurückschob und zur Tür ging.

Oben stand Raffles vor dem Kamin. Er hielt eine gerahmte Fotografie in der Hand und studierte mit selbstmörderischer Ausdauer das Bild durch die Augenlöcher der Maske, die er immer noch trug. Er würde sie brauchen. Die Dame hatte das untere Zimmer verlassen, der Herr aber war sitzen geblieben und trank weiter. Ich hätte Raffles eine Warnung zugerufen, aber in ausgerechnet diesem Augenblick mußte ausgerechnet ein Polizist bedächtig auf meiner Straßenseite entlang kommen. Ich konnte nichts tun, als schwermütig auf meinen Rollstuhl starren und den Polizisten fragen, wieviel Uhr es sei. Ich würde wohl die ganze Nacht hier warten müssen, bemerkte ich, und erst als ich's gesagt hatte, fiel mir ein, daß dadurch all meine geplanten Erklärungen hinfällig wurden. Zum Glück stand der Feind auf dem Fußsteig, von wo aus er kaum mehr sehen konnte als die obere Zimmerdecke, er sah aber gar nicht hinauf, sondern ging weiter.

Die ›lebenden Bilder‹, die ich jetzt zu sehen bekam, werde ich mein Leben lang nicht vergessen. In dem erleuchteten Zimmer hinter dem Balkon stand, Raffles gegenüber, eine dunkelhaarige schöne Frau, deren Profil wie eine Kamee geschnitten war, mit der geraden Linie von Brauen und Nase, der kurzen Oberlippe und dem schön ausgebildeten Kinn, wie man sie öfter in Marmor als in Fleisch und Blut findet. Wie ein Marmorbild stand sie da oder vielmehr wie eine wundervoll blasse Bronzefigur, woran ihr Teint erinnerte. Dieser veränderte sich nicht, sie zitterte auch nicht, nur ihre Brust hob und senkte sich. So stand sie, ohne mit der Wimper zu zucken, einem maskierten Einbrecher gegenüber, der wohl als erster ihre Tapferkeit zu würdigen wußte. Mir machte sie einen so überwältigenden Eindruck, daß ich nicht begriff, wie Raffles dieser stolzen Gestalt gegenüberstehen konnte, ohne vor Scham in den Boden zu sinken. Die Frau sah ihn voll Verachtung an, doch er blieb unbewegt, das Bild noch in der Hand. Nun wandte sie sich mit rascher, entschlossener Bewegung nicht zur Tür, nicht zur Klingel, sondern zu der offenen Balkontür, durch die Raffles eingetreten war – und das während der verdammte Polizist immer noch in Sicht war. Bis jetzt war kein Wort gefallen, aber jetzt sagte Raffles etwas, und beim Klang seiner Stimme drehte sie sich rasch um. Mit demütiger Miene sah ihr Raffles, der die Maske abgerissen hatte, ins Gesicht.

»Arthur!« rief sie, daß man's bis in die Mitte des Platzes hören konnte.

Sie starrten einander an, während unten die Haustür auf- und zuging. Der Ehemann verließ das Haus, eine gutgewachsene Gestalt, aber ein verlebtes Gesicht und ein Gang, der jetzt schon jene auffällige Vorsicht verriet, die der Untreue vorangeht. Der Bann war gebrochen; die Frau trat auf den Balkon, blickte auf die Straße und wieder ins Zimmer zurück, und ich sah sie die beringte Hand sachte auf Raffles' Arm legen.

Sie verschwanden vom Fenster; einen Augenblick wurden ihre Köpfe im Nebenzimmer sichtbar, dann flammte in einem weiter hinten gelegenen Raum das Deckenlicht auf, und sie waren aus meinem Gesichtskreis verschwunden.

Leser, die sich für meinen seelischen Zustand interessieren, werden sich vorstellen, wie mir zumute war. Ich denke nicht gern daran zurück. Schließlich gelang es mir, mich an Raffles' Stelle zu versetzen. Raffles war erkannt worden; er war ins Leben zurückgekehrt. Bis jetzt wußte nur eine Person von ihm, aber diese eine war ein Weib – ein Weib, das ihn einst geliebt hatte, wenn menschliche Züge je die Wahrheit sprachen. Würde sie sein Geheimnis bewahren? Würde er ihr sagen, wo er wohnte? Nein, das würde er nicht tun, dafür kannte ich ihn zu gut. Wenn irgend möglich, würde er sie auf eine falsche Fährte bringen, und ich und der Rollstuhl durften ihn nicht verraten. Ich schob das verdammte Fuhrwerk um die nächste Ecke, wo ich wartend stehen blieb, bis er endlich kam.

Er ging rasch; ich hatte also recht gehabt, er hatte nicht den Invaliden gespielt. Und doch hörte ich ihn einen Freudenruf ausstoßen, als er den Rollstuhl sah, in den er sich mit einem Seufzer der Erleichterung warf, der mir in der Seele wohltat.

»Gut gemacht, Bunny, ganz vortrefflich! Ich bin auf dem Weg nach Earl's Court; sie ist imstande, mir nachzuschleichen, aber in einem Rollstuhl wird sie nicht nach mir suchen. Nach Hause, nach Hause, und bis dahin kein Wort mehr!«

Und ob sie imstande war, ihm nachzuschleichen! In einen Abendmantel mit Kapuze gehüllt, überholte sie uns schon an der Südseite des Platzes. Sie würdigte uns keines Blicks, sondern ging richtig in Richtung Earl's Court und entfernte sich so immer weiter von unserer bescheidenen Behausung. Raffles dankte mit bewegter Stimme den Göttern, und fünf Minuten später waren wir in unseren vier Wänden. Jetzt war es ausnahmsweise Raffles, der die Zigaretten holte, die Gläser füllte, und diesmal (das einzige Mal im Leben) sah ich ihn seines auf einen Zug leeren.

»Du hast die Balkonszene nicht gesehen?« fragte er.

Es waren seine ersten Worte, seit die Frau an uns vorübergehuscht war.

»Du meinst, als sie ins Zimmer trat?«

»Nein, als ich herunterstieg. Ich will nicht sagen, daß Romeo und Julia unsere Geschwister waren, aber so hätte man es nennen können, Bunny!«

Und er starrte verstört vor sich hin, wie nur je ein Verliebter.

»Eine alte Flamme?« fragte ich milde.

»Eine verheiratete Frau«, stöhnte er.

»Das habe ich gemerkt.«

»Das war sie damals auch schon«, gestand er wehmütig. »Das ist gerade das Elend, und macht die Sache so verteufelt ungemütlich . . .«

Ich wußte wohl, was er meinte, sagte aber, daß ich nicht einsehen könne, was das jetzt noch zu sagen habe und versicherte lediglich, daß ich die unmittelbare Gefahr für glücklich abgewendet und nur erhöhte Vorsicht für nötig hielte. Er hörte mir gesenkten Blicks zu, und als er die Augen erhob, sah ich, daß ich meinen Trost tauben Ohren gepredigt hatte.

»Weißt du, wer sie ist? Jacques Saillard«, sagte er, als ob ich nun alles wissen müßte.

Der Name sagte mir aber gar nichts. Ich hatte ihn schon einmal gehört, aber das war auch alles. Ich weiß, es war eine Schande, aber schließlich war ich auf Literatur und nicht auf Kunst spezialisiert.

»Du mußt ihre Bilder kennen«, belehrte Raffles mich nachsichtig, »nur hast du den Maler wohl immer für einen Mann gehalten. Sie würden dich sehr ansprechen, die üppige Szene über der Anrichte zum Beispiel ist von ihr. Manchmal wagen sie's, in der Akademie einen Jacques Saillard auszustellen, manchmal sind sie wieder zu zimperlich.«

Mir dämmerte etwas von weißen Nymphenleibern, die sich in einem Waldteich spiegeln.

»Jetzt erinnere ich mich! Eine kluge Frau . . .«

»Eine kluge Frau! Wenn sie nur *das* wäre, würde ich mich bombensicher fühlen. Kluge Frauen können ihre Klugheit nie vergessen, sie steigt ihnen zu Kopfe wie einem halbwüchsigen Jungen der Wein und sie sind deshalb ebenso gefährlich. Außerhalb ihrer Kunst möchte ich Jacques Saillard aber nicht klug nennen, und überhaupt nenne ich sie kein Weib. Sie arbeitet wie ein Mann und nennt sich wie einen Mann, hat mehr Willenskraft als zehn Männer zusammen, und ich schäme mich nicht, es zu gestehen, sie ist auf Gottes Erde der einzige Mensch, den ich fürchte. Ich habe einmal mit ihr Schluß gemacht, aber ich kenne sie.

Wenn man mich gefragt hätte, wer in ganz London mich am wenigsten hätte finden dürfen, ich hätte Jacques Saillard genannt.«

Daß er sie mir gegenüber nie genannt hatte, war ebenso bezeichnend für Raffles wie die Zurückhaltung, die er auch jetzt über ihre ehemaligen Beziehungen bewahrte.

»Eine Frau verrät man nicht, Bunny!« hatte er mir oft gesagt, und er wiederholte es auch heute Abend, aber mit finster bewölkter Stirne, als ob seine Ritterlichkeit auf eine harte Probe gestellt wäre.

»Schön und gut, wenn sie nur dich nicht verrät.«

»Das ist es ja, Bunny! Das ist es ja ...«

Das Wort war heraus, und widerrufen ließ sich's nicht.

Ich hatte den Nagel auf den Kopf getroffen.

»Sie hat dir gedroht?«

»Das habe ich nicht gesagt«, sagte er kalt.

»Und sie ist mit einem Hanswurst verheiratet«, fuhr ich fort.

»Wie sie dazu kam, ist mir ein Rätsel.«

»Das ist die Ehe immer«, bemerkte ich wohlgefällig in der Rolle des Weisen. »Südliches Blut?«

»Spanierin.«

»Sie wird dich quälen, mit ihr durchzugehen, Alter.«

Raffles, der bis jetzt im Zimmer auf und ab gegangen war, blieb jetzt stehen. Sie hatte ihm also schon den Vorschlag gemacht! Wie wundervoll scharfsinnig selbst Dummköpfe in den Liebesgeschichten ihrer Freunde sein können!

»Du hast sie nach Earl's Court geschickt?« fragte ich, um mich auf sicheren Boden zu flüchten, als er schweigend seinen Spaziergang fortsetzte.

»Es interessiert dich vielleicht zu hören, wo und wie ich jetzt lebe, Bunny«, erwiderte er schließlich lächelnd. »Ich bin so tief gesunken, wie man graben kann, bringe meine Nächte teils im Park, teils in einer Diebeshöhle zu. Heute war ich anständig angezogen, weil ich eben einen Anzug gestohlen hatte. Auf dem Heimweg führten mich die Stille des Platzes und ihr offenes Fenster in Versuchung. Du hättest hören sollen, wie ich sie anflehte, mich meinen eigenen Weg gehen zu lassen – damit war mir's ja Ernst! – dessen Ziel der Galgen sei.«

»Etwas stark aufgetragen!«

»Das war nötig und tat seine Wirkung; sie ließ mich gehen. Aber im letzten Augenblick sagte sie, daß sie glaube, ich male mich schwärzer, als ich sei, und dann folgte die Balkonszene, die du versäumt hast.«

Ich sagte ihm, daß er für diesen Einbruch immer noch zu gut weggekommen sei.

»Wenn ich wirklich weggekommen bin«, bemerkte er zweifelnd. »Wir sind so verdammt nahe Nachbarn, und ich kann nicht Hals über Kopf ausziehen mit diesem alten Theobald, der meinen Fall ernst nimmt. Ich glaube, ich sollte mich lieber ins Bett legen und zu Gott hoffen, daß sie uns nicht noch auf die Spur kommt ...«

Natürlich schwatzten wir noch weiter, aber nur wenige Minuten, da brachte die elektrische Klingel unsere Unterhaltung zu jähem Stillstand.

»Der Doktor?« fragte ich zwischen Furcht und Hoffnung.

»Es hat nur einmal geklingelt.«

»Die letzte Post?«

»Der Briefträger klopft doch, und seine Zeit ist längst vorbei.«

Wieder ertönte die Klingel, aber diesmal als ob sie nicht mehr aufhören wollte.

»Geh hinaus, Bunny«, sagte Raffles mit funkelnden Augen und entschlossenem Lächeln. »Wenn *sie* es ist, laß sie eintreten.«

Sie war's, immer noch im Abendmantel, und den schönen Kopf halb in der Kapuze versteckt, und in ihren zornigen Zügen lag eine sympathische Unhöflichkeit. Sie war noch hübscher, als ich gedacht, von kühnerer Schönheit, aber auch wütender, als ich erwartet hatte. Der Flur war eng, aber ich dachte nicht im Traum daran, ihr den Weg zu verstellen, obwohl sie mich keines Wortes würdigte. Ich drückte mich platt an die Wand, um die schöne Furie an mir vorbei durch die offene Tür des erleuchteten Zimmers rauschen zu lassen.

»Das ist also deine Diebshöhle!« rief sie in höchster Verachtung.

Ich stand hinter ihr auf der Schwelle, und Raffles sah mit hochgezogenen Augenbrauen auf mich.

»Ich habe in meinem Leben schon bessere Quartiere bewohnt«, sagte er, »aber es ist unnötig, meine Wohnung in Gegenwart meines Dieners so zu nennen.«

»Dann schick deinen *Diener* an seine Arbeit«, versetzte Jacques Saillard mit unliebsamer Betonung des Worts.

Als ich die Tür geschlossen hatte, hörte ich Raffles innen versichern, daß ich von nichts wisse, daß er wirklich ein Kranker sei, den eine wahnsinnige Versuchung überfallen habe. Was er ihr gesagt habe, um sein Leben vor ihr zu verbergen, sei natürlich Lüge, daß er ihr aber jetzt die Wahrheit sage, davon könne sie sich überzeugen, auch ohne das Haus zu verlassen. Aber offensichtlich hatte sie sich schon vorher beim Hauswart davon überzeugt. Trotzdem, ihr schien es einerlei, welche Geschichte erfunden war, welche nicht.

»Du glaubtest also«, sagte sie, »ich hätte an deinem Rollstuhl oder sonstwo auf der Welt an dir vorbeigehen können, ohne daß mir mein Herz gesagt hätte, daß du es bist!?«

II

»Es tut mir furchtbar leid, alter Junge, aber du mußt gehen.«

Das sagte mir Raffles ein paar Wochen nach Jacques Saillards erstem abendlichen Besuch, dem viele andere, zu jeder Tageszeit, gefolgt waren, während Raffles mindestens einmal in ihr benachbartes Atelier kommen mußte. Er hatte diese Zudringlichkeit anfangs mit einer Miene ironischer Ergebung ertragen, die mich weniger täuschte, als er annahm. Sie meine es im ganzen gut, sagte er, und man könne sich darauf verlassen, daß sie sein Geheimnis redlich bewahre. Aber mir war klar, daß er ihr nicht traute und daß er nur vorgab, über diesen Punkt beruhigt zu sein, um mir zu verheimlichen, wie sehr diese Frau ihn in der Gewalt hatte. Raffles hielt es deshalb der Mühe wert, Jacques Saillard allmählich mit seiner Kränklichkeit irre zu führen, wobei Doktor Theobald ihm unfreiwillig half. Außerdem hielt er sie fortwährend in dem Glauben, daß ich nur sein Pfleger sei und von seiner Vergangenheit so wenig wisse wie der Arzt.

»Du kannst also ganz ruhig sein, Bunny«, versicherte er, »sie meint, du weißt von nichts. Ich sagte dir ja, daß sie abgesehen von ihrer Kunst nicht gerade klug sei. Aber einen Willen hat sie!«

Ich sagte, daß es ja sehr rücksichtsvoll von ihm sei, mich aus dem Spiel zu lassen, es mir aber vorkäme, als wollte er den Sack zubinden, nachdem die Katze entwischt wäre. Kurz darauf griff Raffles, der wirklich nicht gesund aussah, zu seinem äußersten Verteidigungsmittel, dem Bett, und nun merkte ich, wie immer nachträglich, wie nützlich seine feinen Unterscheidungen gewesen waren, denn es war für mich, den unverdächtigen Wärter, verhältnismäßig leicht, auf Doktor Theobalds strengen Befehl, der Dame den Eintritt zu verweigern. So hatten wir einen Tag lang Ruhe, aber dann kamen Briefe, kam der Doktor wieder und wieder, und schließlich kam Raffles auf die unglaubliche Idee, die mich zu diesen Erklärungen gezwungen hat, auf meine Entlassung.

»Gehen?« wiederholte ich. »Wohin gehen?«

»Dieser Esel von Doktor besteht darauf.«

»Und du willst ihm den Willen tun?«

Ärger, Widerwillen, am meisten aber meine Verblüffung verschlugen mir die Sprache. Ich hatte mit allem Möglichen gerechnet, aber sicher nicht mit einer freiwilligen Trennung von ihm. Auch konnte ich mir nicht vorstellen, daß er schon vor dem Besuch unseres Äskulaps an diesem selben Morgen daran gedacht hatte. Raffles hatte es mir ärgerlich vom Bett aus gesagt und in der Art, wie er sich jetzt aufrichtete, lag ein gewisses Mitgefühl, als ob ihm die Sache selbst naheginge.

»Ich bin gezwungen, dem Kerl nachzugeben«, sagte er, »denn er rettet mich vor meiner Freundin, und ich muß ihn bei Laune halten. Wir haben uns eine halbe Stunde deinetwegen herumgestritten, Bunny, aber es half nichts, der Mensch hatte dich von Anfang an auf dem Kicker und will mir nur unter der Bedingung durchhelfen.«

»Wird er dir wirklich durchhelfen?«

»Es wird darauf herauskommen«, versetzte Raffles. »Jedenfalls ist er mir für den Augenblick zu Hilfe gekommen, das Übrige muß ich selbst ins Lot bringen. Du weißt nicht, was ich in diesen letzten Wochen durchzumachen hatte, Bunny, und es wäre unritterlich, darüber zu sprechen. Entweder gegen meinen Willen eine Frau entführen, oder der Welt im allgemeinen und der Polizei im besonderen meine Auferstehung bekanntgeben, genau vor diese Wahl hat man mich gestellt. Anfangs konnte ich ja die Krankheit vorschieben. Ich bin auch tatsächlich krank, und was denkst du dir jetzt? Ich bin dir Offenheit schuldig, Bunny, obwohl es mir gegen den Strich geht . . . sie möchte mich ›in die liebe warme Welt da unten mitnehmen, wo die Sonne wirklich scheint‹ und ›mich gesund pflegen zu Leben und Liebe!‹ Das Künstlertemperament ist etwas Furchtbares, Bunny, bei einem Weib, das dazu noch eigensinnig ist wie Teufels Großmutter.«

Raffles zerriß den Brief, woraus er mir die pikanten Details vorgelesen hatte, und sank mit dem erschöpften Ausdruck, den er nach Belieben annehmen zu können schien, auf sein Kissen zurück. Aber heute sah er wirklich aus, als ob das Bett der beste Platz für ihn wäre, und ich nützte diesen Umstand, um ihm vorzuhalten, daß mein Bleiben trotz Theobalds Abneigung dringend notwendig für ihn sei. Es seien sehr viel Typhusfälle vorgekommen in unserem Stadtviertel, ob er wolle, daß ich ihn in dem Augenblick verlasse, wo er vielleicht wirklich krank würde?

»Ich will's ja überhaupt nicht«, entgegnete er müde, »das weißt du ja, aber Theobald will's, und im Moment kann ich's mir nicht leisten, ihm zu widersprechen. Nicht daß mir viel am Leben liegen würde, jetzt wo diese Frau weiß, daß ich noch unter den Lebenden bin. Todsicher, sie wird's verraten, und im besten Fall gibt's Gerede und Geschrei, genau das, was ich die ganzen

Jahre vermieden habe. Was du jetzt tun sollst, ist irgendein ruhiges Plätzchen suchen, und mir sagen wo, damit ich eine Zuflucht habe, falls der Sturm losbricht!«

»Endlich ein vernünftiges Wort!« rief ich erleichtert. »Ich hab schon gedacht, du willst den alten Freund loswerden!«

»Das sieht dir ähnlich«, warf Raffles mit einer Verachtung hin, die mir nach dem ausgestandenen Schreck ordentlich wohltat. »Nein, mein liebes Kaninchen, du sollst uns einen neuen Bau graben. Versuch's einmal themseabwärts mit irgend einem stillen Nest, wie Literaten es gern haben. Ich habe schon oft gedacht, daß man mit einem Boot viel mehr anfangen könnte, als man so denkt, zum Beispiel wenn die Familien bei Tisch sind. Wenn Raffles wieder zum Leben kommt, soll's auch der Mühe wert sein! Auch mit dem Fahrrad wäre manches zu machen! Sieh dich einmal in Ham Common oder Roehampton oder irgend so einem verschlafenen Nest abseits von der Heerstraße um, und sag, du erwartest einen Bruder aus den Kolonien.«

Ohne das leiseste Zögern ging ich auf diese Verabredung ein, denn wir hatten die Mittel, das Unternehmen anständig aufzuziehen, und Raffles überließ mir einen ausreichenden Teil davon. Außerdem war mir's sehr willkommen, frische Weide zu suchen, ich hatte das Leben in der stinkigen kleinen Wohnung übersatt.

Unsere augenblicklichen Schwierigkeiten waren umso ärgerlicher, weil sie ganz mutwillig heraufbeschworen waren. Aber Raffles war ja dafür genügend bestraft, und ich bildete mir ein, daß er durch diese Lehre gewitzigt ins neue Quartier einziehen werde.

»Wenn es dazu kommt, Bunny!« sagte er, als ich ihm die Hand gab und ihm versicherte, wie ich mich auf unser Wiedersehen freute.

»Selbstverständlich kommt es dazu!« rief ich, während sein Aussehen und der Ton seiner Worte mir den Abschied von neuem bitter machten.

»Ich bin nicht so sicher«, versetzte er düster. »Man hat mich in den Klauen, da muß ich erst wieder rauskommen!«

»Ich werde still sitzen, bis es soweit ist.«

»Gut, und wenn du mich in zehn Tagen nicht siehst, so siehst du mich überhaupt nie wieder.«

»In zehn Tagen schon? Das will ja gar nichts heißen!«

»In zehn Tagen kann viel passieren«, sagte er, immer noch in dem gedrückten Ton, der bei Raffles besonders niederschlagend wirkte, dabei streckte er mir die Hand zum zweiten Mal hin und drückte meine, sie sofort wieder freigebend, herzlich zum Abschied.

Außerstande, zu erkennen, ob Raffles wirklich krank oder nur verärgert war, verließ ich in gedrückter Stimmung die Wohnung, als am Fuß der Treppe der Urheber meines Mißbehagens, dieser verwünschte Theobald, seine Tür aufriß und mir den Weg vertrat.

»Sie gehen?« fragte er.

Die Reisetasche in meiner Hand gab darüber genügend Auskunft, ich setzte sie ihm vor die Füße, um ihm meine Meinung zu sagen.

»Ja«, sagte ich wütend, »und das danke ich Ihnen.«

»Mein lieber Freund«, erwiderte er mit einem Vollblutgesicht, als sei ihm ein Stein vom Herzen gefallen, »mir macht's wahrhaftig kein Vergnügen, jemand um sein Brot zu bringen, aber von der Krankenpflege haben Sie, wie Sie selbst wissen, keinen Schimmer.«

Ich überlegte, was er damit meinen und wieviel er wissen könne, und diese Überlegung machte mich stumm.

»Kommen Sie einen Augenblick rein«, sagte er, als ich eben zu dem Schluß gekommen war, er wisse nichts.

Im Sprechzimmer angelangt, beschenkte mich Doktor Theobald feierlich mit einem Pfund als Schmerzensgeld, und ich steckte das Goldstück so ernsthaft und dankbar ein, als ob ich nicht schon fünfzig in verschiedene Taschen verteilt bei mir trüge. Der gute Mann hatte meine gesellschaftliche Stellung, die ihm bei unserer ersten Begegnung das Wichtigste gewesen war, vergessen, er hatte sich nie angewöhnt, mich als gebildeten Menschen zu behandeln, und mit dem großen Weinglas, das er beim Eintreten hinter einen Fotografierahmen geschoben hatte, dürfte er sein Gedächtnis nicht gerade gestärkt haben.

»Eines möchte ich noch erfahren, ehe ich gehe«, sagte ich, mich plötzlich auf des Doktors Matte umdrehend, »nämlich, ob Herr Maturin wirklich krank ist oder nicht.«

Doktor Theobald setzte sich in Positur wie ein Rekrut bei der Stimme des Unteroffiziers.

»Natürlich ist er krank«, schnauzte er mich an, »so krank, daß er einen Pfleger braucht, der was von Krankenpflege versteht.«

Damit schlug er mir die Tür vor der Nase zu, und ich mußte meines Weges ziehen, ohne im klaren zu sein, ob er mich verstanden und ob er mich belogen hatte oder nicht.

Ohne die Unruhe über diese Frage hätten die nächsten paar Tage recht genußreich sein können. Ich hatte anständige Kleider auf dem Leib, in den meisten Taschen Geld, und mehr Freiheit, es auszugeben, als in der ständigen Begleitung eines Mannes, dessen Freiheit davon abhing, daß man ihn allgemein für tot hielt. Raffles war so wagemutig wie immer, und ich war stolz auf ihn wie immer, aber obwohl er im Beruf vor keiner Gefahr zurückschreckte, mußte er in seinen Mußestunden auf manchen harmlosen Genuß verzichten, der mir ohne ihn zugänglich war, für ihn aber purer Wahnsinn gewesen wäre. Er durfte ja nicht einmal vom Sechspencesitz aus ein Kricketspiel mitansehen, wobei seine einstige Partei ohne ihn von Jahr zu Jahr weniger Erfolg hatte. Er fuhr nie mit der Eisenbahn und auswärts zu speisen war ein Risiko, das sich nur bei äußerst lohnenden Projekten in Kauf nehmen ließ. So sehr er sich verändert hatte, Raffles konnte tatsächlich sein Gesicht an keinem Ort und zu keiner Stunde ungestraft sehen lassen, und nach dem jüngsten Denkzettel würde er voraussichtlich in Zukunft noch vorsichtiger sein. Ich für meine Person hatte keinen solchen schicksalhaften Nachteil; und während mir in Raffles' Nähe alles gut genug war, womit *er* sich begnügte, sah ich kein Unrecht darin, mir im gegenwärtigen Augenblick ›etwas Gutes zu tun‹.

Mit diesen Gedanken fuhr ich in einem Hansom nach Richmond. Richmond schien uns die beste Gegend, um systematisch nach dem ruhigen Nest zu suchen, wie Raffles es brauchte; und ein gut ausgewähltes, gut bespanntes Hansom war entschieden die angenehmste Art, dorthin zu kommen. In acht oder zehn Tagen sollte mir Raffles postlagernd nach Richmond schreiben, bis dahin war ich also mein eigener Herr. Es war kein unerfreuliches Gefühl, womit ich mich im Wagen zurücklehnte, ein bißchen seitwärts, um den Blick im Rückspiegel zu haben, der eine nicht weniger wertvolle Errungenschaft dieser Wagen ist als die Gummiräder. Ich war wirklich kein häßlicher Junge, falls man sich mit dreißig Jahren noch so nennen darf. Zwar konnte weder von den scharfgeschnittenen, interessanten Formen, noch von jenem eigenartigen Reiz des Ausdrucks, die Raffles' Gesicht von jedem anderen in der Welt unterschieden, die Rede sein, aber gerade diese Besonderheit war auch gefährlich, während ich mit hundert jungen Männern in London bequem verwechselt werden konnte. So unglaublich es den Sittenpredigern klingen mag, ich hatte kein äußerliches Brandmal aus dem Gefängnis davongetragen, und ich bin so eitel zu glauben, daß meine Missetaten in meinem Gesicht keine Spuren hinterlassen haben. An diesem Nachmittag überraschte mich sogar die Frische und Klarheit meiner Haut, und die Harmlosigkeit des Gesichts, das mir aus dem kleinen Spiegel entgegensah, hatte fast etwas Niederdrükkendes. Mein strohgelber Schnurrbart, der in der erzwungenen Untätigkeit bei Raffles wieder gewachsen war, hatte immer noch höchst enttäuschende Ausmaße und war ohne Hilfe von Bartwichse nur bei besonders günstiger Beleuchtung wahrzunehmen. Der oberflächliche Beobachter hätte eher auf einen mißratenen Jungen getippt als auf einen hoffnungslosen Verbrecher, der schon einmal gesessen hat, und es noch öfter verdiente.

Jedenfalls war es kein Gesicht, vor dem ein erstklassiges Hotel ohne weiteres seine Tore schließt, und so befahl ich mit innerer Genugtuung dem Kutscher, am ›Star und Garter‹ vorzufahren.

Ich ließ ihn auch den Weg durch den Park von Richmond nehmen, obwohl er mich darauf aufmerksam machte, daß es doppelte Taxe koste. Es war Herbst, und die Farben mußten jetzt besonders schön sein; durch Raffles' Umgang hatte ich gelernt, solche Genüsse selbst bei den gewagtesten Unternehmen zu schätzen.

Wenn ich bei den Freuden dieses Ausflugs verweile, so deshalb, weil sie, wie übrigens die meisten Freuden, überaus kurzlebig waren.

Im ›Star und Garter‹-Hotel, das zur Zeit so leer war, daß ich ein Zimmer bekam, das eines Fürsten würdig gewesen wäre, konnte ich vom Fenster aus jeden Morgen beim Rasieren die nach patriotischer Ansicht herrlichste Aussicht der Welt genießen.

In Ham Common, einem der von Raffles empfohlenen Plätze, entdeckte ich denn auch richtig einen geradezu idealen Schlupfwinkel. Es war ein Landhaus, und wie ich erfuhr, wurden im Sommer Zimmer an Fremde vermietet. Die Eigentümerin, ein mütterlicher Typ, war überrascht, nach einem winterlichen Quartier gefragt zu werden; ich habe aber allgemein gefunden, daß der Titel eines ›Autors‹, selbstbewußt vorgebracht, kleine Regelwidrigkeiten in Anzug und Benehmen nicht nur erklärt sondern geradezu fordert, um dem Laien glaubwürdig zu erscheinen. Das war auch hier der Fall, und nachdem ich erklärt hatte, daß ich nur in einem nach Norden gelegenen Zimmer, nur bei Hammelrippchen und Milch und mit einem Schinken im Kleiderschrank (für Fälle nächtlicher Eingebung) schreiben könne, war mein Schriftstellertum über jeden Zweifel erhaben. Ich mietete die Zimmer, bezahlte unaufgefordert einen Monat voraus und mopste mich fürchterlich, bis die Woche herum war und ich Raffles täglich erwarten konnte. Ich erklärte meiner Wirtin, daß die Inspiration auf sich warten lasse und fragte unvermittelt, ob ihr Hammelfleisch nicht aus Neuseeland stamme.

Dreimal hatte ich schon umsonst auf dem Postamt in Richmond nach einem Brief gefragt, und am zehnten Tag ging ich sogar fast stündlich hin, aber bis zur letzten Abendpost kam nichts für mich. Von fürchterlichen Ahnungen gequält, kehrte ich nach Ham zurück, um am anderen Morgen gleich nach dem Frühstück wieder nach Richmond zu fahren. Noch immer nichts. Jetzt konnte ich's nicht mehr aushalten, und zehn Minuten vor elf Uhr stieg ich die Stufen der Station Earl's Court in London hinauf.

Es war ein trostloser Tag; über die lange Straße peitschte der Wind einen naßkalten Nebel, der sich einem mit klebriger Zärtlichkeit ans Gesicht hing. Als ich in unsere Seitenstraße einbog und die himmelhohen Häuser mit den in den Nebel hineinragenden Schornsteinen vor mir sah, fühlte ich erst, wieviel besser sich's in Ham lebte. Vor unserem Hauseingang stand ein Fuhrwerk, das ich zuerst für einen Krämerkarren hielt, beim Näherkommen aber mit Entsetzen als Leichenwagen erkannte. Der weiße Dampf stieg plötzlich nicht mehr von meinen Lippen auf, denn ich hatte einen Blick nach oben geworfen und gesehen, daß in unserer Wohnung alle Vorhänge geschlossen waren!

Ich stürzte ins Haus, wo ich des Doktors Türe offen fand. Ohne zu klopfen oder zu klingeln, trat ich in sein Sprechzimmer, wo er feierlich in Schwarz gekleidet mit geröteten Augen und aufgedunsenem Gesicht am Tisch saß.

»Wer ist gestorben?«

Die roten Augen röteten sich noch mehr, als Doktor Theobald sie bei meinem unerwarteten Anblick weit aufriß, und es dauerte furchtbar lang, bis er mir Bescheid gab. Zuletzt ließ er sich doch dazu herbei, und er warf mich auch nicht zur Tür hinaus, wozu er anfangs Lust zu haben schien.

»Herr Maturin«, sagte er, seufzend wie ein geschlagener Mann.

Ich sagte nichts. Ich war nicht überrascht. Ich hatte es seit den letzten Minuten gewußt, ja ich hatte es von Anfang an gefürchtet, geahnt, obwohl ich mich bis zuletzt gegen den Gedanken gewehrt hatte. Raffles tot! Er war also wirklich krank gewesen! Raffles tot – sein Begräbnis stand unmittelbar bevor!

»Woran ist er gestorben?« rief ich unwillkürlich mit jener

grimmigen Selbstbeherrschung, über die auch die Schwächsten unter uns bei wirklichem Unglück zu verfügen scheinen.

»An Typhus. Es sind viele Fälle in Kensington vorgekommen.«

»Die Krankheit war schon im Anzug, als ich ging, das mußten Sie wissen. Wie konnten Sie mich da fortschicken!«

»Mein lieber junger Mann, gerade darum mußte ich einen erfahreneren Pfleger für ihn haben.«

Der Ton war so versöhnlich, daß mir sofort klar wurde, welch ein Schwindler der Mensch war, und plötzlich hatte ich die unbestimmte Überzeugung, daß er mir etwas weismache.

»Wissen Sie denn, ob es überhaupt Typhus war?« schrie ich ihm wild ins Gesicht. »Wissen Sie gewiß, daß es nicht Selbstmord war – oder Mord?«

Ich gestehe, daß ich jetzt im Niederschreiben wenig Sinn in diesen Worten finde, aber es war ein Ausbruch von Schmerz, Empörung und Mißtrauen. Meine Vorwürfe blieben nicht ohne Wirkung auf Doktor Theobald, der von einem sorgfältig gebürsteten Haar bis zum tadellosen Hemdkragen krebsrot wurde.

»Wollen Sie, daß ich Sie zum Haus hinauswerfe?« brüllte er, und dabei kam mir plötzlich in Erinnerung, daß ich ja als ein vollständig Unbekannter zu Raffles gekommen war und um seinetwillen besser täte, diese Rolle bis zuletzt durchzuführen.

»Bitte, verzeihen Sie mir«, sagte ich mit gebrochener Stimme. »Er war so gut zu mir ... ich hatte ihn wirklich liebgewonnen ... Sie vergessen, daß ich ursprünglich seinesgleichen war.«

»Das hatte ich vergessen«, erwiderte Theobald, sichtlich erleichtert durch diesen Umschlag meiner Stimmung, »und dafür bitte ich Sie um Verzeihung. Still ... jetzt bringen sie ihn herunter ... Ich muß einen Tropfen trinken, ehe wir aufbrechen ... halten Sie mit.«

Und ganz ungeniert nahm er einen tiefen Zug, und ich womöglich einen noch tieferen, was zur Folge hatte, daß sich ein barmherziger Nebel über vieles legte, was die nächste Stunde brachte, die ich wahrhaftig eine der schmerzlichsten meines Lebens nennen kann. Ich wußte kaum, was ich tat, ich weiß nur, daß ich in einem Hansom saß, mich plötzlich wunderte, daß er so langsam fuhr, und dann mit einem Mal zum Bewußtsein der Wirklichkeit erwachte. Diese Wirklichkeit mußte mich noch mehr als das Getränk in den benommenen Zustand versetzt haben. Meine nächste Erinnerung ist, daß ich in ein offenes Grab blickte und plötzlich mit leidenschaftlicher Angst den Namen des Beerdigten auf dem Sarg suchte. Es war aber natürlich nicht sein richtiger Name, sondern der, unter dem er all diese Monate gelebt hatte.

Das Gefühl eines unfaßlichen Verlusts raubte mir noch immer die Denkfähigkeit, ich konnte die Augen nicht von dem Grab wenden, das mir langsam die Erkenntnis des Geschehenen aufdrängte, als ich neben mir ein Rascheln hörte und einen Schauer herrlicher Treibhausblüten gleich riesigen Schneeflocken auf die Stelle fallen sah, die meinen Blick gebannt hielt. Ich wandte den Kopf; eine majestätische Frauengestalt in tiefer Trauerkleidung stand an meiner Seite. Das Gesicht war sorgfältig verschleiert, aber ich stand so nah, daß ich die herrische Schönheit ›Jacques Saillard‹ deutlich erkannte. Kein Mitgefühl regte sich in mir, im Gegenteil, mir wurde heiß bei dem vagen Gedanken, daß sie für diesen Tod verantwortlich sei. Und doch – sie war die einzige Frau unter dem halben Dutzend Menschen, die ihm die letzte Ehre erwiesen, und nur sie hatte ihm Blumen gebracht.

Als die traurige Förmlichkeit erledigt war und ich Jacques Saillard in einem eigens gemieteten Trauercoupé fortfahren sah, bemerkte ich, daß mein Kutscher mir durch den Nebel Zeichen machte. Da fiel mir erst ein, daß ich ihn hatte warten lassen, und als letzter ging ich, während die Totengräber schon fast mit Aufschütten der Grube fertig waren, dem Ausgang zu, als eine Hand sich leicht, aber fest auf meine Schulter legte.

»Ich möchte auf einem Friedhof kein Aufsehen erregen«, flüsterte eine Stimme keineswegs unfreundlich, ja fast vertraulich. »Wollen Sie ruhig mit mir in Ihre eigene Droschke steigen?«

»Wer in aller Welt sind Sie denn?« rief ich.

Ich erinnerte mich jetzt, den Mann um das Grab herumlungern gesehen und ihn, soweit ich ihm überhaupt Beachtung geschenkt hatte, für den Leichenbesorger gehalten zu haben.

»Mein Name tut nichts zur Sache«, erwiderte er fast mitleidig, »aber Sie werden raten, woher ich komme, wenn ich Ihnen mitteile, daß ich einen Haftbefehl für Sie habe.«

Es mag unglaublich klingen, aber diese Ankündigung erfüllte mich mit wilder Befriedigung. Da war ja ein Mittel, mein Leid zu ertränken, meine Gedanken zu beschäftigen, die fast unerträgliche Aussicht auf eine einsame Rückkehr in das kleine Häuschen in Ham war mir erspart. Es war, als ob mir ein Glied abgerissen worden wäre, und als ob mir jetzt ein Schlag ins Gesicht über den größeren Schmerz hinweghülfe. Schweigend stieg ich ein, mein Verfolger hinter mir. Er gab dem Kutscher Befehl, wohin er zu fahren habe, doch verstand ich nur das Wort ›Station‹ und besann mich, welche es wohl sein werde. Die nächsten Worte meines Begleiters, und mehr noch der Ton, worin sie gesprochen wurden, entrissen mich dem dumpfen Hinbrüten.

»Herr Maturin? Hat sich was mit Herrn Maturin!«

»Was soll denn mit ihm los sein?«

»Meinen Sie etwa, wir wüßten nicht, wer er war?«

»Wer war er denn?« fragte ich herausfordernd.

»Das sollten Sie am besten wissen, er hat Sie doch schon einmal ins Loch gebracht. Damals nannte er sich mit Vorliebe Raffles.«

»So hieß er wirklich«, versetzte ich mit Entrüstung, »und Raffles ist seit Jahren tot.«

Mein Häscher kicherte bloß.

»Auf dem Grund der See liegt er, sage ich Ihnen!«

Ich weiß nicht, weshalb ich mich so ereiferte, denn was für einen Wert hatte das jetzt für Raffles? Aber der Instinkt war stärker als die Vernunft, und von seinem frischen Grab weg empfand ich den Schlag, der gegen den toten Freund geführt wurde, als ob dieser noch lebte. Im nächsten Augenblick kam mir das zum Bewußtsein, und die Tränen stiegen höher als bisher. Der Kerl neben mir aber lachte hellauf.

»Soll ich Ihnen noch etwas sagen?«

»Wie Sie wollen.«

»Er liegt nicht einmal in diesem Grab! Er ist so wenig tot als wir beide, und die Begräbniskomödie ist sein jüngster Schurkenstreich.«

Ich weiß nicht, ob ich zu sprechen vermocht hätte. Ich versuchte es gar nicht, ich hatte es nicht nötig, ich fragte nicht einmal, ob er das gewiß wisse, denn ich wußte es selbst. Es war mir so klar, als uns Rätsel gewöhnlich sind, wenn man uns die Auflösung gesagt hat. Des Doktors Unsicherheit, seine unbedenkliche Feilheit, die vorgespielte Krankheit, meine Entlassung, alles klappte ja, und nicht einmal der Umstand, daß man mich vom Spiel ausgeschlossen hatte, konnte meine Freude trüben. Daß er lebte, war so wichtig, daß alles andere daneben verschwand.

»Er lebt!« rief ich endlich. »Alles Übrige ist gleichgültig, wenn er nur lebt!«

Schließlich fragte ich doch, ob er auch verhaftet sei, aber ich gestehe, daß ich nicht einmal gespannt war auf die Antwort, denn ich mußte im stillen schon ausrechnen, wieviel jeder von uns bekommen und wie alt wir sein würden, wenn wir wieder herauskämen. Aber statt zu antworten, schob mein Begleiter den Hut aus der Stirn und näherte sein Gesicht dem meinigen. Die Antwort war Raffles' eigenes Gesicht, meisterlich verändert (wenngleich nicht so meisterlich wie die Stimme!) und doch so unverkennbar, daß ich ihn im Nu hätte erkennen müssen, wäre ich anfangs nicht zu sehr in mein Leid versunken gewesen, um ihn überhaupt anzusehen.

Jacques Saillard hatte ihm das Leben unerträglich gemacht, und so war Sterben der einzige Ausweg gewesen. Raffles hatte sich mit tausend Pfund den Doktor gekauft und dieser auf eigene Gefahr einen ›Krankenpfleger‹ aus seiner eigenen Sippe gestellt. Mir hatte er aus irgendwelchen Gründen nicht getraut und darum meine Entlassung zur Bedingung seiner Teilnahme an der Verschwörung gemacht. Nun folgten die Einzelheiten der Geschichte, teils humoristische, teils schauerliche. Einmal war er mit gewagten Arzneimitteln behandelt worden und, wie er sich ausdrückte, so ›tot gewesen, als einer sein muß‹. Aber er hatte genaue Bestimmungen hinterlassen, daß niemand als ›sein aufopfernder Hausarzt‹ und der Wärter die ›Hand an seine Leiche‹ legen dürfe, und dank dieser Vorsicht war eine eigens zu diesem Zweck ruchloserweise angeschaffte Bibliothek heute in Kensal Green beigesetzt worden. Raffles hatte sich vorgenommen, mich gar nicht mit dem Geheimnis zu belasten, und wäre ich nicht so ungeschickt in das Begräbnis hereingeplatzt, dem er selbst zu seiner endgültigen Beruhigung beigewohnt hatte, so hätte ich nie ein Wort von der Sache erfahren. Er hätte sein Versprechen wortgetreu gehalten, versicherte er, und ich war überzeugt. Es war die einzige Erklärung, die mir zu hören lieb war, und im nächsten Augenblick hielt unser Wagen vor der Paddington-Station.

»Ich hatte eine andere Station erwartet!« rief ich. »Willst du denn gleich mit mir nach Richmond?«

»Weshalb nicht? Eigentlich wollte ich mich zuerst ausstaffieren, um regelrecht als der lang verlorene Bruder aus dem Busch anzukommen. Darum hatte ich nicht geschrieben. Die Beerdigung fand einen Tag später statt, als ich berechnet hatte, und so hätte ich dir heute abend geschrieben.«

»Ja, was sollen wir jetzt machen?« fragte ich unsicher, nachdem er den Kutscher bezahlt hatte. »Ich habe den Bruder aus den Kolonien in allen Tonarten verkündigt.«

»Ach, er hat sein Gepäck verloren, oder das Wasser ist in die Kabine gedrungen und hat alles zugrund gerichtet, oder er hatte nichts, womit er sich in England hätte sehen lassen können. Das verabreden wir noch in der Bahn.«

Raffles Reliquien

In der Nummer einer Zeitschrift vom Dezember 1899 erschien ein Artikel, der uns immerhin für kurze Zeit von der damals ungeheuren Aufregung über den südafrikanischen Krieg ablenken konnte. Damals hatte Raffles wirklich schon weiße Haare, und wir beide näherten uns dem Ende der geheimnisvollen Periode unserer Laufbahn als professionelle Einbrecher erster Güte. In Piccadilly und im Albanyklub wußte man zwar nichts mehr von unserer Existenz. Trotzdem, wenn uns die Versuchung überkam, waren wir in unserem letzten und idyllischsten Standquartier am Rand von Ham Common noch immer tätig. Was wir vor allem brauchten, war Erholung; und obwohl wir beide zu dem bescheidenen Fahrrad herabgestiegen waren, mußten wir die Winterabende doch hauptsächlich mit Lesen verbringen. So war der Krieg eine Wohltat für uns beide. Er war nicht nur Anlaß eines anständigen Interesses am gesellschaftlichen Leben, sondern auch Ursache und Zweck unzähliger Gänge durch den Richmond Park, an dessen anderem Ende sich der nächste Zeitungsstand befand. Und von einem solchen Marsch kehrte ich eines Tages mit einer höchst aufregenden, wenn auch nicht den Krieg betreffenden Nachricht zurück. Das illustrierte Blatt gehörte zu denen, die von Tausenden gelesen (und auch gekauft) werden. Dem Artikel waren auf jeder zweiten Seite kunstlose Skizzen beigefügt. Er handelte von dem sogenannten ›Schwarzen Museum‹ in Scotland Yard, und aus der sensationellen Beschreibung erfuhren wir zuerst, daß die gruselige Ausstellung nun durch eine besondere und reichhaltige Sammlung der sogenannten ›Raffles Reliquien‹ bereichert worden sei.

»Bunny«, sagte Raffles, »jetzt sind wir endlich berühmt! Nicht nur bekannt; es hebt uns aus dem gemeinen Diebeshaufen heraus in die Gesellschaft der glänzenden Götzen, deren kleine Vergehen vom Finger der Zeit ins Wasser geschrieben werden.

Wir kennen die Napoleonischen Reliquien, auch von den Nelsonschen haben wir gehört, und hier sind nun die meinigen!«

»Die ich für mein Leben gern sehen möchte!« fügte ich begehrlich hinzu. Aber schon im nächsten Augenblick bereute ich den Satz. Raffles schaute mich über die Zeitschrift hinweg an. Um seine Lippen lag ein Lächeln, das ich nur zu gut kannte, in seinen Augen flammte ein Feuer auf, das ich angezündet hatte.

»Das ist eine großartige Idee«, sagte er ganz sanft, als sei er bereits dabei, sie zu durchdenken.

»Ich meine es natürlich nicht ernst«, antwortete ich, »du ja auch nicht.«

»Natürlich meine ich es ernst«, sagte Raffles. »Nie in meinem Leben habe ich es ernster gemeint.«

»Du würdest bei Tageslicht nach Scotland Yard gehen?«

»Wenigstens bei hellem elektrischen Licht, um mir mein Eigentum noch einmal anzusehen«, antwortete er, wieder die Zeitschrift studierend. »Hier haben wir ja alles, Bunny. Du hast mir gar nicht gesagt, daß der Artikel illustriert ist. Hier haben wir die Truhe, in der du mich zu deiner Bank geschleppt hast, und das hier oben scheint meine Strickleiter mit noch anderen Sachen von mir zu sein. Die Zeichnungen in diesen billigen Blättern sind freilich so schlecht, daß man nicht darauf schwören könnte. Da bleibt einem nichts anderes übrig, als es selber zu inspizieren.«

»Das kannst du dann allein besorgen«, sagte ich finster. »Dein Äußeres mag sich ja verändert haben, aber mich würde man auf den ersten Blick wiedererkennen.«

»Aber du könntest mir eine Eintrittskarte verschaffen, Bunny.«

»Eine Eintrittskarte!« rief ich triumphierend. »Selbstverständlich müssen wir eine haben, und dadurch fällt ja die ganze Geschichte von selbst ins Wasser. Wer in aller Welt würde zu so einer Ausstellung einem ehemaligen Zuchthäusler wie mir eine Eintrittskarte geben?«

Mit einem Achselzucken, das eine gewisse Gereiztheit verriet, wandte sich Raffles wieder der Zeitschrift zu.

»Der Mensch, der diesen Artikel geschrieben hat, hatte eine«, sagte er kurz. »Von seinem Verleger wahrscheinlich. Du könntest dir eine von deinem geben lassen, wenn du dich darum bemühtest. Aber laß nur, Bunny, es wäre ja zu schrecklich, wenn du dich einen Augenblick in Unannehmlichkeiten stürzen würdest, nur um eine Laune von mir zu befriedigen. Wenn ich stattdessen hinginge und erkannt würde, was trotz diesem weißen Kopf und der allgemeinen Annahme, ich hätte bereits das Zeitliche gesegnet, sehr leicht möglich ist, so wären die Folgen für dich zu entsetzlich, um sie ausdenken zu können. Denk sie dir also lieber nicht aus, mein lieber Junge, und laß mich jetzt meine Zeitung lesen.«

Brauche ich hinzuzufügen, daß ich sofort ohne weitere Einwände seinen Wunsch zu erfüllen versuchte? War ich doch bei dem veränderten Raffles der späteren Tage solche Reizbarkeit gewöhnt, die ich übrigens sehr wohl verstehen konnte. Alle Unannehmlichkeiten der neuen Verhältnisse trafen ja ihn in erster Linie. Ich hatte meine Vergehen, so weit sie entdeckt worden waren, mit Gefängnis gebüßt, während man von Raffles vermutete, er sei seiner Strafe durch den Tod entronnen. Die Folge davon war, daß ich sicher auftreten konnte, wo Raffles nicht einmal eine Zehenspitze riskieren konnte, und so war ich sein Geschäftsträger in allen anständigen Verhandlungen mit der Außenwelt. Es mußte ihn notgedrungen verbittern, so abhängig von mir zu sein, und meine Aufgabe war es, die Demütigung aufs kleinste Maß zu reduzieren, indem ich peinlich den geringsten Anschein eines Mißbrauchs der Macht, die ich nun über ihn hatte, vermied. Deshalb, wenn auch voll banger Ahnung, führte ich jetzt sofort seinen kitzligen Befehl in der Fleet Street aus, wo ich trotz meiner Vergangenheit bereits ein wenig Fuß zu fassen begann. Der Erfolg stellte sich ein, wie immer, wenn man ihn nicht möchte, und so kam ich denn eines schönen Abends nach Ham Common zurück mit einer Karte von dem ›Amt zur Überwachung entlassener Sträflinge in New Scotland Yard‹, die ich bis heute wie ein Kleinod aufbewahre. Es wundert mich, daß sie kein Datum trägt und also heute noch den ›Eintritt für Inhaber‹ gewährt, ganz zu schweigen von den Freunden des Inhabers, denn neben dem Namen meines Verlegers steht das Wörtchen ›und Begleiter‹ gekritzelt.

»Aber er will nicht mitkommen«, setzte ich Raffles auseinander. »Es bedeutet nur, daß wir beide gehen können, wenn wir beide Lust haben.«

Mit einem verschmitzten Lächeln sah Raffles mich an, denn er war gerade guter Laune.

»Das wäre ziemlich gefährlich, Bunny. Wenn sie dir auf die Spur kämen, würden sie auch gleich an mich denken.«

»Du behauptest doch, daß man dich jetzt niemals wiedererkennen würde.«

»Das glaube ich auch. Meiner Ansicht nach ist nicht die geringste Gefahr; aber das werden wir bald wissen. Ich hab's mir nun mal in den Kopf gesetzt, mir die Sachen anzusehen, nur kann ich nicht den leisesten Grund finden, warum ich dich mit in die Sache hineinziehen soll, Bunny.«

»Du tust es schon, wenn du diese Karte vorzeigst«, erwiderte ich. »Wenn etwas passiert, werde ich schnell genug davon hören.«

»Also möchtest du wenigstens dabei sein und dir den Spaß ansehen?«

»Wenn es zum Schlimmsten kommt, ist das ja ganz egal.«

»Die Karte ist also auch für einen Begleiter ausgestellt?«

»Ja.«

»Und es wäre sogar auffällig, wenn nur ein einziger sie benutzte?«

»Mag wohl sein.«

»Dann wollen wir alle beide gehen, Bunny! Und ich gebe dir mein Wort«, rief Raffles, »daß kein ernster Schaden daraus entstehen soll, du mußt nur nicht sofort nach den Raffles Reliquien fragen und auch kein zu großes Interesse dafür an den Tag legen, wenn man sie dir zeigt. Überlaß das Fragen mir. Es wird wirklich eine gute Gelegenheit sein, zu ergründen, ob man in Scotland

Yard etwas von meiner Auferstehung argwöhnt. Und ich glaube, du wirst zur Belohnung für deine Sorgen und Ängste einen ganz netten Spaß haben.«

Es war ein milder, duftiger Frühnachmittag, an dem nur die tiefstehende Sonne den Winter anzeigte, als Raffles und ich, aus den niederen Regionen kommend, auf Westminster Bridge anlangten und einen Augenblick stehen blieben, um die Abtei und den Komplex der Parlamentsgebäude zu bewundern, deren verschwommene Umrisse sich in mattem Grau von einem goldenen Dunste abhoben. Raffles murmelte etwas von Whistler und von Arthur Severn und warf eine gute Sullivan weg, weil ihr aufsteigender Rauch sich zwischen ihn und das Bild drängte. Von allen Schauplätzen unseres gesetzwidrigen Daseins sehe ich jetzt vielleicht gerade dieses Bild am deutlichsten vor mir. Damals aber grübelte ich finster, ob Raffles wohl sein Versprechen halten und mir wirklich nur ein gänzlich harmloses Vergnügen bereiten werde.

Wir betraten das Polizeigebäude und schauten den strengen Beamten ins Gesicht, während diese uns fast angähnten, als sie uns durch Drehtüren und über steinerne Treppen hinaufwiesen. Selbst in dem unverfänglichen Empfang lag etwas Unheimliches. Mehrere Minuten lang blieben wir auf einem eiskalten Treppenabsatz uns selbst überlassen, was Raffles zu einer instinktiven Musterung der Umgebung benützte, während ich das Bild des jüngst verstorbenen Polizeipräsidenten betrachtete.

»Der gute alte Herr!« rief Raffles, zu mir tretend. »Ich habe ihn in alten Zeiten einmal bei einem Diner getroffen und meinen eigenen Fall mit ihm diskutiert. Hier im ›Schwarzen Museum‹ aber können wir nicht schlecht genug über uns selbst unterrichtet sein, Bunny. Ich erinnere mich, vor Jahren einmal im ehemaligen Polizeiamt in Whitehall, da hat mich einer der geriebensten Geheimpolizisten herumgeführt. Wer weiß, ob das hier nicht auch so einer ist?«

Aber selbst ich merkte auf den ersten Blick, daß an dem sehr jungen Mann, der sich uns auf dem obersten Treppenabsatz angeschlossen hatte, nichts nach Geheimpolizei, aber alles nach Angestellten aussah. Sein Stehkragen war der höchste, den ich je gesehen, und sein Gesicht fast so weiß wie der Kragen. Er hielt einen einzelnen Schlüssel in der Hand, womit er eine weiter unten im Gang gelegene Tür aufschloß, und dann führte er uns in jenes Schauermuseum, das vielleicht weniger Besucher findet, als irgend sonst eines in der Welt von ähnlichem Interesse. Der Raum war kalt wie eine Gruft. Rolläden mußten hochgezogen, Decken abgenommen werden, ehe wir noch etwas anderes erkennen konnten als die in einer langen Reihe aufgestellten Totenmasken von Verbrechern – apathische Gesichter mit geschwollenen Hälsen – die von ihren Regalen herabschauten, um uns geisterhaft zu begrüßen.

»Dieser Bursche ist nicht gefährlich«, flüsterte Raffles, während die Rolläden hinaufrollten, »trotzdem können wir nicht vorsichtig genug sein. Meine Sachen liegen dort um die Ecke in einer Art Nische. Sieh ja nicht hin, bis sie an die Reihe kommen.«

So fingen wir also mit dem Schaukasten gegenüber der Tür an, und schon im nächsten Augenblick entdeckte ich, daß ich viel mehr von dessen Inhalt wußte als unser blasser Führer, der zwar eine gewisse Begeisterung, aber höchst ungenaue Kenntnisse besaß. Er schrieb gleich dem ersten Mörder einen ganz falschen Mord zu und krönte seinen Irrtum im nächsten Atemzug durch eine unerträgliche Verleumdung der Perle unserer ganzen Zunft.

»Dieser Revolver«, begann er, »gehörte dem berüchtigten Einbrecher Charles Peace. Dies ist seine Brille, das sein Stemmeisen, und mit dem Messer hier erstach Charley den Polizisten.«

Nun bin ich aber von Natur sehr für Präzision; ich strebe selbst stets danach und erlaube mir sogar manchmal, sie anderen aufzuzwingen. Das hier konnte ich nicht mehr durchgehen lassen.

»Das ist nicht ganz richtig«, warf ich in sanftem Ton ein. »Er hat das Messer nie benutzt.«

Der junge Angestellte drehte den Hals in der gestärkten Umrahmung und sagte: »Charley Peace hat zwei Polizisten umgebracht.«

»Nein, das hat er nicht; nur eines seiner Opfer war ein Polizist, und mit einem Messer hat er überhaupt nie jemand umgebracht.«

Der Angestellte nahm die Berichtigung wie ein Lamm auf. Mir wäre es unmöglich gewesen, sie zu unterdrücken, und wenn es mich den Kopf gekostet hätte. Raffles aber gab mir für diese Unvorsichtigkeit einen so heftigen Fußtritt, wie er ihn mir unbemerkt versetzen konnte. »Wer war denn dieser Charles Peace?« fragte er mit der süßlichen Unverschämtheit eines Untersuchungsrichters.

Rasch und unerwartet erfolgte die Antwort des Angestellten.

»Der gerissenste Einbrecher, den wir je hatten«, sagte er, »bis der gute alte Raffles ihn ausstach.«

»Der größte der Prä-Raffleiten«, murmelte der Meister, während wir zu den unverfänglicheren Reliquien einfacher Mörder übergingen, deformierten Kugeln und blutbefleckten Messern, die Menschenleben gekostet hatten, sowie dünnen, geschmeidigen Stricken, die nach dem Buchstaben des mosaischen Gesetzes Gleiches mit Gleichem vergolten hatten. Unter dem Regal mit den geschlossenen Augen und aufgedunsenen Hälsen befand sich auch eine drohend aufgerichtete Reihe Revolver. Ferner ganze Girlanden von Strickleitern, die viel weniger sinnreich waren als unsere, dann endlich noch etwas, worüber der Angestellte genau Bescheid wußte. Es war eine kleine zinnene Zigarettendose, auf deren bunter Etikette *nicht* der Name Sullivan stand. Trotzdem wußten Raffles und ich noch mehr über diesen Gegenstand als der Angestellte.

»Na«, sagte unser Führer, »was damit los ist, raten Sie nie! Zwanzig Fragen haben Sie frei, und bei der einundzwanzigsten liegen Sie nicht richtiger als bei der ersten.«

»Das will ich Ihnen gerne glauben«, erwiderte Raffles mit einem verstohlenen Blinzeln. »Dann sagen Sie es lieber gleich, um Zeit zu sparen.«

Dabei öffnete er seine eigene alte Fünfundzwanzig-Stück-Dose einer ganz gewöhnlichen Zigarettenmarke. Ein paar Zigaretten waren noch darin, dazwischen aber waren in Watte gewikkelte Zuckerstückchen eingepreßt. Ich sah, wie Raffles das Ding mit heimlicher Befriedigung in seiner Hand wog, aber der Angestellte sah nur die Verblüffung, die er sich wünschte.

»Ich dachte mir's, das haut Sie glatt um, mein Herr«, sagte er. »Es war ein amerikanischer Kniff. Zwei gerissene Yankees brachten einen Juwelier dazu, eine Menge Schmuck zur Auswahl in eine *chambre séparée* bei ›Kellner's‹ zu bringen, wo sie dinierten. Als es ans Bezahlen ging, gab es irgendeine Schwierigkeit wegen einem Scheck; aber die Sache wurde bald ins Reine gebracht, denn die beiden waren viel zu schlau, um was mitzunehmen, das sie nicht bar bezahlen konnten. Nein, sie wollten nur das, was sie ausgesucht hatten, im Safe des Geschäfts einschließen und reservieren lassen, bis das Geld dafür eintreffen würde. Sie wollten nur etwas Siegellack, um das Zeug in der Schachtel zu versiegeln, und der Juwelier sollte es mitnehmen und nicht vor ein oder zwei Wochen öffnen. Das sah doch ganz anständig aus, nicht wahr?«

»Sehr anständig«, stimmte Raffles mit sentenziöser Kürze zu.

»Das fand der Juwelier auch«, sagte der Angestellte. »Sie müssen nämlich wissen, daß die Yankees nicht die Hälfte von dem, was der Juwelier zur Ansicht mitgebracht hatte, aussuchten. Sie nahmen absichtlich wenig und bezahlten sogar, was sie bezahlen konnten bis auf den Pfennig, nur um zu blenden. Na, den Schluß werden Sie sich wohl denken können? Der Juwelier hörte nie mehr etwas von den Amerikanern, und diese paar Zigaretten und Zuckerstückchen waren alles, was er in dem versiegelten Paket fand.«

»Ein Duplikat!« rief ich, vielleicht einen Augenblick zu früh.

»Ein Duplikat!« murmelte Raffles, tief beeindruckt, wie ein zweiter Mr. Pickwick.

»Ja, ein Duplikat!« wiederholte der triumphierende Angestellte. »Verflucht schlaue Kerls, diese Amerikaner. Man muß schon einmal über den Heringsteich gefahren sein, um so einen Trick mal zu lernen!«

»Das mag wohl sein«, stimmte ihm der ernste Herr mit dem silberweißen Haar zu. »Außer«, fügte er hinzu, als sei ihm plötzlich etwas eingefallen, »außer es ist dieser Raffles gewesen.«

»Das ist unmöglich«, fuhr der Angestellte aus seinem weißgestärkten Kommandoturm auf, »der sitzt schon längst in der Hölle.«

»Sind Sie sicher?« fragte Raffles. »Ist seine Leiche denn überhaupt gefunden worden?«

»Gefunden und begraben«, entgegnete unser phantasievoller Freund. »In Malta, glaube ich; vielleicht auch Gibraltar. Ich habe vergessen.«

»Außerdem«, warf ich ein – und diese ganze inszenierte Unterhaltung ärgerte mich, obwohl ich nicht übel Lust hatte, selbst etwas dazu beizutragen – »außerdem hätte Raffles nie solche Zigaretten geraucht, denn es gab nur eine Sorte für ihn. Warten Sie mal, was war es doch noch für eine?«

»Sullivans!« rief der Angestellte, ausnahmsweise das Richtige treffend. »Es ist aber alles Gewohnheit«, fuhr er fort, während er die Dose mit der ordinären Marke an ihren Platz stellte. »Ich habe sie auch mal probiert, mir haben sie aber nicht geschmeckt. Ist eben alles Geschmackssache. Wenn Sie übrigens etwas Gutes *und* Billiges haben wollen, müssen Sie ›Guinea Gold‹ rauchen.«

»Erstmal wollen wir aber noch etwas sehen«, bemerkte Raffles sanft, »was genauso schlau ist, wie das hier.«

»Dann kommen Sie hierher«, sagte der Angestellte, indem er uns in eine Art Nische führte, die von der eisenbeschlagenen Truhe schaudernden Angedenkens nahezu ausgefüllt wurde. Darauf lag wie auf einem Tisch, mit einem Tuch bedeckt, die Sammlung geheimnisvoller Gegenstände ausgebreitet.

»Dies hier«, fuhr er fort, indem er sie mit einer gewissen Feierlichkeit aufdeckte, »sind die Raffles Reliquien, die nach seinem Tod und Begräbnis vom Albanyklub hierhergebracht wurden. Es ist die vollständigste Sammlung, die wir haben. Das ist ein

Zentrumsbohrer, dies das Fläschchen mit Petroleum, womit er vermutlich den Bohrer geölt hat, um ein Geräusch zu vermeiden. Hier der Revolver, womit er vom Dach des Landhauses Horsham aus auf den Besitzer geschossen hat, und der ihm später auf dem ›Peninsular- und Orientdampfer‹ abgenommen wurde, ehe er sich über Bord stürzte.«

Ich konnte nicht umhin zu sagen, daß Raffles, soviel ich wisse, niemals auf jemand geschossen habe. Dabei stand ich mit dem Rücken gegen das nächste Fenster, hatte den Hut in die Stirn gedrückt und meinen Mantelkragen bis zu den Ohren hochgezogen.

»Das ist auch das einzige Mal, daß man so etwas von ihm gehört hat«, gab der Angestellte zu. »Und beweisen konnte man es nicht, sonst hätte sein Kumpel mehr abgekriegt. In dieser leeren Patronenhülse hat er auf dem Dampfer die Kaiserperle versteckt gehabt. Die Bohrer und Brecheisen benutzte er, um Türen zu erbrechen. Das hier ist seine Strickleiter mit dem ausziehbaren Spazierstock zum Festhaken. Er soll ihn an dem Abend bei Lord Thornaby mitgehabt haben, dessen Haus er vorher ausgeraubt hatte. Das ist sein Totschläger; aber wozu dieses kleine dicke Samtbeutelchen mit den beiden Löchern und dem Gummischnürchen da war, kann niemand erklären. Vielleicht kommt Ihnen eine Idee.«

Raffles hatte das Beutelchen, das er zum geräuschlosen Abfeilen von Schlüsseln erfunden hatte, an sich genommen. Nun hantierte er damit herum, als sei es ein Schnupftabaksbeutel, steckte Zeigefinger und Daumen in die Löcher und zuckte mit einem köstlichen Gesicht angesichts dieses schwierigen Falles die Achseln. Trotzdem zeigte er mir als Ergebnis seiner Untersuchung einige Körnchen Stahlspäne und flüsterte mir ins Ohr: »O diese liebe Polizei!« Ich aber hatte nur Augen für den Totschläger, womit ich einst Raffles zu Boden gestreckt. Es klebte noch immer sein Blut daran, und als der Angestellte mein Entsetzen sah, stürzte er sich in eine für ihn charakteristische, gänzlich unzusammenhängende Darstellung auch dieses Falles.

Dieser Fall war nämlich unter anderem zufällig beim Gerichtshof von Old Bailey bekannt geworden und hatte mir vielleicht sogar mildernde Umstände eingetragen. Die jetzige Erzählung dieser Geschichte aber stellte mich auf eine übermäßig harte Probe, und Raffles sprang mir bei, indem er die Aufmerksamkeit auf eine alte Fotografie von sich selbst lenkte, die vielleicht heute noch über der Tür hängt, die ich aber damals absichtlich ignorierte. Sie zeigte ihn im weißen Flanellanzug nach einem großen Wettspiel auf dem Kricketplatz. Soweit ich mich erinnere, hat er auch eine Sullivan zwischen den Lippen und einen Blick nachlässiger Keckheit in den halbgeschlossenen Augen. Ich habe mir später selbst eine Kopie davon verschafft. Zwar zeigt sie Raffles nicht in seinem vorteilhaftesten Moment, aber es sind doch immerhin die feingeschnittenen regelmäßigen Züge, und ich hätte das Bild nur diesen Herren Malern leihen mögen, die jede Ähnlichkeit mit dem Original verkleistert haben.

»Man würde es ihm wirklich nicht zutrauen; finden Sie nicht auch?« fragte der Angestellte. »Jetzt begreift man, daß damals kein Mensch Verdacht schöpfte.«

Dabei schaute der Jüngling mit seinen wäßrigen Augen dem alten Raffles voll ahnungsloser Unschuld direkt ins Gesicht, während ich die brennendste Lust empfand, mit der feinen Prahlerei meines Freundes zu wetteifern.

»Sagten Sie nicht, er hat einen Kumpel gehabt?« bemerkte ich, noch tiefer in den Kragen meines Mantels rutschend. »Haben Sie von dem nicht auch eine Fotografie?«

Der blasse Angestellte lächelte müde. Mir zuckte es in allen Fingern, ihm etwas Farbe in sein Teiggesicht zu ohrfeigen.

»Sie meinen Bunny?« sagte der Bursche vertraulich. »Nein, der würde nicht hierher passen; wir nehmen nur wirkliche Verbrecher auf. Bunny war aber weder Fisch noch Fleisch. Hinter Raffles herlaufen, das konnte er. Allein war er zu nichts nutze. Nein, mein Herr, für diesen Bunny reißen wir uns kein Bein aus; von dem werden wir auch nichts mehr hören. Ein harmloser Spitzbube – wenn Sie mich fragen.«

Ich hatte *nicht* danach gefragt und schäumte vor Wut in dem Schwitzkasten, den ich mir aus meinem Mantelkragen gemacht hatte. Meine einzige Hoffnung war, daß Raffles etwas zu meiner Ehre sagen würde, was er auch tat.

»Der einzige Fall, von dem ich noch etwas weiß«, bemerkte er, mit seinem Regenschirm auf die beschlagene Truhe klopfend, »hat mit diesem Ding zu tun, und damals muß der Kerl draußen jedenfalls ebenso viel zu tun gehabt haben wie der drinnen. Darf ich fragen, was Sie jetzt dort aufbewahren?«

»Gar nichts, mein Herr.«

»Ich dachte, Sie hätten vielleicht noch mehr Reliquien. Hatte er denn nicht einen besonderen Kniff, aus- und einzuschlüpfen, ohne den Deckel zu öffnen.«

»Sie meinen, um den Kopf herausstrecken zu können?« antwortete der Angestellte, dessen Kenntnisse über Raffles in der Tat im ganzen recht umfassend waren. Er nahm einige von den kleineren Gegenständen weg und hob mit seinem Federmesser die Falltür im Deckel.

»Ah, nur ein Guckloch!« bemerkte Raffles mit köstlich enttäuschtem Ausdruck.

»Wieso? Was hatten Sie denn erwartet?« fragte der Angestellte, indem er den Falldeckel wieder herunterließ, wobei er aussah, als bedauere er, sich überhaupt diese Mühe genommen zu haben.

»Wenigstens ein Hintertürchen«, erwiderte Raffles, mit einem solchen Blick zu mir, daß ich mich abwenden mußte, um ungeniert lächeln zu können. Es war übrigens mein letztes Lächeln an diesem Tag.

Während ich mich umdrehte, hatte sich die Tür geöffnet, und ein Detektiv, dem man seinen Beruf auf zehn Schritt ansah, war mit zwei weiteren Schaulustigen hereingekommen. Er trug den steifen Hut und den dunklen Wollmantel, die man auf den ersten Blick als eine Art Berufsuniform erkennt. Einen einzigen entsetzlichen Augenblick lang blitzte uns sein stahlhartes Auge kalt forschend an. Dann tauchte der Angestellte aus dem der Raffleschen Hinterlassenschaft gewidmeten Winkel auf, während der verdächtige Führer seine Gesellschaft zu dem der Tür gegenüberliegenden Schaukasten führte.

»Inspektor Druce«, belehrte uns der Angestellte ehrfürchtig flüsternd, »der den Fall Chalk Farm unter sich hatte. Das wäre der richtige Mann für Raffles, wenn Raffles noch am Leben wäre!«

»Davon bin ich überzeugt«, lautete die ernste Antwort. »Mir wär's auch nicht wohl, wenn so ein Mann hinter mir her wäre. Ihr ›Schwarzes Museum‹ scheint übrigens recht besucht zu sein.«

»Gewöhnlich gar nicht«, flüsterte der Angestellte. »Es vergehen oft Wochen, ohne daß Besucher wie Sie kommen. Die dort drüben scheinen Bekannte des Inspektors zu sein, denen er die Fotografien der Chalk Farm zeigen willl, mit denen er seinen Mann an den Galgen gebracht hat. Wir haben nämlich eine ganze Menge interessanter Fotografien, falls Sie mal einen Blick darauf werfen wollen.«

»Wenn's nicht zu lange dauert«, antwortete Raffles auf seine Uhr sehend. Und als der Angestellte einen Augenblick zur Seite trat, packte er mich am Arm. »Jetzt wird's ein bißchen zu schwül«, flüsterte er. »Aber wir dürfen nicht einfach in unseren Bau zurückrennen. Das könnte schiefgehen. Versteck dein Gesicht hinter den Fotografien und überlaß alles andere mir. Ich muß so bald wie möglich abhauen.«

Ich gehorchte wortlos und um so sorgloser, als ich Zeit genug hatte, mir die Situation zu überlegen. Es wunderte mich sogar, daß Raffles ausnahmsweise dazu neigte, die allerdings unleugbare Gefahr, im gleichen Zimmer mit einem Beamten zu bleiben, den wir beide nur zu gut nach Namen und Ruf kannten, zu übertreiben. Raffles war zwar gealtert und bis zur Unkenntlichkeit verändert, aber er wäre auch noch mit einer direkteren Begegnung fertig geworden als dieser zufälligen hier. Anderseits war es höchst unwahrscheinlich, daß ein berühmter Detektiv einen unberühmten Verbrecher wie mich vom Ansehen kennen sollte. Außerdem hatte sich Druce erst nach meiner Zeit hervorgetan. Immerhin, es war gefährlich, und mir war durchaus nicht lächerlich zu Mut, während ich mich über das von unserem Führer herbeigeschleppte Schreckensalbum beugte. Die häßlichen Fotografien von Mördern und Leichen interessierten mich trotz allem, denn sie sprachen das Schlechte in meiner Natur an. Verdorben wie ich war, machte ich Raffles auf eine berüchtigte Mordszene aufmerksam. Doch keine Antwort erfolgte. Ich sah mich um. Nirgends ein Raffles, der mir hätte antworten können. Wir hatten alle drei an einem Fenster die Fotografien besichtigt; an einem andern waren die drei Neuangekommenen ebenso vertieft, und ohne ein einziges Wort oder den leisesten Laut war Raffles hinter unser aller Rücken hinausgeschlüpft.

Zum Glück stierte der Angestellte selbst eifrig die Schreckensbilder des Albums an, und noch ehe er sich umschaute, hatte ich zwar mein Erstaunen, aber nicht meinen Ärger überwunden, den ich instinktiv offen zeigte.

»Mein Freund ist wirklich der ungeduldigste Mensch unter der Sonne!« rief ich. »Er sagte vorhin, daß er noch einen bestimmten Zug erreichen müsse, und nun ist er ohne ein Wort davongelaufen.«

»Ich hörte ihn gar nicht fortgehen«, sagte der Angestellte mit bestürztem Gesicht.

»Ich auch nicht; aber er klopfte mir noch auf die Schulter und murmelte irgend etwas. Ich war zu tief in dieses infame Buch versunken, um genau hinzuhören. Er wird sich wohl verabschiedet haben. Na, lassen wir ihn! Ich möchte gern noch den Rest sehen.«

Und in meiner nervösen Sorge, jeden durch das sonderbare Benehmen meines Freundes etwa hervorgerufenen Verdacht zu zerstreuen, blieb ich sogar noch länger als der berühmte Detektiv und seine Bekannten. Ich sah, wie sie die Raffles Reliquien besichtigten, hörte sie dicht neben mir darüber diskutieren, bis ich schließlich allein mit meinem blutarmen Führer zurückblieb. Die Hand in die Tasche steckend, maß ich ihn mit einem Seitenblick. Mit Trinkgeldern habe ich nicht gerade die wenigsten Probleme. Nicht daß man ein widerwilliger Geber wäre, sondern nur, weil es in manchen Fällen so schwer zu wissen ist, wem man eines anbieten darf und wieviel. Ich weiß, was man von dem abreisenden Gast hält, der sich nicht nobel genug verabschiedet hat, nicht aus Filzigkeit, sondern aus Taktmangel. Ich täuschte mich jedoch nicht bei dem Angestellten, der meine Silbermünze ohne weiteres annahm und mir sagte, daß er den Artikel hoffentlich einmal zu lesen bekomme, den ich, wie ich ihm versichert hatte, schreiben wollte. Er hat allerdings einige Jahre darauf warten müssen, aber ich schmeichle mir, daß diese verspäteten Blätter eher Interesse als Anstoß bei ihm erregen werden, falls sie je unter seine wäßrigen Augen kommen.

Die Dämmerung senkte sich bereits herab, als ich die Straße erreichte. Der Himmel hinter St. Stephens hatte sich erst rot gefärbt und dann verfinstert wie ein zorniges Gesicht. Die Laternen wurden angezündet, und unter jeder suchte ich törichterweise nach Raffles. Schließlich redete ich mir ein, daß ich ihn sicher auf dem Bahnhof herumlungernd finden würde, und bummelte dann selbst so lange dort auf und ab, bis ein Zug nach Richmond ohne mich abgefahren war. Schließlich ging ich über die Brücke zur Waterloo Station und nahm den ersten Zug nach Teddington. Dies kürzte zwar den Weg ab, dafür aber mußte ich mich vom Fluß bis Ham Common durch einen weißen Nebel tasten, und die sonst so behagliche Stunde unseres gemeinsamen Abendessens war bereits angebrochen, als ich unseren Zufluchtsort erreichte. Nur das Kaminfeuer flackerte durch die Jalousien – ich kam also schließlich doch als erster zurück. Fast vier Stunden waren vergangen, seitdem Raffles sich in dem unglückschwangeren Gebäude von Scotland Yard von meiner Seite geschlichen hatte. Wo mochte er jetzt sein? Unsere Wirtin rang verzweifelt die Hände, denn sie hatte ein Abendessen ganz nach dem Herzen ihres Lieblings gekocht, und ich ließ es kalt werden, ehe ich eine der trübseligsten Mahlzeiten meines Lebens verzehrte.

Mitternacht kam, doch immer noch kein Lebenszeichen von ihm. Schon viel früher hatte ich unsere Wirtin mit einer Stimme und einem Gesicht zu beruhigen versucht, die meine Worte sicherlich Lügen straften. Ich sagte ihr, daß Mr. Ralph (wie sie ihn zu nennen pflegte) davon gesprochen habe, ins Theater zu gehen, ich hätte jedoch geglaubt, er habe sich anders besonnen. Jedoch schiene ich mich getäuscht zu haben und würde jedenfalls bis zu seiner Rückkehr aufbleiben. Die aufmerksame Seele brachte noch einen Teller mit belegten Brötchen, ehe sie sich zurückzog, und ich schickte mich an, die Nacht in einem Lehnstuhl vor dem Wohnzimmerfeuer zu verbringen. Ins Bett zu gehen war mir in meiner Angst unmöglich. Eigentlich hatte ich das Gefühl, als riefen Pflicht und Freundestreue mich in die Winternacht hinaus. Wo aber hätte ich Raffles suchen sollen? Ich konnte mir nur einen einzigen Ort denken, aber ihn dort aufzusuchen, hieß mich selbst zugrunde richten, ohne ihm zu helfen. Allmählich war ich überzeugt, daß er beim Verlassen von Scotland Yard erkannt und entweder sofort festgenommen, oder in irgendein neues Versteck gehetzt worden war. Es würde alles in der Morgen-Zeitung stehen, und alles war seine Schuld. Er hatte seinen Kopf in den Rachen des Löwen gesteckt, und der Löwe hatte zugebissen. War es ihm gelungen, den Kopf noch rechtzeitig herauszuziehen?

Neben mir stand eine Flasche Whisky, und gern gestehe ich, daß sie mir in dieser Nacht nicht zum Feind sondern zum Freund wurde. Mit ihm entspannte ich mich schließlich. Fest schlief ich in meinem Stuhl vor dem Feuer ein. Die Lampe brannte immer noch, und das Feuer glühte, als ich erwachte. Aber wie erstarrt in den eisigen Klammern eines frostigen Wintermorgens blieb ich sitzen. Endlich drehte ich mich langsam in meinem Stuhl um, und hinter mir, mit dem Rücken zur offenen Tür saß Raffles, und zog in aller Ruhe seine Schuhe aus.

»Tut mir leid, wenn ich dich geweckt habe, Bunny«, sagte er. »Ich glaubte, mäuschenstill zu sein, aber nach einem dreistündigen Marsch kann man eben nicht mehr recht auf den Zehen gehen.«

Ich stand nicht auf, um ihm um den Hals zu fallen. Ich lehnte mich in meinen Stuhl zurück und schloß die Augen vor Bitterkeit über seine selbstsüchtige Gleichgültigkeit. Er sollte nicht erfahren, was ich um seinetwillen durchgemacht hatte.

»Du kommst wohl aus der Stadt?« fragte ich so gleichgültig, als sei das so seine Gewohnheit.

»Von Scotland Yard«, antwortete er und reckte sich in seinen Socken vor dem Feuer.

»Scotland Yard!« wiederholte ich. »Ich hatte also recht. Dort bist du die ganze Zeit gewesen! Und du bist da wirklich wieder rausgekommen?«

Erregt war ich nun ebenfalls aufgesprungen.

»Natürlich«, antwortete Raffles. »Ich hielt das zwar nie für sehr schwierig, aber schließlich war es sogar noch einfacher, als ich gedacht hatte. Ich stand plötzlich vor einer Art Ladentisch und einem dösenden Beamten. Ich hielt es fürs Beste, ihn aufzuwecken, um mich nach einer imaginären, in einem Hansom vergessenen Börse zu erkundigen. Und die Art, wie der Bursche mich rausgefeuert hat, machte der Städtischen Polizei wieder alle Ehre. Nur im Busch hätte man sich die Mühe genommen, zu fragen, wie man überhaupt reingekommen ist.«

»Und wie bist du reingekommen?« fragte ich. »Sag mir doch um Gottes willen wann und warum?«

Die Augenbrauen hochziehend, sah Raffles mich an, während er mit dem Rücken zum verlöschenden Feuer vor mir stand.

»Wie und wann, Bunny, das weißt du so gut wie ich«, sagte er geheimnisvoll. »Aber ich will dir jetzt endlich eine ehrliche Antwort auf dein Warum und Wozu geben. Ich hatte nämlich noch besondere Gründe, nach Scotland Yard zu gehen, die ich dir, mein lieber Junge, vorher einfach nicht zu gestehen wagte.«

»Ich will ja auch gar nicht wissen, wozu du hingegangen bist«, rief ich. »Ich will nur wissen, warum du da geblieben oder wieder zurückgegangen bist, oder was du überhaupt getan hast. Ich glaubte, sie hätten dich erwischt und du seiest dann wieder ausgekniffen. War es denn nicht so?«

Lächelnd schüttelte Raffles den Kopf.

»Nein, nein, Bunny, ich dehnte meinen Besuch auf eigene

Faust nur etwas länger aus. Ich hatte zuviele Gründe dafür, als daß ich sie dir alle aufzählen könnte; sie drückten mich beim Fortgehen auch gewaltig. Du kannst sie dir übrigens ansehen, wenn du dich umdrehst.«

Rasch drehte ich jetzt dem Stuhl, in dem ich eingeschlafen war, den Rücken; dahinter stand der typische runde Tisch eine Logierhauses, und auf diesem Tisch lagen neben der Whiskyflasche und den belegten Brötchen sämtliche Raffles Reliquien, die ganze Sammlung von der Silbertruhe im ›Schwarzen Museum‹ von Scotland Yard! Nur die Truhe fehlte. Hier der Revolver, den ich nur ein einziges Mal hatte abfeuern hören, und dort der blutbefleckte Totschläger, Bohrer und Stemmeisen, Ölfläschchen, Samtbeutel, Strickleiter, Spazierstock, sogar die leere Patronenhülse, die einst das Geschenk eines zivilisierten Monarchen für einen schwarzen Potentaten enthalten hatte.

»Ich war der reinste Knecht Ruprecht«, sagte Raffles, »als ich hier ankam. Zu schade, daß du nicht wach warst, um den Anblick zu würdigen; er war viel erbaulicher als der, den ich vorfand. Mich hast du noch nie schlafend im Sessel gesehen!«

Er dachte also, ich sei einfach im Sessel eingeschlafen. Er ahnte nicht, daß ich seinetwegen die ganze Nacht aufrecht hier gesessen hatte. Die Andeutung einer Gardinenpredigt nach all dem, was ich ausgestanden hatte, und auch noch aus Raffles' Munde, reizte meinen Zorn aufs äußerste. Aber eine späte Erleuchtung half mir ihn unterdrücken.

»Wo hast du dich denn versteckt?« fragte ich finster.

»In Scotland Yard.«

»Natürlich; aber wo?«

»Kannst du fragen, Bunny?«

»Ja, ich frage.«

»Dort, wo ich mich schon einmal versteckt hatte.«

»Du meinst doch nicht in der Truhe?«

»Doch.«

Unsere Augen begegneten sich einen Augenblick.

»Da bist du vielleicht zuletzt gelandet«, gab ich zu. »Aber wo warst du zuerst, nachdem du hinter meinem Rücken hinausgeschlichen warst, und woher, zum Henker, wußtest du, wohin du gehen konntest?«

»Ich bin gar nicht hinter deinem Rücken hinausgeschlichen, sondern hinein.«

»In die Truhe?«

»Genau.«

Ich lachte ihm laut ins Gesicht.

»Mein lieber Freund, ich habe diese ganzen Sachen noch unmittelbar nachher auf dem Deckel liegen sehen. Nicht eines davon lag anders. Ich sah, wie der Detektiv sie seinen Bekannten zeigte.«

»Und ich hörte es.«

»Aber doch nicht vom Innern der Truhe aus?«

»Doch, vom Innern der Truhe aus, Bunny. Na, mach doch kein solches Gesicht – es ist ja närrisch. Denk lieber an die paar Worte, die zwischen diesem Esel im Hemdkragen und mir gewechselt wurden. Erinnerst du dich nicht, daß ich ihn fragte, ob etwas in der Truhe sei?«

»Doch.«

»Ich mußte mich vergewissern, ob sie leer war. Dann fragte ich, ob die Truhe außer dem Guckloch auch noch ein Hintertürchen hätte.«

»Ich erinnere mich.«

»Du glaubst wohl, das hätte alles nichts zu bedeuten gehabt?«

»Ich suchte nach keiner Bedeutung.«

»Du wolltest es nicht. Du bist gar nicht auf die Idee gekommen, daß ich vielleicht neugierig war, ob jemand in Scotland Yard entdeckt hatte, daß tatsächlich eine Art Seitentürchen, wenn auch keine Hintertür, an dieser Truhe angebracht ist? Und zwar entstand sie kurze Zeit, nachdem ich die Truhe von deinem Haus in meines zurückgeschafft hatte. Man drückt den einen Griff hinunter, was so leicht niemand einfällt, worauf sich die ganze Seite wie die Front einer Puppenstube öffnet. Ich hätte das gleich von Anfang an so machen sollen, denn es ist bedeutend einfacher als die Luke oben, und es macht doch Spaß, so was perfekt zu machen. Niemand hatte den Trick entdeckt, und ich dachte, ich könnte ihn vielleicht später noch einmal ausnutzen. Stell dir nur vor, diese Kiste vollgestellt mit lauter Sachen im Schlafzimmer, was für ein Hafen im plötzlichen Sturm!«

Ich fragte, warum er mir denn nie etwas von dieser Verbesserung gesagt habe; und wenn schon nicht damals, warum dann nicht jetzt, wo es nicht mehr so viele Geheimnisse zwischen uns gab, und dies hier ihm ja doch nichts mehr nützen konnte. Ich fragte ihn nicht, weil ich beleidigt war. Ich fragte aus purer Unglaubigkeit. Raffles schaute mich nur an, ohne zu antworten, bis ich die Erklärung schließlich aus seinem Blick herauslas.

»Aha«, sagte ich, »du hast dich darin vor mir versteckt!«

»Mein lieber Bunny, ich bin nicht immer in umgänglicher Laune«, antwortete er. »Aber wenn du mir einen Schlüssel zu deiner Wohnung überläßt, so kann ich dir doch meinen schlecht verweigern, obwohl ich ihn dir schließlich wieder aus der Tasche gestohlen habe. Glaub mir, wenn ich *dich* nicht sehen wollte, Bunny, war ich total untauglich für menschliche Gesellschaft, und es war ein reiner Freundschaftsdienst, dich dann mit meiner zu verschonen. Ich glaube übrigens nicht, daß es mehr als einoder zweimal passiert ist. Du kannst mir das wohl verzeihen nach all den Jahren!«

»Das ja«, antwortete ich bitter. »Aber nicht das andere, Raffles.«

»Warum nicht? Ich war wirklich anfangs noch nicht fest entschlossen, zu tun, was ich dann tat. Nur wegen dieses Fuchses von einem Inspektor, der mit uns im selben Raum war, hab ich's dann auf der Stelle getan.«

»Und wir haben nichts von dir gehört!« murmelte ich in so schmeichelhaftem Ton, daß ich mich selbst darüber ärgerte. »Aber das werden wir noch!« fügte ich rasch in meinem früheren Ton hinzu.

»Warum denn, Bunny?«

»Unsere Eintrittskarte wird uns nur zu bald verraten.«

»Hat man sie dir denn abgenommen?«

»Nein, aber du hörtest doch, daß so sehr wenige ausgegeben werden.«

»Gewiß. Es vergehen oft Wochen, ohne daß ein einziger Besucher kommt. Ich war es, der uns diese Aufklärung verschaffte, Bunny, und ich tat nichts Voreiliges, ehe ich sie hatte. Siehst du denn nicht, daß wenn wir ein bißchen Glück haben, zwei bis drei Wochen vergehen können, ehe der Verlust entdeckt wird?«

Allmählich sah ich es.

»Und dann, ich bitte dich, wie könnte man den Raub wohl auf uns zurückführen? Warum sollte überhaupt ein Verdacht auf uns fallen, Bunny? Ich ging etwas früher fort, weiter nichts. Du hast meinen Abgang übrigens bewundernswert hingenommen. Nicht mehr und nicht weniger hättest du sagen können, auch wenn ich dir's eingepaukt hätte. Ich verließ mich auf dich, Bunny, und du hast mein Vertrauen so vollständig gerechtfertigt wie nie. Das Traurige an der Sache ist nur, daß du aufgehört hast, mir zu trauen. Denkst du wirklich, ich hätte diesen Ort in einem Zustand zurücklassen können, daß der erste Mensch, der mit einem Staubwischer hereinkommt, an Raub denken müßte?«

Ich leugnete diesen Gedanken mit allem Nachdruck, obwohl er erst während des Sprechens aus meinem Kopf verschwand.

»Hast du das Tuch vergessen, das über diesen Sachen lag? Hast du vergessen, daß es eine Menge Revolver und Totschläger zur Auswahl gab? Ich habe sorgfältig gewählt und meine Reliquien durch die anderer Leute ersetzt, mit Dingen, die im Grunde genau so aussahen. Die Strickleiter, die jetzt dort liegt, läßt sich natürlich nicht mit meiner vergleichen, sieht aber zusammengerollt genau so aus. Ein zweites Samtsäckchen gab es allerdings nicht, dafür habe ich meinen Stock durch einen ganz ähnlichen ersetzt, und sogar eine leere Patronenhülse gefunden, um die Fassung der polynesischen Perle zu ersetzen. Glaubst du, ein Kerl wie der, den sie zum Herumführen der Leute angestellt haben, wäre imstande, den Unterschied das nächste Mal zu sehen oder, wenn er ihn sähe, das mit uns in Zusammenhang zu bringen?«

Ich gab zu, daß wir vielleicht noch ein paar Wochen lang sicher sein würden. Raffles hielt mir seine Hand hin.

»Dann laß uns wieder Freund sein und eine Friedens-Sullivan rauchen! In drei bis vier Wochen kann viel passieren, und was würdest du dazu sagen, wenn sich dies hier schließlich nicht nur als das geringste, sondern auch als das letzte Vergehen herausstellte? Ich muß sagen, daß es mir als ein ganz natürlicher und passender Schluß erschiene, obwohl es vielleicht charakteristischer für mich gewesen wäre, nicht mit einem sozusagen sentimentalen Verbrechen abzuschließen. Aber ich verspreche nichts, Bunny. Jetzt, wo ich die Sachen wieder habe, kann ich vielleicht der Versuchung nicht widerstehen, sie noch einmal zu benutzen. Aber durch diesen Krieg hat man ja schon die notwendige Aufregung, und wer weiß, was in den nächsten drei bis vier Wochen alles passiert?«

Dachte er damals schon daran, sich freiwillig für die Front zu melden? Hatte er schon sein Herz an die einzig mögliche Gelegenheit einer gewissen Sühne seines Lebens gehängt – oder vielmehr an eben den Tod, den er dann sterben sollte? Ich weiß es nicht und werde es niemals erfahren. Immerhin aber waren seine Worte auffallend prophetisch, selbst in bezug auf diese drei bis vier Wochen, in denen sich Ereignisse abspielten, die das Gebäude des englischen Reichs erschütterten, das seine Söhne aus allen vier Winden zusammenrief, damit sie unter seinem Banner auf afrikanischem Boden kämpfen sollten. Das alles gehört ja jetzt schon zur Geschichte. Und doch steht nichts lebhafter in meiner Erinnerung als Raffles' letzte Worte über sein letztes Verbrechen, außer vielleicht jener Händedruck, womit er sie begleitete, oder das recht traurige Blinzeln seiner müden Augen.

Gute alte Gauner . . .

Marie Belloc Lowndes

Jack the Ripper oder Der Untermieter

Roman. Aus dem Englischen von Wulf Teichmann.
detebe 68

»... Gertrude Stein lieh mir jene fabelhafte Geschichte von Jack the Ripper ... und ich las alles von Marie Belloc Lowndes, was es gab ... großartige Bücher, die Charaktere glaubhaft und die Handlung und der Terror nie unecht. Sie waren ideal als Lektüre, nachdem man gearbeitet hatte.« *Ernest Hemingway*

John Buchan

Die neununddreißig Stufen

Roman. Aus dem Englischen von Marta Hackel.
Mit Illustrationen von Edward Gorey. detebe 93/I

»Ein Thriller, der vierzig Jahre nach seinem Erstdruck noch lebt und uns quietschvergnügt macht, verdient wohl das Prädikat ›klassisch‹.« *Joseph Wechsberg*

Maurice Leblanc

Arsène Lupin – Der Gentleman-Gauner

Geschichten. Aus dem Französischen von Erika Gebühr.
detebe 65/I

Die hohle Nadel
oder die Konkurrenten des Arsène Lupin

Roman. Aus dem Französischen von Erika Gebühr.
detebe 65/II

»Der Zauberer Arsène Lupin! Kavalier, Eroberer, Trapper, Magier des Unbekannten ... Lupin ist schrecklicher in seiner Rache und nicht zufrieden, den Gegner zu schlagen – er macht ihn lächerlich. Leblanc hat mit staunenswerter Fruchtbarkeit alle Schlüsselsituationen des modernen Detektivromans geschaffen ...«

Boileau/Narcejac

... und klassisch kalte Krimis in Diogenes Büchern und -Taschenbüchern

Raymond Chandler

Der große Schlaf
Roman. Neu übersetzt von Gunar Ortlepp
detebe 70/I

Die kleine Schwester
Roman. Neu übersetzt von W. E. Richartz
detebe 70/II

Das hohe Fenster
Roman. Neu übersetzt von Urs Widmer
detebe 70/III

Der lange Abschied
Roman. Neu übersetzt von Hans Wollschläger
detebe 70/IV

Die simple Kunst des Mordes
Briefe, Essays, Notizen. Herausgegeben von Dorothy Gardiner und Kathrine Sorley Walker. Neu übersetzt von Hans Wollschläger. detebe 70/V

Die Tote im See
Roman. Neu übersetzt von Hellmuth Karasek
detebe 70/VI

Lebwohl, mein Liebling
Roman. Neu übersetzt von Wulf Teichmann
detebe 70/VII

Playback
Roman. Neu übersetzt von Wulf Teichmann
detebe 70/VIII

Gesammelte Detektivgeschichten
Deutsch von Hans Wollschläger.
Ein Diogenes Sonderband

Dashiell Hammett

Der Malteser Falke
Roman. Neu übersetzt von Peter Naujack
detebe 69/I

Rote Ernte
Roman. Neu übersetzt von Gunar Ortlepp
detebe 69/II

Der Fluch des Hauses Dain
Roman. Neu übersetzt von Wulf Teichmann
detebe 69/III

Der gläserne Schlüssel
Roman. Neu übersetzt von Hans Wollschläger
detebe 69/IV

Der dünne Mann
Roman. Neu übersetzt von Tom Knoth
detebe 69/V

Ausgewählte Detektivgeschichten
Mit einem Vorwort von Lillian Hellman.
Deutsch von Hellmuth Karasek, Harry Rowohlt u. a.
Ein Diogenes Sonderband

PATRICIA HIGHSMITH

Lösegeld für einen Hund
Roman. Deutsch von Anne Uhde

Der talentierte Mr. Ripley
Roman. Deutsch von Barbara Bortfeldt

Ripley Under Ground
Roman. Deutsch von Anne Uhde

Venedig kann sehr kalt sein
Roman. Deutsch von Anne Uhde

Das Zittern des Fälschers
Roman. Deutsch von Anne Uhde

Der Stümper
Roman. Deutsch von Barbara Bortfeldt
detebe 74/I

Zwei Fremde im Zug
Roman. Deutsch von Anne Uhde
detebe 74/II

Der Geschichtenerzähler
Roman. Deutsch von Anne Uhde
detebe 74/III

Der süße Wahn
Roman. Deutsch von Christian Spiel
detebe 74/IV

Die zwei Gesichter des Januars
Roman. Deutsch von Anne Uhde
detebe 74/V

Gesammelte Geschichten
Vorwort von Graham Greene. Deutsch von Anne Uhde
Ein Diogenes Sonderband

Ross Macdonald

Durchgebrannt
Roman. Deutsch von Helmut Degner

Geld kostet zuviel
Roman. Deutsch von Günter Eichel

Die Kehrseite des Dollars
Roman. Deutsch von Günter Eichel

Der Untergrundmann
Roman. Deutsch von Hubert Deymann

Dornröschen war ein schönes Kind
Roman. Deutsch von Wulf Teichmann
detebe 99/I

Der Tod im Swimming-pool
Roman. Deutsch von Hubert Deymann
detebe 99/II

Ein Grinsen aus Elfenbein
Roman. Deutsch von Charlotte Hamberger
detebe 99/III

Die Küste der Barbaren
Roman. Deutsch von Marianne Lipcowitz
detebe 99/IV

Der Galton-Fall
Roman. Deutsch von Egon Lothar Wensk
detebe 99/V

Gänsehaut
Roman. Deutsch von Gretel Friedmann
detebe 99/VI

Sämtliche Detektivgeschichten
Deutsch von Hubert Deymann. Ein Diogenes Sonderband

Margaret Millar

Ein Fremder liegt in meinem Grab
Roman. Deutsch von Elizabeth Gilbert

Die Süßholzraspler
Roman. Deutsch von Georg Kahn-Ackermann

Von hier an wird's gefährlich
Roman. Deutsch von Fritz Güttinger

Liebe Mutter, es geht mir gut ...
Roman. Deutsch von Elizabeth Gilbert
detebe 98/I

Die Feindin
Roman. Deutsch von Elizabeth Gilbert
detebe 98/II

Patrick Quentin

Bächleins Rauschen tönt so bang ...
Kriminalgeschichten. Deutsch von Günter Eichel
detebe 87/I

Diogenes Taschenbücher

Alphabetisches Verzeichnis

Aiken, *Die Kristallkrähe* * 76
o Amalrik, *Kann die Sowjetunion das Jahr 1984 erleben?* * 5
Ambler, *Die Maske des Dimitrios* 75/I
Ambler, *Der Fall Deltschev* 75/II
Ambler, *Eine Art von Zorn* * 75/III
Ambler, *Schirmers Erbschaft* 75/IV
Ambler, *Die Angst reist mit* * 75/V
o Andersch, *Die Kirschen der Freiheit* 1/I
o Andersch, *Sansibar oder der letzte Grund* 1/II
o Andersch, *Hörspiele* 1/III
o Andersch, *Geister und Leute* 1/IV
o Andersch, *Die Rote* 1/V
o Andersch, *Ein Liebhaber des Halbschattens* 1/VI
o *Über Alfred Andersch* * 53
Becker, *Russisch Roulette* * 104
Belloc Lowndes, *Jack the Ripper oder Der Untermieter* * 68
o Benn, *Ausgewählte Gedichte* 56
Bierce, *Die Spottdrossel* 106
Bosc, *Love and Order* 44
o Braun/Iden, *Neues deutsches Theater* * 18
Brechbühl, *Der geschlagene Hund* * 24
Buchan, *Die neununddreißig Stufen* 93/I
o Busch, *Gedichte* 60/I
Busch, *Max und Moritz* 60/II
Busch, *Die fromme Helene* 60/III
Busch, *Tobias Knopp* 60/IV
Busch, *Hans Huckebein / Fipps der Affe / Plisch und Plum* 60/V
Busch, *Balduin Bählamm / Maler Klecksel* 60/VI
o Busch, *Prosa* 60/VII
o Čechov, *Die Möwe* 50/I
o Čechov, *Der Waldschrat* 50/II
o Čechov, *Der Kirschgarten* 50/III
o Čechov, *Onkel Vanja* 50/IV
o Čechov, *Ivanov* 50/V
o Čechov, *Drei Schwestern* 50/VI
o Čechov, *Platonov* 50/VII
Chandler, *Der große Schlaf* 70/I
Chandler, *Die kleine Schwester* 70/II
Chandler, *Das hohe Fenster* 70/III
Chandler, *Der lange Abschied* 70/IV
o Chandler, *Die simple Kunst des Mordes* 70/V
Chaval, *Zum Lachen* 80/I
Chaval, *Zum Heulen* 80/II
Chaval, *Hochbegabter Mann* 80/III
Childers, *Das Rätsel der Sandbank* * 92
Christie, *Villa Nachtigall* 71
o Conrad, *Lord Jim* 66/I
o Conrad, *Der Geheimagent* 66/II
o *Das Diogenes Lesebuch* * 58
o Einstein/Freud, *Warum Krieg?* 28
Ely, *Aus!* * 32

o D. H. Lawrence, *England, mein England* * 90/II
o D. H. Lawrence, *Die Frau, die davonritt* * 90/III
o D. H. Lawrence, *Der Mann, der Inseln liebte* * 90/IV
o D. H. Lawrence, *Der Fremdenlegionär* * 90/V
o D. H. Lawrence, *Der Fuchs* 90/VI
o D. H. Lawrence, *Der Hengst St. Mawr* 90/VII
o D. H. Lawrence, *Liebe im Heu* * 90/VIII
Leblanc, *Arsène Lupin – Der Gentleman-Gauner* 65/I
Leblanc, *Die hohle Nadel* 65/II
Loriot, *Kleine Prosa* * 13
Loriot, *Tagebuch* * 61
Loriot, *Kleiner Ratgeber* 82
o H. Mann, *Ausgewählte Erzählungen* 57
o L. Marcuse, *Philosophie des Glücks* 21/I
o L. Marcuse, *Sigmund Freud* 21/II
o L. Marcuse, *Argumente und Rezepte* 21/III
o L. Marcuse, *Richard Wagner* 21/IV
o L. Marcuse, *Ignatius von Loyola* 21/V
o L. Marcuse, *Mein zwanzigstes Jahrhundert* 21/VI
o L. Marcuse, *Nachruf auf Ludwig Marcuse* 21/VII
o Maugham, *Gesammelte Erzählungen in 4 Bänden* * 35/I–IV
Maugham, *Rosie und die Künstler* 35/V
Maugham, *Silbermond und Kupfermünze* 35/VI
Maugham, *Auf Messers Schneide* 35/VII
Maugham, *Theater* 35/VIII
Maugham, *Damals und heute* 35/IX
Maugham, *Der Magier* 35/X
Maugham, *Oben in der Villa* 35/XI
Maugham, *Mrs. Craddock* 35/XII
Maugham, *Der Menschen Hörigkeit* 35/XIII–XIV
o McCullers, *Erzählungen in 2 Bänden* * 20/I–II
o McCullers, *Die Ballade vom traurigen Café* 20/III
o McCullers, *Das Herz ist ein einsamer Jäger* 20/IV
o McCullers, *Spiegelbild im goldnen Auge* 20/V
o McCullers, *Frankie* 20/VI
o McCullers, *Uhr ohne Zeiger* 20/VII
o *Über Carson McCullers* * 20/VIII
Macdonald, *Dornröschen war ein schönes Kind* * 99/I
Mercer, *Flint* * 9
Millar, *Liebe Mutter, es geht mir gut . . .* 98/I
o Molière, *Komödien in 7 Bänden* * 95/I-VII
o *Über Molière* * 37
Monterroso, *Das gesamte Werk und andere Fabeln* * 51
o O'Casey, *Purpurstaub* * 2/I
o O'Casey, *Dubliner Trilogie* * 2/II
o O'Connor, *Und freitags Fisch* 85/I
O'Faolain, *Sünder und Sänger* 102/I
O'Flaherty, *Ich ging nach Rußland* 16
O'Flaherty, *Armut und Reichtum* 103/I
o Orwell, *Farm der Tiere* 63/I
o Orwell, *Im Innern des Wals* * 63/II
o Orwell, *Rache ist sauer* * 63/III
o Orwell, *Mein Katalonien* 63/IV
o Poe, *Der Untergang des Hauses Usher* 105
Price, *Der kleine Psychologe* 91

*Titel mit * sind Erstausgaben oder deutsche Erstausgaben*
Titel mit o sind auch als Studienausgaben empfohlen

Diogenes Taschenbücher

0 o Flora, *Premiere* *
1/I o Andersch, *Die Kirschen der Freiheit*
1/II o Andersch, *Sansibar oder der letzte Grund*
1/III o Andersch, *Hörspiele*
1/IV o Andersch, *Geister und Leute*
1/V o Andersch, *Die Rote*
1/VI o Andersch, *Ein Liebhaber des Halbschattens*
2/I o O'Casey, *Purpurstaub* *
2/II o O'Casey, *Dubliner Trilogie* *
3 o Wilde, *Der Sozialismus und die Seele des Menschen*
4/I o Sillitoe, *Guzman, Go Home* *
4/II o Sillitoe, *Die Einsamkeit des Langstreckenläufers*
4/III o Sillitoe, *Samstagnacht und Sonntagmorgen*
5 o Amalrik, *Kann die Sowjetunion das Jahr 1984 erleben?* *
6 Ungerer, *Sexmaniak*
7 o Henkel, *Eisenwichser* *
8 Tschukowskaja, *Ein leeres Haus*
9 Mercer, *Flint* *
10 Rosendorfer, *Über das Küssen der Erde* *
11 o D. H. Lawrence, *Pornographie und Obszönität* *
12 o Erckmann/Chatrian, *Der Rekrut*
13 Loriot, *Kleine Prosa* *
14 Searle, *Weil noch das Lämpchen glüht*
15 o E. Fischer, *Überlegungen zur Situation der Kunst* *
16 O'Flaherty, *Ich ging nach Rußland*
17 Ungerer, *Fornicon*
18 o Braun/Iden, *Neues deutsches Theater* *
19/I o Thoreau, *Walden oder Leben in den Wäldern*
19/II o Thoreau, *Über die Pflicht zum Ungehorsam* *
20/I–II o McCullers, *Erzählungen in 2 Bänden* *
20/III o McCullers, *Die Ballade vom traurigen Café*
20/IV o McCullers, *Das Herz ist ein einsamer Jäger*
20/V o McCullers, *Spiegelbild im goldnen Auge*
20/VI o McCullers, *Frankie*
20/VII o McCullers, *Uhr ohne Zeiger*
20/VIII o *Über Carson McCullers* *
21/I o L. Marcuse, *Philosophie des Glücks*
21/II o L. Marcuse, *Sigmund Freud*
21/III o L. Marcuse, *Argumente und Rezepte*
21/IV o L. Marcuse, *Richard Wagner*
21/V o L. Marcuse, *Ignatius von Loyola*
21/VI o L. Marcuse, *Mein zwanzigstes Jahrhundert*
21/VII o L. Marcuse, *Nachruf auf Ludwig Marcuse*
22/I Jägersberg, *Cosa Nostra* *
22/II Jägersberg, *Weihrauch und Pumpernickel*
22/III Jägersberg, *Nette Leute*
23 Topor, *Tragödien* *
24 Brechbühl, *Der geschlagene Hund* *
25/I–III Hottinger, *Mord · Mehr Morde · Noch mehr Morde*
26 Richartz, *Tod den Ärtzten*
27 Gorey, *Balaclava* *
28 o Einstein/Freud, *Warum Krieg?*

29/I Spark, *Memento Mori*
29/II Spark, *Die Ballade von Peckham Rye*
30/I–V o Faulkner, *Gesammelte Erzählungen in 5 Bänden*
30/VI o Faulkner, *Die Unbesiegten*
30/VII o Faulkner, *Sartoris*
30/VIII o Faulkner, *Als ich im Sterben lag*
30/IX o Faulkner, *Schall und Wahn*
30/X o Faulkner, *Absalom, Absalom!*
30/XI o Faulkner, *Go down, Moses*
30/XII o Faulkner, *Der große Wald*
30/XIII o Faulkner, *Griff in den Staub*
30/XIV o Faulkner, *Der Springer greift an*
31 Hensel, *Wider die Theaterverhunzer* *
32 Ely, *Aus!* *
33/I Goya, *Caprichos*
33/II Goya, *Desastres de la Guerra*
34 Whistler, *Die vornehme Kunst sich Feinde zu machen* *
35/I–IV o Maugham, *Gesammelte Erzählungen in 4 Bänden* *
35/V Maugham, *Rosie und die Künstler*
35/VI Maugham, *Silbermond und Kupfermünze*
35/VII Maugham, *Auf Messers Schneide*
35/VIII Maugham, *Theater*
35/IX Maugham, *Damals und heute*
35/X Maugham, *Der Magier*
35/XI Maugham, *Oben in der Villa*
35/XII Maugham, *Mrs. Craddock*
35/XIII-XIV Maugham, *Der Menschen Hörigkeit*
36 (Samisdat), *Unruhen aus neuester Zeit*
37 o *Über Molière* *
38 Sempé, *Konsumgesellschaft* *
39/I Widmer, *Das Normale und die Sehnsucht* *
39/II Widmer, *Die lange Nacht der Detektive* *
40/I West, *Schreiben Sie Miss Lonelyhearts*
40/II West, *Tag der Heuschrecke*
40/III West, *Eine glatte Million*
41 o Ferlinghetti, *Ausgewählte Gedichte* *
42 o Jewtuschenko, *Ausgewählte Gedichte* *
43 o R. Walser, *Ausgewählte Geschichten und Aufsätze*
44 o Bosc, *Love and Order*
46 o *Über Gott und die Welt* *
47 o *Kann man noch beten?* *
48 o Wollschläger, *Die bewaffneten Wallfahrten* *
49 Ungerer, *Spiegelmensch* *
50/I o Čechov, *Die Möwe*
50/II o Čechov, *Der Waldschrat*
50/III o Čechov, *Der Kirschgarten*
50/IV o Čechov, *Onkel Vanja*
50/V o Čechov, *Ivanov*
50/VI o Čechov, *Drei Schwestern*
50/VII o Čechov, *Platonov*
51 Monterroso, *Das gesamte Werk und andere Fabeln* *
52/I Flora, *Trauerflora*
52/II Flora, *Vivat Vamp!*
53 o *Über Alfred Andersch* *
54 o *Über William Faulkner* *

55/I		Fellini, *Roma* *
55/II		Fellini, *Das süße Leben* *
55/III		Fellini, *8½*
55/IV		Fellini, *Julia und die Geister*
55/V		Fellini, *Amarcord* *
55/VI		Fellini, *Aufsätze und Notizen* *
56	o	Benn, *Ausgewählte Gedichte*
57	o	H. Mann, *Ausgewählte Erzählungen*
58	o	*Das Diogenes Lesebuch* *
59	o	Friedell, *Konversationslexikon* *
60/I	o	Busch, *Gedichte*
60/II		Busch, *Max und Moritz*
60/III		Busch, *Die fromme Helene*
60/IV		Busch, *Tobias Knopp*
60/V		Busch, *Hans Huckebein / Fipps der Affe / Plisch und Plum*
60/VI		Busch, *Balduin Bählamm / Maler Klecksel*
60/VII	o	Busch, *Prosa*
61		Loriot, *Tagebuch* *
62	o	Saki, *Ausgewählte Erzählungen*
63/I	o	Orwell, Farm der Tiere
63/II	o	Orwell, *Im Innern des Wals* *
63/III	o	Orwell, *Rache ist sauer* *
63/IV	o	Orwell, *Mein Katalonien*
64/I		Verne, *Reise um die Erde in 80 Tagen*
64/II		Verne, *Fünf Wochen im Ballon*
64/III		Verne, *Von der Erde zum Mond*
64/IV		Verne, *Reise um den Mond*
64/V–VI		Verne, *20 000 Meilen unter dem Meer*
64/VII		Verne, *Reise zum Mittelpunkt der Erde*
65/I		Leblanc, *Arsène Lupin – Der Gentleman-Gauner*
65/II		Leblanc, *Die hohle Nadel*
66/I	o	Conrad, *Lord Jim*
66/II	o	Conrad, *Der Geheimagent*
67/I		Wells, *Der Unsichtbare*
67/II		Wells, *Der Krieg der Welten*
67/III	o	Wells, *Die Zeitmaschine*
67/IV	o	Wells, *Die Geschichte unserer Welt*
68		Belloc Lowndes, *Jack the Ripper oder Der Untermieter* *
69/I		Hammett, *Der Malteser Falke*
70/I		Chandler, *Der große Schlaf*
70/II		Chandler, *Die kleine Schwester*
70/III		Chandler, *Das hohe Fenster*
70/IV		Chandler, *Der lange Abschied*
70/V	o	Chandler, *Die simple Kunst des Mordes*
71		Christie, *Villa Nachtigall*
72		Simenon, *Die Glocken von Bicêtre*
73		Stoker, *Draculas Gast*
74/I		Highsmith, *Der Stümper*
74/II		Highsmith, *Zwei Fremde im Zug*
74/III		Highsmith, *Der Geschichtenerzähler*
74/IV		Highsmith, *Der süße Wahn*
74/V		Highsmith, *Die zwei Gesichter des Januars*
75/I		Ambler, *Die Maske des Dimitrios*
75/II		Ambler, *Der Fall Deltschev*
75/III		Ambler, *Eine Art von Zorn* *

75/IV Ambler, *Schirmers Erbschaft*
75/V Ambler, *Die Angst reist mit* *
76 Aiken, *Die Kristallkrähe* *
77/I Slesar, *Das graue distinguierte Leichentuch*
77/II Slesar, *Vorhang auf, wir spielen Mord!* *
77/III Slesar, *Erlesene Verbrechen*
78 o Lardner, *Geschichten aus dem Jazz-Zeitalter*
79 o Sacharow, *Wie ich mir die Zukunft vorstelle*
80/I Chaval, *Zum Lachen*
80/II Chaval, *Zum Heulen*
80/III Chaval, *Hochbegabter Mann*
81 Friedell, *Die Rückkehr der Zeitmaschine*
82 Loriot, *Kleiner Ratgeber*
83 o *Das Tintenfaß, Nr. 24* *
84 Sempé, *Volltreffer*
85/I o O'Connor, *Und freitags Fisch*
86 Faulkner, *Der Springer greift an*
87 Quentin, *Bächleins Rauschen tönt so bang*
88 Hare, *Mörderglück*
89 Geen, *Tolstoi wohnt in 12N B9* *
90/I o D. H. Lawrence, *Der preußische Offizier* *
90/II o D. H. Lawrence, *England, mein England* *
90/III o D. H. Lawrence, *Die Frau, die davonritt* *
90/IV o D. H. Lawrence, *Der Mann, der Inseln liebte* *
90/V o D. H. Lawrence, *Der Fremdenlegionär* *
90/VI o D. H. Lawrence, *Der Fuchs*
90/VII o D. H. Lawrence, *Der Hengst St. Mawr*
90/VIII o D. H. Lawrence, *Liebe im Heu* *
91 Price, *Der kleine Psychologe*
92 Childers, *Das Rätsel der Sandbank* *
93/I Buchan, *Die neununddreißig Stufen*
94 Siné, *Katzenjammer*
95/I-VII o Molière, *Komödien in 7 Bänden* *
96 Schnitzler, *Spiel im Morgengrauen*
97/I o Fitzgerald, *Der große Gatsby*
98/I Millar, *Liebe Mutter, es geht mir gut . . .*
99/I Macdonald, *Dornröschen war ein schönes Kind* *
100 *Das Tintenfaß, Nr. 25* *
101 Gorey, *Das jüngst entjungferte Mädchen* *
102/I O'Faolain, *Sünder und Sänger*
103/I O'Flaherty, *Armut und Reichtum*
104 Becker, *Russisch Roulette* *
105 o Poe, *Der Untergang des Hauses Usher*
106 Bierce, *Die Spottdrossel*
107 O. Henry, *Glück, Geld und Gauner*
108/I Haggard, *Sie*
109 Hornung, *Raffles – Der Dieb in der Nacht*
110/I Heller, *Herrn Collins Abenteuer*
111 Hearson, *Euer Gnaden haben geschossen?*

*Titel mit * sind Erstausgaben oder deutsche Erstausgaben*
Titel mit o sind auch als Studienausgaben empfohlen